RICHARD MONTANARI

Romancier, scénariste, essayiste, Richard Montanari est né à Cleveland, dans l'Ohio. Il a écrit pour le *Chicago Tribune,* le *Detroit Free press* et de nombreuses autres publications. Il signe avec *Déviances*, son premier ouvrage traduit en français, un thriller gothique des plus sombres, mettant en scène les détectives Byrne et Balzano. La suite de leurs aventures, *Psycho*, vient de paraître au Cherche Midi.

DÉVIANCES

RICHARD MONTANARI

DÉVIANCES

*Traduit de l'anglais (États-Unis)
par Fabrice Pointeau*

LE CHERCHE MIDI

Titre original :
THE ROSARY GIRLS
Balantine Books
The Random House Publishing Group, New York, États-Unis.

Le Code de la propriété intellectuelle n'autorisant, aux termes de l'article L. 122-5 (2°
et 3° a), d'une part, que les « copies ou reproductions strictement réservées à l'usage
privé du copiste et non destinées à une utilisation collective » et, d'autre part, que les
analyses et les courtes citations dans un but d'exemple ou d'illustration, « toute représentation ou reproduction intégrale ou partielle faite sans le consentement de l'auteur
ou de ses ayants droit ou ayants cause est illicite » (art. L. 122-4).
Cette représentation ou reproduction, par quelque procédé que ce soit, constituerait
donc une contrefaçon sanctionnée par les articles L. 335-2 et suivants du Code de la
propriété intellectuelle.

© Richard Montanari, 2005
© le cherche midi, 2006, pour la traduction française.
ISBN : 978-2-266-16768-0

Pour DJC.
Cuor forte rompe cattiva sorte.

Dimanche des Rameaux, 23 h 55

Celle-ci a en elle une certaine tristesse hivernale, une mélancolie profondément enracinée qui ne sied pas à ses dix-sept ans, un rire qui ne dénote jamais vraiment de joie intérieure d'aucune sorte.

Peut-être n'y en a-t-il pas.

On les voit tout le temps dans la rue; celle qui marche seule, des livres serrés tout contre sa poitrine, les yeux baissés vers le sol, sans cesse perdue dans ses pensées. Elle est celle qui flâne quelques pas derrière les autres filles, heureuse d'accepter les rares miettes d'amitié qu'on lui jette. Celle qui doit assumer des responsabilités à chaque tournant de l'adolescence. Celle qui refuse sa beauté, comme si elle était secondaire.

Son nom est Tessa Ann Wells.

Elle sent les fleurs fraîchement coupées.

— *Je ne t'entends pas, dis-je.*

— *... Seigneur est avec vous, murmure le filet de voix dans la chapelle.*

On dirait que je l'ai réveillée, ce qui est fort possible. Je l'ai prise vendredi matin, et nous sommes maintenant dimanche, il est presque minuit. Elle a passé son temps à prier dans la chapelle, plus ou moins sans s'arrêter.

Ce n'est pas une véritable chapelle, bien entendu,

simplement un cagibi aménagé, mais il possède tous les équipements nécessaires à la réflexion et à la prière.

— *Pas comme ça, dis-je. Tu sais qu'il est primordial de tirer un sens de chacun de ces mots, n'est-ce pas ?*

Depuis la chapelle :

— *Oui.*

— *Pense au nombre de gens dans le monde qui prient en cet instant précis. Pourquoi Dieu écouterait-il ceux qui ne sont pas sincères ?*

— *Aucune raison.*

Je me penche plus près de la porte.

— *Voudrais-tu que le Seigneur te témoigne un tel mépris le jour de la félicité ?*

— *Non.*

— *Bien, dis-je. Quelle dizaine ?*

Elle met un moment à répondre. Dans l'obscurité de la chapelle, il faut procéder à tâtons.

— *La troisième, finit-elle par dire.*

— *Recommence.*

J'allume les dernières bougies votives. Je termine mon vin. Contrairement à ce que pensent nombre de gens, les rites du sacrement ne sont pas toujours des entreprises solennelles, mais plutôt, bien souvent, causes de joie et de célébration.

Je suis sur le point de rappeler Tessa à l'ordre lorsque, avec clarté et éloquence et conviction, elle se met une fois de plus à prier :

— *Je vous salue, Marie pleine de grâces, le Seigneur est avec vous...*

Existe-t-il un son plus beau qu'une vierge en prière ?

— *Vous êtes bénie entre toutes les femmes...*

Je consulte ma montre. Il est minuit juste passé.

— *Et Jésus, le fruit de vos entrailles, est béni...*

C'est l'heure.

— *Sainte Marie, mère de Dieu...*

Je sors la seringue de son étui. L'aiguille étincelle à la lueur des bougies. Le Saint-Esprit est ici.
— Priez pour nous, pauvres pécheurs...
La Passion a commencé.
— Maintenant et à l'heure de notre mort...
J'ouvre la porte et pénètre dans la chapelle.
Amen.

PREMIÈRE PARTIE

1

Lundi, 3 h 05

Il est une heure que connaissent intimement tous ceux qui vont à sa rencontre, un moment où l'obscurité se débarrasse pour de bon de son manteau crépusculaire et où les rues deviennent immobiles et silencieuses, un moment où les ombres se rassemblent, ne font plus qu'une, se dissolvent. Un moment où ceux qui souffrent ne croient pas en l'aube.

Chaque ville a son quartier, son Golgotha de néons.

À Philadelphie, il est connu sous le nom de South Street.

Cette nuit, tandis que la plupart des habitants de la Ville de l'amour fraternel dormaient, tandis que les rivières s'écoulaient sans bruit vers la mer, le rabatteur de filles dévalait South Street tel un vent sec et brûlant. Entre la Troisième et la Quatrième Rue, il poussa un portail en fer forgé, emprunta une allée étroite et pénétra dans un club privé nommé Paradise. Les quelques clients éparpillés dans la salle croisèrent son regard, puis détournèrent immédiatement les yeux. Dans le regard fixe du rabatteur, ils voyaient une porte donnant sur leur propre âme noire, et ils savaient qu'ils ne pourraient supporter de lui parler, ne serait-ce qu'un instant.

Pour ceux qui connaissaient ses activités, le rabatteur était une énigme, mais personne n'avait envie de percer ce mystère.

C'était un homme imposant, dépassant largement le mètre quatre-vingts, à la forte carrure et aux grosses mains épaisses qui promettaient de régler leurs comptes à ceux qui le croisaient. Il avait les cheveux blonds comme les blés et les yeux d'un vert froid, des yeux qui luisaient d'un éclat métallique à la lueur des bougies, des yeux qui pouvaient embrasser l'horizon en un regard, sans rien manquer. Il avait au-dessus de l'œil droit une cicatrice chéloïde brillante, une excroissance de tissus noueux en forme de V inversé. Il portait un long manteau de cuir noir distendu par les muscles épais de son dos.

Il venait au club pour la cinquième nuit d'affilée et il allait enfin rencontrer l'acheteur. Les rendez-vous au Paradise étaient difficiles à organiser. On n'y connaissait pas l'amitié.

Le rabatteur s'assit au fond de la salle en sous-sol humide, à une table qui, bien qu'elle ne lui fût pas réservée, était devenue la sienne par défaut. Le Paradise était peuplé de sombres crapules de tous grades et pedigrees, mais il était clair que le rabatteur appartenait à une autre espèce.

Les haut-parleurs derrière le bar diffusaient Mingus, Miles, Monk. Au plafond : des lanternes chinoises crasseuses et des ventilateurs recouverts d'un papier adhésif imitation bois. Des cônes d'encens à la myrtille brûlaient, leur fumée se mariant à celle des cigarettes, embrumant l'air d'une douceur brute et fruitée.

À trois heures dix, deux hommes entrèrent dans le club. L'un d'eux était l'acheteur, l'autre, son garde. Ils croisèrent tous deux le regard du rabatteur, et surent que c'était leur homme.

L'acheteur, un certain Gideon Pratt, était un homme trapu et presque chauve qui approchait de la soixantaine. Il avait le visage rouge, des yeux gris constamment aux aguets et des bajoues qui pendaient comme de la cire fondue. Il portait un costume trois-pièces mal ajusté et ses doigts étaient depuis longtemps tordus par l'arthrite. Son haleine était fétide. Ses dents, ocre et rares.

Derrière lui marchait un homme plus grand – plus grand même que le rabatteur. Il portait des lunettes de soleil à verres réfléchissants et un long manteau en jean. Son visage et son cou étaient ornés d'un *ta moko* complexe, le tatouage tribal des Maoris.

Sans un mot, les trois hommes se réunirent, puis empruntèrent un petit couloir en direction de la réserve.

L'arrière-salle du Paradise était exiguë, il y régnait une chaleur étouffante ; la pièce était remplie de cartons d'alcools sans marques et comportait deux bureaux en métal sillonnés de rayures ainsi qu'un divan râpé et moisi. Un vieux juke-box diffusait par à-coups une lumière bleu carbone.

Une fois dans la pièce, porte fermée, le colosse, qui se faisait appeler Diablo, fouilla sans ménagement le rabatteur à la recherche d'armes et de micros. Le rabatteur remarqua les quatre mots tatoués à la base de son cou : BÂTARD POUR LA VIE. Il distingua aussi la crosse d'un revolver Smith & Wesson chromé à la ceinture du colosse.

S'étant assuré que le rabatteur n'était pas armé et n'avait pas de matériel d'écoute sur lui, Diablo s'écarta, se plaça derrière Pratt, croisa les bras, et observa.

— Qu'est-ce que tu as pour moi ? demanda Pratt.

Le rabatteur examina l'homme avant de lui répondre. Ils avaient atteint ce moment de chaque transaction où le pourvoyeur doit vider son sac et étaler sa marchandise sur un tapis de velours. Le rabatteur glissa lentement la main sous son manteau – il n'aurait aucun geste furtif – et produisit deux Polaroid. Il les tendit à Gideon Pratt.

Les deux photographies représentaient des adolescentes noires tout habillées posant dans des attitudes suggestives. Celle qui s'appelait Tanya était assise sur le perron de sa maison et envoyait un baiser au photographe. Alicia, sa sœur, jouait les femmes fatales sur la plage de Wildwood.

Comme Pratt scrutait les photos, ses joues s'enflammèrent, son souffle se bloqua dans sa poitrine.

— Absolument… magnifique, dit-il.

Diablo jeta un coup d'œil aux clichés sans montrer la moindre réaction. Il posa de nouveau les yeux sur le rabatteur.

— Comment elle s'appelle ? demanda Pratt en levant l'une des photos.

— Tanya.

— Tan-ya, répéta Pratt, séparant les syllabes, comme pour saisir l'essence de la jeune fille.

Il rendit l'un des Polaroid, puis regarda de nouveau celui qu'il avait en main.

— Elle est adorable, ajouta-t-il. Une petite espiègle. Ça se voit.

Pratt toucha la photographie, passant doucement le doigt sur la surface brillante. Il sembla flotter un instant, perdu dans une rêverie, puis il glissa le cliché dans sa poche et revint brusquement à la réalité.

— Quand ?

— Maintenant, répondit le rabatteur.

Pratt eut l'air à la fois surpris et réjoui. Il ne s'attendait pas à ça.

— Elle est *ici* ?

Le rabatteur fit oui de la tête.

— Où ? demanda Pratt.

— Tout près.

Gideon redressa sa cravate, ajusta son gilet par-dessus son ventre protubérant, plaqua le peu de cheveux qui lui restaient. Il inspira profondément, retrouvant son aplomb, puis désigna la porte de la main.

— On y va ?

Le rabatteur hocha de nouveau la tête, puis demanda des yeux la permission à Diablo. Celui-ci attendit un moment, consolidant son ascendant, puis fit un pas de côté.

Les trois hommes quittèrent le club, traversèrent South Street vers Orianna Street. Ils empruntèrent Orianna, débouchant sur un petit parking coincé entre des immeubles. Deux véhicules s'y trouvaient : une camionnette rouillée aux vitres fumées et une Chrysler d'un modèle récent. Diablo leva la main, s'avança et regarda par les vitres de la Chrysler. Il se retourna, leur fit un signe de la tête, puis Pratt et le rabatteur se dirigèrent vers la camionnette.

— Tu as le fric ? demanda le rabatteur.

Gideon Pratt tapota sa poche.

Le rabatteur regarda brièvement entre les deux hommes, puis porta la main à la poche de son manteau et en tira un jeu de clés. Avant d'avoir pu ouvrir la portière côté passager, il laissa tomber les clés.

Pratt et Diablo baissèrent instinctivement les yeux, momentanément distraits.

Le rabatteur, qui avait minutieusement anticipé cet instant, se pencha alors pour ramasser les clés. Mais au lieu de les saisir, il referma la main autour du pied-de-biche qu'il avait placé juste derrière le pneu avant droit plus tôt dans la soirée. Lorsqu'il se releva, il pivota sur ses talons et assena un coup de barre d'acier à Diablo, en plein visage, faisant exploser son nez dans une projection écarlate de sang et de cartilage broyé. Le coup avait été délivré avec une précision chirurgicale, parfaitement équilibré, un coup destiné à estropier et neutraliser, mais pas à tuer. De la main gauche, le rabatteur tira le revolver Smith & Wesson de la ceinture de Diablo.

Hébété, temporairement désorienté, poussé plus par un instinct animal que par la raison, Diablo chargea le rabatteur, son champ de vision désormais brouillé par le sang et les larmes qui coulaient malgré lui. Son élan fut stoppé net par le coup de crosse que le rabatteur lui assena de toute sa force. Six des dents de Diablo s'envolèrent dans l'air frais de la nuit, puis cliquetèrent sur le sol comme autant de perles éparpillées.

Diablo se recroquevilla sur l'asphalte irrégulier, hurlant de douleur.

En guerrier, il se mit à genoux, hésita un instant, puis leva les yeux dans l'attente du coup de grâce.

— Cours, dit le rabatteur.

Diablo marqua une courte pause, ses halètements saccadés étaient saturés de sang et de mucus. Il cracha. Lorsque le rabatteur arma le revolver et plaça l'extrémité du canon contre son front, Diablo comprit qu'il serait sage d'obéir.

Au prix d'un grand effort, il se redressa, s'éloigna en titubant en direction de South Street, puis disparut, sans jamais quitter le rabatteur des yeux.

Celui-ci se tourna alors vers Gideon Pratt.

Pratt essayait d'adopter une posture menaçante, mais sans grand talent. Il avait atteint ce moment que craignent tous les meurtriers, celui de l'évaluation brutale de tous leurs crimes contre les hommes, contre Dieu.

— Qu... qui êtes-vous ? bafouilla Pratt.

Le rabatteur ouvrit la portière à l'arrière du van. Il déposa calmement le revolver et le pied-de-biche, puis s'empara d'un épais ceinturon en cuir de vache qu'il enroula autour de sa main.

— Est-ce que tu rêves ? demanda le rabatteur.
— Quoi ?
— Est-ce que... tu... *rêves* ?

Gideon Pratt resta sans voix.

Pour l'inspecteur Kevin Byrne de la brigade criminelle de la police de Philadelphie, la réponse était sans importance. Cela faisait un bout de temps qu'il traquait Gideon Pratt et il lui avait minutieusement tendu ce piège ; un scénario qui avait envahi ses propres rêves.

Gideon Pratt avait violé et assassiné une jeune fille de quinze ans nommée Deirdre Pettigrew à Fairmount Park, une affaire que la brigade avait bien cru ne jamais résoudre. C'était la première fois que Pratt tuait l'une de ses victimes, et Byrne savait qu'il ne serait pas facile de le faire sortir de sa tanière. Il avait passé des centaines d'heures de son temps libre et bien des nuits de sommeil à attendre cette seconde précise.

Et maintenant, tandis que l'aube n'était encore qu'une vague rumeur dans la Ville de l'amour fraternel, Kevin Byrne s'avançait et assenait le premier coup. Il était payé en retour.

Vingt minutes plus tard, ils étaient aux urgences de l'hôpital Jefferson, dans une pièce close par des rideaux. Gideon Pratt se tenait au centre, Byrne d'un côté, un interne nommé Avram Hirsch de l'autre.

Pratt avait une bosse sur le front de la taille et de la forme d'une prune pourrie, une lèvre en sang, une ecchymose violet foncé sur la joue droite, et ce qui avait tout l'air d'un nez cassé. Son œil droit tuméfié était presque fermé. L'avant de sa chemise auparavant blanche était d'un brun sombre, maculé de sang séché.

En regardant cet homme humilié, dégradé, déshonoré, *pris*, Byrne pensa à son partenaire de la brigade criminelle, un bloc d'acier intimidant nommé Jimmy Purify. Il aurait adoré ça, pensa Byrne. Jimmy avait un faible pour les personnages, dont Philly[1] semblait disposer

---

1. Appellation familière de Philadelphie. *(N.d.T.)*

d'une réserve infinie : seigneurs de la rue, prophètes camés, tapineuses au cœur de marbre.

Mais ce que Jimmy Purify aimait par-dessus tout, c'était attraper les méchants. Plus l'homme était mauvais, plus Jimmy savourait la chasse.

Gideon Pratt était ce qu'on faisait de pire.

Ils l'avaient traqué grâce à leur vaste réseau d'indics, l'avaient suivi jusqu'au bout de l'enfer, dans les clubs érotiques et les milieux pédophiles de Philadelphie. Ils l'avaient pourchassé avec la même détermination, la même rage que celle qui les habitait quand ils avaient quitté l'école de police bien des années plus tôt.

Et c'était exactement ce qu'aimait Jimmy Purify.

C'était comme une seconde jeunesse, disait-il.

En son temps, Jimmy s'était fait tirer dessus à deux reprises, renverser une fois par une voiture, tabasser en de trop nombreuses occasions pour qu'on pût dire combien, mais c'était un triple pontage qui avait eu raison de lui. Et tandis que Kevin Byrne prenait du bon temps avec Gideon Pratt, James « La Poigne » Purify se remettait de son opération dans une chambre du Mercy Hospital, des tubes et des perfusions ondulant hors de son corps tels les serpents coiffant la tête de Méduse.

La bonne nouvelle était que Jimmy allait s'en sortir. La mauvaise était qu'il pensait reprendre le boulot. Il se trompait. C'était impossible après un triple pontage. Pas à cinquante ans. Pas dans la brigade criminelle. Pas à Philly.

Tu me manques, La Poigne, pensa Byrne. Il savait qu'il devait rencontrer son nouveau partenaire plus tard dans la journée. *Ce n'est pas tout à fait la même chose sans toi, vieux.*

Ça ne le sera jamais.

Byrne, impuissant, avait vu Jimmy s'écrouler à trois mètres à peine de lui. Ils se tenaient près de la caisse chez Malik's, un boui-boui où l'on vendait des sandwichs au coin de la Dixième Rue et de Madison. Byrne était occupé à sucrer abondamment leurs cafés pendant que Jimmy faisait du gringue à la serveuse, Desiree, une jeune beauté à la peau couleur cannelle qui avait dû naître au moins trois générations après Jimmy et avec qui il n'avait aucune chance. Elle était leur seule vraie raison de s'arrêter chez Malik's. Ils n'y allaient certainement pas pour la nourriture.

À un moment, Jimmy était appuyé au comptoir, débitant son baratin à plein pot et arborant un sourire rayonnant. L'instant d'après, il était à terre, le visage tordu par la douleur, le corps rigide, les doigts de ses mains énormes recourbés comme des griffes.

Cet instant s'était figé dans la mémoire de Byrne, comme peu d'autres durant sa vie. Après vingt années dans la police, il s'était presque habitué à voir les gens qu'il aimait faire preuve d'un héroïsme aveugle et prendre des risques inconsidérés. Il en était même venu à accepter les actes de sauvagerie insensés commis au hasard par des inconnus à l'encontre d'inconnus. Ces choses faisaient partie du boulot : le prix à payer pour que justice soit faite. Mais il ne pouvait fermer les yeux lorsque l'humanité apparaissait nue, lorsque la chair était faible ; les images du corps et de l'esprit trahis lui taraudaient le cœur.

Lorsqu'il vit cet homme imposant sur le carrelage boueux du restaurant, livrant un corps à corps avec la mort, un hurlement silencieux lui lacérant la mâchoire, il comprit qu'il ne regarderait plus jamais Jimmy Purify comme avant. Oh, il l'aimerait, comme il en était venu à le faire après toutes ces années, et il écouterait ses histoires ridicules, et, si Dieu le voulait, il s'émerveillerait de nouveau devant la dextérité dont Jimmy faisait preuve derrière un barbecue à gaz lorsque Philly étouffait sous un soleil de plomb. Il serait même prêt, sans la moindre hésitation, à se prendre une balle en plein cœur pour lui sauver la vie. Mais, malgré la honte et les regrets, Byrne sut immédiatement que cette chose qu'ils partageaient – cette descente implacable au cœur de la violence et de la folie, nuit après nuit – était finie.

Cependant, les événements de la nuit en cours semblaient rétablir la balance. Byrne y voyait une symétrie délicate dont il savait qu'elle apporterait la paix à Jimmy Purify. Deirdre Pettigrew était morte, et Gideon Pratt allait payer le prix fort. Une nouvelle famille avait été anéantie par le chagrin, mais cette fois le tueur avait laissé son ADN sous la forme d'un poil pubien gris qui l'enverrait à la petite pièce carrelée de la prison d'État de Greene County. Et c'est l'aiguille glaciale qui y attendrait Gideon Pratt s'il ne tenait qu'à Byrne.

Bien entendu, le système judiciaire était ce qu'il était. Il y avait cinquante pour cent de chances pour que, s'il était inculpé, Pratt soit condamné à perpétuité sans possibilité de remise de peine. Auquel cas, Byrne connaissait assez de monde en prison pour finir le travail. Il demanderait qu'on lui rende un petit service. Le temps de Gideon Pratt était compté. Il le tenait.

— Le suspect est tombé dans un escalier en béton en tentant de s'enfuir, expliqua Byrne au docteur Hirsch.

Avram Hirsch prit note. Malgré son jeune âge, il avait appris à l'hôpital Jefferson que, bien souvent, les prédateurs sexuels étaient très maladroits et avaient tendance à se casser la figure. Parfois, ils se brisaient même des os.

— N'est-ce pas, monsieur Pratt ? demanda Byrne.

Gideon Pratt se contenta de regarder droit devant lui.

— N'est-ce pas, monsieur Pratt ? répéta Byrne.

— Si, répondit Pratt.

— Dites-le.

— Je suis tombé dans un escalier et je me suis blessé en tentant d'échapper à la police.

Hirsch prit encore note.

Kevin Byrne haussa les épaules et demanda :

— D'après vous, les blessures de M. Pratt s'accordent-elles avec une chute dans un escalier en béton, docteur ?

— Absolument, confirma Hirsch.

Nouvelle prise de notes.

En route vers l'hôpital, Byrne avait eu une petite conversation avec Gideon Pratt, lui faisant bien comprendre que ce qui lui était arrivé sur le parking n'était qu'un avant-goût de ce à quoi il pouvait s'attendre si jamais il portait plainte pour violence policière. Il avait aussi informé Pratt qu'il disposait de trois témoins prêts à jurer sous serment qu'ils avaient vu le suspect trébucher et tomber dans un escalier alors qu'il était poursuivi. Des citoyens exemplaires, chacun d'eux.

De plus, Byrne lui avait expliqué que, si le trajet entre l'hôpital et le siège administratif de la police était court, ces quelques minutes seraient les plus longues de sa vie. Pour étayer ses propos, il avait passé en revue quelques-uns des outils qui se trouvaient à l'arrière de la camionnette : scie sauteuse portative, écarteur chirurgical, cisailles électriques.

Pratt avait parfaitement compris.

Et sa déclaration était maintenant consignée.

Quelques minutes plus tard, lorsque Hirsch baissa le pantalon et les sous-vêtements tachés de Gideon Pratt, Byrne secoua la tête. Gideon Pratt s'était rasé les poils pubiens. Pratt baissa les yeux vers son entrejambe, puis fixa de nouveau Byrne.

— C'est un rituel, dit Pratt. Un rituel religieux.

Byrne traversa la pièce d'un bond.

— La crucifixion aussi, tête de con ! lança-t-il. Ça te dirait qu'on fasse un saut dans une boutique de bricolage pour y chercher quelques instruments religieux ?

À cet instant, Byrne croisa le regard de l'interne. Le docteur Hirsch hocha la tête, signifiant par là qu'ils obtiendraient leur échantillon. Personne ne pouvait se raser d'aussi près. Byrne saisit le message cinq sur cinq.

— Si tu croyais que ta petite cérémonie allait nous empêcher de récupérer un échantillon, tu es officiellement un connard, déclara Byrne. Comme si on avait encore des doutes.

Il approcha son visage à quelques centimètres de celui de Pratt.

— En plus, il suffisait de te garder jusqu'à ce que ça repousse.

Pratt leva les yeux vers le plafond et soupira.

Ça ne lui était apparemment pas venu à l'esprit.

Après cette longue journée, Byrne fit une pause sur le parking du siège administratif de la police, sirotant un irish coffee. Le café du bureau était âpre. Le Jameson l'aidait à passer.

Le ciel était noir et dégagé au-dessus d'une lune tavelée.

Le printemps murmurait.

Il grappillerait quelques heures de sommeil dans la camionnette qu'il avait empruntée à son ami Ernie Tedesco pour piéger Gideon Pratt, puis il la lui restituerait plus tard dans la journée. Ernie dirigeait une petite entreprise d'emballage de viande à Pennsport.

Byrne toucha le bout de peau au-dessus de son œil droit. La cicatrice était chaude et souple sous ses doigts, elle lui rappelait une souffrance pour l'instant absente, une douleur fantôme qui s'était enflammée pour la première fois bien des années plus tôt. Il baissa la vitre, ferma les yeux, sentit s'effondrer les remparts de sa mémoire.

Dans son esprit – ce recoin obscur où désir et révulsion se rencontrent, ce lieu où les eaux glacées de la rivière Delaware s'étaient déchaînées il y avait si longtemps de cela –, il vit les derniers instants de la vie d'une jeune fille, vit l'horreur calme se déployer...

... le doux visage de Deirdre Pettigrew. Elle est petite pour son âge, naïve pour son époque. Elle est généreuse, pleine de confiance, son âme est protégée. Il fait une chaleur torride et Deirdre s'est arrêtée pour boire un peu d'eau à la fontaine de Fairmount Park. Un homme est assis sur le banc près de la fontaine. Il lui dit qu'il avait une petite-fille à peu près du même âge qu'elle. Il lui dit qu'il l'aimait beaucoup et que sa petite-fille a été renversée par une voiture et qu'elle est morte. C'est si triste, dit Deirdre. Elle lui raconte qu'une voiture a écrasé Ginger, sa chatte. Elle aussi est morte. L'homme hoche la tête, une larme se forme au coin de son œil. Il dit que, chaque année, le jour de l'anniversaire de sa petite-fille, il vient à Fairmount Park, l'endroit qu'elle préférait au monde.

L'homme se met à pleurer.

Deirdre abaisse la béquille de son vélo et marche vers le banc.

Juste derrière le banc se trouvent d'épais buissons.

Deirdre offre un mouchoir en papier à l'homme...

Byrne but une gorgée de café, alluma une cigarette. Les tempes lui battaient, les images cherchaient à sortir. Elles avaient fini par lui coûter très cher. Au fil des années, il avait eu recours à toutes sortes de remèdes – légaux ou non, conventionnels et tribaux. Rien de légal ne faisait effet. Il avait consulté une douzaine de médecins, avait écouté tous les diagnostics – jusqu'à ce jour, la théorie privilégiée avait été celle d'une migraine avec aura.

Mais aucun manuel ne décrivait ses auras. Elles ne se traduisaient pas en courbes lumineuses. Il aurait apprécié quelque chose de ce genre.

Ses auras renfermaient des monstres.

La première fois qu'il avait eu la « vision » du meurtre

de Deirdre, il n'était pas parvenu à discerner les traits de Gideon Pratt. Le visage du tueur était resté flou, une esquisse vaporeuse du diable.

Mais au moment où Pratt était entré dans le club Paradise, Byrne avait su.

Il inséra un CD dans le lecteur, une compilation faite maison de classiques du blues. C'était Jimmy Purify qui lui avait fait aimer le blues. Le vrai blues : Elmore James, Otis Rush, Lightning Hopkins, Big Bill Broonzy. Pas la peine de parler à Jimmy des imitateurs à la Kenny Wayne Shepherd...

Au début, Byrne n'arrivait pas à faire la différence entre Son House et Maxwell House. Mais de nombreuses nuits passées au Warmdaddy et quelques visites au Bubba Mac, sur la côte, y avaient remédié. Maintenant, dès la fin de la deuxième mesure, la troisième au plus, il pouvait dire s'il s'agissait d'un blues du Delta ou de Beale Street, de Chicago ou de Saint Louis, ou de toute autre nuance du blues.

Le premier morceau sur le CD était *My Man Jumped Salty on Me*, par Rosetta Crawford.

C'était Jimmy qui lui avait offert la consolation du blues, et c'était aussi lui qui l'avait ramené à la lumière après l'affaire Morris Blanchard.

Un an plus tôt, un jeune homme riche nommé Morris Blanchard avait assassiné ses parents de sang-froid, leur faisant sauter la cervelle d'une décharge de Winchester 9410. C'était du moins ce qu'avait pensé Byrne, il y avait cru dur comme fer.

Il avait interrogé le jeune homme de dix-huit ans à cinq reprises, et chaque fois la culpabilité était apparue dans les yeux de Morris telle une violente illumination.

Byrne avait demandé plusieurs fois à l'équipe de police scientifique de passer au peigne fin la voiture de Morris, sa chambre, ses vêtements. Ils ne trouvèrent jamais le moindre cheveu, pas une fibre, pas une seule goutte de fluide qui aurait démontré la présence de Morris dans la pièce au moment où ses parents se faisaient descendre au fusil de chasse.

Byrne savait que son seul espoir d'obtenir une inculpation serait une confession. Alors il l'avait harcelé. Sans répit. Chaque fois que Morris se retournait, Byrne était là : au concert, au café, lorsqu'il étudiait à la bibliothèque McCabe. Byrne avait même enduré un film d'art et d'essai abject intitulé *Eating*, assis deux rangées derrière Morris et sa petite amie, histoire de ne pas relâcher la pression. Ce soir-là, le plus dur avait été de rester éveillé durant la projection.

Un soir, Byrne s'était garé devant la résidence universitaire où vivait Morris, juste sous sa fenêtre, au campus de Swarthmore. Toutes les vingt minutes, pendant huit heures d'affilée, Morris avait entrouvert les rideaux pour voir si Byrne était toujours là. Byrne n'avait pas manqué de baisser la vitre de sa Taurus pour que le rougeoiement de sa cigarette luise comme un phare dans la nuit. À chaque fois qu'il jetait un coup d'œil, Morris ne manquait pas de lui montrer son majeur dressé à travers les rideaux entrouverts.

Ce jeu dura jusqu'à l'aube. Puis, vers sept heures et demie du matin, au lieu d'aller en cours, au lieu de dévaler les escaliers pour implorer la miséricorde de Byrne et bafouiller une confession, Morris Blanchard avait décidé de se pendre. Il avait fait passer un câble de remorque au-dessus d'un tuyau dans la cave de sa résidence universitaire, ôté tous ses vêtements, puis avait envoyé promener d'un coup de pied le chevalet sur lequel il se tenait. Un ultime doigt d'honneur aux autorités. Sur son torse était scotché un mot qui désignait Kevin Byrne comme son persécuteur.

Une semaine plus tard, on retrouvait le jardinier des Blanchard dans un motel d'Atlantic City, les cartes de crédit de Robert Blanchard en sa possession, des vêtements tachés de sang dissimulés dans son sac marin. Il avoua sur-le-champ le double meurtre.

La porte dans l'esprit de Byrne était restée fermée.

Pour la première fois en quinze ans, il s'était trompé.

Les ennemis des flics s'en étaient donné à cœur joie. Janice, la sœur de Morris, avait intenté des procès au civil à Byrne, à la brigade et à la municipalité pour homicide. Aucune de ces poursuites n'était allée bien loin, mais leur poids croissant avait bien failli briser Byrne.

Les journaux lui étaient tombés dessus, le diffamant des semaines durant dans leurs éditoriaux et leurs articles. Et si l'*Inquirer*, le *Daily News* et le *CityPaper* l'avaient mis sur le gril, ils avaient fini par passer à autre chose. Pourtant, *The Report* – un torchon à sensation qui se faisait passer pour de la presse alternative mais n'était en réalité guère plus qu'un tabloïd de supermarché – et son chroniqueur de merde particulièrement puant nommé Simon Close en avaient fait une affaire personnelle délirante. Pendant les semaines qui avaient suivi le suicide de Morris Blanchard, Simon Close avait enchaîné polémique sur polémique à propos de Byrne, la brigade, l'état de la police aux États-Unis, concluant finalement par une description de l'homme que serait devenu Morris Blanchard : un mélange d'Albert Einstein, de Robert Frost et de Jonas Salk, à l'en croire.

Avant l'affaire Blanchard, Byrne avait sérieusement envisagé de prendre sa retraite et de partir pour Myrtle Beach, peut-être pour y créer sa propre entreprise de sécurité, comme tous les autres flics au bout du rouleau dont la volonté avait été brisée par la sauvagerie des quartiers déshérités. Il avait fait son temps en tant qu'interlocuteur du Cirque des crétins. Mais en voyant les bannières devant la Rotonde – dont certaines arboraient des *bons mots*[1] tels que PENDONS BYRNE PAR LES

---

1. En français dans le texte. *(N.d.T.)*

BURNES ! – il savait qu'il en était incapable. Il ne pouvait pas partir comme ça. Il avait bien trop donné à la ville pour laisser un tel souvenir.

Alors il était resté.

Et il avait attendu.

Une autre affaire viendrait qui le hisserait de nouveau au sommet.

Byrne vida son irish coffee, s'enfonça plus confortablement dans son siège. Il n'avait aucune raison de rentrer chez lui. Il était censé reprendre son service dans quelques heures. De plus, ces temps-ci, il n'était guère plus qu'un fantôme dans son propre appartement, un esprit morose qui hantait deux pièces vides. Personne ne s'inquiéterait de son absence.

Il regarda les fenêtres du siège administratif, l'éclat ambré de la lumière de la justice brillant à jamais.

Gideon Pratt était dans ce bâtiment.

Byrne sourit, ferma les yeux. Il tenait son homme, le labo le confirmerait, et une nouvelle tache serait nettoyée des trottoirs de Philadelphie.

Kevin Francis Byrne n'était pas prince de la ville.

Il en était le *roi*.

2

Lundi, 5 h 15

Ceci est l'autre ville, celle que William Penn n'avait jamais imaginée en contemplant sa « ville de campagne verdoyante » nichée entre les rivières Schuylkill et Delaware, rêvant de colonnes grecques et de monuments de marbres dressés majestueusement parmi les pins. Ce n'est pas la ville de la fierté, de l'histoire, de la vision, le lieu où l'âme d'une grande nation fut créée, mais plutôt une section du nord de Philadelphie où des fantômes vivants aux yeux caves et avides errent dans l'obscurité. Ce lieu est un cloaque, le royaume de la suie, de la matière fécale, des cendres et du sang, un lieu où les hommes fuient les yeux de leurs enfants et renoncent à leur dignité pour une vie de chagrin perpétuel. Un lieu où les jeunes animaux deviennent vieux.

S'il y a des taudis au paradis, ils ressemblent sûrement à cet endroit.

Mais dans ce lieu hideux, poussera quelque chose de beau. Un jardin de Gethsémani au milieu du béton fissuré, du bois pourri, des rêves brisés.

Je coupe le moteur. Tout est calme.

Elle est assise près de moi, immobile, comme en

suspension dans ce pénultième instant de sa jeunesse. De profil, elle a l'air d'une enfant. Ses yeux sont ouverts, mais elle ne remue pas.

Il est un moment de l'adolescence où la petite fille qui jadis sautillait et chantait avec abandon cesse de le faire et revendique sa féminité, un moment où naissent les secrets, une foule de savoirs clandestins qu'il ne faudra jamais révéler. Ce changement se produit à des périodes différentes d'une jeune fille à l'autre – parfois dès douze ou treize ans, d'autres fois pas avant seize ans, voire plus – mais il se produit toujours, dans chaque culture, pour chaque race. Contrairement à ce que pensent nombre de gens, ce moment ne coïncide pas avec l'arrivée du sang, mais plutôt avec la conscience que le reste du monde, surtout les mâles de l'espèce, les voit soudain différemment.

Et, dès lors, l'équilibre des forces est à jamais modifié.

Non, elle n'est plus vierge, mais elle va le redevenir. Au pilier aura lieu un supplice et de cet anéantissement viendra la résurrection.

Je descends du véhicule, regarde à l'est et à l'ouest. Nous sommes seuls. L'air de la nuit est frais, bien qu'il ait fait ces derniers jours étonnamment chaud pour la saison.

J'ouvre la portière côté passager et prends sa main dans la mienne. Pas une femme ni une enfant. Certainement pas un ange. Les anges n'ont pas de libre arbitre.

Mais néanmoins une beauté à perdre son sang-froid.

Son nom est Tessa Ann Wells.
Son nom est Madeleine.
Elle est la deuxième.
Elle ne sera pas la dernière.

3

Lundi, 5 h 20

Obscurité.
Une brise soufflait, chargée de gaz d'échappement et d'autre chose. Une odeur de peinture. De kérosène, peut-être. En dessous, un relent de poubelles et de sueur humaine. Un chat poussa un miaulement perçant, puis…
Silence.
Il la portait dans une rue déserte.
Elle ne pouvait pas crier. Elle ne pouvait pas bouger. Ses bras semblaient lourds comme du plomb et frêles à cause de la drogue qu'il lui avait injectée, son esprit comme voilé par un brouillard gris et vaporeux.
Le monde défilait devant les yeux de Tessa Wells en un tumulte de couleurs fades et de formes géométriques à peine entrevues.
Le temps s'arrêta. Se figea. Elle ouvrit les yeux.
Ils étaient à l'intérieur. Descendaient des marches en bois. Une odeur d'urine et de viande pourrie. Comme elle n'avait pas mangé depuis longtemps, l'odeur lui retourna l'estomac et un filet de bile remonta jusqu'à sa gorge.

Il la déposa au pied de la colonne, positionnant son corps et ses membres comme si elle était une poupée.

Il lui plaça quelque chose dans les mains.

Le rosaire.

Un temps s'écoula. Elle laissa de nouveau son esprit dériver, rouvrit les yeux lorsqu'il la toucha. Elle sentit qu'il lui traçait une croix sur le front.

Mon Dieu, m'accorde-t-il l'extrême-onction?

Soudain, des souvenirs aux tons vif-argent chatoyèrent dans son esprit, des images fluctuantes de son enfance. Elle se souvint...

... à cheval dans le comté de Chester, le vent qui me piquait le visage, et le matin de Noël, le vase en cristal de maman capturant les lumières colorées de l'énorme sapin que papa achetait chaque année, et Bing Crosby et cette chanson idiote qui parlait de Noël à Hawaï et...

Il se tenait maintenant devant elle, passait un fil dans le chas d'une énorme aiguille. Il parlait d'une voix lente et monocorde...

En latin?

... tout en faisant un nœud et en tirant sur l'épais fil.

Elle savait qu'elle ne quitterait pas cette pièce.

Qui allait s'occuper de son père?

Sainte Marie, mère de Dieu...

Il l'avait longtemps fait prier dans la petite pièce. Il lui avait chuchoté à l'oreille les mots les plus horribles qu'elle ait jamais entendus. Elle avait prié pour que cela cesse.

Priez pour nous, pauvres pécheurs...

Il retroussa sa jupe jusqu'en haut de ses cuisses, puis autour de sa taille. Il s'agenouilla, lui écarta les jambes. La partie inférieure de son corps était complètement paralysée.

Je vous en prie, mon Dieu, faites que cela se termine.

Maintenant…
Faites que cela se termine.
Et à l'heure de notre mort.
Puis, en ce lieu humide et délabré, en cet enfer terrestre, elle vit la mèche en acier de la perceuse, entendit le vrombissement du moteur, et elle sut que ses prières allaient enfin être exaucées.

4

Lundi, 6 h 50

— Choco Pops.
L'homme lui jeta un regard noir, sa bouche serrée en un rictus lâche. Il se tenait à quelques mètres d'elle, mais Jessica percevait le danger qui émanait de sa personne et la saveur amère de sa propre terreur lui monta soudain à la bouche.

Tandis qu'il la fixait d'un regard implacable, Jessica sentit le bord du toit approcher derrière elle. Elle porta la main au holster qu'elle portait à l'épaule, mais, bien entendu, il était vide. Elle fouilla ses poches. Côté gauche : quelque chose ressemblant à une barrette et deux pièces de vingt-cinq *cents*. Côté droit : vide. Super. Pendant sa chute elle serait parfaitement équipée pour se faire un chignon et passer un coup de fil longue distance.

Jessica décida d'employer l'unique arme dont elle s'était servie de toute sa vie, cette arme effrayante qui avait été à l'origine de la plupart de ses problèmes mais les avait aussi résolus. La parole. Mais au lieu de quelque chose un tant soit peu intelligent ou menaçant, elle ne parvint qu'à prononcer d'une voix tremblante :

— Quoi ?

Le malfrat déclara de nouveau :
— Choco Pops.

Ces mots semblaient aussi incongrus que le décor : un soleil éblouissant, un ciel sans nuages, des mouettes blanches dessinant une ellipse indolente au-dessus de sa tête. On se serait cru un dimanche matin, mais Jessica savait que ce n'était pas le cas. Aucun dimanche matin ne pouvait charrier tant de périls ni provoquer tant de peur. Elle ne se retrouverait jamais un dimanche matin sur le toit du Centre de la justice criminelle en plein cœur de Philadelphie, avec un gangster terrifiant marchant sur elle.

Mais avant que Jessica ait pu parler, le voyou répéta une dernière fois :
— Je t'ai préparé des Choco Pops, maman.

Bonjour.

Maman ?

Jessica ouvrit lentement les yeux. Le soleil matinal s'engouffrait dans la pièce, dardant sur elle ses fins poignards jaunes. En fait de gangster, c'était Sophie, sa fille de trois ans, grimpée sur sa poitrine, sa chemise de nuit bleu pastel accentuant l'éclat de rubis de ses joues, son visage tel un œil rose tendre au milieu d'un cyclone de boucles châtain. Maintenant, bien sûr, tout avait un sens. Jessica comprenait sa sensation d'oppression et pourquoi l'homme épouvantable de son cauchemar avait un peu la voix d'Elmo de *Rue Sésame*.

— Des Choco Pops, chérie ?

Sophie Balzano acquiesça.

— Qu'est-ce qui se passe avec les Choco Pops ?
— Je t'ai préparé le petit déjeuner, m'man.
— Vraiment ?
— Hm, hm.
— Toute seule ?
— Hm, hm.
— C'est pas une grande fille, ça ?

— Si.
Jessica prit une mine sévère.
— Et qu'est-ce qui se passe quand on monte sur les meubles ? Qu'est-ce que maman t'a dit à ce propos ?
Sophie fit une série de grimaces évasives, tentant de concevoir une histoire qui pourrait expliquer comment elle avait attrapé les céréales au-dessus du placard sans grimper sur le plan de travail. Au bout du compte, elle écarquilla ses grands yeux marron, ce qui, comme toujours, mit un terme à la conversation.
Jessica fut bien obligée de sourire. Elle s'imagina la cuisine ressemblant à Hiroshima.
— Pourquoi m'as-tu préparé le petit déjeuner ?
Sophie fit les grands yeux. La réponse n'était-elle pas évidente ?
— Parce que c'est ton premier jour d'école !
— C'est vrai.
— C'est le repas le plus important de la journée !
Sophie était évidemment bien trop jeune pour saisir le concept de travail. Depuis sa première incursion à la garderie – un centre hors de prix nommé Educare situé dans le district de Center City –, chaque fois que sa mère quittait la maison pour un certain temps, c'était, selon Sophie, pour « aller à l'école ».
À mesure que le matin s'insinuait dans sa conscience, sa frayeur commença à se dissiper. Jessica n'était pas menacée par un criminel, un scénario qui avait fréquemment hanté ses rêves au cours des derniers mois. Elle était dans les bras de son adorable fille, dans sa maison lourdement hypothéquée du nord-est de Philadelphie et la Jeep Cherokee, pour laquelle elle s'était aussi lourdement endettée, était dans le garage.
En sécurité.
Jessica tendit la main et alluma la radio tandis que Sophie la serrait fort dans ses bras et l'embrassait encore plus fort.

— Il est tard ! annonça Sophie avant de descendre du lit et de traverser la chambre à toute vitesse. Allez, maman !

Tout en regardant sa fille disparaître au coin de la porte, Jessica se dit que, en vingt-neuf ans, elle n'avait jamais été si reconnaissante d'entamer une nouvelle journée ; jamais aussi heureuse que s'achève le cauchemar qu'elle faisait depuis le jour où elle avait appris sa mutation.

Aujourd'hui serait son premier jour à la brigade criminelle.

Elle espérait que ce serait la dernière fois qu'elle faisait ce rêve.

Pourtant elle en doutait.

Inspecteur.

Bien qu'elle eût passé trois années dans la brigade automobile et porté une plaque durant tout ce temps, elle savait que c'étaient les corps les plus fermés de la police – antibanditisme, stups et criminelle – qui conféraient à ce grade son vrai prestige.

À partir d'aujourd'hui, elle appartenait à l'élite. Elle faisait partie des élus. Parmi tous les badges dorés de la police de Philadelphie, c'étaient les hommes et les femmes de la criminelle qu'on considérait comme des dieux. Impossible d'aspirer à une mission plus élevée au sein des forces de l'ordre. S'il était vrai que des cadavres faisaient surface au cours de tous types d'enquêtes – depuis les vols et cambriolages jusqu'aux transactions de drogue qui tournaient mal en passant par les scènes de ménage qui dégénéraient –, dès qu'ils ne trouvaient pas de pouls, les inspecteurs divisionnaires décrochaient leurs téléphones pour appeler la criminelle.

À partir d'aujourd'hui, elle serait la voix de ceux qui ne pouvaient plus parler.

Inspecteur.

— Tu veux un peu des céréales de maman ? demanda Jessica.

Elle en était à la moitié de son énorme bol de Choco Pops – Sophie avait versé presque toute la boîte – qui virait rapidement à une bouillie beige et sucrée.

— Non, merci, répondit Sophie, la bouche pleine.

Sophie était assise en face d'elle à la table de la cuisine, coloriant avec vigueur une espèce de Shrek orange à six pattes, mordant à l'occasion dans un biscuit aux noisettes, sa friandise préférée.

— Tu es sûre ? insista Jessica. C'est très, très bon.

— Non merci.

Merde, pensa Jessica. Sa fille était aussi têtue qu'elle. Lorsque Sophie avait décidé quelque chose, impossible de la faire changer d'avis. Ce qui, bien entendu, était à la fois une bonne et une mauvaise chose : bonne parce que ça signifiait que la fille de Jessica et Vincent Balzano n'abandonnait pas facilement, mauvaise parce que Jessica savait déjà que lorsque Sophie serait adolescente, leurs disputes feraient passer l'opération « Renard du désert » pour une bagarre de bac à sable.

Mais Jessica se demandait maintenant comment sa séparation d'avec Vincent affecterait Sophie à long terme. Il était évident que son père lui manquait terriblement.

Jessica regarda le bout de la table où Sophie avait préparé une place pour Vincent. D'accord, elle avait choisi en guise de couverts une petite louche et une fourchette à fondue, mais c'était l'intention qui comptait. Depuis quelques mois, dès que Sophie organisait une petite fête à la maison – qu'il s'agisse de goûters dans le jardin le dimanche après-midi ou de soirées auxquelles était conviée sa ménagerie d'ours, canards et girafes en peluche –, elle réservait toujours une place pour son père. Sophie était assez grande pour comprendre que son univers familial était chamboulé, et assez petite pour croire qu'un peu de magie enfantine pourrait améliorer sa situation. C'était l'une des nombreuses choses qui chaque jour fendaient le cœur de Jessica.

Elle commençait juste à concevoir un plan pour distraire Sophie et vider son saladier de bouillie chocolatée dans l'évier lorsque le téléphone sonna. C'était Angela Giovanni, sa cousine germaine. Elle avait un an de moins que Jessica et avait toujours été comme une sœur pour elle.

— Salut, inspecteur Balzano, lança Angela.
— Salut, Angie.
— Bien dormi ?
— Super. Au moins deux heures.
— Prête pour le grand jour ?
— Pas vraiment.
— Mets ton tailleur pare-balles et tout ira comme sur des roulettes, dit Angela.
— Si tu le dis, répondit Jessica. C'est juste que...
— Quoi ?

L'appréhension que ressentait Jessica était si floue, si générale, qu'elle avait du mal à l'exprimer. Elle avait réellement l'impression que c'était son premier jour d'école. De garderie.

— C'est la première fois de ma vie que j'ai peur.
— Hé ! fit Angela, avec son éternel optimisme. Qui a achevé son cursus universitaire en seulement trois ans ?

Elles avaient souvent eu cet échange, mais Jessica n'avait rien contre. Pas aujourd'hui.

— Moi.
— Qui a réussi son examen d'entrée du premier coup ?
— Moi.
— Et qui a démoli la tronche de Ronnie Anselmo après sa tentative de pelotage pendant *Beetlejuice* ?
— Je crois que c'est moi, répondit Jessica.

Elle se souvenait qu'en fait ça ne l'avait pas tant gênée

que ça. Ronnie Anselmo était plutôt mignon. Mais elle avait des principes.

— Absolument. Notre forte tête sans peur et sans reproche, dit Angela. Et rappelle-toi ce que disait grand-mère : *Meglio un uovo oggi che una gallina domani.*

Jessica repensa à son enfance, les vacances chez sa grand-mère dans Christian Street dans le sud de la ville, les arômes d'ail, de basilic, d'asiago et de poivrons grillés. Elle revit sa grand-mère assise sur le perron au printemps et en été, aiguilles à tricoter en main – l'éternelle pelote de laine afghane posée sur le ciment immaculé, toujours vert sur blanc, les couleurs des Philadelphia Eagles – déclamant ses maximes à qui voulait bien l'écouter. Celle-ci était un de ses classiques : Mieux vaut un œuf aujourd'hui qu'une poule demain.

La conversation changea de ton et les questions sur la famille fusèrent telles des balles de tennis. Tout le monde allait bien, ou à peu près. Puis, comme de bien entendu, Angela annonça :

— Tu sais, il m'a demandé de tes nouvelles.

Jessica savait exactement de qui elle parlait.

— Vraiment ?

Patrick Farrell était médecin aux urgences de l'hôpital Saint-Joseph où Angela travaillait en tant qu'infirmière. Jessica avait eu une brève, et plutôt chaste, relation avec lui avant de se fiancer avec Vincent. Elle l'avait revu un soir en amenant aux urgences un garçon du voisinage qui s'était fait sauter deux doigts avec un M80. Ils avaient alors eu une nouvelle passade pendant environ un mois.

Jessica fréquentait Vincent en même temps – qui était lui aussi agent en uniforme dans le troisième district. Quand Vincent l'avait demandée en mariage, Patrick s'était retrouvé forcé de s'engager à son tour et avait préféré repousser l'échéance. Depuis sa séparation, Jessica s'était demandé un bon million de fois si elle n'avait pas laissé partir le bon.

— Il se languit, Jess, dit Angela – elle était la seule personne au nord de Mayberry à utiliser des mots comme « se languir ». Il n'y a rien de plus touchant qu'un bel homme amoureux.

Elle avait certainement raison quand elle disait qu'il était beau. Patrick était un Irlandais brun, une espèce rare : cheveux noirs, yeux bleu foncé, épaules larges, fossettes. Personne n'avait meilleure allure en blouse blanche.

— Je suis mariée, Angie.
— Pas tant que ça.
— Dis-lui juste... bonjour de ma part, dit Jessica.
— Juste bonjour ?
— Oui. Pour l'instant. La dernière chose dont j'ai besoin en ce moment, c'est d'un homme.
— Probablement les paroles les plus tristes que j'aie jamais entendues, déclara Angela.
— Tu as raison, consentit Jessica en riant. C'est assez pathétique.
— Tout est prêt pour ce soir ?
— Oh, pas de problème, répondit Jessica.
— Elle s'appelle comment ?
— Tu es bien assise ?
— Oui, vas-y.
— Sparkle Munoz.
— Oh, fit Angela. Sparkle ?
— Sparkle.
— Qu'est-ce que tu sais d'elle ?
— J'ai vu une vidéo de son dernier combat, répondit Jessica. De la petite bière.

Jessica était l'une des rares femmes de Philly, quoique de plus en plus nombreuses, qui faisaient de la boxe. Ce qui avait commencé comme une blague au club de sport de la police où Jessica essayait de perdre les kilos pris durant sa grossesse était devenu une activité sérieuse. Avec un record de trois victoires par KO sans défaite, elle commençait déjà à avoir bonne presse. Le fait qu'elle arborait un short en satin rose avec les mots JESSIE BALLS cousus à la taille ne nuisait pas non plus à son image.

— Tu seras là, n'est-ce pas ? demanda Jessica.
— Absolument.
— Merci, cousine, dit Jessica en jetant un coup d'œil à l'horloge. Écoute, il faut que je file.
— Moi aussi.
— Encore une question à te poser, Angie.
— Vas-y.
— Tu peux me rappeler pourquoi je suis devenue flic ?
— Facile, répondit Angela. Pour taper sur les gens et conduire n'importe comment.
— Huit heures.
— J'y serai.
— Je t'embrasse.
— Moi aussi.

Jessica raccrocha et regarda Sophie qui s'était mis en tête de relier les pois de sa robe avec un marqueur orange.

Bon sang, comment allait-elle survivre à cette journée ?

Une fois Sophie changée, Jessica la déposa chez Paula Farinacci – la baby-sitter qui, par chance, vivait deux maisons plus loin et était aussi l'une de ses meilleures amies – puis elle rentra à pied, son tailleur jaune maïs commençant déjà à se froisser. Lorsqu'elle travaillait pour la brigade automobile, elle pouvait opter pour un jean et un blouson de cuir, avec un T-shirt ou un sweatshirt, et, à l'occasion, un tailleur-pantalon. Elle trouvait que le Glock posé sur son Levi's délavé préféré, à la hauteur de la hanche, lui donnait une certaine allure.

Et, pour être honnête, les autres flics étaient d'accord. Mais maintenant elle devait porter des tenues plus professionnelles.

Lexington Park était un quartier calme au nord-est de Philadelphie en bordure de Pennypack Park. Comme de nombreux membres des forces de l'ordre y avaient élu domicile, les cambriolages y étaient rares. Les monte-en-l'air semblaient avoir une aversion pathologique pour les balles à pointe creuse et les rottweilers hargneux.

Bienvenue au royaume des flics.

Entrez à vos risques et périls.

Avant qu'elle eût atteint son allée, Jessica entendit un grondement métallique et sut que c'était Vincent. En trois années passées à la brigade automobile, elle avait appris à identifier les moteurs rien qu'en les entendant et, lorsque la Harley Shovelhead 1969 de Vincent tourna au coin de la rue puis s'arrêta dans l'allée dans un vrombissement guttural, elle sut que son oreille fonctionnait toujours à merveille. Vincent possédait aussi une vieille camionnette Dodge, mais, comme la plupart des motards, il enfourchait sa moto dès que le thermomètre affichait cinq degrés – et souvent même avant.

En tant qu'inspecteur des stups en civil, Vincent jouissait d'une totale liberté question tenue. Avec sa barbe de quatre jours, son blouson de cuir râpé et ses lunettes de soleil Serengeti, il avait plus l'air d'un voyou que d'un flic. Ses cheveux châtain foncé étaient plus longs que jamais et attachés en un catogan. L'éternel crucifix qu'il portait au bout d'une chaîne en or scintillait dans la lumière matinale.

Jessica avait toujours craqué pour son côté mauvais garçon à la peau basanée.

Elle chassa cette pensée et adopta une mine de circonstance.

— Qu'est-ce que tu veux, Vincent ?

Il ôta ses lunettes et demanda calmement :

— À quelle heure est-il parti ?
— Je n'ai pas de temps à perdre avec ces conneries.
— C'est une question simple, Jessie.
— Ça ne te regarde pas.

Jessica s'aperçut que sa remarque l'avait blessé, mais, sur le coup, elle s'en moquait.

— Tu es ma femme, commença-t-il, comme s'il lui annonçait un scoop. Cette maison est à moi. Ma fille y dort. Alors putain, si, ça me regarde.

Sauvez-moi des machos italo-américains, pensa Jessica. Existait-il au monde créature plus possessive ? Ces hommes faisaient passer le gorille à dos argenté pour une bête raisonnable. Et lorsqu'ils étaient flics, ils étaient encore pires. Vincent, tout comme elle, était né et avait grandi dans les rues du sud de Philly.

— Oh, maintenant ça te regarde ? Et ça te regardait quand tu t'envoyais cette *putana* ? Hein ? Quand tu te tapais dans mon lit ce pot de peinture du New Jersey avec son gros cul ?

Vincent se frotta le visage. Il avait les yeux rouges, l'air las. De toute évidence, il venait de terminer son service. Ou peut-être avait-il passé une longue nuit à faire autre chose.

— Combien de fois dois-je m'excuser, Jess ?
— Encore quelques millions, Vincent. Et alors on sera trop gâteux pour se souvenir que tu m'as trompée.

Chaque brigade avait ses groupies, des nanas qui, dès qu'elles voyaient un uniforme ou une plaque, ressentaient soudain le besoin incontrôlable de se coucher sur le dos et d'écarter les jambes. C'étaient les stups et les mœurs qui en avaient le plus, pour des raisons évidentes. Mais Michelle Brown n'était pas de celles-là. Michelle Brown était une vraie liaison. Elle avait baisé son mari dans sa maison à elle.

— Jessie.

— J'ai besoin que tu viennes m'emmerder aujourd'hui, hein ? J'en ai vraiment besoin ?

Le visage de Vincent s'adoucit, comme s'il venait de se rappeler quel jour on était. Il ouvrit la bouche pour parler, mais Jessica leva la main et le stoppa.

— Non, dit-elle. Pas aujourd'hui.

— Quand ?

À vrai dire, elle n'en savait rien. Est-ce qu'il lui manquait ? Terriblement. Est-ce qu'elle le lui montrerait ? Jamais de la vie.

— Je ne sais pas.

Malgré ses défauts – et ils étaient légion – Vincent Balzano savait quand il ne fallait plus insister avec sa femme.

— Allez, dit-il. Laisse-moi au moins te déposer.

Il savait qu'elle refuserait et préférerait se passer d'une arrivée en Harley à la Rotonde à la Phyllis Diller.

Mais il lui fit ce foutu sourire, celui qui au début l'avait menée dans son lit. Elle faillit céder.

— Il faut que j'y aille, Vincent, dit-elle.

Elle contourna la moto et se dirigea vers le garage, résistant à son envie de se retourner. Il l'avait trompée et maintenant c'était elle qui se mordait les doigts.

Qu'est-ce qui cloche ?

Tandis qu'elle faisait exprès de chercher ses clés et prenait tout son temps, elle finit par entendre la moto démarrer, reculer, puis émettre un rugissement provocateur avant de disparaître au bout de la rue.

Elle démarra la Cherokee et composa 1060 sur le cadran de l'autoradio. La station KYW l'informa que la route I-95 était bouchée. Elle jeta un coup d'œil à l'horloge. Elle avait le temps. Elle irait en ville par Frankford Avenue.

En quittant l'allée, elle vit une ambulance devant la maison des Arrabiata, de l'autre côté de la rue. Encore. Elle croisa le regard de Lily Arrabiata, qui lui adressa un signe de la main. Apparemment Carmine Arrabiata faisait sa fausse attaque cardiaque hebdomadaire, un incident qui, d'aussi loin que Jessica put se souvenir, s'était toujours produit avec la même régularité. On en était arrivé au point où la municipalité refusait d'envoyer une ambulance du service des urgences. Les Arrabiata devaient donc faire appel à des sociétés privées. Le geste de la main de Lily signifiait deux choses. Tout d'abord, bonjour. Ensuite, il informait Jessica que Carmine allait bien. Du moins, jusqu'à la semaine prochaine.

En se dirigeant vers Cottman Avenue, Jessica repensa à la dispute stupide qu'elle venait d'avoir avec Vincent et se dit qu'une réponse simple à sa question initiale aurait immédiatement mis un terme à la conversation. Le soir précédent, elle assistait à une réunion préparatoire pour une collecte de nourriture organisée par son église en compagnie d'un vieil ami de la famille, le petit Davey Pizzino, qui ne dépassait pas le mètre cinquante-deux. C'était un événement auquel Jessica participait chaque année depuis son adolescence et qui n'avait vraiment rien d'un rendez-vous galant, mais ça ne regardait pas Vincent. Davey Pizzino rougissait devant les publicités pour les produits de toilette intime. Et à trente-huit ans, il était le plus vieux puceau à l'est des monts Alleghany. Il était parti à neuf heures et demie.

Mais le fait que Vincent l'avait sans doute espionnée la mettait réellement hors d'elle.

Il pouvait penser ce qu'il voulait.

Tandis qu'elle roulait vers Center City, Jessica observa la diversité des quartiers qu'elle traversait. Elle ne connaissait aucune autre ville aussi déchirée entre délabrement et splendeur. Aucune autre ville ne s'était raccrochée à son passé avec autant de fierté ni vouée à l'avenir avec une telle ferveur.

Elle vit deux personnes courageuses s'échiner à faire

du jogging sur Frankford Avenue, et les vannes de sa mémoire s'ouvrirent en grand. Une déferlante d'images et d'émotions passées la submergea.

Elle avait commencé à courir avec son frère quand celui-ci avait dix-sept ans ; elle n'était alors qu'une grande perche de treize ans, un sac d'os aux coudes pointus, aux épaules saillantes et aux rotules anguleuses. La première année, elle n'imaginait même pas égaler l'allure ou la foulée de son frère, Michael Giovanni, qui approchait du mètre quatre-vingts pour tout juste quatre-vingts kilos de muscles.

Été comme hiver, qu'il pleuve ou qu'il vente, ils couraient dans les rues du sud de Philly, Michael toujours un peu en avant, Jessica s'efforçant de tenir le rythme, admirant en silence la grâce de son frère. Le jour de ses quatorze ans, elle était arrivée avant lui aux marches de Saint-Paul et Michael n'avait pas manqué de s'avouer vaincu. Mais elle savait qu'il l'avait laissée gagner.

Leur mère était morte d'un cancer du sein quand Jessica n'avait que cinq ans, et, à partir de ce jour, Michael avait été à ses côtés pour chaque égratignure, chaque peine de cœur, il l'avait aidée chaque fois qu'un dur du quartier l'avait harcelée.

Elle avait quinze ans quand Michael s'était enrôlé dans la marine, suivant ainsi les traces de son père. Elle se rappelait comme ils étaient tous fiers la première fois qu'il était rentré à la maison dans son uniforme de parade. Toutes les amies de Jessica étaient tombées follement amoureuses de Michael Giovanni, de ses yeux caramel et de son sourire avenant, du talent qu'il avait pour mettre à l'aise les personnes âgées comme les enfants. Tout le monde savait qu'il s'engagerait dans la police après son service militaire, suivant encore une fois les traces de son père.

Elle avait quinze ans quand Michael, qui servait alors

dans le premier bataillon du onzième régiment de marines, avait été tué au Koweït.

Son père, un ancien policier décoré à trois reprises, un homme qui transportait toujours la carte d'hôpital de sa défunte femme dans sa poche de chemise, avait ce jour-là fermé son cœur, et ne l'ouvrait plus désormais qu'en présence de sa petite-fille. Malgré sa taille modeste, Peter Giovanni avait été pour son fils un géant.

Jessica se destinait à une école préparatoire puis à une fac de droit, mais le soir où ils avaient appris la mort de Michael, elle avait su qu'elle s'engagerait dans la police.

Et maintenant, tandis qu'elle était au seuil d'une toute nouvelle carrière dans l'une des brigades criminelles les plus respectées du pays, la fac de droit semblait être un rêve qui n'avait existé que dans son imagination.

Peut-être un jour.

Peut-être.

Au moment où elle pénétra dans le parking de la Rotonde, elle s'aperçut qu'elle avait tout oublié. Elle ne se souvenait d'absolument rien. Les heures passées à étudier les procédures, à analyser les indices, les années dans la rue, son cerveau avait tout évacué.

Le bâtiment est-il plus grand qu'avant ? se demanda-t-elle.

À la porte, elle aperçut son reflet dans la vitre. Elle portait un tailleur plutôt onéreux et les chaussures qui lui avaient semblé les plus adaptées à ses nouvelles fonctions. Une sacrée différence comparé aux jeans déchirés et aux sweat-shirts qui avaient eu sa faveur lors de ses années insouciantes à l'université de Temple, avant Vincent, avant Sophie, avant l'école de police, avant… tout ça. Pas le moindre problème à l'époque, pensa-t-elle. Désormais, les fondations de sa vie étaient ébranlées, son monde n'était qu'inquiétude, tracas, angoisse.

Bien qu'elle fût déjà entrée dans le bâtiment à de

nombreuses reprises et eût été capable de marcher jusqu'à la rangée d'ascenseurs les yeux bandés, tout lui semblait étranger, comme si elle voyait cet endroit pour la première fois. Les images, les sons, les odeurs, tout se mêlait pour transformer cette petite branche du système judiciaire de Philadelphie en un carnaval hallucinant.

En saisissant la poignée de la porte, Jessica vit le visage de son frère Michael, une image qui lui reviendrait souvent à l'esprit au cours des semaines suivantes, à mesure que les principes sur lesquels elle avait fondé sa vie basculeraient dans la folie.

Elle ouvrit la porte, entra et pensa :

Veille sur moi, grand frère.
Veille sur moi.

5

Lundi, 7 h 55

La brigade criminelle se trouvait au premier étage de la Rotonde. Situé au coin de la Huitième Rue et de Race Street, le siège de la police de Philadelphie devait son nom à la forme arrondie de sa structure de trois étages. Même les ascenseurs étaient ronds. Les criminels se plaisaient à faire remarquer que, vu du ciel, le bâtiment ressemblait à une paire de menottes. Chaque fois qu'une mort suspecte se produisait dans le comté de Philadelphie, c'était la Rotonde qu'on appelait.

On ne comptait qu'une poignée de femmes parmi les soixante-cinq inspecteurs que comportait la brigade, une statistique que les grosses huiles cherchaient désespérément à faire évoluer.

Chacun savait que, depuis quelque temps, dans une unité aussi politiquement sensible que le PPD, ce n'étaient pas nécessairement des personnes qui étaient promues, mais bien souvent des statistiques. Parfois, c'était à un représentant de quelque couche de la population que l'on filait le boulot.

Jessica le savait. Mais elle savait aussi que sa carrière avait jusqu'alors été exceptionnelle et qu'elle avait mérité sa place à la brigade, même si elle y arrivait un peu plus jeune que la moyenne. Elle était diplômée en justice criminelle ; en tant qu'agent en uniforme elle avait été plus que compétente et avait obtenu deux lettres de recommandation. Et si elle devait se colleter avec quelques types vieux jeu de la brigade, pas de problème. Elle était prête. Elle ne s'était jamais dégonflée quand il fallait se battre, et ne commencerait pas maintenant.

Le sergent Dwight Buchanan était l'un des trois superviseurs de la brigade. Si les inspecteurs de la criminelle parlaient pour les morts, Ike Buchanan parlaient pour ceux qui parlaient pour les morts.

Lorsque Jessica entra dans la salle commune, Ike Buchanan l'aperçut et lui fit signe d'approcher. Le service de la journée commençant à huit heures, la pièce était pleine de monde. La plupart des agents qui terminaient leur service étaient encore là, ce qui n'était pas si rare à cette heure, transformant la pièce en demi-cercle déjà exiguë en un espace surpeuplé. Jessica adressa un signe de tête aux inspecteurs assis derrière les bureaux – tous des hommes, tous au téléphone – qui, pour la forme, lui rendirent froidement son salut.

Elle ne faisait pas partie du club, du moins pas encore.

— Entrez, dit Buchanan en tendant la main.

Jessica lui serra la main et le suivit, remarquant qu'il boitait légèrement. Ike Buchanan avait été blessé par balles au cours de la guerre des gangs qui avait secoué Philly à la fin des années 1970, et la légende disait qu'il avait dû subir une demi-douzaine d'opérations et n'avait retrouvé son uniforme qu'après une année de convalescence douloureuse. L'un des derniers hommes de fer. Elle l'avait vu avec une canne à quelques reprises, mais pas aujourd'hui. La fierté et le cran, en ce lieu, n'étaient pas un luxe. C'étaient parfois ces vertus qui soudaient la chaîne de commandement.

Bien qu'il approchât de la soixantaine, Ike Buchanan était maigre comme un clou mais extrêmement vigoureux ; il arborait une chevelure d'une blancheur immaculée et des sourcils blancs et touffus. Il avait le teint rougeaud et sa peau portait les stigmates laissés par presque soixante hivers à Philly et, si cette autre légende était vraie, l'abus de Wild Turkey.

Elle pénétra dans le petit bureau, s'assit.

— Expédions d'abord les détails.

Buchanan ferma à demi la porte et alla se placer derrière son bureau. Jessica remarqua qu'il essayait de dissimuler sa claudication. Il avait beau être couvert de décorations, il n'en était pas moins un homme.

— Bien, monsieur.

— D'où venez-vous ?

— J'ai grandi dans le sud de la ville, répondit Jessica, qui savait que Buchanan possédait déjà ces informations, que c'était une formalité. À l'angle de la Sixième Rue et de Catharine.

— Quelles écoles ?

— Je suis allée à Saint-Paul. Puis à la Nazarene Academy. J'ai fait mes études à Temple.

— Vous avez passé votre diplôme en trois ans ?

Trois ans et demi, pensa Jessica. *Mais qui irait vérifier ?*

— Oui, monsieur. En justice criminelle.

— Impressionnant.

— Merci, monsieur. C'était beaucoup de...

— Vous avez travaillé pour le commissariat du troisième district ? demanda-t-il.

— Oui.

— Ça vous a plu de travailler avec Danny O'Brien ?

Qu'était-elle censée dire ? Que c'était un parfait abruti misogyne et dominateur ?

— Le sergent O'Brien est un bon policier. Il m'a beaucoup appris.

— Danny O'Brien est l'homme de Neandertal, dit Buchanan.

— C'est une façon de voir les choses, monsieur, déclara Jessica, faisant son possible pour réprimer un sourire.

— Bon, dites-moi, reprit Buchanan. Pour quelles raisons êtes-vous vraiment ici ?

— Je ne suis pas sûre de vous comprendre, répondit-elle histoire de gagner du temps.

— Ça fait trente-sept ans que je suis flic. J'ai moi-même du mal à le croire, mais c'est vrai. J'ai vu beaucoup de gens bien, et aussi beaucoup de salopards. Des deux côtés de la barrière. À un moment, j'étais exactement comme vous. Prêt à affronter le monde, à punir les coupables et venger les innocents.

Buchanan se retourna pour lui faire face.

— Pourquoi êtes-vous ici ?

Reste calme, Jess, pensa-t-elle. *Il te tend une perche.*

— Je suis ici car... car je pense pouvoir apporter quelque chose à ce service.

Buchanan la fixa quelques instants. Impossible d'interpréter son regard.

— Je pensais la même chose à votre âge.

Jessica se demandait s'il lui faisait la morale ou non. L'Italienne en elle, la forte tête du sud de Philly se réveilla.

— Si je puis me permettre, monsieur, avez-vous apporté quelque chose ?

Buchanan sourit. Une bonne nouvelle pour Jessica.

— Je n'ai pas encore pris ma retraite.

Bonne réponse, pensa Jessica.

— Comment va votre père ? demanda-t-il, passant soudain du coq à l'âne. La retraite lui plaît ?

À dire vrai, son père devenait cinglé. La dernière fois qu'elle était passée chez lui, il se tenait près de la porte vitrée coulissante et fixait du regard son minuscule jardin, un paquet de graines de tomates Roma à la main.

— Beaucoup, monsieur.
— C'est un type bien. C'était un bon flic.
— Je lui dirai. Ça lui fera plaisir.
— Le fait que Peter Giovanni soit votre père ne doit en rien affecter votre travail. Si jamais ça devient un problème, venez me voir.
Jamais de ma putain de vie.
— Entendu. Je vous en suis reconnaissante.

Buchanan se leva, se pencha en avant et la fixa de son regard intense.

— Ce métier en a brisé plus d'un. J'espère que vous avez le cœur solide, inspecteur.
— Merci, monsieur.

Buchanan jeta un coup d'œil dans la salle commune par-dessus l'épaule de Jessica.

— À propos de briseur de cœur...

Elle suivit son regard et vit l'homme imposant qui lisait un fax près du bureau des missions. Elle se leva à son tour et ils quittèrent le bureau de Buchanan.

Comme ils s'approchaient de l'homme, Jessica l'observa attentivement. Il avait une petite quarantaine d'années, mesurait un mètre quatre-vingt-dix pour cent dix kilos. Un homme massif. Ses cheveux étaient châtain clair, ses yeux vert amande, il avait des mains énormes et une épaisse cicatrice qui luisait au-dessus de son œil droit. Même sans le savoir, elle aurait deviné qu'il était flic à la criminelle. Il remplissait toutes les conditions requises : costume de bonne qualité, cravate bon marché, chaussures qui n'avaient pas vu de cirage depuis leur sortie de l'usine, ainsi que les trois parfums de rigueur : tabac, bonbons à la menthe et faibles effluves d'Aramis.

— Comment va le bébé ? demanda Buchanan.
— Dix doigts, dix orteils, répondit l'homme.

Jessica comprit le code. Buchanan se renseignait sur une affaire en cours. La réponse de l'inspecteur signifiait : « Tout va bien. »

— Racaille, dit Buchanan. Je vous présente votre nouvelle équipière.
— Jessica Balzano, dit-elle en tendant la main.
— Kevin Byrne, répondit-il. Ravi de vous rencontrer.

Ce nom ramena immédiatement Jessica environ un an en arrière. L'affaire Morris Blanchard. Tous les flics de la ville avaient suivi cette enquête. La photo de Byrne avait été placardée à travers toute la ville, on l'avait vu dans tous les journaux télévisés, dans la presse quotidienne et les magazines locaux. Jessica s'étonnait de ne pas l'avoir reconnu. Au premier coup d'œil, il semblait avoir cinq ans de plus que l'homme dont elle se souvenait.

Le téléphone de Buchanan sonna. Il s'excusa et prit congé.

— Ravie également, répondit-elle. Racaille?
— Une longue histoire. On en reparlera.

Comme ils se serraient la main, Byrne s'aperçut qu'il connaissait le nom qu'il venait d'entendre.

— Vous êtes la femme de Vincent Balzano?

Bon sang, pensa Jessica. Presque sept mille flics à Philadelphie, et ils se connaissaient tous. Elle accentua la pression de sa poignée de main.

— Je porte juste son nom, répondit-elle.

Kevin Byrne saisit le message. Il fit la moue puis sourit.

— Pigé.

Avant de lui lâcher la main, Byrne soutint quelques secondes son regard comme seul un officier de police aguerri pouvait le faire. Jessica connaissait les règles. Elle connaissait les histoires de clubs, l'organisation territoriale d'une brigade, les liens et l'entraide qui unissaient les flics. Quand elle avait été mutée à la brigade automobile, elle avait dû faire ses preuves au quotidien. Mais au bout d'un an, elle savait prendre un virage à angle droit sur cinq centimètres de glace bien dure, régler le moteur d'une Ford Mustang Shelby GT en pleine nuit, et pouvait lire un numéro d'identification de véhicule à travers un paquet de Kool écrasé sur le tableau de bord d'une voiture dont les portières étaient verrouillées.

Lorsqu'elle lui renvoya son regard, quelque chose se produisit. Elle n'était pas certaine que ce soit une bonne chose, mais elle lui faisait comprendre qu'elle n'était pas une novice, un bleu, un bizut mort de trouille qui aurait bénéficié d'une promotion canapé.

Ils se lâchèrent la main tandis que le téléphone sonnait au bureau des missions. Byrne répondit, prit quelques notes.

— On est les prochains sur la roue, annonça Byrne.

La roue désignait le tableau sur lequel les missions étaient attribuées aux inspecteurs. Le cœur de Jessica se serra. Depuis combien de temps faisait-elle partie de la brigade ? Quatorze minutes ? N'était-il pas censé y avoir une période de grâce ?

Apparemment non.

— Fille morte dans le quartier des dealers de crack, ajouta Byrne.

Il regarda Jessica avec une expression à mi-chemin entre de l'amusement et du défi.

— Bienvenue à la criminelle.

— Comment ça se fait que vous connaissiez Vincent ? demanda Jessica.

Après avoir quitté le parking, ils avaient longé quelques pâtés de maisons en silence. Byrne conduisait une Ford Taurus modèle standard. C'était le même silence gêné que lors d'un premier rendez-vous amoureux avec un inconnu, ce qui, à bien des égards, était proche de la réalité.

— Il y a un an nous avons arrêté un dealer à Fishtown. Ça faisait un bout de temps qu'on l'observait. On le soupçonnait du meurtre d'un de nos commissaires. Un vrai barge. Il portait une hachette à la ceinture.

— Charmant.

— C'est le moins qu'on puisse dire. Enfin bref, l'affaire était à nous, mais les stups ont organisé une transaction pour faire sortir ce connard de sa tanière. Au moment de pénétrer dans la maison, vers les cinq heures du matin, on est six, quatre de la criminelle, deux des stups. On sort de la camionnette, on vérifie nos Glock, on ajuste nos gilets pare-balles avant de se diriger vers la porte. Vous connaissez la procédure. Et tout d'un coup, plus de Vincent. On regarde un peu partout, derrière la camionnette, sous la camionnette. Rien. Silence de mort, et puis soudain on entend une voix à l'intérieur de la maison : « Allonge-toi par terre... allonge-toi par terre... les mains derrière la tête, enculé ! » Il s'avère que Vincent était entré et avait alpagué le type avant même qu'aucun de nous ait eu le temps de bouger.

— Vincent tout craché, déclara Jessica.

— Combien de fois il a vu *Serpico* ? demanda Byrne.

— Disons que, non seulement on l'a en DVD, mais aussi en VHS.

— Un sacré phénomène, dit Byrne en riant.

— Je ne vous le fais pas dire.

Durant les quelques minutes qui suivirent, ils eurent l'échange habituel – connaissances, études, précédentes arrestations – puis revinrent au sujet de la famille.

— Alors, est-ce que Vincent est vraiment allé au séminaire ? demanda Byrne.

— Pendant environ dix minutes, répondit Jessica. Vous savez comment c'est dans cette ville. Si vous êtes un homme et que vous êtes italien, vous avez trois choix : le séminaire, la police ou le bâtiment. Il a trois frères, tous dans le bâtiment.

— Quand vous êtes irlandais, c'est la plomberie.

— Vous voyez.

Bien que Vincent essayât de se faire passer pour un authentique dur du sud de Philly, il avait passé une licence à Temple et étudié l'histoire de l'art. Sur ses étagères, côtoyant des ouvrages tels que l'*Index des médicaments à l'usage des médecins*, *Les Drogues dans la société* et *Le Rôle des stups*, se trouvait un exemplaire défraîchi de l'*Histoire de l'art* de H.W. Janson. Vincent n'était pas juste une espèce de Ray Liotta avec une médaille contre le *malocchio* plaqué or.

— Et qu'est-il arrivé à sa vocation ?
— Vous le connaissez. Est-ce que vous pensez qu'il était fait pour une vie de discipline et d'obéissance ?
— Sans parler de l'abstinence, ajouta Byrne en riant.
Sans commentaire, pensa Jessica.
— Donc vous êtes divorcés ? demanda Byrne.
— Séparés, répondit Jessica. Et vous ?
— Divorcé.

C'était une rengaine habituelle chez les flics. Si votre couple n'était pas déjà parti à vau-l'eau, ce serait bientôt le cas. Jessica pouvait compter les flics heureux en mariage sur les doigts d'une main sans même utiliser son annulaire qui ne portait plus d'alliance.

— Eh ben, fit Byrne.
— Quoi ?
— Je me disais juste… deux flics sous le même toit. Nom de Dieu !
— Ne m'en parlez pas.

Jessica connaissait dès le début toutes les difficultés d'un mariage entre policiers – orgueil, horaires impossibles, pression, danger –, mais l'amour avait le don de masquer la vérité et la faire apparaître sous un jour qui vous arrangeait.

— Est-ce que Buchanan vous a posé sa fameuse question : « Pourquoi êtes-vous là ? » demanda Byrne.

Jessica fut soulagée d'apprendre qu'elle n'était pas la seule.

— Oui.

— Et vous lui avez dit que vous étiez là parce que vous voulez apporter quelque chose, pas vrai ?

Est-ce qu'il lui tendait un piège ? se demanda Jessica. Qu'il aille se faire foutre. Elle se tourna vers lui, prête à sortir les griffes. Il souriait. Elle laissa passer.

— Pourquoi, c'est la réponse standard ?
— Disons que mieux vaut dire ça que la vérité.
— C'est quoi la vérité ?
— Le vrai motif qui nous pousse à être flic.
— Et c'est quoi ?
— La sainte Trinité, répondit Byrne. Repas gratuits, pas de limitation de vitesse et le droit de démolir n'importe quel connard à grande gueule en toute impunité.

Jessica éclata de rire. Elle n'avait jamais entendu personne l'exprimer avec tant de poésie.

— Eh bien, dans ce cas, disons que je n'ai pas dit la vérité.
— Et qu'avez-vous dit ?
— Je lui ai demandé si lui pensait avoir apporté quelque chose.
— Bon Dieu ! fit Byrne. Bon Dieu de bon Dieu de bon Dieu !
— Quoi ?
— Vous lui êtes rentré dans le lard dès le premier jour ?

Jessica y réfléchit. Elle se dit qu'il devait avoir raison.

— Je suppose.

Byrne éclata de rire et alluma une cigarette.

— Je sens qu'on va bien s'entendre.

La section de la Huitième Rue Nord située à proximité de Jefferson était une zone désolée où des terrains vagues rongés par les mauvaises herbes jouxtaient des maisons mitoyennes ravagées par les intempéries – balcons de travers, marches qui tombaient en miettes, toitures affaissées. Au niveau des toits, le pin blanc saturé d'eau des corniches dessinait des ondulations ; les denticules pourris étaient comme des chicots au milieu d'une grimace.

Deux voitures de police étaient stationnées tous gyrophares allumés en face du lieu du crime, au milieu du pâté de maisons. Deux agents en uniforme montaient la garde devant les marches, chacun dissimulant une cigarette dans le creux de sa main, prêt à l'écraser par terre au cas où un officier arriverait.

Une pluie fine s'était mise à tomber. À l'ouest, des nuages violet foncé annonçaient des orages.

En face de la maison, de l'autre côté de la rue, trois jeunes Noirs aux yeux écarquillés sautillaient nerveusement d'un pied sur l'autre comme s'ils avaient eu une envie pressante. Leurs grands-mères, regroupées non loin, discutaient et fumaient, secouaient la tête d'indignation devant cette nouvelle atrocité. Pour les gamins, ce n'était pas une tragédie. C'était la série *Cops* transposée dans la réalité, avec une dose des *Experts* pour le côté dramatique.

Derrière eux, se tenaient deux adolescents hispaniques – sweat-shirts à capuche Rocawear assortis, fines moustaches, Timberland immaculées sans lacets. Ils observaient la scène avec un intérêt désinvolte, imaginant déjà les histoires qu'ils pourraient raconter plus tard. Ils se tenaient suffisamment près du théâtre des opérations pour regarder, mais suffisamment loin pour se fondre en quelques pas dans le tissu urbain au cas où on chercherait à les interroger.

Hein ? Quoi ? Non, mec, je roupillais.

Des coups de feu ? Non, mec, j'avais mon casque sur les oreilles, à fond.

La porte d'entrée et les fenêtres de la maison, comme celles de nombreuses autres dans la rue, avaient été condamnées par la municipalité au moyen de planches de contre-plaqué pour interdire l'entrée aux camés et aux pillards. Jessica sortit son calepin, consulta sa montre, nota leur heure d'arrivée. Ils descendirent de la Taurus et s'approchèrent de l'un des agents en uniforme en montrant leur plaque juste au moment où Ike Buchanan arrivait. Si un crime se produisait pendant que deux superviseurs étaient de service, l'un d'eux se rendait sur la scène du crime et l'autre restait à la Rotonde pour coordonner l'enquête. Mais malgré le grade supérieur de Buchanan, le maître des lieux était Kevin Byrne.

— Que nous a réservé Philadelphie par cette belle matinée ? demanda Byrne avec un accent dublinois plutôt réussi.

— Une adolescente trouvée morte dans la cave, répondit l'agent, une femme noire trapue approchant la trentaine dont le badge portait la mention AGENT J. DAVIS.

— Qui l'a découverte ? demanda Byrne.

— M. DeJohn Withers, répondit-elle en désignant un Noir débraillé, visiblement un sans-abri, qui se tenait au bord du trottoir.

— Quand ?

— Dans la matinée. M. Withers n'est pas très clair quant à l'heure.

— Il n'a pas consulté son Palm Pilot ?

L'agent Davis se contenta de sourire.

— Il a touché à quelque chose ? demanda Byrne.

— Il dit que non, répondit Davis. Mais il était descendu pour récupérer des bouts de cuivre, alors qui sait ?

— C'est lui qui a appelé ?

— Non. Il n'avait probablement pas assez de monnaie, dit-elle avec un nouveau sourire entendu. Il nous a hélés au passage, c'est nous qui avons appelé.

— Ne le laissez pas partir.

Byrne regarda la porte d'entrée. Elle était condamnée.

— De quelle maison s'agit-il ?

L'agent Davis désigna la maison mitoyenne sur la droite.

— Et comment on entre ?

L'agent Davis pointa le doigt vers la maison de gauche dont la porte avait été arrachée de ses gonds.

— Il faut traverser.

Byrne et Jessica pénétrèrent dans la maison située au nord du lieu du crime, un bâtiment depuis longtemps abandonné et vidé de ses meubles. Au fil des années, les graffitis s'étaient accumulés sur les murs ; une cloison en placoplâtre comportait des douzaines de trous gros comme des poings. Jessica remarqua que tout ce qui avait pu avoir la moindre valeur avait disparu. Interrupteurs, caches et boîtiers de prises électriques, douilles, fils de cuivre, même les plinthes avaient depuis longtemps été dérobées.

— Pas franchement zen, les gens du coin, dit Byrne.

Jessica sourit, mais un peu nerveusement. Son principal souci était pour l'instant de ne pas tomber dans la cave à travers les poutres pourries.

Ils sortirent par-derrière et franchirent un grillage pour pénétrer dans le jardinet de la maison où avait eu lieu le crime. Le minuscule jardin, contigu à une allée qui longeait l'arrière des maisons, était jonché de matériel électrique vétuste et de pneus, et envahi depuis plusieurs années par les mauvaises herbes et les broussailles. Au fond du terrain grillagé se trouvait une petite niche où plus aucun chien ne montait la garde, une chaîne à demi enterrée dans le sol rouillait et une gamelle en plastique était remplie à ras bord d'une eau de pluie immonde.

Un agent en uniforme était posté devant la porte.

— Vous avez inspecté la maison ? demanda Byrne.

« Maison » était un bien grand mot. Un bon tiers du mur arrière était effondré.

— Oui, monsieur, répondit-il.

Sur son badge, on pouvait lire AGENT R. VAN DYCK. Il avait une petite trentaine d'années, était blond comme un Viking et baraqué comme un culturiste. Ses bras musclés semblaient à l'étroit dans son blouson.

Ils s'identifièrent auprès de l'agent qui tenait le registre de la scène de crime puis pénétrèrent dans la maison. Une puanteur les accueillit tandis qu'ils descendaient l'escalier étroit qui menait à la cave. Des effluves de vieille moisissure et de bois pourri se mêlaient à l'odeur des déjections humaines – urine, matières fécales, transpiration. Un autre relent infect flottait, qui suggérait un tombeau ouvert.

La cave était longue et étroite, à l'image de la maison au-dessus. Elle mesurait environ quatre mètres cinquante sur sept et comportait trois piliers porteurs. En faisant courir le faisceau de sa lampe torche, Jessica vit une cloison de placoplâtre qui pourrissait, des préservatifs usagés, des fioles de crack, un matelas en décomposition. Un cauchemar pour les relevés d'indices. Toute cette crasse humide avait dû être piétinée mille fois ; à première vue, pas une seule empreinte de pas n'était assez nette pour être utilisée.

Au milieu de ce chaos se trouvait une belle jeune fille morte.

Elle était assise par terre au centre de la pièce, les bras autour d'un des piliers, les jambes écartées de chaque côté. Visiblement, l'un des anciens propriétaires avait tenté de transformer les piliers de soutien en colonnes doriques à l'aide d'un matériau qui pouvait être du polystyrène. Malgré leur chapiteau et leur base, les piliers étaient surmontés par une poutre rouillée qui faisait office d'entablement, le long de laquelle courait une frise de tags et d'obscénités peints à la bombe. Sur l'un des murs, une fresque depuis longtemps passée semblait représenter les sept collines de Rome.

La jeune fille était blanche, âgée de seize ou dix-sept

ans. Ses cheveux blond vénitien aux mèches rebelles étaient coupés juste au-dessus de ses épaules. Elle portait une jupe en tissu écossais, des chaussettes montantes bordeaux et un chemisier blanc sous un pull en V bordeaux marqué du blason d'une école. On lui avait dessiné une croix au centre du front à l'aide d'une matière crayeuse sombre.

À première vue, Jessica ne put identifier de cause évidente du décès : aucune blessure par balle ni aucun coup de couteau n'était visible. Bien que la tête de la jeune fille fût penchée en avant, Jessica pouvait distinguer sa gorge. Elle ne semblait pas avoir été étranglée.

Et puis il y avait ses mains.

Vues à quelques mètres de distance, elles semblaient jointes en prière, mais la réalité était bien plus sinistre. Jessica dut regarder à deux reprises pour s'assurer que ses yeux ne lui jouaient pas des tours.

Elle se tourna vers Byrne. Il avait remarqué les mains de la jeune fille en même temps qu'elle. Leurs regards se croisèrent, exprimant sans un mot leur certitude qu'il ne s'agissait pas d'un crime crapuleux ordinaire ni d'un gentil petit crime passionnel, et qu'il était pour l'instant inutile de formuler la moindre spéculation. Les horribles sévices infligés aux mains de la jeune fille pouvaient attendre l'arrivée du médecin légiste.

La présence de cette jeune fille au milieu de tant de laideur était absolument incongrue et choquante, pensa Jessica, comme une rose délicate qui aurait poussé à travers le béton. Le filet de lumière qui pénétrait par la petite lucarne accentuait l'éclat de ses cheveux et la nimbait d'un vague halo sépulcral.

La seule chose qui ne faisait aucun doute était que cette jeune fille avait été placée dans cette position. Ce n'était pas bon signe. Dans quatre-vingt-dix-neuf pour cent des cas, le tueur n'a qu'une hâte, déguerpir du lieu du crime, ce qui est d'ordinaire une bonne chose pour les enquêteurs ; pris de panique à la vue du sang, l'assassin laisse derrière lui tous les indices qui permettront de le confondre. Celui qui prend le temps de mettre en scène le cadavre veut montrer quelque chose, il lance un défi silencieux aux policiers qui vont mener l'enquête.

Deux agents de la police scientifique arrivèrent, Byrne les accueillit au pied des marches. Quelques instants plus tard, Tom Weyrich, un vieux de la vieille du bureau du légiste, fit son apparition, suivi de son photographe. Chaque fois qu'une personne décédait de mort violente ou dans des circonstances mystérieuses, ou bien si l'on estimait qu'un pathologiste devrait peut-être témoigner plus tard à la barre, il était habituel de prendre des photos illustrant la nature et l'ampleur des blessures externes.

Le bureau du légiste disposait de son propre photographe, auquel on pouvait faire appel en cas de crime, de suicide ou d'accident mortel. Celui-ci pouvait être envoyé dans n'importe quel coin de la ville, à toute heure du jour et de la nuit.

Le docteur Thomas Weyrich approchait de la cinquantaine. C'était un homme d'une extrême méticulosité, comme en attestaient le pli bien net de son pantalon beige et la taille parfaite de sa barbe poivre et sel. Il enfila des couvre-chaussures et une paire de gants et s'approcha précautionneusement de la jeune fille.

Tandis que Weyrich effectuait un examen préliminaire, Jessica se tenait à l'écart près d'un mur humide. Elle avait toujours estimé que la simple observation de quelqu'un qui connaissait son métier était plus riche d'enseignements que la lecture de n'importe quel manuel. D'un autre côté, elle espérait que son attitude ne serait pas interprétée comme de la réticence. Byrne profita de l'occasion pour remonter afin de consulter Buchanan et déterminer le chemin qu'avaient emprunté la victime et le tueur – ou les tueurs – ainsi que pour diriger la fouille de la maison.

Jessica embrassa la scène du regard, tentant de faire appel à ce qu'elle avait appris. Qui était cette jeune fille ? Comment était-elle arrivée là ? Qui avait fait ça ? Et, tant qu'on y était, pourquoi ?

Un quart d'heure plus tard, Weyrich s'éloigna du corps, ce qui signifiait que les inspecteurs pouvaient approcher et entamer leurs investigations.

Kevin Byrne réapparut. Jessica et Weyrich le retrouvèrent au pied des marches.

— Vous pouvez estimer l'heure du décès ? demanda-t-il.

— Pas encore de rigidité cadavérique. Je dirais aux alentours de quatre ou cinq heures du matin, répondit Weyrich en ôtant ses gants de caoutchouc.

Byrne jeta un coup d'œil à sa montre. Jessica prit note.

— Et la cause du décès ?

— Elle a l'air d'avoir eu la nuque brisée. Je vais devoir pratiquer une autopsie pour être sûr.

— Est-ce qu'elle a été tuée ici ?

— Impossible à dire à ce stade. Mais à mon avis, oui.

— Et ses mains ? demanda Byrne.

Le visage de Weyrich s'assombrit. Il tapota la poche de sa chemise. Jessica y distingua le contour d'un paquet de Marlboro. Il n'allait bien entendu pas fumer sur le lieu du crime, même celui-ci, mais le geste indiquait qu'une cigarette s'imposait.

— On dirait un boulon en acier, dit-il.

— Est-ce qu'on le lui a placé *post mortem* ? demanda Jessica, espérant que Weyrich répondrait par l'affirmative.

— Je pense que oui. Très peu de sang. Je me pencherai là-dessus cet après-midi. J'en saurai plus alors.

Weyrich les regarda, ils n'avaient pas l'air d'avoir d'autres questions pour l'instant. Il monta les escaliers, sortit une cigarette et l'alluma avant même d'avoir atteint la dernière marche.

Le silence s'empara un temps de la pièce. Bien souvent, à l'endroit où un crime a été commis, lorsque la victime est un membre de gang qui s'est fait descendre par un rival ou un voyou aplati à coups de barre par un autre voyou, les personnes chargées de fouiller, examiner, puis nettoyer après le carnage s'activent avec une courtoisie un peu brusque. Parfois ils s'autorisent quelques plaisanteries. Un brin d'humour macabre, quelques blagues scabreuses. Mais pas cette fois. La sombre détermination et l'application des personnes affairées dans l'immonde cave humide trahissaient leur sentiment d'horreur.

Byrne rompit le silence. Il tendit les mains en avant, paumes tournées vers le ciel.

— Prête pour l'identification, inspecteur Balzano ?

Jessica inspira profondément.

— OK, répondit-elle, espérant que sa voix ne trahissait pas son trouble.

Cela faisait des mois qu'elle attendait ce moment, mais maintenant qu'il se présentait, elle se sentait prise au dépourvu. Elle s'approcha doucement du corps de la jeune fille tout en enfilant une paire de gants en latex.

Elle avait bien entendu vu un certain nombre de cadavres lorsqu'elle était à la brigade automobile. Un jour, sur la voie express de Schuylkill, elle en avait surveillé un qui avait été jeté dans le coffre d'une Lexus volée. Il faisait trente-cinq degrés et elle avait essayé de ne pas trop regarder le corps, qui semblait gonfler de minute en minute dans la chaleur étouffante.

À chaque fois, elle avait su qu'elle refilerait l'enquête à quelqu'un d'autre.

Maintenant c'était son tour.

Quelqu'un lui demandait de l'aider.

Devant elle se trouvait une jeune fille dont les mains avaient été jointes par un boulon en une prière éternelle. Jessica savait que le corps de la victime, à ce stade, pouvait offrir de nombreux indices. Elle n'aurait plus l'occasion d'être si proche du meurtrier, de sa méthode, sa pathologie, son état d'esprit. Jessica ouvrit grand les yeux, tous ses sens en alerte.

Dans les mains de la jeune fille se trouvait un rosaire. Pour les catholiques, le rosaire est un chapelet de perles auquel est accroché un crucifix. Il comporte d'ordinaire cinq séries de perles appelées dizaines, chaque dizaine étant composée d'une grosse perle et de dix autres plus petites. À la grosse perle, on dit un *Pater*, aux petites, un *Ave Maria*.

Tandis qu'elle s'approchait, Jessica remarqua que ce rosaire était constitué de perles ovales en bois noir et comportait une médaille qui semblait représenter la Madone de Lourdes. Le rosaire était enroulé autour des mains de la jeune fille. Il avait l'air d'un objet courant et bon marché, mais en l'observant de plus près, Jessica s'aperçut que deux des cinq dizaines manquaient.

Elle examina soigneusement les doigts de la jeune fille. Ses ongles courts et propres ne révélaient pas de trace de lutte. Aucun n'était cassé, il n'y avait pas de sang. Il ne semblait rien y avoir sous ses ongles, mais ils lui envelopperaient quand même les mains d'un sachet. Le boulon qui lui traversait le milieu des paumes était en acier galvanisé. Il avait l'air neuf et mesurait environ dix centimètres de long.

Jessica inspecta la marque que la jeune fille avait sur le front. C'était une croix bleue qui ressemblait à celles que les prêtres traçaient sur le front des fidèles le mercredi des cendres. Quoique loin d'être dévote, Jessica connaissait et observait toujours les principales fêtes catholiques. Presque six semaines s'étaient écoulées depuis le mercredi des Cendres, mais la marque était encore fraîche. Elle semblait avoir été tracée à la craie.

Pour finir, Jessica souleva le col du pull de la jeune fille. On trouvait parfois à cet endroit une étiquette de pressing sur laquelle figurait le nom du client. Mais pas cette fois-ci.

Elle se leva, un peu tremblante, mais certaine d'avoir effectué une inspection complète. Du moins pour un examen préliminaire.

— Vous avez un nom ? demanda Byrne.

Posté près du mur, il parcourait la scène de ses yeux intelligents, observant, absorbant tout.

— Non, répondit Jessica.

Byrne fit la moue. Lorsqu'une victime n'est pas identifiée sur le lieu du crime, l'enquête se trouve ralentie pendant des heures, parfois même des jours. Un temps précieux qui n'est jamais rattrapé.

Jessica s'écarta du corps tandis que les agents de la police scientifique entamaient leur cérémonie. Ils passeraient leurs combinaisons Tyvek et quadrilleraient la pièce, puis ils prendraient des photos détaillées de la scène et tourneraient une vidéo. L'endroit était un concentré d'inhumanité. Chaque épave du quartier y avait probablement laissé son empreinte. Ils en auraient pour la journée. Peut-être même une bonne partie de la nuit.

Jessica commença à monter l'escalier, mais Byrne ne la suivit pas. Elle l'attendit en haut des marches, en partie pour voir s'il avait une autre tâche à lui confier, mais aussi parce qu'elle n'avait aucune envie de diriger seule la fouille de la maison.

Après un court instant, elle redescendit quelques marches et jeta un coup d'œil dans la cave. Kevin Byrne était penché au-dessus de la jeune fille, tête baissée, yeux clos. Il toucha la cicatrice au-dessus de son œil droit, puis laissa retomber sa main à hauteur de sa taille, croisa les doigts.

Il rouvrit bientôt les yeux, fit un signe de croix, et se dirigea vers l'escalier.

Dans la rue, des badauds assemblés jouaient des coudes, attirés par les lumières clignotantes des voitures de police comme des mites par des flammes. Les crimes, bien que fréquents dans ce quartier, continuaient de fasciner ses résidents.

Byrne et Jessica sortirent de la maison et s'approchèrent du témoin qui avait trouvé le corps. Malgré le ciel couvert, Jessica accueillit la lumière du jour comme une affamée, heureuse de sortir enfin de ce tombeau humide.

DeJohn Withers aurait pu avoir quarante ans comme soixante ; impossible de deviner son âge. Il n'avait plus de dents du bas et seulement quelques-unes en haut. Il portait cinq ou six chemises de flanelle et un pantalon docker dégoûtant dont les poches bombées étaient pleines d'un mystérieux butin.

— Combien de temps je vais devoir rester ici ? demanda-t-il.

— Vous avez des rendez-vous urgents, c'est ça ? répliqua Byrne.

— J'suis pas forcé de vous causer. J'ai agi en bon citoyen et maintenant on me traite comme un criminel.

— C'est votre maison, monsieur ? demanda Byrne en pointant le doigt vers le bâtiment où avait eu lieu le crime.

— Non, répondit Withers. J'habite pas là.

— Alors vous avez commis un délit en entrant par effraction.

— J'ai rien cassé.

— Mais vous êtes entré.

Withers essaya de saisir le concept, comme si les

mots « entrer » et « effraction » étaient en quelque sorte aussi indissociables que *country* et *western*. Il resta silencieux.

— Bon, je suis disposé à passer outre ce délit grave si vous répondez à quelques questions, reprit Byrne.

Withers regarda ses chaussures, vaincu. Jessica remarqua qu'il portait une basket montante noire et déchirée au pied gauche et une Nike Air au pied droit.

— Quand l'avez-vous découverte ? demanda Byrne.

Withers fit la grimace. Il retroussa les manches de ses nombreuses chemises, révélant de maigres bras couverts de croûtes.

— J'ai l'air d'avoir une montre ?
— Il faisait jour ou nuit ?
— Jour.
— L'avez-vous touchée ?
— Quoi ? aboya Withers, proprement scandalisé. J'suis pas un putain de pervers.
— Contentez-vous de répondre à ma question, monsieur Withers.

Withers croisa les bras, laissa filer un moment.

— Non. J'l'ai pas touchée.
— Étiez-vous avec quelqu'un quand vous l'avez trouvée ?
— Non.
— Avez-vous vu quelqu'un d'autre dans les parages ?

Withers éclata de rire et Jessica reçut son haleine en plein nez. La mixture obtenue en mélangeant de la mayonnaise rance et une salade aux œufs vieille d'une semaine puis en y ajoutant une vinaigrette à l'essence aurait senti un peu meilleur que son souffle.

— Qui voudrait venir dans ce coin pourri ?

C'était une bonne question.

— Où habitez-vous ? demanda Byrne.
— En ce moment je loge au Four Seasons, répondit Withers.

Byrne réprima un sourire. Il tenait son stylo deux centimètres au-dessus de son calepin.

— Je crèche au refuge de Bethesda, ajouta Withers. Quand ils ont de la place.

— Nous aurons peut-être besoin de vous parler à nouveau.

— Je sais, je sais. J'dois pas quitter la ville.

— Nous vous en serions reconnaissants.

— Y a une récompense ?

— Seulement au paradis, répondit Byrne.

— J'risque pas d'y aller.

— Demandez un transfert à votre arrivée au purgatoire, dit Byrne.

Withers se renfrogna.

— Quand vous l'emmènerez pour sa déposition, je veux que vous le fouilliez et notiez tout ce qu'il a sur lui, demanda Byrne à Davis.

Les interrogatoires et les dépositions se faisaient à la Rotonde. Les salles d'interrogatoire étant de vraies boîtes à chaussures, on y gardait les sans-abri le moins de temps possible à cause des parasites.

L'agent J. Davis regarda Withers de haut en bas. Ses sourcils froncés signifiaient clairement : « Je dois toucher ce sac à puces ? »

— Gardez aussi ses chaussures, ajouta Byrne.

Withers était sur le point d'objecter, mais Byrne leva la main pour l'interrompre.

— On vous en donnera une paire neuve, monsieur Withers.

— Elles auront intérêt à être bien, répondit Withers. Je marche beaucoup. Celles-ci venaient juste de se faire à mon pied.

Byrne se tourna vers Jessica.

— On peut étendre la zone de recherche, mais je dirais qu'il y a de grandes chances pour que la victime ne soit pas du quartier, dit-il pour la forme.

Il était difficile d'imaginer des gens vivant encore dans ces maisons, surtout une famille blanche dont la fille fréquentait une école catholique.

— Elle allait à la Nazarene Academy, déclara Jessica.
— Comment le savez-vous ?
— L'uniforme.
— Et ?
— J'ai toujours le mien dans mon placard. Nazarene est mon *alma mater*.

6

Lundi, 10 h 55

La Nazarene Academy, avec ses plus de mille élèves répartis entre les classes de troisième et terminale, était la plus grande école catholique pour jeunes filles de Philadelphie. Située sur un campus au nord-est de la ville, elle avait vu passer, depuis son inauguration en 1928, un certain nombre de sommités locales – patronnes de l'industrie, femmes politiques, médecins, avocates, artistes. Nazarene abritait aussi les services administratifs de cinq autres écoles du diocèse.

À l'époque où Jessica y était élève, l'école était la meilleure de la ville et remportait tous les concours auxquels elle prenait part : des plagiats des *Génies en herbe* diffusés sur les télévisions locales au cours desquels des gamins de quinze ou seize ans aux dents de travers assis à des tables recouvertes d'étamine débitaient les différences entre les vases étrusques et grecs, ou récitaient la chronologie de la guerre de Crimée.

En revanche, Nazarene finissait bonne dernière à toutes les compétitions sportives qui l'opposaient aux autres écoles de la ville. Un record toujours inégalé et qui n'était pas près d'être battu. C'est ainsi que les jeunes de la ville en étaient venus à appeler ses élèves les *nazes*, un sobriquet qui était toujours utilisé.

Au moment où Byrne et Jessica franchirent le portail principal, les murs sombres et les moulures, combinés aux effluves fades et douceureux qui émanaient de la cantine, ramenèrent Jessica à ses années de lycée. Bien qu'elle eût toujours été bonne élève et qu'elle ait rarement eu des ennuis – en dépit des nombreuses tentatives de larcins de sa cousine Angela –, la solennité de l'endroit et la proximité du bureau du principal emplissaient toujours Jessica d'une vague appréhension. Aujourd'hui elle avait un pistolet neuf millimètres à la ceinture et approchait de la trentaine, et pourtant elle avait une peur bleue. Elle se dit qu'il en serait ainsi chaque fois qu'elle pénétrerait dans ce bâtiment imposant.

Tandis qu'ils traversaient le vestibule en direction du bureau du principal, la fin des cours sonna et des centaines de jeunes filles en kilt envahirent les couloirs. Le bruit était assourdissant. Jessica mesurait déjà un mètre soixante-douze pour cinquante-six kilos en troisième, et elle était par chance parvenue à conserver sa ligne depuis ce jour, à deux ou trois kilos près. Elle était à l'époque plus grande que quatre-vingt-dix pour cent de ses camarades de classe. Il lui semblait que désormais la moitié des jeunes filles étaient au moins aussi grandes qu'elle.

Ils suivirent un groupe de trois élèves dans le couloir. En les regardant, Jessica eut l'impression que les années s'effaçaient. Douze ans plus tôt, la jeune fille sur la gauche, celle qui parlait un peu trop fort, aurait été Tina Mannarino. Tina avait été la première à se faire faire une manucure française, la première à apporter en cachette une bouteille de schnaps à la pêche à la fête de Noël. La jeune fille corpulente à côté d'elle, celle qui avait enroulé le haut sa jupe pour braver le règlement qui stipulait que les ourlets devaient être à deux centimètres du sol lorsqu'elles étaient à genoux, aurait été Judy Babcock. Aux dernières nouvelles, elle s'appelait désormais Judy Pressman et avait quatre filles. La faute aux jupes courtes. Jessica aurait été celle de droite : un peu trop grande, dégingandée, toujours à écouter, regarder, observer, calculer, celle qui avait peur de tout mais ne le montrait jamais. Tout dans le maintien, mais peu de cran.

Les jeunes filles avaient maintenant des lecteurs MP3 au lieu de walkmans Sony. Elles écoutaient Christina Aguilera et 50 Cent au lieu de Bryan Adams et Boyz II Men. Elles fantasmaient sur Ashton Kutcher au lieu de Tom Cruise.

Bon, d'accord, elles fantasmaient sans doute toujours sur Tom Cruise.

Tout change.

Mais jamais complètement.

Dans le bureau du principal, Jessica remarqua que rien n'avait vraiment changé non plus. Les murs étaient toujours couverts d'une peinture laquée coquille d'œuf un peu fade, il flottait toujours une odeur de lavande et de cire parfumée au citron.

Ils rencontrèrent la principale, sœur Véronique, une femme d'une soixantaine d'années au visage d'oiseau, aux yeux bleus et vifs et aux gestes plus vifs encore. À l'époque où Jessica était élève, la principale était sœur Isolde. Sœur Véronique aurait pu être sa jumelle – robuste, pâle, avec un centre de gravité assez bas. Ses mouvements avaient l'assurance caractéristique des femmes qui ont passé des années à poursuivre et discipliner des jeunes filles.

Ils se présentèrent et s'assirent face à son bureau.

— Que puis-je faire pour vous ? demanda sœur Véronique.

— Je crains que nous n'ayons de mauvaises nouvelles à propos de l'une de vos élèves, répondit Byrne.

Sœur Véronique avait grandi à l'époque de Vatican I. En ce temps-là, les mauvaises nouvelles dans une école catholique étaient d'ordinaire synonymes de menus larcins, de cigarettes et d'alcool, voire, de temps à autre, de jeune fille enceinte. Mais de nos jours, on pouvait s'attendre à tout.

Byrne lui tendit le Polaroid qui représentait en gros plan le visage de la jeune fille.

Sœur Véronique jeta un coup d'œil au cliché, détourna rapidement les yeux et se signa.

— La reconnaissez-vous ? demanda Byrne.

Sœur Véronique se força à regarder de nouveau la photo.

— Non. J'ai bien peur de ne pas la connaître. Mais nous avons plus de mille élèves, dont près de trois cents nouvelles ce trimestre.

Elle réfléchit un moment puis se pencha et appuya sur un bouton de l'Interphone qui se trouvait sur son bureau.

— Pourriez-vous demander au docteur Parkhurst de venir dans mon bureau ?

Sœur Véronique était de toute évidence bouleversée. Sa voix tremblait légèrement.

— Est-elle... ?

— Oui, répondit Byrne. Elle est morte.

Sœur Véronique se signa de nouveau.

— Comment est-ce... qui ferait... pourquoi ? parvint-elle à prononcer.

— L'enquête ne fait que commencer, ma sœur.

Jessica parcourut des yeux le bureau, qui était à peu près tel qu'elle se le rappelait. Elle toucha les accoudoirs usés de son fauteuil et se demanda combien de jeunes filles anxieuses s'y étaient assises au cours des douze dernières années.

Quelques instants plus tard, un homme pénétra dans la pièce.

— Je vous présente le docteur Brian Parkhurst, annonça sœur Véronique, notre conseiller d'orientation.

Brian Parkhurst avait une trentaine d'années. Grand et élancé, il avait les traits fins et des cheveux blonds tirant sur le roux coupés en brosse. On devinait sur son visage les pâles vestiges des taches de rousseur de son enfance. Il était vêtu de façon classique : veste décontractée en tweed gris foncé, chemise bleue, paire de mocassins brillants à pompons. Il ne portait pas d'alliance.

— Ces personnes sont de la police, dit sœur Véronique.

— Je suis l'inspecteur Byrne, annonça Byrne. Voici ma partenaire, l'inspecteur Balzano.

Tournée de poignées de main.

— Que puis-je faire pour vous ? demanda Parkhurst.

— Vous êtes le conseiller d'orientation ?

— En effet. Je suis aussi le psychiatre de l'école.

— Vous êtes docteur en médecine ?

— Oui.

Byrne lui montra le Polaroid.

— Mon Dieu ! s'exclama-t-il, pâlissant soudain.

— Vous la connaissez ? demanda Byrne.

— Oui, répondit Parkhurst. C'est Tessa Wells.

— Nous allons devoir contacter sa famille, dit Byrne.

— Bien entendu.

Sœur Véronique mit un moment à se ressaisir, puis elle alluma son ordinateur et pianota sur le clavier. Bientôt les résultats scolaires de Tessa Wells apparurent à l'écran, de même que des informations personnelles. Sœur Véronique regarda l'écran comme s'il s'était agi d'une rubrique nécrologique, puis elle appuya sur une touche pour déclencher l'imprimante laser qui se trouvait dans un coin de la pièce.

— Quand l'avez-vous vue pour la dernière fois ? demanda Byrne.

— Jeudi, je crois, répondit Parkhurst après un temps de réflexion.

— Jeudi de la semaine dernière ?

— Oui. Elle est passée au bureau pour discuter de ses candidatures à l'université.

— Que pouvez-vous nous dire sur elle, docteur ?

Brian Parkhurst prit le temps de remettre ses pensées en ordre.

— Eh bien, elle était très intelligente. Une jeune fille plutôt discrète.

— Bonne élève ?

— Très bonne, répondit Parkhurst. Sa moyenne était exceptionnelle si je ne m'abuse.

— Était-elle à l'école vendredi ?

Sœur Véronique enfonça quelques touches de son clavier.

— Non.

— À quelle heure commencent les cours ?

— Huit heures moins dix, répondit Parkhurst.

— Et ils se terminent ?

— Généralement aux alentours de trois heures moins le quart, répondit sœur Véronique. Mais les élèves inscrits à des activités parascolaires peuvent parfois rester ici jusqu'à cinq ou six heures.

— Appartenait-elle à un club ?

Sœur Véronique pianota de nouveau sur son ordinateur.

— Elle fait partie de l'ensemble baroque. C'est un petit orchestre de musique de chambre. Mais il ne se réunit qu'une fois tous les quinze jours. Il n'y avait pas de répétition la semaine dernière.

— Les répétitions ont-elles lieu ici, à l'école ?

— Oui, répondit sœur Véronique.

Byrne porta de nouveau son attention sur le docteur Parkhurst.

— Y a-t-il autre chose que vous pourriez nous dire ?

— Son père est très malade, répondit Parkhurst. Cancer du poumon, je crois.
— Vit-il toujours chez lui ?
— Il me semble que oui.
— Et sa mère ?
— Décédée, répondit-il.

Sœur Véronique tendit à Byrne la feuille imprimée sur laquelle figurait l'adresse de Tessa Wells.

— Savez-vous qui étaient ses amies ? demanda Byrne.

Brian Parkhurst sembla de nouveau réfléchir attentivement avant de répondre.

— Non... pas à brûle-pourpoint. Je peux me renseigner.

Jessica ne manqua pas de remarquer sa brève hésitation – et si Kevin Byrne était aussi bon qu'elle le pensait, il l'avait lui aussi observée.

— Nous repasserons sans doute plus tard dans la journée, dit Byrne en tendant sa carte à Parkhurst. Mais si vous pensez à quelque chose d'ici là, passez-nous un coup de fil.

— Bien entendu, répondit Parkhurst.
— Merci à vous deux pour votre temps.

Lorsqu'ils eurent atteint le parking, Jessica suggéra :

— Un peu trop de parfum pour cette heure de la journée, vous ne trouvez pas ?

Brian Parkhurst avait dû s'asperger de Polo Blue.

— Juste un peu, confirma Byrne. Mais pourquoi un homme d'une trentaine d'années voudrait-il sentir aussi bon en présence d'adolescentes ?

— Bonne question, répondit Jessica.

Le domicile de la famille Wells était un bâtiment miteux situé sur la Vingtième Rue, près de Parrish Avenue, une maison mitoyenne tout en longueur dans le genre de rue typique des quartiers nord de Philadelphie où les résidents modestes essaient de distinguer leur maison de celles des voisins par de menus détails – jardinières aux fenêtres, linteaux sculptés, numéros de rue décoratifs, auvents pastel. Mais la maison des Wells semblait entretenue plus par nécessité que par une quelconque vanité.

Frank Wells approchait de la soixantaine. Il traînait péniblement sa carcasse décharnée, ses cheveux blancs clairsemés retombaient devant ses yeux bleu clair. Il portait une chemise de flanelle rapiécée, un pantalon militaire délavé et une paire de pantoufles en velours vert chasseur. Ses mains étaient mouchetées de taches de vieillesse et il avait la silhouette fine et spectrale d'un homme qui vient de perdre beaucoup de poids. Ses lunettes aux épaisses montures en plastique noir rappelaient les profs de maths des années soixante. Il était équipé d'une sonde nasale reliée à une bouteille d'oxygène accrochée à un support près de sa chaise. Frank Wells, comme ils l'apprendraient, était atteint d'un emphysème en phase terminale.

Quand Byrne lui avait montré la photo de sa fille, Wells n'avait pas réagi. Ou plutôt, sa réaction avait été de ne rien laisser paraître. L'un des moments cruciaux de toute enquête criminelle est cet instant où les personnages clés – époux, amis, membres de la famille, collègues – sont informés du décès. Leur réaction est importante. Rares sont les acteurs suffisamment doués pour dissimuler leurs vrais sentiments à l'annonce de nouvelles aussi tragiques.

Frank Wells avait encaissé la nouvelle avec un sang-froid inébranlable, tel un homme dont la vie n'aurait été qu'une suite de tragédies. Il n'avait pas pleuré, pas juré, pas manifesté d'indignation devant l'horreur. Il avait juste fermé les yeux un instant, puis avait rendu la photo en disant :

— Oui, c'est ma fille.

La petite salle à manger où il les reçut était bien

rangée. Une lirette ovale défraîchie recouvrait le sol au milieu de la pièce. Des meubles américains anciens bordaient les murs. Une télé couleur antique diffusait à bas volume un jeu télévisé quelconque.

— Quand avez-vous vu Tessa pour la dernière fois ? demanda Byrne.

— Vendredi matin.

Wells ôta la sonde de son nez et la posa sur l'accoudoir du fauteuil inclinable dans lequel il était assis.

— À quelle heure est-elle partie ?

— Juste avant sept heures.

— Lui avez-vous reparlé au cours de la journée ?

— Non.

— À quelle heure avait-elle l'habitude de rentrer ?

— Vers les trois heures, répondit Wells. Parfois plus tard lorsqu'elle répétait avec son orchestre. Elle jouait du violon.

— Et elle n'est pas rentrée et n'a pas téléphoné ?

— Non.

— Tessa a-t-elle des frères et sœurs ?

— Oui, répondit Wells. Un frère beaucoup plus âgé, Jason. Il habite à Waynesburg.

— Avez-vous appelé les amies de Tessa ?

Wells prit une inspiration lente et de toute évidence douloureuse.

— Non.

— Avez-vous appelé la police ?

— Oui. Vendredi soir, vers onze heures.

Jessica prit note afin de vérifier le registre des personnes disparues.

— Comment Tessa se rendait-elle à l'école ? demanda Byrne. Prenait-elle le bus ?

— La plupart du temps, répondit Wells. Elle avait sa propre voiture. On lui avait acheté une Ford Focus pour son anniversaire. Ça l'aidait à faire ses courses. Mais elle insistait pour payer son essence, moyennant quoi elle prenait le bus trois ou quatre fois par semaine.

— Un bus du diocèse ou un bus municipal ?

— Un bus de l'école.

— Où se trouve l'arrêt ?

— Au croisement de la Dix-Neuvième Rue et de Poplar. Elles sont quelques-unes à prendre le bus au même endroit.

— Savez-vous à quelle heure passe le bus ?

— À sept heures cinq, répondit Wells avec un sourire triste. Je connais bien cet horaire. C'était une lutte chaque matin.

— La voiture de Tessa est-elle ici ?

— Oui, répondit Wells. Devant la maison.

Byrne et Jessica notèrent tous les deux l'information.

— Possédait-elle un rosaire, monsieur ?

Wells réfléchit quelques secondes.

— Oui. Sa tante et son oncle lui en avaient offert un pour sa première communion.

Wells tendit le bras pour saisir une petite photo encadrée posée au bout de la table, qu'il passa à Jessica. Elle représentait Tessa à huit ans, ses mains jointes en prière enserrant un rosaire à perles de cristal. Ce n'était pas celui qu'elle avait tenu en mourant.

Jessica consigna ce renseignement dans son calepin tandis que le jeu télévisé accueillait un nouveau candidat.

— Mon épouse, Annie, est morte il y a six ans, déclara soudain Wells.

Silence.

— Je suis désolé, dit Byrne.

Jessica observa Frank Wells. Elle revit son propre père au cours des années qui avaient suivi le décès de sa mère, lorsqu'il n'était que l'ombre de lui-même et que seule sa capacité à souffrir était intacte. Elle balaya du regard la salle à manger et se représenta les dîners silencieux, entendant le raclement des couverts émoussés sur les assiettes à la mélamine écaillée. Tessa avait sans doute préparé pour son père le même genre de repas que ceux qu'elle-même avait préparés pour le sien : pain de viande en sauce, spaghettis le vendredi, poulet rôti le dimanche. Elle aurait parié que Tessa faisait le repassage le samedi, grimpant, à mesure qu'elle grandissait d'année en année, sur des annuaires au lieu de cageots pour atteindre la planche. Tessa, tout comme Jessica avant elle, avait sûrement appris qu'il valait mieux repasser les pantalons de travail de son père à l'envers pour aplatir les poches.

Et maintenant, tout d'un coup, Frank Wells se retrouvait seul. Dans le réfrigérateur, les restes de plats cuisinés à la maison seraient remplacés par des boîtes de soupe à moitié vides, des barquettes de nouilles sautées entamées, des sandwichs à moitié mangés. Désormais Frank Wells achèterait des conserves de légumes pour une personne, du lait en bouteilles d'un demi-litre.

Jessica inspira profondément et tenta de se concentrer. L'air était étouffant, si lourd de solitude qu'il en était presque palpable.

— C'est comme une horloge.

Wells semblait flotter quelques centimètres au-dessus de son fauteuil, comme enveloppé dans son nouveau chagrin. Il avait les doigts soigneusement croisés sur ses cuisses et on aurait cru que quelqu'un lui avait placé les mains ainsi, comme si, dans son morne supplice, une tâche aussi simple lui était devenue impossible. Derrière lui, accroché de travers sur le mur, un collage de photographies illustrait divers événements familiaux : mariages, remises de diplômes, anniversaires. Sur l'une d'elles, Frank Wells arborant un chapeau de pêcheur passait le bras autour d'un jeune homme vêtu d'un anorak noir. Jason, de toute évidence. Sur l'anorak était brodé un blason que Jessica n'identifia pas immédiatement. Une autre photographie représentait Frank Wells à environ cinquante ans; coiffé d'un casque bleu, il se tenait devant le puits d'une mine.

— Je vous demande pardon? fit Byrne. Une horloge?

Wells se leva et, d'un pas digne quoique raidi par l'arthrose, se dirigea vers la fenêtre et observa la rue.

— Quand vous avez une horloge au même endroit pendant des années et des années. Chaque fois que vous entrez dans la pièce, si vous voulez savoir l'heure, vous regardez à cet endroit parce que vous savez que l'horloge s'y trouve. Vous regardez cet endroit précis.

Il tritura la manchette de sa chemise, en vérifiant pour la vingtième fois le bouton.

— Et puis un jour vous modifiez l'agencement de la pièce. L'horloge a été déplacée, elle occupe un nouvel espace dans le monde. Et pourtant, pendant des jours, des semaines, des mois – voire même des années – vous regardez l'ancien emplacement dans l'espoir d'y lire l'heure. Vous savez que l'horloge n'y est plus, mais pourtant vous regardez.

Byrne le laissait parler. Cela faisait partie des règles.

— C'est le point où j'en suis maintenant, inspecteurs. Ça fait six ans que j'y suis. Je regarde l'espace qu'Annie occupait dans ma vie, l'espace où elle se tenait toujours, et elle n'est plus là. Quelqu'un l'a déplacée. Quelqu'un a déplacé mon Annie. Quelqu'un a modifié l'agencement. Et maintenant... et maintenant Tessa, dit-il en se tournant vers eux. Maintenant l'horloge s'est arrêtée.

En tant que fille de flic, Jessica était coutumière des tourments nocturnes, elle comprenait bien que des moments comme celui-ci étaient inévitables, des moments où il fallait interroger la famille proche d'une personne assassinée et où la colère et la fureur vous déchiraient sauvagement les entrailles. Son père lui avait dit un jour qu'il enviait les médecins car, lorsqu'ils rencontraient les proches dans un couloir d'hôpital, ils pouvaient toujours incriminer sur un ton grave et cordial quelque maladie incurable. Alors que tout ce dont les flics de la criminelle disposaient, c'était d'un corps mutilé. Et les causes étaient toujours les mêmes : « Je suis désolé, madame, la cupidité a tué votre fils, votre mari est mort par passion, votre fille a été victime d'une vengeance. »

Kevin Byrne relança délicatement l'entretien.

— Tessa avait-elle une amie qu'elle préférait aux autres, monsieur ? Quelqu'un avec qui elle passait beaucoup de temps ?

— Il y avait cette fille qui venait à la maison de temps à autre. Elle s'appelait Patricia. Patricia Regan.

— Tessa avait-elle des petits amis ? Voyait-elle quelqu'un ?

— Non. Elle était... elle était timide, voyez-vous, répondit Wells. Elle a vu ce garçon, Sean, pendant quelque temps l'année dernière, mais elle a arrêté.

— Savez-vous pourquoi ils ont cessé de se voir ?

Wells rougit légèrement, puis il reprit contenance.

— Je crois qu'il voulait... Enfin, vous savez comment sont les garçons.

D'un regard, Byrne signala à Jessica de prendre note. Les gens se sentent mal à l'aise lorsque des agents de police notent leurs propos alors qu'ils parlent. Pendant que Jessica écrivait, Kevin Byrne pouvait maintenir des yeux le contact avec Frank Wells. Jessica fut heureuse de constater que Byrne et elle parvenaient déjà à communiquer en silence alors qu'ils faisaient équipe depuis à peine quelques heures.

— Connaissez-vous le nom de famille de Sean ? demanda Byrne.

— Brennan.

Wells se détourna de la fenêtre pour regagner son fauteuil, puis il hésita et dut s'appuyer au rebord. Byrne se redressa d'un bond, traversa la pièce en quelques enjambées. Il prit Frank Wells par le bras et le mena à son fauteuil trop rembourré. Wells s'assit, replaça la sonde dans son nez. Il prit le Polaroid et le regarda de nouveau.

— Elle ne porte pas son pendentif.

— Pardon ?

— Je lui ai offert une montre-pendentif représentant un ange pour sa confirmation. Elle ne l'ôtait jamais. Jamais.

Jessica regarda la photo sur la cheminée, un cliché posé à la Olan Mills représentant la lycéenne à quinze ans. Ses yeux s'arrêtèrent sur le pendentif en argent accroché au cou de la jeune fille. Bizarrement, Jessica se rappela que, quand elle était jeune, durant cet été étrange et troublant qui avait vu sa mère se transformer en squelette, celle-ci lui avait dit qu'un ange gardien veillerait sur elle toute sa vie et la protégerait du mal. Jessica voulait croire que c'était aussi vrai pour Tessa Wells. Mais la photo prise sur la scène du crime montrait qu'il n'en était rien.

— Voyez-vous autre chose qui pourrait nous aider ? demanda Byrne.

Wells réfléchit quelques instants, mais il était clair qu'il n'était plus avec eux, que son esprit s'était égaré dans les souvenirs de sa fille, des souvenirs qui n'avaient pas encore revêtu l'aspect spectral de rêves.

— Vous ne la connaissiez pas, bien entendu. Vous ne l'avez vue que dans ces terribles circonstances.

— Je sais, monsieur, dit Byrne. Je ne peux vous dire combien nous sommes désolés.

— Saviez-vous que, lorsqu'elle était toute petite, elle ne voulait manger ses céréales en forme de lettres que dans l'ordre alphabétique ?

Jessica pensa à toutes les manies qu'avait Sophie, sa propre fille, qui alignait ses poupées de la plus petite à la plus grande lorsqu'elle jouait avec et rangeait ses vêtements par couleur. Les rouges à gauche, les bleus au milieu, les verts à droite.

— Et puis elle sautillait quand elle était triste. N'est-ce pas curieux ? Un jour – elle devait avoir huit ans – je lui ai demandé pourquoi. Elle m'a répondu qu'elle continuerait jusqu'à ce qu'elle soit de nouveau heureuse. Quel genre de personne faut-il être pour sautiller quand on est triste ?

La question resta un temps en suspens. Byrne la saisit au vol et proposa avec délicatesse :

— Une personne à part, monsieur Wells. Une personne vraiment à part.

L'espace de quelques instants, Frank Wells fixa sur Byrne un regard vide, comme s'il avait oublié la présence des deux inspecteurs. Puis il hocha la tête.

— Nous trouverons celui qui a fait ça à Tessa, promit Byrne. Je vous le promets.

Jessica se demanda combien de fois Byrne avait prononcé ces mots, et combien de fois il avait réussi à tenir parole. Elle aurait aimé être aussi confiante.

Byrne, en vieux briscard, décida de ne pas s'appesantir. Jessica ressentit un grand soulagement. Elle ne savait pas combien de temps elle aurait pu tenir dans cette pièce avant que les murs ne commencent à se resserrer autour d'elle.

— Je suis obligé de vous poser cette dernière question, monsieur Wells. J'espère que vous comprenez.

Wells avait le regard fixe, son visage sans éclat n'était plus que douleur.

— Voyez-vous quelqu'un qui aurait pu faire une telle chose à votre fille ? demanda Byrne.

Un long moment de silence s'ensuivit, le temps nécessaire pour donner l'illusion d'une véritable réflexion. Mais le fait était qu'absolument personne ne connaissait quelqu'un qui aurait pu faire ça.

— Non, se contenta de répondre Wells.

Bien entendu, ce « non » voulait dire beaucoup ; tout le menu y passait, comme aurait dit feu le grand-père de Jessica. Mais dans l'immédiat, rien ne fut dit. Et, tandis que l'orage de printemps se déchaînait derrière les fenêtres du salon ordonné de Frank Wells, tandis que le cadavre de Tessa Wells refroidissait à la morgue et commençait d'ores et déjà à dissimuler ses nombreux mystères, Jessica jugea que ce n'était pas plus mal comme ça.

C'était même très bien.

Ils laissèrent Frank Wells sur le seuil de sa maison. Sa peine était comme une plaie à vif, un million de terminaisons nerveuses exposées attendant l'infection du silence. Il identifierait formellement le corps plus tard dans la journée. Jessica pensa à la vie de Frank Wells depuis la mort de sa femme. Elle pensa aux quelque deux mille jours au cours desquels les autres personnes concernées avaient repris leur petit bonhomme de chemin, s'étaient remises à vivre, à rire, à aimer. Elle considéra les quelque cinquante mille heures de chagrin inconsolable, chacune constituée de soixante minutes affreuses divisées en autant de secondes d'agonie. Maintenant le cycle de la douleur recommençait.

Ils avaient fouillé dans quelques-uns des tiroirs et des placards de la chambre de Tessa et n'avaient rien trouvé de particulièrement intéressant. C'était une jeune fille méthodique, bien organisée et précise. Même son tiroir fourre-tout était en ordre, cloisonné par des boîtes de plastique transparent : pochettes d'allumettes récupérées à des mariages, talons de billets de cinéma et de concerts, une petite collection de boutons intéressants, deux bracelets d'hôpital en plastique. Tessa avait un faible pour les sachets en satin parfumés.

Ses vêtements étaient simples et de qualité médiocre. Quelques posters étaient accrochés aux murs. Ils ne représentaient ni Eminem ni Ja Rule ni DMX ni aucun des nombreux groupes de garçons à la mode, mais plutôt des violonistes non conformistes comme Nadja Salerno-Sonnenberg et Vanessa Mae. Dans un coin du placard se trouvait un violon Skylark bon marché. Ils fouillèrent sa voiture et ne trouvèrent rien. Ils vérifieraient plus tard le contenu de son casier à l'école.

Tessa Wells était une jeune fille modeste qui s'occupait de son père malade, obtenait de bonnes notes à l'école et avait probablement décroché une bourse pour poursuivre ses études à l'université d'État de Pennsylvanie. Une jeune fille qui suspendait ses vêtements enveloppés dans l'emballage du pressing et rangeait ses chaussures dans des boîtes.

Et maintenant elle était morte.

Quelqu'un arpentait les rues de Philadelphie, respirait la chaleur du printemps, humait l'odeur des jonquilles qui jaillissaient du sol. Quelqu'un qui avait emmené une jeune fille innocente dans un taudis infâme et lui avait brutalement ôté la vie.

En accomplissant cet acte monstrueux, cette personne avait déclaré :

Il y a un million et demi de personnes à Philadelphie.

Je suis l'une d'elles.

Trouvez-moi.

DEUXIÈME PARTIE

7

Lundi, 12 h 20

Simon Close, le journaliste vedette du *Report*, le principal hebdomadaire à sensation de Philadelphie, n'avait pas mis les pieds dans une église depuis plus de deux décennies, et même s'il ne s'attendait pas exactement à ce que les cieux se déchirent ni à ce qu'un éclair s'abatte sur lui pour le transformer en un tas de graisse, d'os et de tendons calcinés, il lui restait un fond de culpabilité catholique et il hésiterait certainement avant d'entrer dans la maison de Dieu, de tremper les doigts dans l'eau bénite et de faire une génuflexion.

Né trente-deux ans plus tôt à Berwick-upon-Tweed dans la région des lacs, la partie sauvage du nord de l'Angleterre contiguë à l'Écosse, Simon, un rat de premier ordre, n'était pas du genre à avoir foi en quoi que ce soit, surtout pas en l'Église. Ce fils d'un père violent et d'une mère trop ivrogne pour s'en soucier avait depuis longtemps appris à ne croire qu'en lui-même.

À l'âge de sept ans, après avoir vécu dans une demi-douzaine d'instituts catholiques – où il avait appris bien des choses dont aucune n'avait un rapport quelconque avec la vie du Christ –, il avait été envoyé chez le seul et unique parent qui avait bien voulu s'occuper de lui, sa tante Iris, une vieille fille qui vivait à Shamokin, petite ville de Pennsylvanie située à environ deux cents kilomètres au nord-ouest de Philadelphie.

Tante Iris avait emmené Simon à Philadelphie de nombreuses fois quand il était jeune. Lorsqu'il repensait aux gratte-ciel, aux ponts vastes, qu'il se rappelait l'odeur et l'effervescence de la ville, il savait qu'un jour il y vivrait – tout comme il savait qu'il s'accrocherait coûte que coûte à ses inflexions britanniques.

À seize ans, Simon s'était dégotté un stage à *News-Item*, le quotidien de Coal Township, tout en lorgnant, comme tous ceux qui travaillaient pour la moindre feuille de chou à l'est des Alleghany, les grands journaux de la ville tels que le *Philadelphia Inquirer* ou le *Daily News*. Mais après deux années passées à trimbaler des articles depuis la rédaction jusqu'à la linotype du sous-sol et à rédiger à l'occasion le programme de la fête de la Bière de Shamokin, il avait vu la lumière, un rayonnement qui ne s'était toujours pas éteint.

Par une nuit de la Saint-Sylvestre orageuse, Simon passait le balai dans les bureaux du journal situés dans Main Street lorsqu'il aperçut une lueur qui s'échappait de la salle de rédaction. Il jeta un coup d'œil dans la pièce et aperçut deux personnes. Le principal chroniqueur du journal, un homme d'une cinquantaine d'années nommé Norman Watts, était absorbé par la lecture de l'énorme code de Pennsylvanie.

L'homme qui couvrait les arts et spectacles, Tristan Chaffee, arborait un smoking brillant et une cravate dénouée. Il avait les pieds posés sur le bureau et un verre de Zinfandel à la main. Il enquêtait sur une célébrité locale – un interprète de chansonnettes à l'eau de rose, un Bobby Vinton de seconde zone – qui s'était apparemment fait pincer lors d'un coup de filet dans les milieux pédophiles.

Simon poussa son balai, observant furtivement les deux hommes. Le journaliste sérieux était plongé dans des détails obscurs concernant les terrains, les extraits du cadastre et les expropriations. Il se frottait les yeux, écrasait l'une après l'autre des cigarettes consumées qu'il avait oublié de fumer, se rendait fréquemment aux toilettes pour vider une vessie qui devait être de la taille d'un petit pois.

Pendant ce temps, le pisse-copie qui s'occupait des spectacles était là à siroter son vin doux, à discuter au téléphone avec des producteurs de disques, des propriétaires de boîtes de nuit, des groupies.

Sa décision fut prise.

Rien à foutre de l'information sérieuse, pensa Simon. *À moi le Zinfandel blanc.*

À dix-huit ans, Simon s'inscrivit à l'université du comté de Luzerne. Un an après son diplôme, tante Iris mourut en silence durant son sommeil. Simon empaqueta ses quelques affaires et s'installa à Philadelphie afin de réaliser enfin son rêve (c'est-à-dire devenir le Joe Queenan britannique). Il vécut trois ans sur son petit héritage, essayant de vendre ses piges aux principaux magazines du pays. En vain.

Puis, après trois années supplémentaires passées à écrire des critiques de disques et de films pour le *Daily News* et à se nourrir de nouilles chinoises et de soupe au ketchup épicé, il se dégotta un boulot dans un nouveau tabloïd nommé *The Report*. Il gravit rapidement les échelons et, au cours des sept années suivantes, tint une rubrique hebdomadaire de son cru nommée « Gros plan ! », une chronique criminelle plutôt scabreuse qui couvrait les meurtres les plus horribles de Philadelphie et, quand la chance lui souriait, les frasques de ses citoyens les plus éminents. Dans ces domaines, Philadelphie était rarement décevante.

Et si *The Report* – LA CONSCIENCE DE PHILADELPHIE,

clamait le slogan – n'était ni l'*Inquirer*, ni le *Daily News*, ni même le *CityPaper*, Simon Close parvint à se faire un nom grâce à quelques gros coups, à la grande consternation de ses collègues bien mieux payés de la presse soi-disant sérieuse.

Soi-disant car, selon Simon Close, la presse sérieuse n'existait pas. Tous les journaleux avec leur carnet à spirale et leurs problèmes de reflux gastriques étaient dans la fange jusqu'aux genoux, et ceux qui se considéraient comme les chroniqueurs solennels de leur époque se fourraient sérieusement le doigt dans l'œil. Connie Chung passant une semaine à enquêter sur l'affaire Tonya Harding et les « journalistes » d'*Entertainment Tonight* couvrant les procès de JonBenet Ramsey et de Laci Paterson prouvaient que tout était à mettre dans le même sac.

Depuis quand les jeunes filles mortes étaient-elles un spectacle ?

Depuis qu'ils avaient jeté l'information sérieuse aux orties avec l'affaire O.J. Simpson, voilà depuis quand.

Simon était fier de son travail au *Report*. Il avait de l'instinct et une mémoire quasi photographique des citations et des détails. Il s'était retrouvé au cœur de l'affaire du sans-abri découvert éviscéré au nord de la ville, et avait été le premier sur le lieu du crime. Il avait même obtenu qu'un technicien de nuit de la morgue lui refile une photo du corps autopsié contre un joint de marijuana thaïlandaise. Malheureusement, le cliché n'avait jamais été publié.

Il avait battu l'*Inquirer* en dévoilant avant eux le scandale d'un inspecteur de la criminelle qui avait poussé un jeune homme au suicide après le meurtre de ses parents, un crime dont le jeune homme était innocent.

Il avait même fait la une grâce à une récente arnaque à l'adoption au cours de laquelle une femme du sud de Philadelphie, propriétaire d'une agence appelée Les Cœurs généreux, avait empoché des milliers de dollars pour des enfants fantômes qu'elle n'avait jamais « livrés ». Bien qu'il eût préféré voir plus de morts et des photos plus sordides dans ses articles, son reportage intitulé « Les Cœurs fantômes » lui avait valu un prix de journalisme d'investigation.

Le *Philadelphia Magazine* avait aussi publié un article sur cette femme – un mois après celui de Simon dans *The Report*.

Quand ses scoops arrivaient après le bouclage hebdomadaire du journal, Simon les publiait sur le site Internet du *Report*, qui enregistrait à présent presque dix mille connections par jour.

C'est ainsi que, lorsque le téléphone sonna vers midi, le tirant d'un rêve plutôt saisissant qui impliquait Cate Blanchett, une paire de menottes en velcro et une cravache, l'idée qu'il allait peut-être devoir s'immerger de nouveau dans l'univers catholique l'emplit d'appréhension.

— Oui, marmonna Simon, la bouche aussi pâteuse que s'il avait léché la boue d'un caniveau sur un kilomètre.

— Lève-toi, bouge ton cul !

Il connaissait une bonne douzaine de personnes susceptibles de le réveiller ainsi. Ça ne valait même pas la peine de répondre sur le même ton. Pas si tôt. Et puis il savait qui c'était : Andrew Chase, son vieil ami et collègue chasseur de scoops. Quoique classer Andy Chase parmi ses amis fût une exagération monumentale. Ils se toléraient comme se tolèrent la moisissure et le pain, une alliance désagréable qui pouvait à l'occasion leur apporter un bénéfice mutuel. Andy était un butor, un plouc, un insupportable pharisien. Et c'étaient là ses bons côtés.

— C'est le milieu de la nuit, protesta Simon.

— Au Bangladesh, peut-être.

Simon se frotta les yeux, bâilla, s'étira. Il était presque réveillé. Il regarda à côté de lui. Personne. Encore.

— Qu'est-ce qui se passe ?

— Une élève d'une école catholique a été retrouvée morte.

C'est parti, pensa Simon. *Encore.*

De ce côté-ci de la nuit, Simon Edward Close était journaliste, ces paroles lui firent donc l'effet d'une injection d'adrénaline dans le thorax. Il était maintenant complètement éveillé. Son cœur se mit à cogner dans sa poitrine, un martèlement familier qu'il adorait car il signifiait qu'il tenait une histoire. Il chercha à tâtons sur sa table de nuit, trouva deux paquets de cigarettes vides, farfouilla dans le cendrier et dénicha un mégot de cinq centimètres de long. Il le redressa, l'alluma, toussa. Puis il tendit le bras et enfonça la touche ENREGISTREMENT de son fidèle magnétophone Panasonic avec micro incorporé. Cela faisait bien longtemps qu'il avait abandonné l'idée d'essayer de prendre des notes cohérentes avant son premier *ristretto* de la journée.

— Raconte.
— Ils l'ont trouvée dans la Huitième Rue.
— À quelle hauteur ?
— Vers le numéro 1500.

Beyrouth, pensa Simon. *Un bon début.*

— Qui l'a trouvée ?
— Un alcoolo.
— Dans la rue ?
— Dans l'une des maisons mitoyennes. Dans la cave.
— Quel âge ?
— La maison ?
— Putain, Andy. Il est trop tôt. Arrête de faire le con. La fille. Quel âge avait la fille ?
— Une adolescente, répondit Andy.

Cela faisait huit ans qu'Andy Chase travaillait pour la société d'ambulances Glenwood. Cette société avait de nombreux contrats avec la municipalité et, au fil des années, Andy avait fourni à Simon pas mal de scoops, ainsi qu'un bon paquet de tuyaux confidentiels sur les flics. Mais Andy s'arrangeait toujours pour recevoir quelque chose en échange de ses informations. Celle-ci coûterait à Simon un déjeuner au restaurant The Plough & The Stars. Et si l'histoire faisait la une, il devrait à Andy un petit extra.

— Noire ? Blanche ? Latino ?
— Blanche.

Pas aussi bon qu'une *petite* fille blanche, pensa Simon. Les petites filles blanches faisaient la une à coup sûr. Mais le fait qu'elle ait été élève dans une école catholique était fantastique. Ce n'étaient pas les comparaisons ringardes qui allaient manquer.

— Ils ont déjà enlevé le corps ?
— Oui. Ils viennent de l'emmener.
— Mais que foutait une écolière catholique blanche dans ce coin ?
— Tu me prends pour qui, Oprah Winfrey ? Comment je le saurais ?

Simon analysa les éléments de l'histoire. Drogue. Et sexe. À tous les coups. Jamais l'un sans l'autre.

— Comment elle est morte ?
— J'sais pas trop.
— Meurtre ? Suicide ? Overdose ?
— La police était sur place, c'est donc pas un suicide.
— Elle s'est fait tirer dessus ? Poignarder ?
— Je crois qu'elle a été mutilée.

Bon Dieu, oui, pensa Simon.

— Qui est chargé de l'enquête ?
— Kevin Byrne.

L'estomac de Simon se retourna, fit une brève pirouette, puis s'immobilisa. Kevin et lui avaient une histoire commune. L'idée qu'ils allaient de nouveau croiser le fer l'excitait tout en lui fichant une sacrée trouille.

— Qui est avec lui, machin Purity ?

— Purify. Non. Jimmy Purify est à l'hôpital, répondit Andy.
— Hôpital ? Il s'est fait descendre ?
— Attaque cardiaque.
Merde, pensa Simon. Pas assez dramatique.
— Il bosse seul ?
— Non. Il a une nouvelle partenaire. Jessica quelque chose.
— Une femme ? demanda Simon.
— Non. Un mec qui s'appelle Jessica. Tu es sûr d'être journaliste ?
— Elle ressemble à quoi ?
— Pour tout dire, elle est vachement mignonne.
Vachement mignonne, pensa Simon. L'excitation procurée par cette histoire quitta son cerveau pour descendre plus bas. Sans vouloir vexer personne, certaines femmes des forces de l'ordre avaient tendance à ressembler à Mickey Rourke en tailleur-pantalon.
— Blonde ? Brune ?
— Brune. Sportive. De grands yeux marron et des jambes fantastiques. Une supernana.
L'histoire prenait forme. Deux flics, la belle et la bête, des gamines blanches retrouvées mortes chez les fumeurs de crack. Et il n'avait pas encore décollé une fesse de son lit.
— Accorde-moi une heure, dit Simon. Retrouve-moi au Plough.
Simon raccrocha, bascula les jambes par-dessus le bord du lit.
Il balaya son trois pièces du regard. Une horreur, se dit-il, mais – tout comme la location de Nick Carraway à West Egg – une petite horreur. Un de ces jours, il frapperait fort. Il en était certain. Un de ces jours, il se réveillerait dans un lit depuis lequel il ne pourrait pas voir toutes les pièces de sa maison. Il aurait un rez-de-chaussée et un jardin et une voiture qui ne ferait pas

un raffut digne d'un solo de batterie de Ginger Baker chaque fois qu'il couperait le moteur.

Peut-être cette histoire serait-elle la bonne.

Avant d'avoir pu atteindre la cuisine, il fut accueilli par sa chatte, une pitoyable bête couleur cannelle avec une oreille en moins nommée Enid.

— Comment va ma petite ?

Simon la chatouilla derrière son unique oreille. Enid se pelotonna deux fois, vint se rouler sur ses genoux.

— Papa a un bon tuyau, ma mignonne. Pas de temps pour l'amour ce matin.

Enid lui montra qu'elle comprenait, elle ronronna, sauta par terre et le suivit dans la cuisine.

L'unique appareil en bon état de tout l'appartement – hormis son Apple Powerbook – était son cher percolateur Rancilio Silvia. Le minuteur était réglé sur neuf heures du matin, bien que son propriétaire et principal opérateur ne semblât jamais quitter son lit avant midi. Pourtant, comme l'attesterait tout fanatique de café, le secret d'un parfait *espresso* est un porte-filtre chaud.

Simon remplit le filtre de café fraîchement moulu et prépara son premier *ristretto* de la journée.

Par la fenêtre de sa cuisine, il regarda le puits d'aération carré qui séparait les bâtiments. S'il se penchait et tendait le cou à un angle de quarante-cinq degrés en collant son visage contre la vitre, il pouvait apercevoir un bout de ciel.

Gris et couvert. Une fine bruine.

Soleil anglais.

Il pourrait tout aussi bien être de nouveau dans la région des lacs, pensa-t-il. Mais s'il était à Berwick, il n'aurait pas cette histoire croustillante, pas vrai ?

La cafetière se mit à chuinter et à gronder puis versa en dix-sept secondes précises un *espresso* parfait surmonté d'une somptueuse *crema* dorée dans sa demi-tasse chaude.

Simon retira la tasse, savourant l'arôme, le début d'une journée qui s'annonçait grandiose.

Des jeunes filles blanches assassinées, médita-t-il en sirotant son épais café noir.

Des jeunes filles blanches et *catholiques* assassinées.

Chez les fumeurs de crack.

Magnifique.

8

Lundi, 12 h 50

Ils se séparèrent à l'heure du déjeuner. Jessica emprunta une Taurus de la brigade pour retourner à la Nazarene Academy. La circulation était fluide sur la route I-95, mais la pluie persistait.

À l'école, elle s'entretint brièvement avec Dottie Takacs, la femme qui conduisait le bus de ramassage scolaire dans le quartier de Tessa. Dottie était toujours bouleversée par l'annonce de la mort de Tessa, quasi inconsolable, mais elle parvint à confirmer que celle-ci n'était pas à l'arrêt de bus vendredi matin et que, non, elle n'avait jamais remarqué qui que ce soit d'étrange, ni aux alentours de l'arrêt de bus ni durant le trajet. Elle ajouta que son métier consistait à surveiller uniquement la route.

Sœur Véronique informa Jessica que le docteur Parkhurst avait pris son après-midi mais qu'il avait laissé son adresse et son numéro de téléphone. Elle expliqua aussi que le dernier cours auquel Tessa avait assisté jeudi était son cours de français deuxième année. Si les souvenirs de Jessica étaient exacts, tous les élèves de Nazarene devaient étudier une langue étrangère deux années de suite pour obtenir leur diplôme. Jessica ne fut pas surprise de découvrir que son ancienne prof de français, Claire Stendhal, enseignait toujours.

Elle la retrouva dans la salle des professeurs.

— Tessa était merveilleuse, déclara Claire. L'élève rêvée. Grammaire excellente, syntaxe parfaite. Elle rendait toujours ses devoirs dans les délais.

Bien que ce fût la première fois qu'elle pénétrait dans la mystérieuse salle des profs, le fait de parler à *madame*[1] Stendhal ramena Jessica douze ans en arrière. Comme bien des élèves, elle s'était imaginé que cette pièce tenait à la fois de la boîte de nuit, d'une chambre de motel et d'une fumerie d'opium bien approvisionnée. Elle fut déçue en découvrant que, à cette heure de la journée, c'était simplement une pièce ordinaire et un brin vétuste, meublée de trois tables, de chaises de cafétéria écaillées, de quelques causeuses et de deux Thermos à café bosselées.

Quant à Claire Stendhal, c'était une autre histoire. Elle n'avait rien de vétuste ni d'ordinaire : grande et élégante, une silhouette à se damner et une peau douce comme du vélin. Jessica et ses camarades avaient toujours été terriblement envieuses de sa garde-robe : pulls Pringle, tailleurs Nipon, chaussures Ferragamo, imperméables Burberry. Ses cheveux aux mèches argentées étaient un peu plus courts que dans son souvenir, mais, à environ vingt-neuf ans, Claire Stendhal était encore une femme éblouissante. Jessica se demandait si *madame* Stendhal se souvenait d'elle.

— Semblait-elle avoir des problèmes récemment? demanda Jessica.

— Eh bien, la maladie de son père lui pesait, comme vous pouvez l'imaginer. J'ai cru comprendre qu'elle

---

1. En français dans le texte. *(N.d.T.)*

assumait toutes les tâches domestiques. L'année dernière, elle a dû manquer trois semaines de cours pour s'occuper de lui. Ce qui ne l'a pas empêchée de rendre tous ses devoirs.

— Vous souvenez-vous à quelle période ?

— Si je ne me trompe pas, répondit Claire après un moment de réflexion, c'était aux alentours de Thanksgiving.

— Avez-vous remarqué des changements à son retour ?

Claire regarda par la fenêtre la pluie tomber dans le parc.

— Maintenant que vous m'y faites penser, je suppose qu'elle était un peu plus réservée, répondit-elle. Peut-être un peu moins encline à se mêler aux discussions de groupe.

— La qualité de son travail s'en est-elle ressentie ?

— Pas du tout. Elle était même peut-être encore plus consciencieuse qu'avant.

— Avait-elle une amie proche dans sa classe ?

— Tessa était une jeune fille polie et courtoise, mais je ne pense pas qu'elle avait beaucoup d'amies. Je pourrais me renseigner, si vous voulez.

— Je vous en serais reconnaissante, répondit Jessica.

Elle tendit sa carte à Claire, qui la regarda brièvement puis la glissa dans sa pochette Vuitton Honfleur. *Naturellement*[1].

— Elle parlait d'aller un jour en France, ajouta Claire.

Jessica se rappela avoir dit la même chose. Elles en avaient toutes envie. Mais elle ne connaissait pas une seule fille de sa classe qui avait fait le voyage.

— Tessa n'était cependant pas de celles qui rêvent de promenades romantiques le long de la Seine ou de

---

1. En français dans le texte. *(N.d.T.)*

shopping sur les Champs-Élysées, continua Claire. Elle voulait travailler auprès d'enfants défavorisés.

Jessica nota cela, sans trop savoir pourquoi.

— Vous a-t-elle jamais fait des confidences sur sa vie privée ? Vous a-t-elle parlé de quelqu'un qui aurait pu la tourmenter ?

— Non, répondit Claire. Mais rien n'a vraiment changé depuis votre époque. Ni la mienne, d'ailleurs. Nous sommes des adultes, et c'est ainsi que les enfants nous voient. Elles n'ont pas plus de raisons de se confier à nous qu'à leurs parents.

Jessica aurait voulu interroger Claire sur Brian Parkhurst, mais elle n'avait qu'un pressentiment. Elle préféra ne rien dire.

— Voyez-vous autre chose qui pourrait nous aider ?

Claire réfléchit un moment.

— Rien qui me vienne à l'esprit, répondit-elle. Désolée.

— Ce n'est pas grave. Votre aide a été précieuse.

— J'ai juste du mal à croire que… qu'elle est partie, ajouta Claire. Elle était si jeune…

Jessica avait passé la journée à se dire la même chose. Et elle n'avait toujours pas trouvé de réponse. Pas de réconfort ni d'explication. Elle rassembla ses effets et consulta sa montre. Il était l'heure d'y aller.

— Vous êtes en retard ? demanda Claire d'un ton sec empreint d'ironie dont Jessica ne se souvenait que trop bien.

Jessica sourit. Claire Stendhal se souvenait bien d'elle. Quand elle était jeune, elle était toujours à la bourre.

— Je crois que je vais manquer le déjeuner.

— Pourquoi ne pas prendre un sandwich à la cafétéria ?

Jessica hésita. Peut-être était-ce une bonne idée. À l'époque du lycée elle était l'une de ces gamines bizarres qui avaient un faible pour la nourriture de la cafétéria. Elle prit son courage à deux mains et demanda :

— *Qu'est-ce que vous... proposez*[1] ?

Elle espérait de tout cœur avoir posé la bonne question.

L'expression sur le visage de son ancienne prof lui indiqua qu'elle ne s'était pas si mal débrouillée pour quelqu'un qui n'avait étudié le français qu'au lycée.

— Pas mal, *mademoiselle* Giovanni, répondit Claire avec un sourire indulgent.

— *Merci.*

— *Avec plaisir*, poursuivit Claire. Et les hamburgers sont toujours plutôt bons.

Seuls six casiers séparaient l'ancien casier de Jessica de celui de Tessa. L'espace d'un bref instant, elle fut tentée d'essayer son ancienne combinaison pour voir si la porte s'ouvrirait encore.

À l'époque où Jessica était élève à Nazarene, le casier de Tessa appartenait à Janet Stefani, la rédactrice en chef du journal alternatif du lycée et fumeuse de joints de service. Jessica s'attendait presque à trouver une pipe en plastique rouge et une réserve de biscuits au chocolat en ouvrant la porte du casier. Au lieu de cela, elle trouva le reflet de la dernière journée d'école de Tessa Wells, sa vie telle qu'elle s'était arrêtée.

Un sweat-shirt à capuche aux couleurs de l'école était accroché à un cintre, ainsi que ce qui semblait être une écharpe tricotée à la main. Une capuche en plastique était suspendue à une patère. Sur l'étagère supérieure, la tenue de sport de Tessa était propre et pliée avec soin. Derrière se trouvait une petite pile de partitions. À l'intérieur de la porte, là où la plupart des jeunes filles collaient des photos, Tessa avait fixé un calendrier avec des illustrations de chats. Les mois écoulés avaient

---

1. Les mots et phrases du dialogue en italiques sont en français dans le texte. *(N.d.T.)*

été arrachés. Chaque jour avait été rayé jusqu'au jeudi précédent.

Jessica compara les livres à l'intérieur du casier à l'emploi du temps de Tessa qu'elle avait obtenu auprès du secrétariat. Deux manuels manquaient. Biologie et algèbre deuxième année.

Où étaient-ils ? se demanda Jessica.

Elle feuilleta les autres manuels de Tessa. Un programme de cours imprimé sur papier rose vif avait été glissé dans son manuel de communications et médias. Dans son livre de théologie – *Comprendre le christianisme catholique* –, se trouvaient deux tickets de laverie. Il n'y avait rien dans les autres livres. Pas de notes personnelles, pas de lettres, pas de photos.

En bas du casier se trouvait une paire de bottines en caoutchouc. Jessica était sur le point de refermer le casier lorsqu'elle décida de les retourner. La gauche était vide. Quand elle retourna la botte droite, quelque chose tomba sur le parquet impeccablement ciré.

Un petit carnet en vachette décoré à la feuille d'or.

Jessica mangea son hamburger sur le parking en lisant le journal de Tessa.

Les chroniques étaient espacées dans le temps, des jours les séparaient, parfois des semaines. Apparemment, Tessa n'éprouvait pas le besoin de consigner dans son journal chaque pensée, chaque sentiment, chaque émotion. Pas plus que chacun de ses faits et gestes.

Dans l'ensemble elle donnait l'impression d'une jeune fille triste, consciente du côté tragique de la vie. Quelques commentaires concernaient un documentaire qu'elle avait vu, l'histoire de trois hommes accusés à tort, du moins le pensait-elle à l'instar des réalisateurs du film, à West Memphis, dans le Tennessee. Elle relatait aussi longuement la souffrance des enfants affamés dans le sud des Appalaches. Tessa avait donné vingt dollars à l'association Second Harvest. Un certain nombre de paragraphes concernaient Sean Brennan.

Qu'ai-je fait de mal ? Pourquoi n'appelles-tu pas ?

Elle racontait longuement et de façon plutôt touchante l'histoire d'une femme sans-abri qu'elle avait rencontrée. Une certaine Carla qui vivait dans une voiture sur la Treizième Rue. Tessa ne décrivait pas leur rencontre, elle disait seulement que Carla était belle, qu'elle aurait pu être mannequin si la vie ne lui avait pas joué tant de sales tours. La femme avait expliqué à Tessa que l'une des choses les plus insupportables, lorsqu'on vivait dans une voiture, était l'absence d'intimité, qu'elle craignait en permanence que quelqu'un l'observe ou lui veuille du mal. Au cours des semaines suivantes, Tessa avait longuement réfléchi au problème, puis elle s'était rendu compte qu'elle pouvait l'aider.

Tessa rendit visite à sa tante Georgia. Elle lui emprunta sa machine à coudre Singer et, à ses propres frais, fabriqua des rideaux pour la femme, des tentures qui pouvaient être fixées de façon ingénieuse au revêtement du plafond de la voiture.

C'était vraiment une jeune fille à part, pensa Jessica.
Le dernier alinéa disait :

Papa est très malade. Je crois que son état empire. Il essaie d'être fort, mais je sais qu'il cherche à me donner le change. Je regarde ses mains maigres et je me rappelle quand j'étais petite et qu'il me poussait sur la balançoire. J'avais l'impression que mes pieds allaient toucher les nuages ! Ses mains sont couvertes de coupures et de cicatrices à cause de l'ardoise et du charbon. Ses ongles sont émoussés à cause des goulottes en fer. Il a toujours dit qu'il avait perdu son âme dans les mines de charbon, mais son cœur est avec moi. Et avec maman. Chaque soir j'entends son affreuse respiration. Mais même si je sais combien il souffre, je suis rassurée de l'entendre respirer, car je sais qu'il est toujours là. Toujours papa.

Vers le milieu du carnet, deux pages avaient été déchirées, puis la toute dernière phrase, datant de presque cinq mois plus tard, disait simplement :

Je suis de retour. Appelez-moi juste Sylvia.

Qui est Sylvia ? se demanda Jessica.
Elle parcourut ses notes. La mère de Tessa s'appelait Anne. Elle n'avait pas de sœur. Il n'y avait certainement pas de sœur Sylvia à Nazarene.
Elle feuilleta de nouveau le carnet. Quelques pages avant la section qui avait été arrachée, elle put lire une citation d'un poème qu'elle ne reconnut pas.
Jessica retourna à la dernière phrase. Elle datait de l'année précédente, aux alentours de Thanksgiving.

Je suis de retour. Appelez-moi juste Sylvia.

De retour d'où, Tessa ? Et qui est Sylvia ?

9

Lundi, 13 h 00

Jimmy Purify mesurait déjà presque un mètre quatre-vingts en cinquième, et personne ne l'avait jamais traité de sac d'os.

En son temps, Jimmy Purify pouvait entrer dans les bars pour Blancs les plus mal famés de Gray's Ferry et les conversations baissaient d'un ton, tout le monde se mettait à chuchoter sans qu'il ait besoin de prononcer un mot ; même les pires durs à cuire se tenaient à carreau.

Jimmy, qui était né et avait passé son enfance à Black Bottom, à l'ouest de Philadelphie, avait traversé avec sang-froid et dignité des épreuves intérieures aussi bien qu'extérieures qui auraient brisé tout homme plus faible.

Mais maintenant, tandis que Kevin Byrne se tenait dans l'embrasure de la porte de sa chambre d'hôpital, Jimmy n'était plus que l'ombre de lui-même. Il avait perdu environ quinze kilos, avait les joues creusées et le teint livide.

Byrne dut s'éclaircir la voix avant de pouvoir parler.

— Salut, La Poigne.

Jimmy tourna la tête. Il essaya de prendre un air

contrarié, mais les coins de sa bouche se relevèrent, trahissant son petit jeu.

— Bon sang. Personne ne monte la garde dans cet hôpital ?

Byrne éclata de rire, un peu trop fort.

— Tu as bonne mine.

— Va te faire foutre, répondit Jimmy. Je ressemble à Richard Pryor.

— Non. Peut-être à Richard Roundtree, répliqua Byrne. Mais en y réfléchissant bien...

— En y réfléchissant bien, je devrais être sur la plage de Wildwood avec Halle Berry.

— Tu aurais plus de chances avec Marion Barry.

— Je t'ai déjà dit d'aller te faire foutre.

— De toute manière, inspecteur, vous n'avez pas aussi bonne mine que celui-ci, dit Byrne en montrant un Polaroid représentant Gideon Pratt couvert de bleus.

— Bon Dieu, ces types sont vraiment maladroits, dit Jimmy avec un sourire, cognant son poing faible contre celui de Byrne.

— C'est dans leur nature.

Byrne cala la photo contre le pichet d'eau de Jimmy. Elle valait mieux que n'importe quelle carte de bon rétablissement. Ils avaient tous deux passé beaucoup de temps à traquer Gideon Pratt.

— Comment va mon ange ? demanda Jimmy.

— Bien, répondit Byrne.

Jimmy Purify avait trois fils, trois armoires à glace, mais ses rares effusions de tendresse allaient à Colleen, la fille de Kevin Byrne. Chaque année, le jour de l'anniversaire de Colleen, un cadeau honteusement hors de prix était expédié anonymement par UPS. Mais personne n'était dupe.

— Elle a une grande fête en vue pour Pâques.

— À l'école des sourds ?

— Oui.

— Je me suis entraîné, tu sais, dit Jimmy. Je commence à être bon.

Il mima laborieusement quelques signes.

— Ça veut dire quoi ? demanda Byrne.

— Joyeux anniversaire.

— En fait, ça ressemblait plutôt à « joyeuse bougie ».

— Vraiment ?

— Oui.

— Merde.

Jimmy regarda ses mains, comme si c'était leur faute. Il essaya de nouveau mais ne s'en tira pas mieux.

Byrne arrangea les oreillers de Jimmy, puis s'assit sur une chaise. Un long silence confortable s'installa, de ceux que seuls deux vieux amis peuvent partager.

Byrne laissa à Jimmy le soin d'aborder les choses sérieuses.

— J'ai entendu dire que tu avais une vierge à sacrifier, déclara Jimmy d'une voix râpeuse et faible.

Cette visite l'avait déjà épuisé. Les infirmières du service de cardiologie avaient accordé à Byrne cinq minutes, pas plus.

— En effet, confirma Byrne, qui avait compris que Jimmy parlait de sa nouvelle partenaire, dont c'était le premier jour à la criminelle.

— Comment il s'en tire ?

— À vrai dire, pas mal du tout, répondit Byrne. Elle a du flair.

— Elle ?

Oh, oh, pensa Byrne. Jimmy Purify était vieux jeu comme pas possible. Il était d'ailleurs le premier à dire que le numéro sur sa première plaque était écrit en chiffres romains. S'il n'avait tenu qu'à lui, les seules femmes de la police auraient été les contractuelles.

— Quel genre, nouvelle école ?

— Je ne pense pas, répondit Byrne.

Jimmy faisait allusion aux frimeurs qui se pointaient

à la brigade au pas de course en traînant des suspects derrière eux, qui malmenaient les témoins et essayaient de s'en tirer à bon compte. Les anciens inspecteurs – comme Byrne et Jimmy – choisissaient leurs proies, histoire d'éviter les complications. Certains apprenaient à procéder ainsi, d'autres pas.

— Elle est mignonne ?

Ce coup-ci, Byrne n'eut pas besoin de réfléchir.

— Oui. Très.

— Amène-la un de ces jours.

— Bon Dieu, ils t'ont aussi greffé une queue ?

— Oui, répondit Jimmy en souriant. Et une grosse, par-dessus le marché. Je me suis dit, après tout, puisque je suis ici, autant que je m'en fasse poser une énorme.

— En fait, c'est la femme de Vincent Balzano.

Il mit un temps avant de voir de qui il s'agissait.

— Cette putain de tête brûlée du commissariat central ?

— Lui-même.

— Oublie ce que j'ai dit.

Byrne aperçut une ombre dans le couloir. Une infirmière lui adressa un sourire par l'entrebâillement de la porte. *L'heure d'y aller*. Il se leva, s'étira, consulta sa montre. Il lui restait un quart d'heure avant de retrouver Jessica au nord de la ville.

— Il faut que je file. On est sur une nouvelle affaire depuis ce matin.

Jimmy fronça les sourcils et Byrne s'en voulut. Il aurait mieux fait de la boucler. Dire à Jimmy Purify qu'il y avait une nouvelle affaire sur laquelle il ne travaillerait pas revenait à montrer une photo de champ de courses à un pur-sang en retraite.

— Des détails, Racaille.

Byrne se demanda jusqu'où il pouvait aller. Il décida de tout déballer.

— Une jeune fille de dix-sept ans, dit-il. Découverte

dans une des maisons abandonnées de la Huitième Rue, près de Jefferson.

Pas besoin de traducteur pour comprendre l'expression sur le visage de Jimmy. On y lisait qu'il aurait vraiment voulu en être. Mais aussi qu'il savait combien Byrne prenait ces affaires à cœur. Si vous assassiniez une jeune fille et qu'il était chargé de l'enquête, il était prêt à retourner chaque caillou de la terre pour vous retrouver.

— Une camée ?
— Je ne crois pas, répondit Byrne.
— Elle a été abandonnée là-bas ?

Byrne fit oui de la tête.

— On a quoi comme indices ? demanda Jimmy.

On, pensa Byrne. Cette visite s'avérait bien plus douloureuse qu'il ne l'avait imaginée.

— Pas grand-chose.
— Tu me tiens au courant, d'accord ?

Promis, La Poigne, pensa Byrne.

Il saisit la main de Jimmy, la serra légèrement.

— Tu as besoin de quelque chose ?
— J'aimerais bien des côtelettes. Avec de la farce.
— Et un Sprite light, c'est ça ?

Jimmy sourit. Ses paupières étaient lourdes, il était fatigué. Byrne se dirigea vers la porte en se disant qu'il aurait préféré être ici pour interroger un témoin, accompagné de Jimmy et de son éternelle odeur de Marlboro et d'eau de toilette Old Spice. Il espérait atteindre le couloir avant d'entendre la question fatidique.

Jimmy ne lui laissa pas cette chance.

— Je ne vais pas revenir, n'est-ce pas ? demanda Jimmy.

Byrne ferma les yeux, puis les rouvrit, espérant que son visage ne le trahissait pas. Il se retourna.

— Bien sûr que si, Jimmy.
— Tu mens vraiment mal pour un flic, tu le sais ça ?

Je n'en reviens pas qu'on ait réussi à résoudre la moindre affaire.

— Reprends des forces. Tu seras de nouveau d'attaque dans un mois. Tu verras. On fera une fête au Finnigan's et on trinquera à la santé de la petite Deirdre.

Jimmy le congédia d'un faible geste de la main, puis se tourna vers la fenêtre. Quelques secondes plus tard, il dormait.

Byrne le regarda pendant une minute entière. Il y avait tant de choses qu'il aurait aimé lui dire, mais il aurait le temps.

N'est-ce pas qu'il aurait le temps ?

Il lui dirait combien son amitié avait compté durant toutes ces années, il lui expliquerait que tout ce qu'il savait du métier, il le tenait de lui. Il aurait le temps de dire à Jimmy que, sans lui, la ville n'était plus la même.

Kevin Byrne s'attarda encore quelques instants, puis il tourna les talons et emprunta le couloir en direction des ascenseurs.

Byrne se tenait devant l'hôpital, les mains tremblantes, la gorge serrée par l'émotion. Il dut tourner la molette de son Zippo à cinq reprises avant de pouvoir allumer sa cigarette.

Il n'avait pas pleuré depuis des années, mais la boule qu'il avait à l'estomac lui rappela le moment où il avait vu son père pleurer pour la première fois. Son père était une force de la nature, une gloire locale, un type qui participait déguisé aux parades de la Deuxième Rue, un dur de la première heure capable d'escalader une échelle en portant quatre parpaings de béton de trente centimètres sans l'aide d'un oiseau à mortier. Ses sanglots l'avaient rabaissé aux yeux de Kevin, alors âgé de dix ans, ils l'avaient rendu aussi quelconque que le père des autres gosses. Padraig Byrne avait fondu en larmes derrière leur maison de Reed Street le jour où il avait appris que sa femme devait se faire opérer d'un cancer. Maggie O'Connell Byrne avait vécu vingt-cinq années de plus, mais personne ne pouvait s'en douter à l'époque. Son père, debout près de son pêcher préféré, tremblait comme une feuille un jour d'orage, et Kevin, qui le regardait depuis la fenêtre de sa chambre à l'étage, pleurait lui aussi.

Il n'avait jamais oublié cette image, et il ne l'oublierait jamais.

Il n'avait plus pleuré depuis ce jour.

Mais maintenant il en avait envie.

Jimmy.

10

Lundi, 13 h 10

Les discussions entre filles.
Existe-t-il langage plus hermétique pour les mâles de l'espèce ? Je ne pense pas. Tout homme ayant pu prêter un tant soit peu l'oreille aux conversations des jeunes femmes doit bien avouer qu'essayer de décrypter un simple tête-à-tête entre adolescentes est la tâche la plus difficile du monde. En comparaison, le code Enigma de la Seconde Guerre mondiale était une plaisanterie.
Je suis dans un café Starbucks à l'angle de la Seizième Rue et de Walnut ; le caffè latte posé devant moi est en train de refroidir. Trois adolescentes sont assises à la table d'à côté. Entre deux bouchées de biscuits et deux gorgées de café au lait aromatisé au chocolat, elles déversent un flot ininterrompu de potins, d'allusions, d'observations. Leur échange est si tortueux et destructuré que j'ai du mal à les suivre.
Sexualité, musique, école, cinéma, sexualité, voitures, argent, sexualité, vêtements.
Je suis épuisé rien qu'à les écouter.
Quand j'étais plus jeune, la sexualité était organisée en quatre phases clairement distinctes. Désormais, si

j'entends bien, il semble qu'il existe des étapes intermédiaires. Entre la deuxième et la troisième phase, il s'agit, si je ne me trompe pas, de passer la langue sur la poitrine d'une fille. Puis, après la troisième, il est question de cunnilingus. *Grâce aux années 1990, aucune de ces pratiques n'est considérée comme un acte sexuel, mais plutôt comme une « approche ».*

Fascinant.

La jeune fille la plus proche de moi est une rousse d'environ quinze ans. Ses cheveux propres et brillants sont attachés en queue-de-cheval par un bandeau de velours noir. Elle porte un T-shirt rose moulant et un jean beige à taille basse. Elle me tourne le dos et, lorsqu'elle se penche en avant pour expliquer quelque chose à ses deux amies, j'aperçois une zone de peau blanche et duvetée entre le haut de sa ceinture en cuir noir et le bas de son T-shirt. Elle est si proche – littéralement à quelques centimètres – que je peux voir que l'air conditionné lui donne la chair de poule. Je peux même distinguer le relief de ses vertèbres.

Si proche, en fait, que je pourrais la toucher.

Elle se plaint de son travail, parle d'une certaine Corrine qui arrive toujours en retard et lui laisse le nettoyage à faire, de son patron qui est trop con et qui pue du bec et, genre, il se croit sexy mais en fait il ressemble au gros type des Sopranos, *celui qui s'occupe de l'oncle de Tony ou de je ne sais qui.*

J'adore tellement cet âge. Aucun détail, si futile ou insignifiant soit-il, ne leur échappe. Elles savent utiliser leur charme pour obtenir ce qu'elles veulent, mais n'ont pas la moindre idée de leur pouvoir, de son effet dévastateur sur le psychisme des hommes ; si seulement elles savaient quoi demander, on le leur offrirait sur un plateau. Paradoxalement, lorsqu'elles le comprennent, la plupart d'entre elles ne possèdent plus la beauté qui leur permettra d'arriver à leurs fins.

Elles consultent toutes leur montre en même temps,

comme si elles obéissaient à un script, puis rassemblent leurs déchets et se dirigent vers la porte.

Je ne les suivrai pas.

Pas celles-ci. Pas aujourd'hui.

Aujourd'hui appartient à Bethany.

La couronne est dans le sac posé à mes pieds et, bien que je ne goûte guère l'ironie – l'ironie est un chien qui hurle à la lune tout en pissant sur les tombes, selon Karl Kraus –, je trouve très amusant que le sac provienne de la bijouterie Bailey Banks and Biddle.

Cassiodore croyait que la couronne avait été placée sur la tête de Jésus afin que toutes les épines du monde puissent être assemblées et brisées, mais d'après moi, il n'en est rien. La couronne de Bethany est tout sauf brisée.

Bethany Price quitte l'école à deux heures vingt. Parfois, elle s'arrête prendre un chocolat chaud et un beignet dans un Dunkin'Donuts. Elle s'assied dans un box, lit un livre de Pat Ballard ou Lynne Murray, deux auteurs dont les romans à l'eau de rose sont peuplés d'héroïnes bien en chair.

Bethany est plus grosse que les autres jeunes filles, voyez-vous, et elle est terriblement complexée. Elle achète ses vêtements grande taille sur Internet car elle se sent toujours mal à l'aise dans les rayons spécialisés chez Macy et Nordstrom, des fois que ses camarades de classe l'y apercevraient. Contrairement à certaines de ses amies plus minces, elle ne cherche pas à relever le revers de sa jupe d'uniforme.

Il a été dit que la vanité fleurit mais ne porte pas de fruits. Soit, mais ma jeune fille va à l'école de Marie et recevra par conséquent, en dépit de ses nombreux péchés, la grâce en abondance.

Bethany ne le sait pas, mais elle est parfaite ainsi.

Parfaite.

À l'exception d'un détail.

Que je vais corriger.

11

Lundi, 15 h 00

Ils passèrent l'après-midi à retracer le chemin que Tessa Wells devait emprunter chaque matin pour se rendre à l'arrêt de bus. Ils frappèrent à la porte de quelques maisons vides, mais parvinrent néanmoins à questionner une douzaine de personnes habituées à voir les écolières prendre le bus au coin de la rue. Personne n'avait remarqué quoi que ce soit d'anormal vendredi, ni d'ailleurs aucun autre jour.

Puis la chance sembla leur sourire. Comme bien souvent, cela se produisit à la dernière maison. En l'occurrence, un bâtiment délabré doté d'auvents vert olive et d'un heurtoir en cuivre crasseux en forme de tête d'orignal situé à proximité de l'arrêt de bus.

Byrne alla frapper à la porte. Jessica resta en retrait. Après une demi-douzaine de coups, ils étaient sur le point de repartir lorsque la porte s'entrouvrit de deux centimètres.

— J'achète rien, déclara une frêle voix d'homme.

— On ne vend rien, répondit Byrne en montrant sa plaque.

— Vous voulez quoi ?

— Pour commencer, je voudrais que vous ouvriez un peu plus votre porte, répondit Byrne, usant du peu de diplomatie qui lui restait après quinze entretiens.

L'homme ferma la porte, décrocha une chaîne, puis la rouvrit en grand. Il avait plus de soixante-dix ans, portait un pantalon de pyjama à carreaux et une veste de costume d'un mauve criard qui avait certainement dû être à la mode sous la présidence d'Eisenhower. Il avait aux pieds une paire de baskets sans lacets et ne portait pas de chaussettes. Il s'appelait Charles Noone.

— Nous interrogeons tous les habitants du quartier, monsieur. Avez-vous vu cette jeune fille vendredi ?

Byrne produisit une photo de Tessa Wells, une reproduction de son portrait pris au lycée. L'homme tira une paire de lunettes bifocales bon marché de la poche de sa veste, puis étudia la photo quelques instants, ajustant plusieurs fois la monture sur son nez, de haut en bas, d'avant en arrière. Jessica vit que l'étiquette de prix était toujours collée au bas du verre droit.

— Oui. Je l'ai vue, dit Noone.
— Où ?
— Elle se dirigeait vers le coin de la rue, comme chaque jour.
— Où l'avez-vous vue ?

L'homme désigna le trottoir, puis son index osseux balaya la rue de gauche à droite.

— Elle a pris le même chemin que d'habitude. Je me souviens d'elle parce qu'elle a toujours l'air un peu ailleurs.
— Ailleurs ?
— Oui. Vous savez. Ailleurs, sur sa propre planète. Les yeux baissés, toujours à réfléchir à des trucs.
— Que vous rappelez-vous d'autre ? demanda Byrne.
— Eh bien, elle s'est arrêtée un instant devant la fenêtre. Juste là où se trouve cette femme, dit Noone en désignant l'endroit où se tenait Jessica.

— Combien de temps est-elle restée là ?
— J'ai pas chronométré.

Byrne inspira profondément, puis soupira, il était à un doigt de perdre patience.

— J'sais pas, reprit Noone.

Il leva la tête vers le plafond, yeux clos.

Jessica remarqua que ses doigts semblaient pris de convulsions. Charles Noone était en fait en train de compter. Elle se demanda s'il enlèverait ses chaussures au cas où le nombre dépasserait dix. Il posa de nouveau les yeux sur Byrne.

— Vingt secondes, peut-être.
— Que faisait-elle ?
— Pardon ?
— Quand elle était devant votre maison. Que faisait-elle ?
— Elle faisait rien.
— Elle se tenait juste là ?
— Eh bien, elle regardait la rue. Non, pas exactement la rue. Plutôt l'allée qui jouxte la maison.

Charles Noone tendit le doigt vers la droite pour montrer l'allée qui séparait sa maison de la taverne au coin de la rue.

— Elle regardait simplement ?
— Oui. Comme si elle avait vu quelque chose d'intéressant. Comme si elle avait vu quelqu'un qu'elle connaissait. Elle a rougi à moitié. Vous savez comment sont les jeunes filles.

— Pas vraiment, répondit Byrne. Vous devriez m'expliquer.

L'attitude des deux interlocuteurs changea alors, leurs petits mouvements furtifs indiquaient que la conversation était entrée dans une nouvelle phase. Noone recula imperceptiblement et resserra un peu la ceinture de sa veste, ses épaules se raidirent légèrement. Byrne fit porter son poids sur son pied droit, regarda le salon sinistre par-dessus l'épaule de Noone.

— Je dis juste qu'elle est devenue un peu rouge pendant une seconde, c'est tout.

Byrne soutint le regard de l'homme jusqu'à ce qu'il détourne les yeux. Jessica ne connaissait Byrne que depuis quelques heures, mais elle avait déjà observé cette froide intensité dans son regard. Byrne enchaîna. Charles Noone n'était pas leur homme.

— Est-ce qu'elle a dit quelque chose ?

— Je ne crois pas, répondit Noone avec dans la voix une nuance de respect.

— Avez-vous vu quelqu'un dans cette allée ?

— Non, Monsieur. Je n'ai pas de fenêtre de ce côté. Et puis, ça ne me regarde pas.

Ben voyons, pensa Jessica. *Tu veux venir à la Rotonde expliquer pourquoi tu mates tous les jours les gamines qui vont à l'école ?*

Byrne tendit sa carte à l'homme. Charles Noone promit d'appeler s'il se rappelait quoi que ce soit.

Le bâtiment près de la maison de Noone était une taverne abandonnée appelée les Cinq As, un vilain bloc carré d'un étage fait de briques et de mortier et bordé par une allée reliant la Dix-Neuvième Rue et Poplar Avenue.

Ils frappèrent à la porte, sans réponse. Les fenêtres étaient condamnées et les murs recouverts de plusieurs couches de tags. Ils essayèrent d'ouvrir les portes et les fenêtres, qui étaient toutes clouées et vissées de l'extérieur. Il n'était rien arrivé à Tessa dans ce bâtiment.

Ils se tinrent dans l'allée et observèrent les alentours. De l'autre côté de la rue, deux maisons mitoyennes avaient une vue dégagée sur le passage. Ils allèrent questionner leurs occupants, dont aucun ne se souvenait avoir vu Tessa Wells.

Tandis qu'ils retournaient à la Rotonde, Jessica reconstitua la dernière matinée de la jeune fille.

Vers sept heures moins dix, Tessa Wells avait quitté sa maison pour se rendre à l'arrêt de bus. Elle avait pris le même chemin que d'habitude – Vingtième Rue jusqu'à Poplar Avenue, puis le long d'un pâté de maisons avant de traverser la rue. Vers sept heures, elle avait été vue devant une maison à l'angle de la Dix-Neuvième et Poplar, où elle avait marqué une brève hésitation, peut-être après avoir aperçu quelqu'un qu'elle connaissait dans l'allée proche de la taverne à l'abandon.

La plupart du temps, elle retrouvait des amies de Nazarene puis, vers sept heures cinq, le bus scolaire arrivait.

Mais vendredi matin, Tessa Wells n'avait pas retrouvé ses amies. Vendredi matin, elle s'était purement et simplement volatilisée.

Environ soixante-douze heures plus tard, on retrouvait son cadavre dans une maison abandonnée dans l'un des pires quartiers de Philadelphie, elle avait le cou brisé, les mains mutilées, et étreignait une colonne romaine de pacotille.

Qui se trouvait dans cette allée ?

De retour à la Rotonde, Byrne entra les noms des personnes qu'ils avaient rencontrées dans les bases de données du NCIC et du PCIC. Du moins, les noms qui l'intéressaient, à savoir Frank Wells, DeJohn Withers, Brian Parkhurst, Charles Noone, Sean Brennan. Le National Crime Information Center est un fichier informatique recensant les délits accessibles à la police et aux autres instances judiciaires fédérales, d'État et locales. Le Philadelphia Crime Information Center en est la version locale.

Seul le nom du docteur Brian Parkhurst produisit un résultat.

Ils allèrent ensuite remettre leur rapport à Ike Buchanan.

— Devinez qui est fiché, fit Byrne.

Curieusement, Jessica n'eut pas à réfléchir trop longtemps.

— Le docteur eau de Cologne ?

— Gagné. Brian Allan Parkhurst, poursuivit-il en lisant la fiche qu'il avait imprimée. Trente-cinq ans, célibataire, habite en ce moment Larchwood Street dans le quartier de Garden Court. A obtenu une licence de sciences à l'université John Carroll dans l'Ohio et son diplôme de médecine à Penn.

— Quels sont ses antécédents ? demanda Buchanan. Il a traversé en dehors des clous ?

— Tenez-vous bien. Il y a huit ans, il a été accusé de kidnapping. Mais il a obtenu un non-lieu.

— Kidnapping ? répéta Buchanan, un peu incrédule.

— Il était conseiller d'orientation dans un lycée et il s'avère qu'il entretenait une liaison avec une élève de dernière année. Ils sont partis un week-end sans prévenir les parents, qui ont appelé la police, et le docteur Parkhurst a été arrêté.

— Pourquoi a-t-il été relaxé ?

— Notre bon docteur a eu un coup de pot : la fille a eu dix-huit ans la veille de leur départ et a affirmé l'avoir suivi de son plein gré. Le procureur a dû laisser tomber l'accusation.

— Et ça s'est passé où ? demanda Buchanan.

— Dans l'Ohio. À l'école Beaumont.

— C'est quoi cette école ?

— Une école catholique pour jeunes filles.

Buchanan regarda Jessica, puis Byrne. Il savait ce qu'ils pensaient tous deux.

— Ne nous précipitons pas, dit Buchanan. Sortir avec des jeunes filles est une chose, ce qui a été fait à Tessa Wells en est une autre. Cette affaire va faire du bruit et je n'ai pas envie d'avoir monsignor Casse-Couilles sur le dos pour harcèlement.

Buchanan faisait allusion à monsignor Terry Pacek, le porte-parole tout à fait local, très télégénique et, selon certains, militant de l'archidiocèse de Philadelphie. Pacek était chargé des relations avec les médias au nom des églises et des écoles catholiques de la ville. Il avait eu plusieurs fois maille à partir avec le département durant le scandale des prêtres pédophiles de 2002 et était sorti vainqueur de la plupart de leurs joutes médiatiques. Mieux valait éviter d'entrer en guerre contre Terry Pacek, à moins d'être suffisamment armé.

Byrne n'avait pas eu le temps de suggérer la mise sous surveillance de Brian Parkhurst que son téléphone sonna. C'était Tom Weyrich.

— Qu'est-ce qui se passe ? demanda Byrne.

— Il y a quelque chose que vous feriez bien de venir voir, répondit Weyrich.

La morgue était un monolithe gris situé dans University Avenue. Sur les quelque six mille décès rapportés chaque année à Philadelphie, presque la moitié nécessitaient des examens *post mortem*, qui étaient tous effectués dans ce bâtiment.

Il était six heures passées lorsque Byrne et Jessica pénétrèrent dans la principale salle d'autopsie. Tom Weyrich était vêtu de son tablier et semblait très soucieux. Tessa Wells gisait sur l'une des tables en acier inoxydable, sa peau était gris pâle, un drap bleu pastel la recouvrait jusqu'aux épaules.

— Il s'agit bien d'un meurtre, confirma Weyrich, comme s'ils ne le savaient déjà. Moelle épinière sectionnée.

Il posa une radiographie sur un panneau lumineux.

— La section s'est produite entre la cinquième et la sixième vertèbre cervicale.

Sa supposition initiale était donc correcte. Tessa Wells avait eu la nuque brisée.

— Sur les lieux du crime ? demanda Byrne.

— Oui, répondit Weyrich.

— Des ecchymoses ?

Weyrich retourna vers le corps et indiqua deux petites contusions sur le cou de Tessa.

— Il l'a saisie à ce niveau, puis lui a violemment incliné la tête vers la droite.

— Quelque chose d'exploitable ?

Weyrich secoua la tête.

— Le meurtrier portait des gants en latex.

— Et la croix sur son front ?

La marque bleue qui semblait tracée à la craie, quoique pâle, était toujours visible.

— J'ai fait un prélèvement, répondit Weyrich. Il est au labo.

— Des signes de lutte ? Des blessures indiquant qu'elle s'est défendue ?

— Aucune.

— Si elle a été menée vivante à la cave, comment se fait-il qu'il n'y ait pas de signe de résistance ? demanda Byrne après un instant de réflexion. Pourquoi n'avait-elle pas les jambes ou les cuisses couvertes de coupures ?

— Nous avons découvert une petite quantité de Midazolam dans son organisme.

— Qu'est-ce que c'est ? demanda Byrne.

— Le Midazolam est similaire au Rohypnol. Il est de plus en plus répandu car il est toujours incolore et inodore.

Jessica savait grâce à Vincent que l'utilisation du Rohypnol pour commettre des viols était en baisse à cause de sa nouvelle formulation qui le faisait virer au bleu quand on le versait dans un autre liquide, ce qui permettait d'éveiller les soupçons de la victime. Mais on pouvait faire confiance à la science pour remplacer une horreur par une autre.

— Selon vous l'assassin a donc versé du Midazolam dans une boisson ?

Weyrich fit non de la tête puis souleva les cheveux qui recouvraient le côté droit du cou de Tessa, laissant apparaître une trace de piqûre.

— On le lui a injecté. Aiguille de faible diamètre.

Jessica et Byrne échangèrent un regard. Cela changeait tout. Verser de la drogue dans un verre était une chose. Un cinglé arpentant les rues armé d'une seringue hypodermique en était une autre. Il ne cherchait pas à attirer subtilement ses victimes dans sa toile.

— Est-ce particulièrement difficile à administrer ? demanda Byrne.

— Il faut un minimum de connaissances pour ne pas atteindre un muscle, répondit Weyrich. Mais ça s'apprend facilement avec un peu d'entraînement. N'importe quel infirmier auxiliaire saurait le faire sans problème. D'un autre côté, de nos jours, on peut fabriquer une arme nucléaire avec ce qu'on trouve sur Internet.

— Et la drogue à proprement parler ?

— Même chose, Internet. Je reçois toutes les dix minutes des e-mails du Canada qui proposent de l'OxyContin. Cela dit, la présence de Midazolam n'explique pas qu'elle ne se soit pas défendue. Même sous sédation, notre instinct naturel nous pousse à résister. La quantité de drogue était trop faible pour la neutraliser totalement.

— Alors quelle est votre hypothèse ? demanda Jessica.

— Mon hypothèse est qu'il y a autre chose. Je vais devoir effectuer des tests supplémentaires.

Jessica remarqua une petite enveloppe sur la table.

— Qu'est-ce que c'est ?

Weyrich saisit l'enveloppe, qui contenait une petite image, une reproduction d'un tableau ancien.

— Elle avait ça entre les mains.

Il tira l'image à l'aide d'une pince à bouts en caoutchouc.

— C'était enroulé entre ses paumes, continua-t-il. Nous avons effectué un relevé, aucune empreinte.

Jessica se pencha sur la reproduction, qui était à peu près de la taille d'une carte à jouer.

— Vous savez ce que c'est ?

— La police scientifique a pris une photo numérique et l'a envoyée à la responsable de la section beaux-arts de la bibliothèque municipale, répondit Weyrich. Elle l'a immédiatement reconnu. Il s'agit de *Dante et Virgile aux portes de l'enfer*, par William Blake.

— Vous avez une idée de ce que ça signifie ? demanda Byrne.

— Désolé. Pas la moindre.

Byrne étudia l'image quelques instants puis la replaça dans l'enveloppe et se tourna de nouveau vers Tessa Wells.

— A-t-elle été victime d'abus sexuels ?

— Oui et non, répondit Weyrich.

Byrne et Jessica échangèrent un nouveau coup d'œil. Tom Weyrich n'était pas du genre à faire des effets de manche, il devait donc avoir une bonne raison de repousser le moment de leur annoncer ce qu'il savait.

— Qu'entendez-vous par là ? demanda Byrne.

— Mes premières constatations ont démontré qu'elle n'a pas été violée et, pour autant que je sache, elle n'a pas eu de rapports sexuels ces derniers jours, déclara Weyrich.

— Soit. Ça, c'est pour le « non », fit Byrne. C'est quoi le « oui » ?

Weyrich hésita une seconde, puis abaissa le drap jusqu'aux cuisses de Tessa. Les jambes de la jeune fille étaient légèrement écartées. Ce que Jessica vit lui ôta le souffle.

— Mon Dieu ! s'écria-t-elle avant d'avoir pu se retenir.

Un silence s'abattit sur la pièce, chacun laissa libre cours à ses pensées.

— Quand cela a-t-il été fait ? finit par demander Byrne.

Weyrich s'éclaircit la voix. Après un examen minutieux il avait fini par conclure que même lui n'avait jamais rien vu de tel.

— Au cours des douze dernières heures.

— *Pre mortem ?*

— *Pre mortem*, confirma Weyrich.

Jessica porta de nouveau les yeux sur le cadavre. L'image de l'ultime indignité subie par cette jeune fille se grava dans sa mémoire, et elle sut qu'elle la hanterait longtemps.

Non seulement Tessa Wells avait été enlevée dans la rue sur le chemin de l'école, puis droguée et emmenée dans un endroit où quelqu'un lui avait brisé la nuque et l'avait mutilée avec un boulon d'acier pour lui joindre les mains en prière. Mais celui qui avait fait ça avait parachevé son ouvrage avec un outrage final qui donna la nausée à Jessica.

Il lui avait cousu le vagin.

Et les grossières sutures, faites au moyen d'un épais fil noir, formaient une croix.

12

Lundi, 18 h 00

Si J. Alfred Prufrock mesurait sa vie à l'aune de tasses de café, Simon Edward Close mesurait la sienne à l'aune de ses échéances. Il lui restait moins de cinq heures avant le bouclage de la prochaine édition imprimée du *Report* et, tandis que commençait le générique des informations du soir sur la chaîne locale, il n'avait rien à rapporter.

Lorsqu'il évoluait parmi les journalistes de la presse soi-disant légitime, il était un exilé. Ils le regardaient de haut comme s'il avait été mongolien, lui témoignaient une compassion de façade, un ersatz de sympathie. Mais leur expression signifiait aussi : *On ne peut pas te flanquer dehors, mais bas les pattes* !

Les quelques journalistes qui faisaient le pied de grue aux alentours du lieu du crime dans la Huitième Rue lui adressèrent à peine un regard lorsqu'il apparut au volant de sa Honda Accord hors d'âge. Simon aurait apprécié un peu plus de discrétion, mais son silencieux – récemment fixé à son pot d'échappement au moyen de canettes de Pepsi rafistolées – se faisait fort d'annoncer son arrivée. Il était encore à l'autre bout de la rue qu'il entendait déjà presque les rires narquois des autres reporters.

La zone avait été blouclée au moyen d'un cordon de sécurité jaune. Simon fit demi-tour, roula jusqu'à Jefferson, puis tourna à gauche en direction de la Neuvième Rue. Une ville fantôme.

Il descendit de voiture, vérifia les piles de son magnétophone. Puis il lissa sa cravate et les plis de son pantalon. Il s'était souvent dit que, s'il ne dépensait pas tout son argent en fringues, il pourrait s'offrir une autre voiture ou un nouvel appartement. Mais il arrivait toujours à la conclusion que, étant donné qu'il passait le plus clair de son temps dans la rue, si personne ne voyait sa voiture ou son appartement, tout le monde penserait qu'il était plein aux as.

Après tout, au royaume de l'image, l'apparence était reine, pas vrai ?

Il trouva le passage qu'il cherchait, s'y engagea. Lorsqu'il vit l'agent en uniforme qui se tenait à l'arrière de la maison – mais pas le moindre journaliste, du moins pas encore – il décida de regagner sa voiture et d'essayer un tour qu'un vieux paparazzo lui avait enseigné des années plus tôt.

Dix minutes plus tard, il s'approchait de l'agent. Celui-ci, un Noir taillé comme une armoire à glace, leva l'une de ses mains énormes pour le stopper.

— Comment ça va ? fit Simon.

— Vous êtes sur une scène de crime, monsieur.

Simon hocha la tête et montra sa carte de presse.

— Simon Close, du *Report*.

Pas de réaction. Il aurait tout aussi bien pu dire : « Capitaine Nemo, du *Nautilus*. »

— Il faut vous adresser à l'inspecteur chargé de l'affaire, déclara le flic.

— Bien entendu, fit Simon. Quel est son nom ?

— Byrne.

Simon prit note, comme si cette information était nouvelle pour lui.

— Et le prénom de Mme Byrne ?

L'agent fit une grimace.

— Qui ça ?

— L'inspecteur Byrne.

— Mme Byrne s'appelle Kevin.

Simon affecta la mine confuse de circonstance. Deux années de théâtre au lycée, au cours desquelles il avait joué entre autres rôles celui d'Algernon dans *L'Importance d'être constant*, l'aidèrent quelque peu.

— Oh, désolé ! s'exclama-t-il. J'avais entendu dire que l'inspecteur chargé de l'enquête était une femme.

— Vous faites allusion à l'inspecteur Jessica Balzano, dit l'agent dont l'intonation et le froncement de sourcils informèrent Simon que la conversation était finie.

— Mille mercis, répondit Simon.

Il rebroussa chemin puis se retourna et prit vite fait une photo de l'agent. Celui-ci parla immédiatement dans sa radio, ce qui signifiait que, d'ici une minute ou deux, la zone à l'arrière des maisons serait officiellement interdite d'accès.

Lorsque Simon regagna la Neuvième Rue, deux journalistes attendaient déjà derrière le cordon jaune qui bloquait le passage et que Simon avait lui-même placé là quelques minutes plus tôt.

Tandis qu'il s'approchait d'un pas nonchalant, il lut l'étonnement sur leurs visages. Il passa sous le cordon, l'arracha et le tendit à Benny Lozado, un membre de la rédaction de l'*Inquirer*.

Sur le cordon, on pouvait lire : ASPHALTE DEL-CO.

— Va te faire foutre, Close, lança Lozado.

— Pas avant le dîner, chéri.

De retour dans sa voiture, Simon fouilla dans sa mémoire.

Jessica Balzano.

Où avait-il vu ce nom ?

Il saisit un exemplaire du *Report* de la semaine précédente et le feuilleta. En arrivant à la maigre page des sports, il trouva ce qu'il cherchait. Un minuscule encart annonçant des combats de boxe au Blue Horizon. Une soirée exclusivement féminine.

Au bas de l'encart : « Jessica Balzano contre Mariella Munoz. »

13

Lundi, 19 h 20

Il se retrouva sur les quais sans même y réfléchir. Depuis combien de temps n'était-il pas venu ici ?

Huit mois, une semaine et deux jours.

Le jour où le cadavre de Deirdre Pettigrew avait été découvert.

Il connaissait la réponse, aussi clairement qu'il connaissait la raison qui l'avait poussé à revenir. Il était ici pour recharger ses batteries, pour se couler à nouveau dans le torrent de folie qui vibrait juste sous l'asphalte de sa ville.

Les Diables était un repaire de junkies sous protection situé dans un vieux bâtiment sous le pont Walt Whitman, près de Packer Avenue, à quelques mètres des berges de la rivière Delaware. La porte d'acier recouverte de graffitis de gangs était gardée par un voyou gigantesque nommé Serious. Personne ne pénétrait ici par accident. Cela faisait en fait plus d'une décennie que les clients avaient baptisé cet endroit Les Diables, du nom d'un bar depuis longtemps fermé dans lequel, une nuit, quinze ans plus tôt, une ordure de la pire espèce nommée Luther White buvait tranquillement lorsque

Kevin Byrne et Jimmy Purify étaient entrés. Cette nuit-là, deux hommes étaient morts.

C'était là que Kevin Byrne avait sombré dans les ténèbres.

C'était là qu'il avait commencé à voir.

Maintenant on y trafiquait du crack.

Mais Kevin Byrne n'était pas venu pour la dope. S'il était vrai qu'au fil des années il avait flirté avec toutes les substances imaginables dans l'espoir de faire cesser les visions qui bouillonnaient en lui, il n'avait jamais perdu le contrôle. Et cela faisait des années qu'il n'avait pas touché à autre chose que de la Vicodine ou du bourbon.

Il était ici pour déclencher de nouveau les visions.

Il ouvrit une bouteille d'Old Forester, repensa à sa journée.

Le jour où leur divorce avait été prononcé, presque un an plus tôt, Donna et lui s'étaient juré de dîner ensemble, en famille, une fois par semaine. Malgré les nombreux obstacles professionnels, ils n'avaient, depuis un an, jamais manqué ce rendez-vous.

Ce soir-là, ils avaient passé un nouveau dîner à marmonner et à bafouiller. Les bavardages de la salle de restaurant se faisaient entendre autour d'eux, tel un monologue parallèle de questions convenues et de réponses toutes faites.

L'horizon de sa femme était dégagé. Depuis cinq ans, Donna Sullivan Byrne était l'agent en vue d'une des plus importantes et prestigieuses sociétés d'immobilier de Philadelphie, et elle se faisait pas mal de fric. S'ils avaient pu se payer une maison dans le quartier de Fitler Square, ce n'était pas grâce au salaire mirobolant de Kevin. Avec ses revenus de flic, ils auraient tout juste pu vivre à Fishtown.

À la bonne époque, durant l'été qui avait suivi leur mariage, ils se retrouvaient pour déjeuner à Center City deux ou trois fois par semaine, et Donna lui racontait ses triomphes, ses rares échecs, ses manœuvres habiles dans la jungle des dépôts, frais de clôture, amortissements, arriérés et autres « appartenances ». Byrne était toujours effaré par ces termes – il ne faisait pas la différence entre un point de base et un prêt à taux variable – tout comme il était sidéré par son énergie, son zèle. Elle avait une bonne trentaine d'années lorsqu'elle s'était lancée dans cette carrière, et elle était heureuse.

Mais environ dix-huit mois plus tôt, Donna avait purement et simplement coupé les canaux de communication entre elle et son mari. L'argent continuait de rentrer et Donna était toujours une mère exemplaire pour Colleen, tout en demeurant active au sein de la communauté, mais dès qu'il s'agissait de lui parler, de partager quoi que ce soit ressemblant à un sentiment, une pensée, une opinion, il n'y avait plus personne. Un mur s'élevait, les canons étaient braqués.

Pas un mot. Pas une explication. Pas une seule raison.

Mais Byrne savait pourquoi. Quand ils s'étaient mariés, il l'avait assurée qu'il avait des ambitions au sein du département, qu'il était sur la bonne voie pour devenir lieutenant, peut-être capitaine. Et après, la politique ? En son for intérieur il avait exclu cette possibilité, mais n'en avait rien dit. Donna avait toujours été sceptique. Elle connaissait assez de flics pour savoir que les inspecteurs de la criminelle prenaient jusqu'à perpète, qu'ils restaient dans la brigade jusqu'au bout.

Et puis Morris Blanchard avait été retrouvé se balançant au bout de son câble. Ce soir-là, Donna avait regardé Byrne et, sans lui poser la moindre question, elle avait compris qu'il n'abandonnerait jamais tant qu'il ne serait pas redevenu le meilleur. Il était flic à la criminelle et il ne serait jamais rien d'autre.

Quelques jours plus tard, elle mettait les voiles.

Après une longue conversation entrecoupée de sanglots avec Colleen, Byrne avait décidé de ne pas lutter.

De toute manière, ça faisait un bout de temps qu'ils arrosaient une plante morte. Du moment que Donna ne montait pas sa fille contre lui, du moment qu'il pouvait la voir quand il voulait, il n'avait pas d'objections.

Ce soir, tandis que ses parents faisaient semblant, Colleen avait sagement enduré leur mascarade, plongée dans un livre de Nora Roberts. Parfois, Byrne lui enviait son silence intérieur, ce refuge ouaté qui la protégeait des réalités de son enfance.

Donna était enceinte de deux mois lorsque Byrne l'avait épousée à la mairie. Puis quand Colleen était née, quelques jours après Noël, et que Byrne l'avait vue pour la première fois, toute rose et toute fripée, sans défense, chaque seconde de son passé s'était immédiatement effacée de sa mémoire. Tout le reste n'était plus qu'un prélude, une vague préparation aux devoirs qui lui incombaient maintenant, et il avait su – comme si on le lui avait marqué au fer rouge sur le cœur – que personne ne s'interposerait jamais entre lui et sa fille. Ni sa femme ni ses collègues – et que Dieu vienne en aide au premier petit morveux en pantalon large et à la casquette de travers qui viendrait à manquer de respect à sa fille en lui proposant son premier rendez-vous amoureux.

Il se souvenait aussi du jour où ils avaient découvert que leur fille était sourde. C'était le premier 4 Juillet de la vie de Colleen. Ils vivaient à l'époque dans un minuscule trois pièces. Les informations de onze heures venaient de commencer lorsqu'ils entendirent une petite explosion, apparemment tout près de la chambre où dormait Colleen. Byrne avait instinctivement sorti son arme de service avant de se précipiter dans le couloir et d'atteindre la chambre de Colleen en trois pas de géant, le cœur battant à tout rompre. En ouvrant la porte, il avait été rassuré d'apercevoir deux gamins qui jetaient des pétards sur l'escalier de secours. Il s'occuperait d'eux plus tard.

Mais lorsqu'il vit Colleen immobile, son sang se glaça.

Tandis que les pétards continuaient d'exploser tout près de l'endroit où dormait sa petite fille âgée de six mois, celle-ci ne réagissait pas. Elle ne se réveillait pas. Quand Donna arriva à la porte, elle comprit ce qui se passait et fondit en larmes. Byrne la serra dans ses bras, certain que son avenir ne serait plus qu'une longue épreuve et que la peur qu'il ressentait chaque jour dans les rues n'était rien en comparaison.

Mais maintenant, Byrne enviait souvent le calme intérieur de sa fille. Elle ne comprendrait jamais le poids de leurs silences, n'entendrait jamais Kevin et Donna Byrne – jadis si amoureux qu'ils étaient insatiables – s'excuser lorsqu'ils se croisaient dans le couloir tels deux inconnus dans un bus.

Il pensa à sa lointaine et jolie ex-femme, sa rose celte. Donna, qui pouvait d'un regard lui faire ravaler ses mensonges, qui avait toujours le mot juste en société. Chaque désastre était pour elle source de sagesse. Elle lui avait enseigné la grâce de l'humilité.

Les Diables était calme à cette heure. Byrne s'était installé dans une pièce vide du premier étage. La plupart de ces repaires de junkies étaient infects avec leur sol recouvert de fioles de crack, de déchets de fast-food, de milliers d'allumettes de cuisine consumées, bien souvent de vomi, parfois d'excréments. En règle générale, les camés n'étaient pas abonnés à la *Revue architecturale*. Les clients qui fréquentaient Les Diables – un mystérieux assortiment de flics, de fonctionnaires et d'élus municipaux qui ne pouvaient être aperçus rôdant au coin de la rue – payaient un petit supplément pour l'ambiance.

Il s'assit en tailleur par terre, près de la fenêtre, le dos tourné à la rivière. Il but une gorgée de bourbon. Une douce sensation de chaleur ambrée l'enveloppa, repoussant une migraine imminente.

Tessa Wells.

Elle était sortie de chez elle vendredi matin, armée d'un contrat passé avec le monde, d'une promesse que tout se passerait bien, qu'elle irait à l'école, verrait ses amies, rirait de plaisanteries idiotes, pleurerait en entendant quelque stupide chanson d'amour. Mais le monde avait trahi ce pacte. Ce n'était qu'une adolescente et elle était pourtant parvenue au terme de sa vie.

Colleen aussi venait d'entrer dans l'adolescence. Byrne savait que, psychologiquement parlant, il était à la traîne, que de nos jours, l'adolescence commençait aux alentours de onze ans. Il était aussi pleinement conscient du fait qu'il avait depuis longtemps décidé de résister à la propagande sexuelle orchestrée par les publicistes de Madison Avenue.

Il parcourut la pièce du regard.

Que faisait-il là ?

La grande question, encore une fois.

Après vingt années passées dans les rues d'une des villes les plus violentes du monde, il était laminé. Il ne connaissait pas un seul inspecteur qui ne boive pas, n'ait pas suivi de cure de désintoxication, ne joue pas, ne fréquente pas les prostituées, ne lève pas la main sur ses enfants, sur sa femme. Ce métier engendrait des excès, et si vous ne compensiez pas l'excès d'horreur par un excès de passion – même à la maison – la pression était telle que vous finissiez par imploser et vous coller un flingue dans la bouche.

Depuis qu'il était inspecteur à la criminelle, il avait vu des dizaines de salons, des centaines d'allées, un millier de terrains vagues où l'attendaient des morts sans voix à la fois proches et distants tel un halo pluvieux. La beauté de la désolation. La distance ne l'empêchait pas de dormir. C'étaient les détails qui souillaient ses rêves.

Il se rappelait chaque détail de cette matinée torride où il avait été appelé à Fairmount Park : le bourdonnement entêtant des mouches au-dessus de sa tête, les jambes maigres de Deirdre Pettigrew dépassant des buissons, sa culotte blanche ensanglantée entortillée autour d'une cheville, le pansement sur son genou droit.

Il avait alors su, comme chaque fois qu'il avait vu une enfant assassinée, qu'il devait prendre sur lui sans se préoccuper de sa fatigue mentale, de son flair qui lui faisait défaut. Il devait affronter le matin et ignorer les démons qui l'avaient pourchassé toute la nuit.

Au cours de la première moitié de sa carrière, il avait été motivé par le pouvoir, l'inertie de la justice, la montée d'adrénaline au moment de la capture. Il travaillait pour lui. Mais à un moment, les choses étaient devenues plus sérieuses. Il s'était mis à travailler au nom de toutes les gamines assassinées.

Et maintenant, Tessa Wells.

Il ferma les yeux, sentit une fois de plus les eaux froides de la Delaware tourbillonner autour de lui, son souffle lui déchirer la poitrine.

Plus bas, les véhicules d'assaut des gangs patrouillaient. Les accords graves du hip-hop, s'élevant des rues telle une vapeur d'acier, faisaient trembler le sol, les fenêtres, les murs.

L'heure des déviants approchait. Bientôt il se retrouverait parmi eux.

Les monstres se glissaient hors de leur tanière.

Et tandis qu'il se trouvait en ce lieu où les hommes délaissaient leur amour-propre au profit de quelques instants de silence engourdi, où les animaux se tenaient droit, Kevin Byrne sut qu'un nouveau monstre s'était éveillé dans la ville, un obscur ange de la mort qui l'attirerait sur des territoires vierges, l'entraînerait dans des profondeurs auxquelles seuls des hommes comme Gideon Pratt aspiraient.

14

Lundi, 20 h 00

C'est la nuit à Philadelphie.
Je suis dans Broad Street, je regarde dans la direction de Center City et de la majestueuse statue de William Penn habilement érigée au sommet de la mairie. La chaleur du printemps s'atténue dans le crépitement des néons rouges, de longues ombres à la De Chirico se déploient et, une fois de plus, le double visage de cette ville m'émerveille.
Ce ne sont pas les tons a tempera *de la journée ni les couleurs vives du* Love, *de Robert Indiana, ou du programme d'art mural. C'est Philadelphie la nuit, une ville brossée à coups de pinceau épais et violents, un* impasto *de pigments sédimentaires.*
Le vieux bâtiment de North Broad a vu bien des nuits, ses pilastres moulés montent la garde en silence depuis près d'un siècle. Il incarne à bien des égards le visage stoïque de la ville : les vieux sièges en bois, le plafond à caissons, les médaillons sculptés, le tapis usé sur lequel mille hommes ont craché, saigné, sont tombés.
Nous entrons en file indienne. Nous haussons les sourcils, échangeons un sourire, une tape sur l'épaule.

Je sens le cuivre de leur sang.

Ces hommes savent ce que j'ai fait, mais ils ne connaissent pas mon visage. Ils me croient fou, ils pensent que je surgis de l'obscurité tel un monstre de film d'horreur. Ils liront le récit de mes actes en prenant leur petit déjeuner, dans les transports en commun, au restaurant, et ils secoueront la tête en se demandant pourquoi.

Mais peut-être savent-ils pourquoi ?

Si leur bassesse, leur douleur, leur cruauté étaient soudain mises à nu, ces hommes feraient-ils la même chose ? Attireraient-ils les filles des autres au coin des rues sombres, dans des bâtiments vides, au cœur de parcs obscurs ? Brandiraient-ils leurs couteaux et leurs pistolets et leurs matraques pour enfin exprimer leur rage ? Déchaîneraient-ils leur fureur avant de détaler vers Upper Darby ou New Hope ou Upper Merion pour se réfugier dans leurs mensonges ?

L'âme est toujours le terrain d'une lutte morbide, d'un bras de fer entre dégoût et besoin, obscurité et lumière.

La cloche sonne. Nous nous levons de nos tabourets. Nous nous retrouvons au centre.

Philadelphie, tes filles sont en danger.

Tu es ici parce que tu le sais. Tu es ici parce que tu n'as pas le courage d'être moi. Tu es ici parce que tu as peur de devenir moi.

Je sais pourquoi je suis ici.

Jessica.

15

Lundi, 20 h 30

Oubliez le Caesar's Palace. Oubliez le Madison Square Garden. Oubliez le MGM Grand. La meilleure salle de boxe des États-Unis – d'aucuns diraient du monde – était le Legendary Blue Horizon dans North Broad Street. Dans une ville qui avait enfanté des champions de la trempe de Jack O'Brien, Joe Frazier, James Shuler, Tim Witherspoon, Bernard Hopkins – sans parler de Rocky Balboa –, le Legendary Blue Horizon était un trésor, et les bastons à Philly étaient à son image.

Jessica et son adversaire – Mariella « Sparkle » Munoz – se changèrent et s'échauffèrent dans le même vestiaire. En attendant que son grand-oncle Vittorio, lui-même ancien poids lourd, vienne lui bander les mains, Jessica jaugea son adversaire. Sparkle approchait de la trentaine, ses bras étaient épais et son cou semblait mesurer quarante centimètres de long. Une vraie machine à encaisser les coups. Elle avait le nez écrasé, des cicatrices au-dessus des yeux, et arborait en permanence une grimace censée intimider ses adversaires.

Qu'est-ce que j'ai peur !, pensa Jessica.

Quand elle le voulait, Jessica pouvait jouer l'effarouchée,

affecter l'attitude de la femme désarmée incapable d'ouvrir une bouteille de jus d'orange sans l'assistance d'un homme fort. Mais ce n'était qu'une manière de mettre les gens dans sa poche. Du moins l'espérait-elle.

En réalité, elle se disait plutôt : *Amène-toi un peu, ma petite.*

La première reprise commença par ce que les connaisseurs appellent un « round d'observation ». Les deux femmes cognant doucement, tournant l'une autour de l'autre. Un ou deux corps à corps. Un brin d'agressivité et d'intimidation. Jessica mesurait quelques centimètres de plus que Sparkle, mais celle-ci compensait par sa corpulence. Elle avait l'air d'une machine à laver en chaussettes.

Vers le milieu de la reprise, le combat s'intensifia et la foule se prit au jeu. Chaque fois que Jessica faisait mouche, les spectateurs, menés par un contingent de flics de son ancienne brigade, devenaient dingues.

Quand la cloche annonça la fin de la première reprise, Jessica s'écarta et Sparkle la frappa au corps avec un retard clairement intentionnel. Jessica la poussa et l'arbitre, un petit Noir à la cinquantaine bien sonnée, dut s'interposer. Jessica devina que la commission athlétique de Pennsylvanie estimait que, vu qu'il s'agissait d'un combat poids léger et que, en plus, les combattantes étaient des femmes, un arbitre costaud n'était pas nécessaire.

Faux.

Sparkle décocha par-dessus la tête de l'arbitre un coup qui ricocha sur l'épaule de Jessica. Celle-ci riposta par un direct appuyé qui trouva le côté de la mâchoire de Sparkle. Le soigneur de Sparkle se précipita sur le ring en même temps que l'oncle Vittorio et, malgré les encouragements de la foule – certains des plus beaux combats de l'histoire du Blue Horizon s'étaient déroulés entre les reprises –, ils parvinrent à séparer les deux femmes.

Jessica se laissa tomber sur le tabouret et l'oncle Vittorio vint se placer devant elle.

— Pudain de chalope, marmonna Jessica à travers son protège-dents.

— Détends-toi, dit Vittorio.

Il lui ôta son protège-dents et lui essuya le visage. Angela attrapa une bouteille d'eau dans le seau de glace, la décapsula et l'approcha de la bouche de Jessica.

— Tu baisses le bras droit à chaque crochet. Combien de fois faut que je te le répète ? Garde le bras droit levé, dit Vittorio en donnant une claque sur le gant droit de Jessica.

Jessica fit oui de la tête, se rinça la bouche, cracha dans le seau.

— Deuxième reprise ! hurla l'arbitre depuis le centre du ring.

Les soixante secondes les plus courtes de ma putain de vie, se dit Jessica.

Elle se leva tandis que l'oncle Vittorio attrapait le tabouret et s'éclipsait hors du ring – à soixante-dix-neuf ans, on passe son temps à s'éclipser. La cloche sonna, et les deux adversaires se rapprochèrent l'une de l'autre.

Pendant une minute ou deux, le combat ressembla à la première reprise. Puis tout changea. Sparkle coinça Jessica dans les cordes. Jessica en profita pour décocher un crochet et, comme de bien entendu, baissa le bras droit. Sparkle contra avec un crochet du gauche de son cru, un coup parti du Bronx qui avait filé sur Broadway, puis pris le pont et emprunté la I-95 avant d'achever sa course ici, en plein sur le menton de Jessica qui, sonnée, s'affala dans les cordes. La foule devint silencieuse. Jessica avait toujours su qu'elle risquait de tomber un jour sur plus forte qu'elle, mais, avant que

Sparkle Munoz ne vienne l'achever, elle vit une chose inconcevable.

Sparkle Munoz s'attrapa l'entrejambe et hurla :

— Alors, qui ch'est qu'a des couilles maintenant ?

Tandis que Sparkle s'apprêtait à assener le coup qui, Jessica en était certaine, la mettrait KO, une série d'images floues lui défila devant les yeux.

Comme la fois où, au cours de sa deuxième semaine dans la police, ils avaient dû interpeller un ivrogne qui faisait du tapage sur Fitzwater Street et que le type avait gerbé dans son holster.

Ou la fois où Lisa Cefferati l'avait appelée « Giovanni Gros-Cul » dans la cour de récréation.

Ou le jour où elle était rentrée tôt et avait trouvé les écrase-merdes jaune pipi, pointure quarante-cinq, de Michelle Brown au pied des escaliers, juste à côté des bottes de son mari.

À cet instant, elle fut saisie d'une rage venue d'ailleurs, d'un endroit où une jeune fille nommée Tessa Wells avait vécu, ri, aimé. Un endroit désormais noyé sous le chagrin d'un père. C'était précisément de cette image dont elle avait besoin.

Jessica souleva chacun de ses cinquante-neuf kilos, enfonça les orteils dans la toile du ring et décocha un contre du droit qui vint percuter la pointe du menton de Sparkle, lui faisant pivoter la tête une seconde comme une poignée de porte bien huilée. Le fracas de l'impact résonna à travers la salle, se mêlant à l'écho de tous les coups de poing de légende qui y avaient été assenés. Jessica lut « Tilt ! » dans les yeux de Sparkle, puis ils se révulsèrent brièvement et elle s'écroula.

— Relève-doi ! hurla Jessica. Relève don pudain de cul !

L'arbitre écarta Jessica vers un coin neutre avant de se retourner vers la forme molle de Sparkle Munoz pour reprendre son décompte. Mais pas la peine de compter.

Sparkle roula sur son flanc tel un lamantin échoué. Le combat était bel et bien fini.

Les spectateurs du Blue Horizon se dressèrent comme un seul homme dans un rugissement à faire trembler les murs.

Jessica leva les deux mains et effectua sa danse victorieuse tandis qu'Angela se précipitait sur le ring et la prenait dans ses bras.

Jessica parcourut la salle du regard. Elle repéra Vincent au premier rang du balcon. Il avait assisté à tous ses combats quand ils étaient ensemble, mais elle n'était pas certaine qu'il viendrait cette fois-ci.

Quelques secondes plus tard, le père de Jessica monta sur le ring, tenant Sophie dans les bras. Bien entendu, Sophie n'assistait jamais aux combats de Jessica, mais elle semblait goûter le triomphe tout autant que sa mère. Ce soir-là, vêtue d'un ensemble coordonné en polaire framboise et d'un bandeau Nike, elle avait l'air d'un bébé boxeur. Jessica sourit, adressa un clin d'œil à son père et sa fille. Elle se sentait bien. Mieux que ça, même. Elle ressentait une montée d'adrénaline et avait l'impression qu'elle pouvait conquérir le monde.

Elle serra sa cousine un peu plus fort tandis que la foule entonnait « *Balls! Balls! Balls! Balls!* »

Par-dessus le vacarme, Jessica cria à l'oreille d'Angela :
— Angie ?
— Oui ?
— Fais-moi plaisir.
— Quoi ?
— Ne me laisse plus jamais combattre ce putain de gorille.

Quarante minutes plus tard, à la sortie du Blue, Jessica signa des autographes à deux gamines de douze ans dont les yeux trahissaient une admiration proche de l'idolâtrie. Elle leur fit les sermons habituels : *Soyez assidues à l'école, ne touchez pas à la drogue.* Elles promirent de lui obéir.

Jessica était sur le point de se diriger vers sa voiture lorsqu'elle sentit une présence.

— Rappelle-moi de ne jamais te mettre en colère après moi, prononça une voix profonde derrière elle.

Les cheveux de Jessica étaient humides de sueur et ébouriffés. Elle exhalait une odeur de pur-sang après une course de deux kilomètres et sentait que le côté droit de son visage commençait à enfler et à ressembler à une aubergine bien mûre.

Elle se retourna et vit l'un des plus beaux hommes qu'elle eût jamais connus : Patrick Farrell.

Et il avait une rose à la main.

Tandis que Peter avait emmené Sophie chez lui, Jessica et Patrick s'étaient installés dans un renfoncement sombre du salon de l'Homme tranquille – au niveau inférieur de Finnigan's Wake, un pub irlandais à la mode fréquenté par les flics et situé à l'angle de la Troisième Rue et de Spring Garden Street – le dos tourné au mur de Strawbridge's.

L'endroit n'était pas assez sombre au goût de Jessica qui s'était pourtant maquillée et recoiffée dans les toilettes.

Elle sirotait un double scotch.

— J'ai rarement vu une chose aussi incroyable, dit Patrick.

Il portait un col roulé en cachemire anthracite et un pantalon noir plissé. Son parfum exquis rappela à Jessica l'époque où ils sortaient ensemble. Patrick Farrell avait toujours senti merveilleusement bon. Et ces yeux ! Jessica se demanda combien de femmes, au fil des années, avaient craqué pour ces yeux d'un bleu intense.

— Merci, fit-elle, incapable de trouver une réponse tant soit peu spirituelle ou intelligente.

Elle tenait son verre contre son visage qui, Dieu

merci, avait désenflé. Elle n'avait aucune envie de ressembler à une femme-éléphant devant Patrick Farrell.

— Je ne sais pas comment tu fais.

— Le plus dur est d'apprendre à encaisser les coups les yeux ouverts, répondit Jessica avec un haussement d'épaules qui semblait indiquer que ce n'était pas grand-chose.

— Ça ne fait pas mal ?

— Bien sûr que si. Tu sais l'effet que ça fait ?

— Non.

— C'est comme se prendre un coup de poing en pleine face.

— Touché, fit Patrick en riant.

— Mais d'un autre côté, rien n'est comparable à ce qu'on ressent quand on met son adversaire au tapis. Dieu me pardonne, mais j'adore ça.

— Tu le sens venir en décochant ton coup ?

— Le KO ?

— Oui.

— Oh, oui, fit Jessica. C'est comme taper dans une balle de base-ball avec la partie épaisse de la batte. Tu te souviens de cette sensation ? Pas une vibration, pas un effort. Juste... le contact.

Patrick sourit, secouant la tête comme pour concéder qu'elle avait cent fois plus de tripes que lui. Mais Jessica savait que ce n'était pas vrai. Patrick était médecin urgentiste, et elle ne pouvait imaginer métier plus difficile.

À ses yeux, Patrick avait démontré un bien plus grand courage lorsque, des années plus tôt, il avait tenu tête à son père, l'un des chirurgiens cardiaques les plus réputés de Philadelphie. Martin Farrell espérait que son fils embrasserait la même carrière que lui et Patrick, après une enfance passée à Bryn Mawr, avait étudié à l'école de médecine de Harvard puis fait son internat à l'hôpital John-Hopkins. La route vers la gloire était toute tracée.

Mais quand sa sœur Dana avait été tuée par une balle perdue dans Center City – victime innocente qui s'était trouvée au mauvais endroit au mauvais moment –, Patrick avait décidé de consacrer sa vie à la médecine traumatique dans un hôpital des quartiers défavorisés. Martin Farrell avait alors failli déshériter son fils.

Jessica et Patrick avaient donc une chose en commun : une tragédie avait décidé de leur carrière, ils n'avaient pas choisi. Elle aurait voulu savoir comment il s'entendait avec son père après tout ce temps, mais préféra ne pas rouvrir de vieilles blessures.

Ils écoutèrent la musique en silence, se dévorant des yeux tels deux adolescents transis. Quelques flics du troisième district passèrent féliciter Jessica avant de regagner leur table en titubant et en donnant des coups de poing dans le vide.

Patrick finit par aborder la question du travail, un sujet inoffensif entre une femme mariée et son ancien amant.

— Comment ça se passe dans la cour des grands ? demanda Patrick.

La cour des grands, pensa Jessica. *Les grands avaient un don pour vous faire sentir minuscule.*

— C'est encore le début, mais c'est très éloigné de l'époque où je patrouillais en voiture, répondit-elle.

— Et tu ne regrettes donc pas l'époque où tu devais filer le train aux voleurs de sacs à main, t'interposer dans les bagarres de bar, transporter les femmes enceintes à l'hôpital ?

Un sourire un peu nostalgique apparut sur le visage de Jessica.

— Les voleurs de sacs à main et les bagarres de bar ? Non, aucun regret. Et pour ce qui est des femmes enceintes, je pense m'en tirer avec un score de un partout.

— Comment ça ?

— Quand je faisais des patrouilles, un enfant est né sur la banquette arrière de ma voiture. Et j'en ai perdu un autre.

Patrick se redressa. Il était intéressé, c'était son domaine.

— C'est-à-dire ? Comment l'as-tu perdu ?

Ce n'était pas l'histoire préférée de Jessica. Elle s'en voulait de l'avoir évoquée. Maintenant elle devait tout raconter.

— C'était la veille de Noël, il y a trois ans. Tu te souviens de cette tempête ?

Ç'avait été l'un des pires blizzards de ces dix dernières années. Vingt-cinq centimètres de neige fraîche, un vent à décorner les bœufs, une température aux alentours de moins quinze. La ville était quasiment paralysée.

— Oh oui, fit Patrick.

— Bon, j'étais de service de nuit. Il était un peu plus de minuit et j'étais allée chercher des cafés pour mon partenaire et moi dans un Dunkin'Donuts.

Patrick fronça les sourcils à la mention du Dunkin'Donuts.

— Pas de commentaire, dit Jessica en souriant.

Patrick fit mine de se coudre la bouche.

— J'étais sur le point de sortir quand j'entends un gémissement. Il y avait en fait une femme dans l'un des box. Elle était enceinte de sept ou huit mois et, de toute évidence, ça se passait mal. J'ai appelé les secours, mais soit les ambulances étaient en course, soit elles étaient immobilisées dans le fossé ou avaient le moteur gelé. Un cauchemar. Comme on n'était qu'à quelques rues de l'hôpital, j'ai décidé de l'emmener. Mais en arrivant au croisement de la Troisième Rue et de Walnut, j'ai dérapé sur une plaque de verglas et embouti une file de voitures en stationnement. On s'est retrouvées coincées.

Jessica but une gorgée de scotch. Elle n'aimait pas raconter cette histoire, surtout à la va-vite.

— J'ai demandé de l'assistance, mais quand ils sont arrivés le bébé était mort-né.

Le regard de Patrick indiquait qu'il comprenait.

Perdre un bébé est toujours difficile, quelles que soient les circonstances.

— Je suis désolé.

— Oui, bon, je me suis rattrapée quelques semaines plus tard, reprit-elle. Mon coéquipier et moi avons fait naître un gros bébé dans South Street. Et il était vraiment très gros. Quatre kilos et des plumettes. C'était comme mettre un veau au monde. Chaque année à Noël je reçois une carte de vœu des parents. Après ça, j'ai postulé pour la brigade automobile. J'en avais assez de jouer à la gynéco.

— Dieu rétablit toujours la balance, pas vrai ? dit Patrick en souriant.

— En effet.

— Si je me souviens bien, il s'est passé plein de choses dingues cette nuit de Noël, non ?

C'était vrai. En général, quand le blizzard frappe, les cinglés restent chez eux. Mais curieusement, la conjonction des étoiles était telle que cette nuit-là ils étaient tous dehors. Coups de feu, incendies, agressions, vandalisme.

— Si. On n'a pas arrêté de la nuit, répondit Jessica.

— Quelqu'un n'avait-il pas jeté du sang sur la porte d'une église, ou un truc dans ce genre ?

Jessica fit signe qu'il avait raison.

— À l'église Sainte-Katherine. Dans le quartier de Torresdale.

— Tu parles d'une nuit de paix, hein ? dit Patrick en secouant la tête.

Jessica ne pouvait qu'être d'accord, tout en sachant que si le monde était soudain en paix, elle perdrait son boulot.

Patrick but une gorgée de scotch.

— À propos de folie, j'ai entendu dire que tu avais hérité d'un meurtre.

— Où as-tu entendu ça ?

— J'ai mes sources, répondit-il en lui faisant un clin d'œil.
— En effet. Ma première affaire. Encore un cadeau du Seigneur.
— Aussi moche que ce qu'on m'a dit ?
— Pis que ça.

Jessica lui expliqua brièvement de quoi il retournait.

— Bon Dieu, fit Patrick, horrifié par les sévices infligés à Tessa Wells. Chaque jour je crois avoir tout entendu. Et chaque jour j'entends quelque chose de nouveau.
— Je suis vraiment triste pour son père, dit Jessica. Il est très malade. Il a perdu sa femme il y a quelques années. Tessa était sa seule fille.
— Je ne peux même pas imaginer ce qu'il endure. Perdre un enfant.

C'était aussi inimaginable pour Jessica. Perdre Sophie serait la fin de sa vie.

— Plutôt difficile comme première mission, dit Patrick.
— Ne m'en parle pas.
— Ça va ?

Jessica prit le temps de réfléchir. La manière dont Patrick posait ce genre de question laissait penser qu'il se souciait vraiment de la réponse.

— Oui. Ça va.
— Comment est ton nouvel équipier ?

Celle-ci était facile.

— Bien. Vraiment bien.
— Comment ça ?
— Disons qu'il sait s'y prendre avec les gens, répondit Jessica. Il sait les faire parler. Je ne sais pas si c'est de la peur ou du respect qu'il inspire, mais ça fonctionne. Et je me suis renseignée sur ses résultats. Il est au-dessus du lot.

Patrick parcourut la salle du regard puis posa de nouveau les yeux sur Jessica. Il esquissa ce demi-sourire qui l'avait toujours fait fondre.

— Quoi ? demanda-t-elle.
— *Mirabile visu*, dit Patrick.
— C'est ce que je dis toujours.
— C'est du latin, poursuivit Patrick en riant.
— Et ça veut dire quoi ? Qui t'a cassé la gueule ?
— Ça veut dire que tu es magnifique.

Ces toubibs, pensa Jessica, *toujours à vous embobiner avec leur latin*.

— Mais... *Sono sposata*, répliqua Jessica. Ce qui, en italien, veut dire : « Mon mari nous collerait à chacun une balle dans le front s'il entrait maintenant dans cette pièce. »

Patrick leva les mains en signe de reddition.

— Assez parlé de moi, dit Jessica tout en se maudissant en silence d'avoir évoqué Vincent – il n'était pas censé être de la fête. Qu'est-ce que tu deviens ?

— Eh bien, on a toujours beaucoup à faire à l'hôpital. Jamais un moment de répit. Et puis, je vais peut-être avoir une exposition à la galerie Boyce.

Outre le fait qu'il était un sacré médecin, Patrick jouait aussi du violoncelle et était un peintre talentueux. Une nuit, à l'époque de leur liaison, il avait dessiné au pastel une esquisse de Jessica. Inutile de dire qu'elle l'avait bien planquée au fond du garage.

Patrick commanda un autre verre. Rien n'avait changé, la séduction opérait sans effort, comme au bon vieux temps. Le contact des mains, le frôlement électrique des pieds sous la table. Patrick expliqua qu'il faisait aussi du bénévolat dans un nouveau dispensaire de Poplar. Jessica dit qu'elle envisageait de repeindre son salon. Chaque fois qu'elle était avec lui, elle avait l'impression d'être un fardeau pour la société.

Vers vingt-trois heures, Patrick la raccompagna jusqu'à sa voiture garée dans la Troisième Rue. Puis vint le moment qu'elle redoutait. Le scotch l'aida à le faire passer en douceur.

— Bon... si on dînait ensemble la semaine prochaine ? proposa Patrick.

— C'est-à-dire que... tu sais... hésita Jessica.

— Entre amis, ajouta Patrick. En tout bien tout honneur.

— Alors laisse tomber, répondit-elle. Dans ces conditions, à quoi ça sert ?

Patrick éclata de rire une fois de plus. Jessica avait oublié combien ce son était magique. Ça faisait un bail que Vincent et elle n'avaient pas ri ensemble.

— D'accord. Ça marche, dit Jessica, tout en essayant en vain de trouver une bonne raison de ne pas dîner avec un vieil ami. Pourquoi pas ?

— Fantastique, répondit-il.

Il se pencha et embrassa doucement le bleu qu'elle avait sur la joue droite.

— Soin préopératoire irlandais, ajouta-t-il. Ça ira mieux demain matin. Tu verras.

— Merci, docteur.

— Je t'appelle.

— D'accord.

Patrick lui fit un clin d'œil et le cœur de Jessica se mit à battre la chamade. Il leva les mains, mimant la position du boxeur en garde, puis tendit le bras et lui caressa les cheveux avant de pivoter sur ses talons et de regagner sa voiture.

Jessica le regarda s'éloigner.

Elle se toucha la joue, encore chaude du baiser qu'il y avait déposé. Et elle ne fut pas le moins du monde surprise de constater que son visage la faisait déjà moins souffrir.

16

Lundi, 23 h 00

Simon Close était amoureux.

Cette Jessica Balzano était absolument incroyable. Grande, élancée, sexy à se damner. Quand elle avait démoli son adversaire sur le ring, il avait ressenti la plus forte pulsion animale que la vue d'une femme lui eût jamais procurée. En la regardant, il s'était senti comme un gamin.

Elle ferait un bon sujet d'article.

Surtout si on mettait sa photo.

Grâce à son sourire et à sa carte de presse, il était parvenu à entrer au Blue Horizon assez aisément. Certes, ce n'était pas comme s'il allait voir l'équipe des Eagles au Linc ou les 76ers au Wachovia Center, mais il tirait tout de même une certaine fierté chaque fois qu'il était traité comme un journaliste de la presse grand public. Les personnes qui écrivaient pour des tabloïds recevaient rarement des entrées gratuites, ne partaient jamais en voyage à l'œil et devaient quémander pour avoir des dossiers de presse. Il avait mal orthographié bon nombre de noms au cours de sa carrière parce qu'il n'avait jamais reçu un dossier de presse décent.

Après le combat de Jessica, Simon se gara dans la Huitième Rue Nord, un peu à l'écart du lieu du crime. Les seuls autres véhicules étaient une Ford Taurus stationnée à l'intérieur du périmètre de sécurité et la camionnette de la police scientifique.

Il regarda les informations de onze heures sur sa télé de poche. La jeune fille assassinée faisait l'ouverture du journal. Elle s'appelait Tessa Ann Wells, avait dix-sept ans, était originaire du nord de Philadelphie. Un instant plus tard, Simon avait son annuaire sur les genoux, sa lampe de poche entre les dents. Il y avait au total douze possibilités dans le nord de la ville : huit Welles et quatre Wells.

Il sortit son téléphone, composa le premier numéro.

— Monsieur Welles ?
— Oui ?
— Bonjour, mon nom est Simon Close. Je suis journaliste au *Report*.

Silence. Puis :

— Oui ?
— Laissez-moi tout d'abord vous dire que je suis terriblement désolé pour votre fille.

Une inspiration sèche à l'autre bout du fil.

— Ma fille ? Il est arrivé quelque chose à Hannah ?

Loupé.

— Désolé, j'ai dû me tromper de numéro.

Il raccrocha, composa le numéro suivant.

Occupé.

Le suivant. Une femme cette fois.

— Madame Welles ?
— Qui êtes-vous ?
— Madame, mon nom est Simon Close. Je suis journaliste au *Report*.

Clic.

Salope.

Suivant.

Occupé.

Bon sang. Les gens ne dorment-ils jamais dans cette ville ?

Puis Action News, sur la sixième chaîne, refit le point sur l'affaire : « La victime, Tessa Ann Wells, vivait dans la Vingtième Rue dans le nord de Philadelphie. »

Merci, Action News.

Il chercha dans son annuaire. Frank Wells, dans la Vingtième Rue. Il composa le numéro, mais la ligne était occupée. Encore. Occupée. Encore. Même résultat. Encore. Encore.

Bordel !

Il envisagea de s'y rendre, mais ce qui se produisit alors, comme un coup de tonnerre tombé à point nommé, changea tout.

17

Lundi, 23 h 00

La mort était venue sans être invitée et, pour sa pénitence, le quartier pleurait en silence. La pluie n'était plus qu'une fine brume dont le murmure provenait des rivières et qui rendait les trottoirs glissants. La nuit avait enterré le jour dans un linceul cristallin.

Byrne était assis dans sa voiture garée face au lieu du crime, de l'autre côté de la rue – son épuisement semblait maintenant être une bête vivante à l'intérieur de son corps. À travers le brouillard, il distinguait une faible lueur orange qui s'échappait de la fenêtre de la cave où Tessa Wells avait été tuée. L'équipe de police scientifique en aurait pour la nuit, et sans doute une bonne partie du lendemain.

Il inséra un CD de blues dans le lecteur. Bientôt la voix de Robert Johnson crépita dans les haut-parleurs, il racontait qu'il était poursuivi par le chien de l'enfer.

Comme je te comprends, pensa Byrne.

Il considéra la rue, les maisons délabrées. Les façades jadis gracieuses croulaient sous le poids des ans, des intempéries, de la négligence. Malgré tous les drames, petits ou grands, qui s'étaient déroulés derrière ces murs au fil des années, il ne planerait plus en fin de compte que le parfum de la mort. Quand la terre aurait ravalé les fondations, il ne resterait plus que la folie.

Byrne aperçut un mouvement dans le champ à droite de la maison du crime. Un chien errant caché derrière une petite pile de pneus abandonnés le regardait. Son seul souci : trouver un bout de viande avarié, un peu d'eau de pluie.

Veinard de clebs.

Byrne arrêta le CD, ferma les yeux, s'imprégna du silence.

Ils n'avaient trouvé aucune empreinte de pas fraîche dans le jardin couvert de mauvaises herbes à l'arrière de la maison, pas une branche arrachée aux buissons. Celui qui avait tué Tessa Wells ne s'était probablement pas garé dans la Neuvième Rue.

Il sentit son souffle se bloquer dans sa poitrine, comme la nuit où, prisonnier des caresses de la mort, il avait plongé avec Luther White dans la rivière glacée...

Les images vinrent cogner à l'arrière de son crâne – brutales, affreuses, ignobles.

Il vit les derniers instants de Tessa.

L'approche se fait par l'avant...

Le tueur éteint ses phares, ralentit, roule lentement, prudemment, puis s'arrête. Il coupe le moteur, descend du véhicule, renifle l'air. Cet endroit est parfait pour sa folie. C'est lorsqu'il mange que l'oiseau de proie est le plus vulnérable, lorsqu'il se déploie au-dessus de sa victime et s'expose à une attaque venue du ciel. Il sait qu'il est sur le point de se mettre momentanément en danger. Il a choisi sa proie avec soin. Tessa Wells incarne cette chose qu'il n'a pas en lui, l'idée même de la beauté qu'il doit détruire.

Il la porte à travers la rue, entre dans la maison vide sur la gauche. Pas âme qui vive dans les parages. Il fait sombre à l'intérieur, le clair de lune ne pénètre pas. Le plancher pourri est dangereux, mais il ne se risque pas à sortir sa lampe torche. Pas encore. Elle est légère comme une plume. Il se sent plein d'une puissance terrible.

Il sort à l'arrière de la maison.

(Mais pourquoi ? Pourquoi ne pas l'abandonner dans la première maison ?)

Il est sexuellement excité, mais n'assouvit pas son désir.

(Encore une fois, pourquoi ?)

Il pénètre dans la maison de la mort, emprunte l'escalier et emmène Tessa Wells dans la cave froide et humide.

(Est-il déjà venu ?)

Des rats détalent, la peur les fait abandonner leur maigre charogne. Il n'est pas pressé. Ici le temps n'a plus d'emprise.

En cet instant, il contrôle parfaitement tout.

Il est...

Il est...

Malgré tous ses efforts, Byrne ne parvint pas à discerner le visage du tueur.

Pas encore.

Il ressentit une vive douleur, une violente décharge lumineuse.

Les choses empiraient.

Byrne alluma une cigarette, la fuma jusqu'au filtre sans la moindre sale pensée ni une seule bonne idée. La pluie recommença de plus belle.

Pourquoi Tessa Wells ? se demandait-il, retournant sans cesse la photographie de l'adolescente entre ses mains.

Pourquoi pas n'importe quelle jeune fille timide ? Qu'avait-elle fait pour mériter ça ? Avait-elle refusé les avances d'un jeune bourreau des cœurs ? Non. Même si chaque nouvelle génération semblait plus cinglée que la précédente et repoussait toujours plus loin les limites de la violence, ce crime ne pouvait être l'œuvre d'un adolescent éconduit.

Avait-elle été choisie au hasard ?

Si tel était le cas, Byrne savait qu'il y avait peu de chances pour que cela cesse.

En quoi le lieu du crime était-il particulier ?

Quel indice ne voyait-il pas ?

Byrne sentit la rage monter en lui. La douleur lui martelait les tempes. Il rompit un comprimé de Vicodine, l'avala sans eau.

Il n'avait pas accumulé plus de trois ou quatre heures de sommeil en deux jours, mais à quoi bon dormir ? Il avait du travail.

Le vent redoubla de violence, agitant le cordon jaune vif qui entourait le lieu du crime telle une bannière : grande inauguration du supermarché de la mort.

Il regarda dans le rétroviseur. La cicatrice au-dessus de son œil droit étincelait dans le clair de lune. Il passa un doigt dessus. Il pensa à Luther White : l'éclat de son calibre 22 la nuit où ils étaient tous les deux morts, l'explosion qui avait jailli du canon et repeint le monde en rouge, puis en blanc, puis en noir – toute la palette de la démence –, puis la rivière qui les avait enveloppés.

Où es-tu Luther ?

Un peu d'aide ne me ferait pas de mal.

Il descendit de sa voiture, verrouilla les portières. Il savait qu'il aurait mieux valu rentrer chez lui, mais, étrangement, il puisait en cet endroit la détermination dont il avait alors besoin, il y retrouvait la paix de ces fraîches journées d'automne passées à regarder un match des Eagles dans son salon tandis que Donna lisait à ses côtés et que Colleen faisait ses devoirs dans sa chambre.

Peut-être ferait-il mieux de rentrer.

Mais pour retrouver quoi ? Son deux pièces vide ?

Il viderait encore un demi-litre de bourbon, regarderait une émission de télé, peut-être un film. À trois heures, il se coucherait pour attendre un sommeil qui ne viendrait pas. À six heures, vaincu par l'aube, il se lèverait avant même que son réveil ait sonné.

Il regarda la lueur qui s'échappait de la lucarne de la cave, vit le mouvement des ombres affairées, se sentit attiré.

Ces gens étaient ses frères, ses sœurs, sa famille.

Il traversa la rue en direction de la maison de la mort.

Chez lui, c'était ici.

18

Lundi, 23 h 08

Simon avait repéré les deux véhicules. La camionnette bleue et blanche de l'unité de police scientifique stationnée à l'écart sur le côté de la maison et la Taurus garée un peu plus bas dans la rue, la Taurus à l'intérieur de laquelle se trouvait sa Némésis : l'inspecteur Kevin Francis Byrne.

Après les révélations de Simon sur le suicide de Morris Blanchard, Byrne l'avait attendu un soir devant Downey's, un pub irlandais bruyant à l'angle de Front et de South Street. Il l'avait chopé dans un coin puis l'avait secoué comme une poupée de chiffon avant de l'attraper par le col et de le plaquer violemment contre un mur. Simon n'était pas un cogneur, mais il mesurait un bon mètre quatre-vingts pour soixante-dix kilos, ce qui n'avait pas empêché Byrne de le soulever du sol d'une seule main. Son haleine évoquait une distillerie après une inondation, et Simon s'était préparé à un sacré pugilat. Ou plutôt à se prendre une sacrée raclée. Pas la peine de se faire d'illusions.

Mais, par chance, au lieu de l'écraser d'un coup de poing – Simon devait bien avouer qu'il ne l'aurait pas volé –, Byrne s'était arrêté, avait regardé le ciel puis l'avait laissé retomber comme un Kleenex usagé. Il s'en était tiré avec quelques côtes douloureuses, une épaule contusionnée et une chemise si détendue qu'elle ne retrouverait jamais sa taille initiale.

En pénitence, Byrne avait eu droit à une demi-douzaine d'articles cinglants de la part de Simon. Depuis ce temps, ce dernier conservait une batte de base-ball dans sa voiture et passait son temps à regarder derrière lui.

Mais tout ça, c'était de l'histoire ancienne.

Il y avait du nouveau.

Simon avait deux informateurs qu'il utilisait de temps à autre, des étudiants de l'université de Temple qui avaient sur le journalisme les mêmes belles idées que Simon autrefois. Ils effectuaient des recherches, des planques à l'occasion, le tout pour un salaire de misère qui devait juste leur permettre de télécharger quelques morceaux sur iTunes et de se payer quelques films porno.

Celui qui avait un peu de potentiel, le seul qui, à vrai dire, savait écrire, était Benedict Tsu. Il appela à onze heures dix.

— Simon Close.

— C'est Tsu.

Simon ne savait pas si c'était une coutume asiatique ou la mode à la fac, mais Benedict s'annonçait toujours par son nom de famille.

— Qu'est-ce qui se passe ?

— Cet endroit sur lequel vous vouliez des renseignements, près de la rivière.

Tsu parlait du bâtiment en ruine situé sous le pont Walt-Whitman et dans lequel Byrne avait mystérieusement disparu quelques heures plus tôt. Simon l'avait suivi, mais il devait rester discret. Quand l'heure était venue de se rendre au Blue Horizon, il avait appelé Tsu pour lui demander de voir de quoi il retournait.

— Et alors ?

— Ça s'appelle Les Diables.
— Et c'est quoi, Les Diables ?
— Un repaire où on consomme du crack.
Simon fut pris de vertiges.
— Du crack ?
— Oui, monsieur.
— Tu es sûr ?
— Absolument.

Simon se laissa submerger par toutes les possibilités. Son excitation était à son comble.

— Merci, Ben, dit-il. Je te rappelle.
— *Bukeqi.*

Simon raccrocha, songea à la chance qu'il avait.

Kevin Byrne se camait.

Ce qui n'était qu'une activité comme une autre – suivre Byrne dans l'espoir d'un scoop – allait désormais devenir une obsession. Car, de temps à autre, Kevin Byrne serait bien obligé de se shooter. L'inspecteur se retrouvait donc affublé d'un nouveau partenaire. Et il ne s'agissait pas d'une grande déesse sexy aux yeux noirs ravageurs et à la droite aussi puissante qu'un train de marchandises, mais plutôt d'un blanc-bec maigrichon originaire du Northumberland.

Un blanc-bec maigrichon armé d'un appareil photo Nikon D100 et d'un téléobjectif Sigma 55-200 mm DC.

19

Mardi, 5 h 40

Jessica était recroquevillée dans un coin d'une cave froide et humide, elle regardait une jeune fille prier à genoux. Celle-ci avait environ dix-sept ans, elle était blonde avec des taches de rousseur, les yeux bleus et un visage innocent.

Le clair de lune qui s'engouffrait par la petite lucarne projetait des ombres brusques au travers des gravats, créant des buttes et des abîmes dans les ténèbres.

Lorsque la jeune fille eut fini de prier, elle s'assit sur le sol humide, prépara une seringue et, sans cérémonie ni préparation, s'enfonça l'aiguille dans le bras.

Attends ! hurla Jessica.

Elle se fraya rapidement un chemin parmi les débris, faisant preuve d'une aisance relative si l'on considérait l'obscurité et le désordre de la cave. Pas de tibias écorchés ni d'orteils meurtris. On aurait dit qu'elle flottait. Mais au moment où elle atteignit la jeune femme, celle-ci appuyait déjà sur le piston de la seringue.

Il ne faut pas faire ça, dit Jessica.

Si, répondit la fille du rêve. *Tu ne comprends pas.*

Je comprends très bien. Tu n'en as pas besoin.

Mais si. Je suis poursuivie par un monstre.

Jessica s'écarta de quelques pas et s'aperçut que les pieds nus de la jeune fille étaient rouges, irrités, couverts d'ampoules. Lorsque Jessica leva de nouveau les yeux…

Elle vit Sophie. Ou, plus précisément, la jeune fille que deviendrait Sophie. Le petit corps potelé et les joues rebondies de sa fille avaient disparu au profit d'une silhouette de jeune femme : jambes longues, taille fine, courbes d'une poitrine sous le pull en V déchiré orné du blason de Nazarene.

Mais c'était le visage de la jeune fille qui horrifia Jessica. Sophie avait les traits tirés et hagards et des ombres violacées sous les yeux.

Arrête, ma chérie, implora Jessica. *Mon Dieu, non.*

Elle s'aperçut alors que les mains de la jeune fille étaient jointes par un boulon et saignaient. Jessica tenta de faire un pas en avant mais ses pieds semblaient ancrés au sol, ses jambes étaient lourdes comme du plomb. Elle sentit un objet contre son sternum. Elle baissa les yeux et vit un pendentif en forme d'ange accroché à son cou.

Puis, soudain, un coup de cloche retentit, puissant, importun, insistant. Il semblait provenir de l'étage. Jessica regarda la jeune fille qui ressemblait à Sophie. La drogue commençait juste à faire effet, et, au moment où ses yeux se révulsèrent, elle inclina la tête en arrière. Tout d'un coup, il n'y avait plus de plafond au-dessus d'elles. Juste le ciel noir. Jessica regarda dans la même direction que la jeune fille tandis que la cloche se remettait à résonner dans le firmament. Une lame de lumière dorée fendit les nuages de la nuit et vint percuter le pendentif d'argent, aveuglant Jessica un instant, puis…

Jessica ouvrit les yeux et se redressa, son cœur battait à tout rompre dans sa poitrine. Elle regarda la fenêtre. Nuit noire. Et le téléphone qui sonnait. À cette heure-là, ce ne pouvait être qu'une mauvaise nouvelle.

Vincent ?
Papa ?
Le téléphone sonna pour la troisième fois, n'offrant pas plus de détails ni de réconfort. Elle tendit le bras, désorientée, effrayée, ses mains tremblaient, les tempes lui battaient toujours. Elle décrocha le combiné.
— Bon... bonjour.
— C'est Kevin.
Kevin ? Quel Kevin ? Le seul Kevin qu'elle connaissait était Kevin Bancroft, le môme bizarre qui habitait dans Christian Street quand elle était gosse. Puis ça lui revint.
Kevin.
Le boulot.
— Oui. D'accord ? OK. Qu'est-ce qui se passe ?
— Je crois qu'on ferait bien d'aller voir les gamines à l'arrêt de bus.
Du chinois. Peut-être du javanais. Une langue étrangère, assurément. Elle n'avait pas la moindre idée de ce qu'il racontait.
— Vous m'accordez une seconde ? demanda-t-elle.
— Bien sûr.
Jessica piqua un sprint jusqu'à la salle de bains, s'aspergea le visage d'eau froide. Le côté droit était toujours un peu enflé, mais il lui faisait beaucoup moins mal que la veille grâce au sac de glace qu'elle avait appliqué pendant une heure en rentrant chez elle. Et puis grâce au baiser de Patrick, évidemment. Elle sourit à cette idée, ce qui réveilla la douleur. Mais c'était une douleur agréable. Elle retourna au téléphone en courant, mais avant qu'elle ait pu dire quoi que ce soit, Byrne ajouta :
— Je pense qu'on en saura plus là-bas qu'à l'école.
— Bien sûr, répondit Jessica, comprenant soudain qu'il parlait des amies de Tessa.
— Vingt minutes, dit-il.
Elle crut un instant qu'il voulait dire dans vingt

minutes. Elle jeta un coup d'œil au réveil. Cinq heures quarante. Il voulait vraiment dire dans vingt minutes. Par chance, comme son mari partait travailler à Camden sur le coup de six heures, Paula Farinacci serait déjà levée. Jessica pouvait déposer Sophie chez elle, et il lui resterait tout juste le temps de prendre une douche.

— Bien, dit-elle. OK. Super. Pas de problème. À tout de suite.

Elle raccrocha, bascula les jambes par-dessus le rebord du lit, prête à faire un petit somme.

Bienvenue à la criminelle.

20

Mardi, 6 h 00

Byrne l'attendait avec un grand café et un *bagel* aux graines de sésame. Le café était chaud et corsé, le *bagel* frais.

Dieu le bénisse.

Jessica se hâta sous la pluie et se glissa dans la voiture, lui adressant pour la forme un salut de la tête. Le moins qu'on pût dire est qu'elle n'était pas du matin, surtout à six heures. Elle n'espérait qu'une chose : que ses chaussures appartiennent à la même paire.

Ils roulèrent en silence. Kevin Byrne, conscient de l'avoir brusquée sans cérémonie, respecta son espace et son rituel matinal. Il semblait pour sa part totalement éveillé. Un peu fatigué, certes, mais il avait les yeux grands ouverts et l'air fringant.

C'était si facile pour les hommes, pensa Jessica. Une chemise propre, un coup de rasoir dans la voiture, une pulvérisation de rafraîchisseur d'haleine, une goutte de collyre, et ils étaient prêts pour la journée.

Ils atteignirent le nord de la ville en un rien de temps et se garèrent près du croisement entre la Dix-Neuvième

Rue et Poplar. À la demie, Byrne alluma la radio. Il fut question de l'affaire Tessa Wells.

Comme il leur restait une demi-heure d'attente, ils s'enfoncèrent confortablement dans leurs sièges. De temps en temps, Byrne allumait le contact pour mettre en route les essuie-glaces, le dégivreur.

Ils essayèrent de commenter les nouvelles, de parler de la pluie et du beau temps, du boulot, mais un sujet s'imposait constamment à eux : les enfants.

Tessa Wells était l'enfant de quelqu'un.

La barbarie de ce crime ne leur en paraissait que plus insoutenable. Tessa aurait pu être leur enfant.

— Elle aura trois ans le mois prochain, dit Jessica.

Puis elle montra à Byrne une photo de Sophie. Il sourit. Elle savait qu'au fond c'était un dur au cœur tendre.

— Elle a l'air d'avoir un sacré caractère.

— Ne m'en parlez pas, confirma Jessica. Vous savez comment ils sont à cet âge-là. Toujours après vous.

— En effet.

— Cette époque vous manque ?

— Cette époque, c'est moi qui l'ai manquée, dit Byrne. Je faisais un service double en ce temps-là.

— Quel âge a votre fille maintenant ?

— Treize ans, répondit Byrne.

— Oh, oh, fit Jessica.

— Oh, oh, c'est le moins qu'on puisse dire.

— Alors… la maison est pleine de CD de Britney ?

Cette fois, Byrne se contenta d'esquisser un sourire.

— Non.

— Oh, ne me dites pas qu'elle écoute du rap.

Byrne tourna plusieurs fois sa cuiller dans son café.

— Ma fille est sourde.

— Oh, pardon, fit Jessica, soudain mortifiée. Je… je suis désolée.

— Je vous en prie, inutile de vous excuser.
— C'est-à-dire que... je ne...
— Pas de problème, vraiment. Elle déteste la compassion. Elle est plus coriace que vous et moi réunis.
— Je voulais juste dire que...
— Je sais ce que vous vouliez dire. Ma femme et moi avons passé des années à être désolés. C'est une réaction naturelle, dit Byrne. Mais pour être tout à fait honnête, je n'ai encore jamais rencontré de sourd qui se considère comme handicapé. Surtout pas Colleen.

Puisque le sujet était abordé, Jessica estima qu'elle ferait aussi bien de poursuivre sur sa lancée.

— Est-elle née sourde ? demanda-t-elle avec douceur.
— Oui, répondit Byrne. Une malformation de Mondini. Un problème génétique.

Jessica se représenta Sophie en train de danser dans le salon sur une chanson de la *Rue Sésame*. Ou bien chantant à tue-tête dans sa baignoire pleine de mousse. Sophie n'avait pas plus l'oreille musicale que sa mère, mais elle y mettait tout son cœur.

Ils se turent. Byrne actionna à nouveau les essuie-glaces et le dégivreur pour éclaircir le pare-brise. Les jeunes filles n'étaient pas encore arrivées. La circulation se faisait plus dense sur Poplar.

— Un jour, je l'ai observée, reprit Byrne d'un ton légèrement mélancolique, comme s'il n'avait pas parlé de sa fille depuis longtemps.

De toute évidence, elle lui manquait.

— J'étais censé la récupérer à l'école des sourds et comme j'étais un peu en avance, je me suis garé pour fumer une cigarette et lire le journal.

« Bref, j'aperçois un groupe de sept ou huit gamins au coin de la rue. Âgés de douze, treize ans. Je ne fais pas vraiment attention à eux. Ils sont tous sapés comme des clochards, vous voyez ce que je veux dire ?

Pantalons extra-larges, énormes chemises qui dépassent par-dessus, baskets pas lacées. Soudain je vois Colleen, appuyée contre un mur, et c'est comme si je ne la connaissais pas. Comme s'il s'agissait d'une autre fille qui ressemblait à Colleen.

« Alors tout d'un coup, je m'intéresse aux autres gamins. Qui fait quoi, qui tient quoi, qui porte quoi, ce qu'ils font avec leurs mains, ce qu'ils ont dans les poches. Comme si je les fouillais à distance.

Byrne but une gorgée de café, jeta un coup d'œil en direction de l'angle de la rue. Toujours personne.

— Donc, elle est là avec ces garçons plus âgés, à sourire, à papoter en langue des signes, à se tripoter les cheveux, continua-t-il. Et je me dis : "Bon sang ! Elle est en train de flirter !" Ma fille est en train de flirter avec ces garçons. Ma petite fille qui, à peine quelques semaines plus tôt, grimpait sur son vélo d'enfant et dévalait la rue à grands coups de pédales dans son petit T-shirt jaune sur lequel était écrit JE ME SUIS ÉCLATÉE À WILDWOOD. J'avais envie de buter ces petits obsédés sur-le-champ.

« Et puis l'un d'eux a allumé un joint et mon putain de cœur a cessé de battre. Je l'ai vraiment entendu s'arrêter dans ma poitrine comme une montre de pacotille. Je suis sur le point de descendre de voiture menottes en main quand je prends conscience de l'effet que ça aurait sur Colleen, alors je me contente de regarder.

« Ils font tourner le joint, tranquillement, au coin de la rue, comme si c'était légal, vous voyez le genre ? Et moi, je ne les quitte pas des yeux. Puis l'un des gamins tend le joint à Colleen, et je savais, j'étais persuadé qu'elle allait le prendre et le fumer. Je savais qu'elle allait lentement tirer une bonne taffe de ce pétard, et les cinq prochaines années de sa vie me sont apparues. Herbe, picole, coke, désintoxication, cours par correspondance pour rattraper le retard, et puis encore de la drogue, la pilule et... et alors un truc incroyable s'est produit.

Jessica se rendit compte qu'elle avait les yeux rivés sur Byrne et attendait, captivée, la fin de son histoire.

— Alors, qu'est-ce qui s'est passé ?

— Elle a juste... secoué la tête, reprit Byrne. C'est tout. « Non merci. » J'avais douté d'elle, j'avais complètement perdu la foi en ma petite fille, et j'aurais voulu m'arracher les yeux. L'occasion de prouver ma confiance m'avait été offerte, sans que personne ne le sache, et j'avais échoué. C'est moi qui avais échoué. Pas elle.

Jessica hocha la tête, essayant de ne pas penser au moment où elle aussi devrait affronter un tel moment avec Sophie d'ici une dizaine d'années. Elle n'était franchement pas pressée.

— Et tout d'un coup, reprit Byrne, j'ai compris, après toutes ces années d'inquiétude, toutes ces années à la traiter comme une petite chose fragile, à marcher sur le trottoir du côté de la rue, à faire baisser les yeux aux idiots qui la regardaient parler en langue des signes comme si c'était un monstre, que tout cela n'était pas nécessaire. Elle est dix fois plus coriace que moi. Elle pourrait me donner des coups de pied au cul.

— Les gosses vous surprennent toujours.

Jessica se rendit compte en les prononçant que ces paroles étaient à côté de la plaque, qu'elle ne savait absolument rien du sujet.

— Ce que je veux dire, c'est qu'on craint tout un tas de choses pour nos enfants : diabète, leucémie, polyarthrite, cancer – et ma fille est sourde. C'est tout. À part ça, elle est parfaite. Cœur, poumons, yeux, esprit. Parfaite. Elle est pleine de ressort, court aussi vite que le vent. Et elle a un sourire... un sourire à faire fondre les glaciers. Et pendant tout ce temps, je l'avais considérée comme une handicapée sous prétexte qu'elle n'entendait pas. Mais l'handicapé, c'était moi. C'est moi qui ai besoin d'un putain de Téléthon. Je ne me rendais pas compte de la chance qu'on avait.

Jessica ne savait plus quoi dire. Elle avait à tort considéré Kevin Byrne comme un dur qui se servait de ses muscles pour arriver à ses fins dans sa vie comme dans son boulot, un type qui fonctionnait à l'instinct plus qu'à l'intellect. Elle se rendait compte qu'il était nettement plus complexe que cela et avait soudain l'impression d'avoir touché le jackpot en se retrouvant à faire équipe avec lui.

Avant que Jessica ait eu le temps de répondre, deux adolescentes approchèrent de l'angle de la rue, protégées de la bruine par leurs parapluies ouverts.

— Les voilà, fit Byrne.

Jessica replaça le couvercle de son café, boutonna son imperméable.

— C'est plus votre domaine que le mien, déclara Byrne en désignant les jeunes filles d'un mouvement de tête, puis il alluma une cigarette et s'enfonça confortablement – c'est-à-dire au sec – dans son siège. Vous devriez les interroger.

Ben voyons, pensa Jessica. *Je suppose que le fait de se prendre la pluie sur la tronche à sept heures du matin n'a rien à voir avec ça.* Elle attendit que la circulation s'interrompe, descendit de voiture et traversa la rue.

Les deux jeunes filles portaient des uniformes de Nazarene. L'une d'elles était une grande Noire à la peau sombre arborant le réseau de tresses le plus complexe que Jessica eût jamais vu. Elle mesurait au moins un mètre quatre-vingts et était d'une beauté éblouissante. L'autre était blanche, petite et menue. Elles tenaient chacune un parapluie dans une main, des Kleenex froissés dans l'autre. Elles avaient les yeux rouges et gonflés. Il était clair qu'elles étaient déjà au courant pour Tessa.

Jessica s'approcha, leur montra sa plaque en expliquant qu'elle enquêtait sur la mort de Tessa. Elles acceptèrent de lui parler. Elles s'appelaient Patricia Regan et Ashia Whitman. Ashia était somalienne.

— Avez-vous vu Tessa vendredi ? demanda Jessica.
Elles firent signe que non.
— Elle n'était pas à l'arrêt de bus ?
— Non, répondit Patricia.
— Est-ce qu'elle manquait souvent l'école ?
— Non, pas souvent, répondit Patricia entre deux reniflements. Une fois de temps en temps.
— Était-elle du genre à sécher les cours ? demanda Jessica.
— Tessa ? fit Patricia, incrédule. Certainement pas. Elle séchait jamais.
— Qu'est-ce que vous pensiez quand elle ne venait pas ?
— On se disait juste qu'elle ne se sentait pas bien ou quelque chose comme ça, répondit Patricia. Ou alors qu'il y avait un problème avec son père. Il est très malade, vous savez. Parfois elle doit l'emmener à l'hôpital.
— L'avez-vous appelée ou lui avez-vous parlé vendredi ?
— Non.
— Est-ce que vous connaissez quelqu'un qui aurait pu lui parler ?
— Non, répondit Patricia. Pas que je sache.
— Et la drogue ? Est-ce qu'elle fréquentait ce milieu ?
— Mon Dieu, non, répondit Patricia. C'était une vraie sainte-nitouche avec ça.
— L'année dernière, quand elle a manqué trois semaines, est-ce qu'elle vous a dit pourquoi ?
Patricia adressa à Ashia un regard qui renfermait bien des secrets.
— Non, pas vraiment.
Jessica préféra ne pas insister. Elle consulta ses notes.
— Est-ce que vous connaissez un garçon nommé Sean Brennan ?

— Oui, fit Patricia. Je le connais. Mais je ne crois pas qu'Ashia l'ait rencontré.

Jessica se tourna vers Ashia, qui se contenta de hausser les épaules.

— Pendant combien de temps se sont-ils fréquentés ? demanda Jessica.

— Je ne suis pas sûre, répondit Patricia. Peut-être deux ou trois mois.

— Est-ce que Tessa continuait de le voir ?

— Non. Sa famille a déménagé.

— Pour aller où ?

— À Denver, je crois.

— Quand ?

— Je ne suis pas sûre. Il me semble que c'était il y a environ un mois.

— Savez-vous à quelle école allait Sean ?

— Neumann, répondit Patricia.

Jessica prit des notes. Son calepin commençait à être trempé. Elle le fourra dans sa poche.

— Est-ce qu'ils se sont séparés ?

— Oui, répondit Patricia. Ça a fichu un coup à Tessa.

— Et Sean ? Est-ce qu'il avait mauvais caractère ?

Patricia haussa les épaules. En d'autres termes, oui, mais elle ne voulait compromettre personne.

— Est-ce que vous l'avez déjà vu faire du mal à Tessa ?

— Non, répondit Patricia. Rien de ce genre. C'était juste… un garçon. Vous savez.

Jessica attendit des précisions, qui ne vinrent pas. Elle enchaîna.

— Connaissez-vous quelqu'un avec qui Tessa ne s'entendait pas ? Quelqu'un qui aurait pu vouloir lui faire du mal ?

Cette question déclencha de nouveau les grandes

eaux. Les deux jeunes filles se mirent à pleurer et à s'essuyer les yeux. Elles firent non de la tête.

— Est-ce qu'elle fréquentait quelqu'un d'autre après Sean ? Quelqu'un qui aurait pu lui causer des problèmes ?

Les jeunes filles réfléchirent quelques secondes puis secouèrent la tête de concert.

— Est-ce qu'il arrivait à Tessa de voir le docteur Parkhurst à l'école ?
— Bien sûr, répondit Patricia.
— Elle l'aimait bien ?
— Je suppose.
— Est-ce que le docteur Parkhurst la voyait en dehors de l'école ? demanda Jessica.
— En dehors de l'école ?
— Pendant leur temps libre, par exemple.
— Vous voulez dire en amoureux ? demanda Patricia, dont le visage se tordit en une grimace à l'idée que Tessa ait pu fréquenter un vieillard d'une trentaine d'années – *et puis quoi encore* ? Heu, non.
— Est-ce que vous-mêmes allez lui demander des conseils ?
— Bien sûr, dit Patricia. Tout le monde le voit.
— Et de quel genre de choses parlez-vous ?

Patricia réfléchit quelques secondes à la question. Jessica voyait bien qu'elle cachait quelque chose.

— Principalement de l'école. Des candidatures pour la fac, des examens d'entrée, des trucs comme ça.
— Est-ce qu'il aborde parfois des sujets personnels ?

Elles baissèrent de nouveau les yeux.

Bingo, pensa Jessica.

— Parfois, répondit Patricia.
— C'est-à-dire ? demanda Jessica.

Elle repensa à sœur Mercedes, la conseillère d'éducation de Nazarene à son époque, une femme à l'air mauvais, bâtie comme John Goodman. La seule chose intime qu'elle acceptait d'entendre était la promesse que les jeunes filles ne coucheraient pas avec un garçon avant d'avoir quarante ans.

— Je ne sais pas, répondit Patricia, qui semblait de nouveau s'intéresser à ses chaussures. Des trucs.

— Est-ce que vous parlez de vos petits amis ? Ce genre de choses ?

— Parfois, répondit Ashia.

— Est-ce qu'il lui arrive de vous poser des questions embarrassantes ? Ou peut-être un peu trop personnelles ?

— Je ne crois pas, dit Patricia. Enfin, pas que je me souvienne.

Jessica comprit qu'elle n'en tirerait plus rien. Elle leur tendit à chacune sa carte.

— Écoutez, commença-t-elle. Je sais que c'est dur. Si vous pensez pouvoir nous aider à trouver celui qui a fait ça, passez-nous un coup de fil. Ou même si vous voulez juste parler. Pas de problème. D'accord ? Jour et nuit.

Ashia, dont les yeux s'emplissaient de larmes, prit la carte en silence. Patricia fit de même, hocha la tête. De concert, telles deux pleureuses synchronisées, les jeunes filles levèrent leurs Kleenex en boule et se tapotèrent les yeux.

— Moi aussi je suis allée à Nazarene, ajouta Jessica.

Les deux jeunes filles la regardèrent comme si elle venait de leur annoncer qu'elle était allée à l'école des sorcières.

— Vous êtes sérieuse ? demanda Ashia.

— Bien sûr, répondit Jessica. Vous gravez toujours des messages sous la scène du vieil auditorium ?

— Oh oui, fit Patricia.

— Eh bien, si vous regardez au pied du noyau de l'escalier qui mène sous la scène, du côté droit, vous trouverez une inscription qui dit JG ET BB = AMOUR ÉTERNEL.

— C'était vous ? demanda Patricia en regardant la carte d'un air dubitatif.

— Je m'appelais Jessica Giovanni à l'époque. J'ai gravé ce message quand j'étais en seconde.
— Et qui était BB ? demanda Patricia.
— Bobby Bonfante. Il était élève à Father Judge.

Les deux jeunes filles hochèrent la tête. Les garçons de Father Judge étaient, pour la plupart, absolument irrésistibles.

— Il ressemblait à Al Pacino, ajouta Jessica.

Les jeunes filles échangèrent un regard, comme pour dire : « Al Pacino ? Il a pas, genre, l'âge d'être grand-père ? »

— Est-ce que c'est ce vieux qui jouait dans *La Recrue* avec Colin Farrell ? demanda Patricia.
— Al Pacino quand il était jeune, précisa Jessica.

Les deux jeunes filles sourirent. D'un air triste, certes, mais elles sourirent.

— Et ça a été l'amour éternel avec Bobby ? demanda Ashia.

Jessica leur aurait bien expliqué que ça ne dure jamais.

— Non, répondit-elle. Bobby habite maintenant à Newark. Il a cinq enfants.

Les jeunes filles hochèrent de nouveau la tête, comme pour indiquer qu'elles savaient déjà tout des peines de cœur. Jessica avait regagné leur confiance. Mieux valait arrêter là. Elle reviendrait à la charge plus tard.

— Au fait, quand débutent les vacances de Pâques ? demanda Jessica.
— Demain, répondit Ashia, dont les sanglots avaient quasiment cessé.

Jessica mit sa capuche. Non pas pour protéger sa coiffure, qui était déjà fichue, mais parce que la pluie redoublait.

— Est-ce que je peux vous poser une question ? demanda Patricia.
— Bien sûr.
— Pourquoi… pourquoi êtes-vous devenue flic ?

Jessica avait pressenti qu'elle poserait cette question. Ce qui ne rendait pas pour autant la réponse plus facile. Elle-même n'était pas tout à fait sûre. Il y avait la tradition familiale. Et aussi la mort de Michael. Il y avait d'autres raisons qu'elle-même ne soupçonnait pas encore.

— J'aime aider les gens, finit-elle par répondre, modestement.

Patricia se tapota de nouveau les yeux.

— Ça vous fait pas parfois flipper ? demanda-t-elle. Vous savez, de voir tous ces...

Cadavres, compléta Jessica en silence.

— Si, parfois.

Patricia fit un signe de tête, indiquant qu'elles avaient trouvé un terrain d'entente. Elle désigna Kevin Byrne, assis dans sa voiture de l'autre côté de la rue.

— C'est votre chef ?

Jessica regarda dans la direction de Kevin, puis se retourna vers les jeunes filles en souriant.

— Non, répondit-elle. C'est mon équipier.

Patricia, stupéfaite, sourit à travers ses larmes, peut-être parce qu'elle venait de comprendre que Jessica était son propre maître, et elle déclara, simplement :

— Cool.

Jessica se sécha du mieux qu'elle pût avant de remonter en voiture.

— Du nouveau ? demanda Byrne.

— Pas vraiment, répondit Jessica, consultant son calepin trempé avant de le balancer sur la banquette arrière. La famille de Sean Brennan est partie pour Denver il y a environ un mois. Les gamines affirment que Tessa ne fréquentait pas d'autre garçon. D'après Patricia, il était plutôt du genre à avoir le sang chaud.

— Ça vaut le coup de s'intéresser à son cas ?

— Je ne pense pas. J'appellerai l'administration scolaire

de Denver, histoire de voir si le jeune Brennan a manqué des cours récemment.

— Et le docteur Parkhurst ?

— Là, il y a quelque chose. Je le sens.

— Et que vous dit votre flair ?

— Je pense qu'elles ont des discussions intimes avec lui. Un peu trop intimes à leur goût, me semble-t-il.

— Vous pensez que Tessa et lui avaient une liaison ?

— Si tel était le cas, elle ne s'est pas confiée à ses amies, répondit Jessica. Quand je les ai questionnées sur les trois semaines durant lesquelles Tessa a manqué l'école l'année dernière, elles se sont défilées. Il s'est passé quelque chose aux alentours de Thanksgiving.

L'espace de quelques instants, ils semblèrent oublier l'enquête et chacun suivit le fil de sa pensée tout en écoutant le staccato de la pluie sur le toit de la voiture.

Comme Byrne faisait démarrer la Taurus, son téléphone portable sonna. Il le déplia.

— Byrne... oui... oui... Fantastique. Merci, conclut-il avant de raccrocher.

Jessica se tourna vers Byrne, en attente. Lorsqu'elle comprit qu'il n'avait pas l'intention de partager, elle posa sa question. Si lui était réticent par nature, elle était du genre curieuse. Ils seraient bien obligés de trouver un compromis s'ils voulaient que leur association fonctionne.

— Une bonne nouvelle ?

Byrne lui jeta un coup d'œil, comme s'il avait oublié qu'elle était là.

— Oui. Le labo a résolu une affaire pour moi. En comparant un poil à un indice trouvé sur une victime, dit-il. Je tiens ce salopard.

Byrne lui fit un topo sur l'affaire Gideon Pratt. Lorsqu'il décrivit la mort brutale, absurde de Deirdre Pettigrew, Jessica remarqua l'exaltation de sa voix, sa rage contenue.

— Je dois m'arrêter quelque part un instant, dit-il.

Quelques minutes plus tard, ils ralentirent dans Ingersoll Street et s'arrêtèrent devant une maison humble mais d'allure irréprochable. La pluie froide s'abattait en épais rideaux. Comme ils descendaient de la voiture, Jessica vit une frêle femme noire à la peau claire, âgée d'une quarantaine d'années, qui se tenait sur le seuil de la maison. Elle portait un peignoir molletonné magenta et d'immenses lunettes teintées. Ses cheveux étaient enveloppés dans un foulard africain multicolore ; elle avait aux pieds des sandales en plastique blanc au moins deux pointures trop grandes.

En apercevant Byrne, la femme porta la main à sa poitrine, comme si sa simple vue l'empêchait de respirer. Toutes les mauvaises nouvelles de sa vie avaient dû lui être annoncées par des hommes qui ressemblaient à Kevin Byrne. Des hommes blancs et imposants – flics, inspecteurs des impôts, agents de la Sécurité sociale, propriétaires.

Tandis qu'ils gravissaient les marches décrépites, Jessica remarqua un grand portrait scotché à la fenêtre du salon, une photo d'école agrandie sur un photocopieur couleur qui représentait une jeune fille noire d'une quinzaine d'années. Elle avait un gros nœud rose dans les cheveux, des perles dans ses tresses. Elle semblait sourire malgré son énorme appareil dentaire.

La femme ne les invita pas à entrer, mais par chance un petit auvent surplombant son perron les abrita de l'averse.

— Madame Pettigrew, je vous présente mon équipière, l'inspecteur Balzano.

La femme salua Jessica de la tête tout en continuant d'agripper son peignoir au niveau de son cou.

— Avez-vous... ? commença-t-elle sans pouvoir finir sa phrase.

— Oui, répondit Byrne. Nous l'avons, madame. Il est en garde à vue.

Althea Pettigrew se couvrit la bouche de la main. Ses yeux s'emplirent de larmes. Jessica vit qu'elle portait une alliance dont la pierre avait disparu.

— Que... que va-t-il se passer maintenant ? demanda-t-elle, frémissante.

S'il était clair qu'elle priait depuis longtemps pour que ce jour arrive, elle l'appréhendait aussi.

— Ça dépend du bureau du procureur et de l'avocat du prévenu, répondit Byrne. Il va être inculpé et il y aura une audience préliminaire.

— Est-ce que vous pensez qu'il pourra... ?

Byrne lui prit la main.

— Il ne sortira pas. Je ferai tout mon possible pour qu'il ne recouvre jamais la liberté.

Jessica savait que les choses risquaient toujours de mal tourner, surtout dans le cas d'un meurtre passible de la peine de mort. Elle appréciait l'optimisme de Byrne car, en cet instant, c'était l'attitude à adopter. À la brigade automobile, elle avait déjà du mal à promettre aux gens qu'ils récupéreraient leur véhicule.

— Dieu vous bénisse, monsieur, répondit la femme, avant de se jeter dans les bras de Byrne et de se mettre à pleurer pour de bon.

Byrne la serra délicatement, comme si elle avait été en porcelaine. Ses yeux croisèrent ceux de Jessica. « Voilà pourquoi je fais ça », disaient-ils. Jessica se tourna vers la fenêtre et regarda la photo de Deirdre Pettigrew. Elle se demanda si on la décollerait aujourd'hui.

Althea Pettigrew reprit quelque peu contenance et demanda à Byrne de ne pas bouger. Elle disparut quelques instants à l'intérieur, puis réapparut, plaça quelque chose dans la main de Byrne et la lui referma en resserrant les doigts au-dessus des siens. Lorsque Byrne rouvrit la main, Jessica vit ce que la femme lui avait donné : un vieux billet de vingt dollars.

Byrne le fixa un moment, un brin déconcerté, comme s'il n'avait jamais vu d'argent de sa vie.

— Madame Pettigrew, je... je ne peux pas accepter cela.

— Je sais que ce n'est pas grand-chose, dit-elle, mais c'est très important pour moi.

Byrne lissa le billet tout en remettant de l'ordre dans ses pensées. Il attendit un peu, puis lui tendit les vingt dollars.

— Je ne peux pas, dit-il. Le fait de savoir que le monstre qui a fait ça à Deirdre est en garde vue me suffit amplement, croyez-moi.

Althea Pettigrew scruta le policier imposant qui lui faisait face, son regard exprimait à la fois du respect et de la déception. Lentement, à contrecœur, elle reprit le billet et le glissa dans la poche de son peignoir.

— Alors prenez ceci, dit-elle en portant la main derrière sa nuque pour décrocher une délicate chaîne argentée à laquelle était accroché un petit crucifix.

Byrne était sur le point de refuser, mais il vit dans les yeux d'Althea Pettigrew qu'elle ne l'y autoriserait pas. Pas cette fois. Elle lui tendit la chaîne jusqu'à ce qu'il la prenne.

— Je... euh... merci, madame, parvint tout juste à prononcer Byrne.

Frank Wells hier, Althea Pettigrew aujourd'hui, se dit Jessica. Deux parents séparés par des mondes et pourtant voisins, réunis par un chagrin inimaginable. Elle espérait qu'ils obtiendraient les mêmes résultats pour Frank Wells.

Comme ils regagnaient la voiture Jessica remarqua que Byrne, bien qu'il essayât de n'en rien laisser paraître, marchait d'un pas plus léger, et ce en dépit de l'averse et de l'affaire sordide qu'ils avaient sur les bras. Elle comprenait. Tous les flics étaient pareils. Kevin Byrne était sur un nuage, il ressentait la satisfaction du policier qui, après un long travail acharné, voit tous les dominos s'étaler en une forme magnifique, une image propre et nette connue sous le nom de justice.

Mais chaque médaille a son revers.

À peine étaient-ils remontés dans la Taurus que le téléphone de Byrne sonna de nouveau. Il répondit, écouta quelques secondes, le visage figé.

— Donnez-nous un quart d'heure, dit-il.

Il replia sèchement son téléphone.

— Qu'est-ce qui se passe ? demanda Jessica.

Byrne serra le poing et se retint de peu de pulvériser le pare-brise. Tout le bonheur qu'il venait d'éprouver s'était volatilisé en un instant.

— Qu'est-ce qu'il y a ? demanda de nouveau Jessica.

Byrne inspira profondément, puis expira lentement.

— Ils ont trouvé une autre fille.

21

Mardi, 8 h 25

Les Jardins de Bartram, le plus vieux jardin botanique des États-Unis, avaient été fréquentés par Benjamin Franklin. John Bartram, leur fondateur, avait donc donné le nom de Franklin à une variété de plante. Le jardin de dix-huit hectares situé à l'angle de la Cinquante-Quatrième Rue et de Lindbergh Avenue recélait des clairières de fleurs sauvages, un sentier au bord de la rivière, des marais, des maisons de pierre et des fermes. Mais aujourd'hui, il abritait la mort.

À l'arrivée de Byrne et Jessica, un véhicule de patrouille et une voiture banalisée étaient garés près du sentier qui longeait la rivière. Un périmètre de sécurité avait déjà été établi autour d'une vaste étendue couverte de jonquilles. En approchant de la scène, Byrne et Jessica s'aperçurent qu'il était facile de ne pas remarquer le cadavre.

La jeune fille gisait sur le dos au milieu des fleurs jaune vif, les mains – jointes en prière au niveau de la taille – serraient un rosaire noir. Jessica remarqua immédiatement qu'une des dizaines manquait.

Elle parcourut du regard les alentours. Le cadavre se

trouvait à environ quatre mètres cinquante à l'intérieur du massif de fleurs et, hormis une étroite bande de jonquilles probablement aplaties par les pas du légiste, aucun autre accès n'était visible. La pluie avait dû effacer toutes les empreintes. Si les indices potentiels étaient abondants dans la maison de la Huitième Rue, ici, après les pluies torrentielles, il n'y en aurait aucun.

Deux inspecteurs se tenaient aux abords immédiats du lieu du crime : un Hispanique svelte vêtu d'un costume italien hors de prix, et un autre homme plus petit mais à la carrure puissante que Jessica reconnut. Le flic en costume italien semblait s'inquiéter autant de la pluie qui bousillait son Valentino que de l'enquête. Du moins pour le moment.

Jessica et Byrne s'approchèrent et observèrent la victime.

La jeune fille portait un kilt à carreaux bleu marine et verts, des chaussettes bleues, des mocassins. Jessica reconnut l'uniforme de la Regina High School, un lycée catholique pour jeunes filles situé dans Broad Street, dans le nord de Philadelphie. Ses cheveux d'un noir de jais étaient coupés au carré et Jessica compta une demi-douzaine de piercings dans les oreilles, plus un dans le nez, dont aucun n'était orné d'un bijou. Il était clair que la jeune fille jouait la gothique le week-end, mais que, étant donné le code vestimentaire strict de son école, elle ne portait aucun de ses bijoux en classe.

Jessica regarda les mains de la jeune fille. Elle aussi avait les mains jointes en prière, transpercées par un boulon.

Elle se tourna vers Byrne et lui demanda à voix basse pour ne pas être entendue des autres :

— Avez-vous déjà eu une affaire de ce genre ?

— Non, répondit-il sans même avoir à réfléchir.

Les deux autres inspecteurs, qui avaient eu la

bonne idée d'apporter de grands parapluies de golf, approchèrent.

— Jessica, je vous présente Eric Chavez et Nick Palladino.

Les deux hommes lui adressèrent un salut de la tête, que Jessica leur rendit. Chavez était un bellâtre latino aux longs cils et à la peau douce âgé d'environ trente-cinq ans. Elle l'avait aperçu la veille à la Rotonde. C'était de toute évidence le dandy de la brigade. Chaque unité avait le sien : le genre de flics qui partait en planque armé d'un gros cintre en bois pour suspendre sa veste à l'arrière de la voiture et d'une serviette de plage qu'il enfonçait sous son col de chemise au moment de manger la bouffe dégueulasse qu'on était bien obligé de s'enfiler pendant les surveillances.

Nick Palladino aussi était bien habillé, mais plutôt à la mode du sud de Philly : veste en cuir, pantalon droit, mocassins cirés, gourmette en or. Âgé d'environ quarante ans, il avait des yeux enfoncés couleur chocolat noir, un visage de marbre, des cheveux bruns tirés en arrière. Jessica l'avait déjà rencontré à quelques reprises lorsqu'il avait fait équipe avec son mari chez les stups avant de rejoindre la criminelle.

Jessica leur serra la main.

— Ravie de vous rencontrer, dit-elle à Chavez.
— De même.
— Heureuse de te revoir, Nick.

Palladino lui fit un sourire, un sourire plein de danger.
— Comment vas-tu, Jess ?
— Bien.
— La famille ?
— Tout va bien.
— Bienvenue au spectacle, ajouta-t-il.

Ça ne faisait pas un an que Nick Palladino était à la brigade, mais il était flic dans l'âme. Il était probablement au courant de sa séparation d'avec Vincent, mais c'était un gentleman. Ce n'était ni le moment ni l'endroit.

— Eric et Nick sont du bureau des fugitifs, ajouta Byrne.

Le bureau des fugitifs comptait pour un tiers de la brigade criminelle. Le reste était composé du bureau des enquêtes spéciales et de la brigade de ligne – la section qui s'occupait des nouvelles affaires. Quand une affaire d'importance surgissait, ou quand la section concernée était débordée, tous les flics de la criminelle étaient réquisitionnés.

— On l'a identifiée ? demanda Byrne.

— Pas encore, répondit Palladino. Rien dans les poches. Pas de sac à main ni de portefeuille.

— Elle était élève à Regina, intervint Jessica.

Palladino nota l'information.

— C'est l'école de Broad Street ?

— Oui. Au coin de Broad Street et de CB Moore Avenue.

— C'est le même mode opératoire que pour votre affaire ? demanda Chavez.

Kevin Byrne se contenta d'acquiescer.

Ils avaient tous la mâchoire serrée, l'idée qu'ils se trouvaient face à un tueur en série ternissait encore plus cette journée déjà lugubre.

Moins de vingt-quatre heures plus tôt, cette scène s'était déjà déroulée dans une cave froide et humide de la Huitième Rue. Et voilà que ça recommençait, mais, cette fois, dans un jardin luxuriant recouvert de fleurs radieuses.

Deux jeunes filles.

Mortes.

Les quatre inspecteurs regardèrent Tom Weyrich s'agenouiller près du cadavre. Il retroussa la jupe de la jeune fille, l'examina.

Lorsqu'il se releva et se tourna pour leur faire face,

il avait sur le visage une expression sinistre. Jessica comprit sur-le-champ. Avant de mourir, cette jeune fille avait subi la même indignité que Tessa Wells.

Elle se tourna vers Byrne. Une colère profonde montait en lui, primitive, impitoyable, un sentiment qui allait bien au-delà de son devoir.

Quelques instants plus tard Weyrich les rejoignit.

— Depuis combien de temps est-elle ici ? demanda Byrne.

— Au moins quatre jours, répondit Weyrich.

Jessica effectua un rapide calcul et son cœur se glaça. Cette jeune fille avait été abandonnée là à peu près au moment même où Tessa Wells se faisait kidnapper. Elle avait été tuée la première.

Une dizaine de perles manquait au rosaire de celle-ci. Deux dizaines avaient disparu de celui de Tessa.

D'innombrables questions restaient en suspens, mais une vérité s'imposait, quelqu'un assassinait les élèves des écoles catholiques de Philadelphie.

Et selon toute apparence, le massacre ne faisait que commencer.

TROISIÈME PARTIE

22

Mardi, 12 h 15

Une unité spéciale fut créée.

En règle générale, c'étaient les grands pontes du département qui, après une évaluation préalable de l'impact politique de l'affaire, choisissaient ou non de former de telles équipes. Malgré tous les beaux discours sur l'égalité des victimes, la main-d'œuvre et les ressources nécessaires aux enquêtes étaient plus rapidement disponibles si le macchabée était une personne importante. Buter des dealers, des violeurs ou des putes était une chose. S'attaquer à des écolières catholiques en était une autre. Les catholiques votent.

Dès midi, le gros du travail sur le terrain et les premières analyses avaient été effectués. Les deux rosaires étaient identiques, on pouvait se les procurer dans une douzaine de boutiques religieuses de Philadelphie. Des enquêteurs étaient occupés à compiler une liste de clients. Les perles manquantes n'avaient pas été retrouvées.

Le rapport préliminaire du légiste concluait que le tueur avait utilisé une perceuse à mèche de carbone et que les boulons utilisés pour joindre les mains étaient aussi des articles courants, des boulons à tête ronde de dix centimètres de long en acier galvanisé disponibles dans toutes les boutiques de bricolage et toutes les quincailleries de quartier.

Aucune empreinte digitale n'avait été retrouvée sur les victimes.

La croix sur le front de Tessa Wells avait été faite à la craie bleue. Le labo n'avait pas encore défini le type de craie. Il y avait des traces du même matériau sur le front de la seconde victime. Outre la petite reproduction du tableau de William Blake trouvée sur Tessa Wells, un autre objet avait été découvert entre les mains de la deuxième victime. Une petite section d'os d'environ huit centimètres de long visiblement très affûtée dont ni le type ni l'espèce n'avaient encore été identifiés. Ces deux éléments n'avaient pas été révélés aux médias.

On ne les avait pas informés non plus du fait que les deux victimes avaient été droguées. Un nouvel indice avait cependant été découvert. En plus du Midazolam, le labo avait confirmé la présence d'une substance encore plus insidieuse dans l'organisme des deux victimes : du Pavulon, un puissant paralysant sans aucun effet sur la douleur.

Les journalistes de l'*Inquirer* et du *Daily News*, de même que les chaînes de télé et les stations de radio locales, avaient jusqu'à présent pris soin de ne pas évoquer la possibilité d'un tueur en série, mais *The Report*, la feuille de chou publiée dans un minuscule deux pièces de Sansom Street, ne faisait pas preuve de tant de retenue.

QUI ASSASSINE LES FILLES AU ROSAIRE ? demandait le gros titre racoleur de leur site Internet.

Une réunion des membres de l'unité spéciale fut organisée dans la pièce commune du premier étage de la Rotonde.

Six inspecteurs y assistèrent : Jessica et Byrne, plus Eric Chavez, Nick Palladino, Tony Park et John

Shepherd. Ces deux derniers appartenaient au bureau des enquêtes spéciales.

Tony Park, un Américain d'origine coréenne, était un vieux de la vieille de la division des affaires majeures. La brigade automobile faisant partie de cette division, Jessica avait déjà travaillé avec lui. Âgé d'environ quarante-cinq ans, ce père de famille était un homme rapide et intuitif. Jessica avait toujours su qu'il finirait à la criminelle.

John Shepherd avait été le meneur de jeu vedette de l'équipe de Villanova au début des années 1980. C'était un homme intimidant au physique à la Denzel Washington et aux tempes grisonnantes. Il mesurait deux mètres et portait des costumes classiques taillés sur mesure chez Boyds dans Chestnut Street. Jessica ne l'avait jamais vu sans cravate.

Chaque fois qu'une unité spéciale était créée, ses membres étaient choisis en fonction de leurs compétences spécifiques. John Shepherd savait mener les interrogatoires de main de maître. Tony Park était un as des bases de données – NCIC, AFIS, ACCURINT, PCBA. Nick Palladino et Eric Chavez étaient bons sur le terrain. Jessica se demandait ce qu'elle pouvait apporter, tout en espérant que ce n'était pas juste une question de sexe. Elle savait qu'elle avait des talents d'organisatrice, qu'elle était douée pour coordonner, organiser, programmer. Elle espérait avoir l'occasion de le prouver.

Kevin Byrne dirigeait l'unité spéciale. Même s'il était clair qu'il était taillé pour le boulot, il avait confié à Jessica qu'il avait dû déployer tous ses talents de persuasion pour qu'Ike Buchanan lui confie cette responsabilité. Byrne savait que ses compétences n'étaient pas remises en cause, Buchanan devait simplement considérer l'affaire dans son ensemble et envisager la possibilité d'un déchaînement médiatique au cas où les choses – Dieu l'en préserve – tourneraient aussi mal que lors de l'affaire Morris Blanchard.

En tant que superviseur, Ike Buchanan s'occuperait des communications avec les grands pontes, mais c'était Byrne qui dirigerait les briefings et soumettrait les rapports.

Byrne se tenait au bureau des missions tandis que l'équipe s'installait, réquisitionnant toutes les chaises disponibles dans la pièce exiguë. Jessica lui trouva l'air un peu nerveux, au bout du rouleau. Elle ne le connaissait pas depuis longtemps, mais elle n'avait pas l'impression qu'il était du genre à paniquer dans ce genre de situation. Il devait y avoir autre chose. Il semblait hanté.

— Plus de trente séries d'empreintes partielles ont été relevées sur le lieu où Tessa Wells a été assassinée, mais pas une seule dans les Jardins de Bartram, commença Byrne. Aucune piste pour l'instant. Nous n'avons trouvé sur aucune des victimes la moindre trace d'ADN, que ce soit sous la forme de sperme, de sang ou de salive.

Tout en parlant, il accrochait des photos au panneau blanc derrière lui.

— Nous pensons que le tueur kidnappe des écolières dans la rue. Il leur insère un boulon en acier galvanisé au centre des mains, puis utilise un épais fil de nylon – probablement du type de celui utilisé dans la fabrication de voiles de bateaux – pour leur coudre le vagin. Il leur dessine à la craie bleue une croix sur le front. Les deux victimes ont eu la nuque brisée.

« La première que nous avons trouvée était Tessa Wells. Son corps a été découvert dans la cave d'une maison abandonnée à l'angle de la Huitième Rue et de Jefferson. La seconde, découverte dans les Jardins de Bartram, était morte depuis au moins quatre jours. Dans les deux cas, le meurtrier portait des gants imperméables.

« Les deux victimes ont été droguées au moyen d'un benzodiazépine à effet rapide nommé Midazolam, une substance dont les effets sont similaires à ceux du Rohypnol. Nous avons aussi trouvé de fortes doses d'un produit nommé Pavulon. Quelqu'un enquête en ce moment sur les moyens de s'en procurer.

— Quels sont les effets du Pavulon ? demanda Park.

Byrne parcourut rapidement le rapport du légiste.

— C'est un paralysant. Il génère une paralysie musculaire. Malheureusement, ce rapport affirme qu'il n'a pas le moindre effet sur la douleur.

— Notre type commence par injecter du Midazolam aux victimes puis, une fois que le sédatif a fait son effet, il passe au Pavulon, suggéra John Shepherd.

— Ça se passe probablement ainsi.

— Est-il facile de se procurer ces produits ? demanda Jessica.

— Le Pavulon existe apparemment depuis quelque temps, répondit Byrne. Selon le rapport, on l'a utilisé dans toute une série d'expérimentations animales. Au cours de ces expériences, comme les animaux ne bougeaient pas, les chercheurs pensaient qu'ils ne ressentaient pas la douleur. Ils ne leur injectaient ni analgésique ni hypnotique. Mais en fait, les bêtes souffraient le martyre. Il semble que la CIA et la NSA soient bien au courant de l'utilisation de ce genre de drogues dans la torture. Elles permettent de pousser l'horreur psychologique à son comble.

Les inspecteurs commençaient à saisir avec effroi ce qu'impliquaient les paroles de Byrne. Tessa Wells avait senti tout ce que le tueur lui avait fait, sans pouvoir bouger.

— Il est possible de se procurer du Pavulon, reprit Byrne, mais je pense que nous devons nous intéresser à la communauté médicale : personnel hospitalier, médecins, infirmiers, pharmaciens.

Byrne scotcha deux photos au panneau.

— Notre meurtrier abandonne aussi un objet sur

chaque victime. Sur la première nous avons trouvé un petit morceau d'os. Sur Tessa, une petite reproduction d'un tableau de William Blake.

Byrne désigna les deux photos de rosaires qu'il venait de fixer sur le panneau.

— Un rosaire ordinaire comporte cinq séries de dix grains – ce qu'on appelle les dizaines. Il manquait une dizaine au rosaire trouvé sur la première victime, et deux à celui de Tessa Wells. Inutile de faire des calculs : ce qui se passe me semble évident. Nous devons mettre la main sur ce fêlé.

Byrne s'appuya contre le mur et se tourna vers Eric Chavez, qui était chargé du meurtre des Jardins de Bartram. Chavez se leva et ouvrit son calepin.

— La victime des Jardins de Bartram s'appelait Nicole Taylor. Elle avait dix-sept ans, habitait Callowhill Street, dans le quartier de Fairmount, et était élève à la Regina High School, à l'angle de Broad Street et de CB Moore Avenue.

« Le rapport préliminaire du légiste indique que la cause du décès est la même que pour Tessa Wells... elle a eu la nuque brisée. Quant aux autres « signatures », qui étaient également identiques, nous sommes en train de les comparer au fichier des crimes violents. Nous saurons tout sur la matière crayeuse bleue retrouvée sur le front de Tessa Wells dans la journée. Il n'en demeurait que quelques traces sur celui de Nicole à cause de sa longue exposition aux intempéries.

« La seule ecchymose récente sur le corps de Nicole se trouvait sur sa paume gauche, poursuivit Chavez en montrant une photo collée au panneau blanc représentant la main de Nicole en gros plan. Ces coupures ont été causées par la pression de ses ongles. Nous y avons décelé des traces de son vernis.

Jessica regarda la photo tout en enfonçant inconsciemment ses ongles courts dans la partie charnue de sa main. La douzaine d'entailles en forme de croissants ne représentaient aucun motif particulier.

Jessica s'imagina la jeune fille serrant les poings de peur. Elle préféra ne pas y penser. Ce n'était pas le moment de perdre son calme.

Eric Chavez enchaîna avec la reconstitution de la dernière journée de Nicole Taylor.

Elle avait quitté son appartement de Callowhill Street à environ sept heures vingt mardi matin et avait emprunté Broad Street seule en direction de la Regina High School. Elle avait assisté à tous ses cours, puis déjeuné avec son amie Domini Dawson à la cafétéria. À quatorze heures vingt, elle avait quitté l'école et pris Broad Street vers le sud. Elle avait fait une étape au salon de piercings Hole World pour y regarder quelques bijoux. D'après la propriétaire, Irina Kaminsky, Nicole semblait heureuse, voire plus bavarde que d'ordinaire. Mlle Kaminsky, qui avait fait tous les piercings de Nicole, affirmait que Nicole avait des vues sur un rubis pour le nez et qu'elle économisait pour se le payer.

Après avoir quitté le salon, Nicole avait continué sur Broad Street jusqu'à Girard Avenue, puis elle avait emprunté la Dix-Huitième Rue et était entrée dans l'hôpital Saint-Joseph où sa mère était responsable du personnel d'entretien. Sharon Taylor avait expliqué qu'elle était de particulièrement bonne humeur car l'un de ses groupes préférés, Sisters of Mercy, jouait au Trocadero vendredi soir et qu'elle avait des billets pour aller les voir.

La mère et la fille avaient partagé une coupe de fruits à la cafétéria tout en discutant du mariage d'une des cousines de Nicole qui devait avoir lieu en juin et du fait que Nicole devrait s'habiller comme une « jeune fille convenable ». Le penchant de Nicole pour les tenues gothiques était source de tensions incessantes entre elles.

Nicole avait fait la bise à sa mère et quitté l'hôpital

vers seize heures par la sortie qui donnait sur Girard Avenue.

À ce moment, Nicole Theresa Taylor s'était purement et simplement volatilisée.

D'après ce que savaient les enquêteurs, personne ne l'avait plus revue jusqu'à ce que le gardien des Jardins de Bartram la retrouve dans le champ de jonquilles quatre jours plus tard. On ratissait en ce moment les alentours de l'hôpital.

— Sa mère a-t-elle signalé sa disparition ? demanda Jessica.

Chavez consulta ses notes.

— L'appel nous est parvenu à une heure vingt vendredi matin.

— Personne ne l'a revue après son départ de l'hôpital ?

— Personne, répondit Chavez. Mais il y a des caméras de surveillance aux entrées et sur le parking. Les cassettes sont en route.

— Des petits amis ? demanda Shepherd.

— D'après Sharon Taylor, sa fille n'avait pas de petit ami en ce moment.

— Et son père ?

— M. Donald Taylor est routier. Il se trouve actuellement quelque part entre Taos et Santa Fe. Dès que nous en aurons fini, ici nous irons à l'école fréquentée par Nicole pour essayer d'obtenir la liste de ses amies, ajouta Chavez.

Personne n'avait plus de questions. Byrne fit quelques pas en avant.

— La plupart d'entre vous connaissent Charlotte Summers, dit-il. Pour les autres, le docteur Summers est professeur de psychologie criminelle à l'université de Pennsylvanie. Le département la consulte de temps à autre.

Jessica ne connaissait Charlotte Summers que de réputation. Sa réussite la plus retentissante datait du jour où elle avait dégagé le profil de Floyd Lee Castle, un psychopathe qui attaquait les prostituées de Camden et des alentours durant l'été 2001.

Le fait que Charlotte Summers soit déjà dans le coup était pour Jessica le signe que l'enquête avait pris de l'ampleur au cours des dernières heures. Le FBI risquait d'être bientôt appelé à la rescousse, soit pour fournir de la main-d'œuvre, soit pour donner un coup de main avec les analyses médico-légales. Toutes les personnes présentes dans la pièce comptaient bien prendre une sérieuse avance avant que les costumes-cravates ne se pointent et ne récoltent tous les lauriers.

Charlotte Summers se leva et se dirigea vers le panneau blanc. Fine et gracieuse, elle approchait de la cinquantaine, avait les yeux bleu pâle et les cheveux coupés au carré. Elle portait un tailleur élégant à larges rayures, un chemisier de soie bleu lavande.

— Je sais que vous êtes tous tentés de croire que celui que nous recherchons est une espèce de fanatique religieux, déclara-t-elle. Il n'y a aucune raison de penser le contraire. À un détail près. La tendance à considérer les fanatiques comme des gens impulsifs et irresponsables est incorrecte. Nous avons affaire à un tueur extrêmement organisé.

« Voici ce que nous savons : il kidnappe ses victimes dans la rue, les séquestre quelque temps, puis il les emmène quelque part pour les tuer. Ces enlèvements sont très risqués. En plein jour, dans des lieux publics. Les victimes ne portent aucune trace de liens aux poignets ou aux chevilles.

« Quel que soit l'endroit où il les kidnappe, il ne les entrave ni ne les attache pas. Les deux victimes ont reçu une dose de Midazolam, ainsi qu'une injection de paralysant pour faciliter la suture vaginale. Cette suture est effectuée *pre mortem*, il est donc clair qu'il veut qu'elles soient conscientes de ce qui leur arrive. Et qu'elles souffrent.

— Que signifie la position des mains ? demanda Nick Palladino.

— Peut-être les positionne-t-il ainsi pour reproduire une quelconque iconographie religieuse. Une peinture ou une sculpture sur laquelle il ferait une fixation. La vis et l'écrou peuvent indiquer une obsession du stigmate, ou de la crucifixion. Quelle que soit leur signification, ces actes spécifiques ont un sens. D'ordinaire, si vous voulez tuer quelqu'un, vous vous approchez de lui et vous l'étranglez ou vous lui tirez dessus. Le fait que notre sujet prenne le temps de faire ces choses mérite, en soi, qu'on lui accorde toute notre attention.

Byrne jeta à Jessica un coup d'œil qu'elle reçut cinq sur cinq. Il voulait qu'elle se penche sur la symbolique religieuse. Elle prit bonne note.

— S'il n'abuse pas ses victimes sexuellement, qu'est-ce qu'il cherche ? demanda Chavez. Il fait preuve d'une telle violence, pourquoi ne les viole-t-il pas ? S'agit-il d'une vengeance ?

— Nous pouvons envisager une manifestation de chagrin ou de désespoir, répondit Summers. Mais il est évident qu'il s'agit de contrôle. Il veut les contrôler physiquement, sexuellement, émotionnellement, trois domaines dans lesquels les jeunes filles de cet âge ne savent pas très bien se situer. Peut-être l'une de ses petites amies a-t-elle été victime d'un crime sexuel à cet âge-là. Peut-être s'agissait-il de sa fille ou de sa sœur. Le fait qu'il leur couse le vagin peut signifier que, dans sa logique tordue, il pense rendre à ces jeunes filles leur innocence, une sorte d'état virginal.

— Qu'est-ce qui pourrait le faire cesser ? demanda Tony Park. Il y a beaucoup de jeunes filles catholiques dans cette ville.

— Je n'observe aucune escalade de violence, répondit Summers. En fait, sa méthode est plutôt humaine, si l'on y réfléchit bien. Elles n'agonisent pas. Il n'essaie pas de leur prendre leur féminité. Il essaie de la garantir, de la préserver pour l'éternité, si vous préférez.

« Son terrain de chasse semble être cette partie du nord de la ville, dit-elle en désignant un plan sur lequel était entourée une zone de vingt pâtés de maisons. Notre inconnu est probablement blanc, il doit avoir entre vingt et quarante ans, il est physiquement fort, sans être fanatique de culturisme. Il a sans doute été élevé dans la religion catholique, possède une intelligence au-dessus de la moyenne, a au minimum une licence, probablement plus. Il conduit une camionnette ou un break, peut-être un 4 × 4. Cela facilite le transport des jeunes filles.

— Que nous indiquent les emplacements des lieux des crimes ? demanda Jessica.

— À ce stade, j'ai bien peur de ne pas en avoir la moindre idée, répondit Summers. Difficile d'imaginer des endroits plus dissemblables que la maison de la Huitième Rue et les Jardins de Bartram.

— D'après vous, il les choisit au hasard ?

— Je ne pense pas. Dans chaque cas, la victime fait partie d'une mise en scène soigneusement organisée. Je ne pense pas que notre inconnu fasse quoi que ce soit au hasard. Il avait une raison d'attacher Tessa Wells à cette colonne. Nicole Taylor n'a pas été abandonnée au hasard dans ce parc. Ces lieux ont à coup sûr une signification.

« Au début, nous avons pu être tentés de croire que Tessa Wells avait été placée dans cette maison pour cacher le cadavre, mais je ne pense pas que ce soit le cas. Nicole Taylor avait été minutieusement abandonnée en plein air quelques jours plus tôt. Il n'avait pas cherché à dissimuler le corps. Ce type opère en plein jour. Il veut que nous trouvions ses victimes. Il est arrogant et il veut que nous pensions qu'il est plus intelligent que nous. Le fait qu'il leur place des objets dans les mains confirme cette théorie. Il nous défie de comprendre ses actes.

« D'après ce que nous savons pour l'instant, ces

jeunes filles ne se connaissaient pas. Elles évoluaient dans des cercles différents. Tessa Wells aimait la musique classique ; Nicole Taylor s'intéressait au monde du rock gothique. Elles fréquentaient des écoles différentes, elles s'intéressaient à des choses différentes.

Jessica regarda les photos des deux jeunes filles accrochées côte à côte sur le panneau blanc. Elle se rappela que lorsqu'elle allait à Nazarene, les élèves formaient des groupes bien distincts. Les pom-pom girls ne voulaient rien avoir à faire avec les fans de rock, et vice versa. Il y avait les fondues d'informatique qui passaient tout leur temps libre penchées sur les quelques ordinateurs de la bibliothèque, les reines de la mode constamment plongées dans le dernier numéro de *Vogue* ou *Marie-Claire* ou *Elle*. Et puis il y avait sa bande, le contingent du sud de Philly.

À première vue, le seul lien entre Tessa Wells et Nicole Taylor était qu'elles étaient catholiques et fréquentaient des écoles catholiques.

— Je veux que vous fouilliez de fond en comble la vie de ces jeunes filles, dit Byrne. Qui elles voyaient, où elles passaient leurs week-ends. Regardez du côté de leurs petits amis, de leur famille. Quelles étaient leurs connaissances, à quels clubs elles appartenaient, quels cinémas, quelles églises elles fréquentaient. Quelqu'un sait quelque chose. Quelqu'un a dû voir quelque chose.

— Est-il possible de cacher à la presse les mutilations et les objets découverts ? demanda Tony Park.

— Peut-être pendant vingt-quatre heures, répondit Byrne. Après ça, j'en doute.

— J'ai parlé au pédopsychiatre qui travaille à Regina, annonça Chavez. Il dépend du bureau de la Nazarene Academy dans le nord-est. Nazarene est le siège administratif de cinq écoles diocésaines, parmi lesquelles Regina. Le pédopsychiatre employé par le diocèse consulte dans les cinq écoles. Il pourra peut-être nous aider.

À ces mots, Jessica sentit son estomac se nouer. Il y avait bien une connexion entre Regina et Nazarene, et elle savait maintenant de qui il s'agissait.

— Ils n'ont qu'un seul pédopsychiatre pour tous ces gamins ? demanda Tony Park.

— Ils ont une demi-douzaine de conseillers d'orientation, répondit Chavez, mais un seul pédopsychiatre pour les cinq écoles.

— De qui s'agit-il ?

Tandis qu'Eric Chavez consultait ses notes, Byrne croisa le regard de Jessica. Au moment où Chavez trouva le nom, Byrne avait déjà quitté la pièce et décroché son téléphone.

23

Mardi, 14 h 00

— J'apprécie vraiment que vous soyez venu, dit Byrne à Brian Parkhurst.

Ils se tenaient au centre de la vaste pièce en demi-cercle qui abritait la brigade criminelle.

— Si je peux vous être utile.

Parkhurst portait une tenue de jogging en nylon noir et gris et des baskets Reebok qui semblaient flambant neuves. Si jamais il était nerveux, il le cachait parfaitement bien. Mais après tout, pensa Jessica, il était pédopsychiatre. S'il pouvait déceler l'anxiété, il devait savoir feindre le calme.

— Inutile de vous dire que nous sommes tous anéantis à Nazarene.

— Les élèves ont du mal à encaisser le coup ?

— Je le crains.

De plus en plus de gens circulaient autour des deux hommes. C'était un vieux truc : forcer le témoin à chercher autour de lui un endroit où s'asseoir. La porte de la salle d'interrogatoire A était grande ouverte ; toutes les chaises de la pièce commune étaient occupées. Délibérément.

— Oh, je suis désolé, fit Byrne, affectant avec talent un ton embarrassé dégoulinant de sincérité. Pourquoi ne nous installons-nous pas dans cette pièce ?

Brian Parkhurst s'assit face à Byrne sur la chaise capitonnée de la salle d'interrogatoire, une petite pièce exiguë et mal rangée où suspects et témoins répondaient aux questions, faisaient leurs dépositions, fournissaient des informations. Jessica observait à travers le miroir sans tain. La porte était restée ouverte.

— Encore une fois, commença Byrne, nous apprécions vraiment que vous ayez pris le temps de venir.

Il y avait deux chaises dans la pièce. L'une était une chaise de bureau capitonnée, l'autre, une vieille chaise pliante en métal. Les suspects n'avaient jamais droit à la chaise confortable. Mais les témoins si. Jusqu'à ce qu'ils deviennent suspects à leur tour, bien entendu.

— Pas de problème, répondit Parkhurst.

Le meurtre de Nicole Taylor avait fait l'ouverture du journal de midi et toutes les chaînes de télé locales avaient interrompu leurs programmes pour diffuser des directs. Des équipes de tournage avaient investi les Jardins de Bartram. Kevin Byrne n'avait pas demandé au docteur Parkhurst s'il connaissait la nouvelle.

— Pensez-vous bientôt arrêter l'assassin de Tessa ? demanda Parkhurst d'un ton faussement posé – le ton qu'il affectait sans doute avec ses patients au début de chaque séance.

— Nous avons quelques pistes, répondit Byrne. Mais l'enquête ne fait que commencer.

— Formidable ! fit Parkhurst d'une voix à la fois froide et quelque peu stridente qui ne collait pas avec la nature du crime.

Byrne laissa le mot résonner quelques instants dans la pièce, puis il s'assit face à Parkhurst et posa une chemise de documents sur la table en métal cabossé.

— Je promets de ne pas vous retenir trop longtemps, dit-il.

— J'ai tout le temps qu'il vous faut.

Byrne croisa les jambes, saisit la chemise et l'ouvrit en prenant soin d'en cacher le contenu à Parkhurst. Jessica vit qu'il s'agissait d'un simple rapport biographique. Rien qui pût inquiéter Brian Parkhurst, mais celui-ci n'avait pas besoin de le savoir.

— Parlez-moi un peu plus de votre travail à Nazarene.

— Eh bien, je prodigue principalement des conseils dans les domaines de l'apprentissage et du comportement, répondit Parkhurst.

— Vous donnez des conseils aux élèves sur leur comportement ?

— Oui.

— Comment ça ?

— Tous les enfants et les adolescents sont confrontés de temps à autre à des problèmes, inspecteur. Ils sont anxieux lorsqu'ils arrivent dans une nouvelle école. Ils se sentent déprimés, manquent très souvent de discipline et de confiance en eux, ils ne sont pas à l'aise en société. Au bout du compte, ils finissent souvent par se réfugier dans la drogue ou l'alcool, ou par avoir des idées suicidaires. Je fais comprendre à mes filles que ma porte leur est toujours ouverte.

Mes filles, releva Jessica.

— Les élèves se confient-elles aisément à vous ?

— J'aime le croire, répondit Parkhurst.

— Que pourriez-vous me dire de plus ?

— Une partie de notre travail consiste à identifier les difficultés potentielles des élèves, poursuivit-il, et à concevoir des programmes pour celles qui risquent de se retrouver en situation d'échec scolaire. Ce genre de choses.

— Sont-elles nombreuses à entrer dans cette catégorie à Nazarene ? demanda Byrne.

— Quelle catégorie ?

— Les élèves qui risquent l'échec scolaire.

— Pas plus que dans n'importe quelle autre école catholique, je suppose, répondit Parkhurst. Probablement moins nombreuses.

— Pourquoi cela ?

— La réussite scolaire a toujours été l'un des points forts de Nazarene.

Byrne griffonna quelques notes. Jessica vit le regard de Parkhurst errer sur le calepin.

— Nous essayons aussi d'aider les parents et les enseignants à gérer les comportements perturbateurs, ajouta-t-il, nous encourageons la tolérance, la compréhension, l'acceptation de la diversité.

Il semble réciter une brochure publicitaire, se dit Jessica. Byrne le savait. Parkhurst aussi. Byrne passa à la vitesse supérieure, sans chercher à le dissimuler.

— Êtes-vous catholique, docteur Parkhurst ?

— Bien entendu.

— Si vous me permettez, pourquoi travaillez-vous pour l'archidiocèse ?

— Je vous demande pardon ?

— J'imagine que vous pourriez gagner beaucoup plus en consultant dans un cabinet privé.

Jessica savait que c'était vrai. Elle avait téléphoné à une de ses anciennes camarades de classe qui travaillait au service du personnel de l'archidiocèse. Elle connaissait exactement le salaire de Brian Parkhurst : 71 400 dollars par an.

— L'Église occupe un rôle primordial dans ma vie, inspecteur. Je lui dois beaucoup.

— Au fait, quel est votre tableau de William Blake préféré ?

Parkhurst se pencha en arrière, comme pour mieux observer Byrne.

— Mon tableau de William Blake préféré ?

— Oui, fit Byrne. Moi, j'aime *Dante et Virgile aux portes de l'enfer.*

— Je... enfin... je ne connais pas trop bien William Blake.

— Parlez-moi de Tessa Wells.

Il tentait le tout pour le tout. Jessica observa attentivement Parkhurst. Il demeura imperturbable, ne cilla pas.

— Que voulez-vous savoir ?

— A-t-elle jamais mentionné quelqu'un qui aurait pu la tourmenter ? Quelqu'un dont elle aurait pu avoir peur ?

Parkhurst fit mine de réfléchir un instant à la question. Jessica savait que c'était du cinéma. Byrne aussi.

— Pas que je me souvienne.

— Semblait-elle particulièrement soucieuse ces derniers temps ?

— Non, répondit Parkhurst. Il y a eu une période l'année dernière où je l'ai vue un peu plus souvent que certaines autres élèves.

Aux alentours de Thanksgiving ? se demanda Jessica.

— La fréquentiez-vous en dehors de l'école ?

— Non.

— Étiez-vous plus proche de Tessa que des autres élèves ? demanda Byrne.

— Pas vraiment.

— Mais il existait une sorte de lien.

— Oui.

— Est-ce ainsi que tout a commencé avec Karen Hillkirk ?

Une rougeur apparut sur le visage de Parkhurst, qui se dissipa instantanément. De toute évidence, il s'attendait à cette question. Karen Hillkirk était l'élève avec qui Parkhurst avait eu une liaison dans l'Ohio.

— Ce n'était pas ce que vous croyez, inspecteur.
— Éclairez-nous, fit Byrne.

En entendant le mot *nous*, Parkhurst jeta un coup d'œil en direction du miroir. Jessica crut deviner un rictus ironique sur son visage. Elle lui aurait bien collé une baffe pour lui passer l'envie de sourire.

Parkhurst baissa alors la tête d'un air contrit, comme s'il avait déjà raconté cette histoire à de nombreuses reprises, ne serait-ce qu'à lui-même.

— C'était une erreur, commença-t-il. Je... j'étais également jeune. Karen était mûre pour son âge. C'est... arrivé, voilà tout.

— Étiez-vous son conseiller d'orientation ?
— Oui, répondit Parkhurst.
— Vous pouvez donc comprendre que, selon certains, vous avez profité du pouvoir que vous conférait votre situation, n'est-ce pas ?
— Bien entendu. Je comprends cela.
— Avez-vous eu le même type de liaison avec Tessa Wells ?
— Absolument pas, répondit Parkhurst.
— Connaissez-vous une élève de Regina nommée Nicole Taylor.

Parkhurst hésita une seconde. Le rythme de l'interview commençait à s'emballer. Il semblait essayer de le ralentir.

— Oui, je connais Nicole.

Connais, pensa Jessica. Présent.

— Avez-vous été son conseiller d'orientation ? demanda Byrne.
— Oui, répondit Parkhurst. Je travaille auprès des élèves de cinq écoles diocésaines.
— La connaissez-vous bien ?
— Je l'ai vue à quelques reprises.
— Que savez-vous d'elle ?

— Nicole a quelques problèmes d'image. Et quelques… problèmes familiaux, répondit Parkhurst.

— Quelle sorte de problèmes d'image ?

— Nicole est une solitaire. Elle s'intéresse beaucoup au monde du gothique, ce qui l'a quelque peu isolée à Regina.

— Gothique ?

— Disons que cet univers gothique est constitué d'adolescents qui, pour une raison ou une autre, sont rejetés par les élèves dits « normaux ». Ils ont tendance à s'habiller différemment, à écouter une musique qui leur est propre.

— En quoi s'habillent-ils différemment ?

— Eh bien, il existe tout un tas de styles gothiques. Le gothique typique, ou archétypal, ne porte que du noir. Vernis à ongles noir, rouge à lèvres noir, nombreux piercings. Mais certains adolescents optent pour une allure victorienne, ou alors un style *industriel*, si vous voulez. Ils écoutent des tas de groupes depuis Bauhaus jusqu'aux traditionnels Cure et autres Siouxsie and the Banshees.

Byrne se contenta de fixer Parkhurst un instant, comme pour le clouer sur sa chaise du regard. Le pédopsychiatre commença à s'agiter, lissa ses vêtements. Puis il attendit que Byrne reprenne l'entretien.

— Vous semblez bien vous y connaître, finit par dire Byrne.

— C'est mon métier, inspecteur. Je ne peux pas aider mes filles si je ne sais pas d'où elles viennent.

Mes filles, encore, remarqua Jessica.

— D'ailleurs, poursuivit Parkhurst, j'avoue posséder quelques CD de Cure.

Ça ne m'étonne pas, songea Jessica.

— Vous avez évoqué le fait que Nicole avait des problèmes familiaux, reprit Byrne. Quel genre de problèmes ?

— Eh bien, tout d'abord, il y a une longue histoire d'alcoolisme dans sa famille.

— De la violence ? demanda Byrne.

— Pas que je me souvienne, répondit Parkhurst après une pause. Mais même si je m'en souvenais, ce sujet serait confidentiel.

— Est-ce le genre de choses que les élèves partagent nécessairement avec vous ?

— Oui, répondit Parkhurst. Celles qui sont prédisposées à le faire.

— Sont-elles souvent *prédisposées* à aborder ces détails de leur vie privée avec vous ?

Byrne avait volontairement insisté sur le mot. Parkhurst s'en était aperçu.

— Oui, j'aime croire que je sais mettre les jeunes gens à l'aise.

Sur la défensive, maintenant, pensa Jessica.

— Je ne comprends pas pourquoi vous me posez toutes ces questions sur Nicole. Quelque chose lui est-il arrivé ?

— Elle a été découverte assassinée ce matin, répondit Byrne.

— Oh, mon Dieu ! fit Parkhurst, soudain blême. J'ai vu le journal télévisé… je ne savais pas…

Les médias n'avaient pas révélé le nom de la victime.

— Quand avez-vous vu Nicole pour la dernière fois ?

Parkhurst réfléchit pendant quelques secondes cruciales.

— C'était il y a plusieurs semaines.

— Où étiez-vous durant les matinées de jeudi et vendredi, docteur Parkhurst ?

Jessica était certaine que Parkhurst savait qu'une frontière venait d'être franchie, celle qui séparait l'état de témoin de celui de suspect. Il resta silencieux.

— C'est juste une question de routine, reprit Byrne. Nous devons tout vérifier.

Avant que Parkhurst ait eu le temps de répondre, un coup léger fut frappé à la porte ouverte.

C'était Ike Buchanan.
— Inspecteur ?

Comme ils approchaient du bureau de Buchanan, Jessica vit un homme qui se tenait dos tourné à la porte. Il mesurait environ un mètre quatre-vingts, portait un pardessus noir et tenait un chapeau de feutre dans sa main droite. Il avait une carrure d'athlète, les épaules larges. Son crâne chauve scintillait sous les néons. Ils pénétrèrent dans le bureau.

— Jessica, je vous présente monsignor Terry Pacek, annonça Buchanan.

Le porte-parole de l'archidiocèse de Philadelphie était réputé féroce et on disait de lui qu'il ne devait sa réussite qu'à lui-même. Il était originaire des misérables collines du comté de Lackawanna, le pays du charbon. Et l'archidiocèse, qui comptait environ un million et demi de catholiques et près de trois mille paroisses, n'avait pas de défenseur plus impétueux ni plus ardent que Terry Pacek.

Il avait montré de quoi il était capable durant le bref scandale de 2002 qui avait mené à la révocation de six prêtres de Philadelphie et de quelques autres d'Allentown. Certes, ce scandale faisait pâle figure comparé à celui de Boston, mais Philadelphie, avec sa forte population catholique, avait tout de même accusé le coup.

Terry Pacek s'était livré à une véritable bataille médiatique durant ces quelques mois, il avait été de tous les débats sur les télévisions locales, on l'avait entendu sur toutes les stations de radio, son nom était apparu dans tous les articles de journaux. À cette époque, Jessica avait vu en lui un pit-bull éloquent et bien élevé. Mais maintenant qu'elle le rencontrait en personne, ce qui la désarçonnait, c'était son sourire. À un moment, on aurait dit un catcheur trapu sur le point de bondir, et l'instant d'après, son visage changeait du tout au tout et son sourire illuminait la pièce. Elle comprenait comment il avait pu charmer non seulement les médias, mais aussi l'évêché. Elle avait le sentiment que Terry Pacek pourrait atteindre les plus hautes fonctions politiques de l'Église.

— Monsignor Pacek, dit Jessica en tendant la main.
— Comment avance l'enquête ?

La question était dirigée à Jessica, mais Byrne intervint.

— Il est encore un peu tôt, dit-il.
— J'ai cru comprendre qu'une unité spéciale avait été formée ?

Byrne savait que Pacek connaissait déjà la réponse. L'expression sur son visage informa Jessica – et, peut-être, Pacek aussi – qu'il n'appréciait guère le procédé. Il répondit de façon succincte, sur un ton plat, neutre :

— Oui.
— Le sergent Buchanan m'informe que vous avez convoqué le docteur Brian Parkhurst ?

Nous y voilà, pensa Jessica.

— Le docteur Parkhurst s'est proposé de nous aider au cours de cette enquête. Il s'avère qu'il connaissait les deux victimes.
— Le docteur Parkhurst n'est donc pas suspect ?
— Absolument pas, répondit Byrne. Il est simplement ici en tant que témoin.

Pour l'instant, se dit Jessica.

Elle savait que Terry Pacek était sur la corde raide. D'un côté, si quelqu'un assassinait les écolières catholiques de Philadelphie, il était obligé de se tenir au fait de la situation pour s'assurer que l'enquête passait en priorité.

Mais d'un autre côté, il ne pouvait rester là à regarder le personnel de l'archidiocèse se faire interroger sans avocats ni même un signe de soutien de l'Église.

— Vous comprenez certainement que, en tant que

porte-parole de l'archidiocèse, je suis très préoccupé par ces événements tragiques, déclara Pacek. Je me suis entretenu avec l'archevêque en personne, qui m'a autorisé à mettre toutes les ressources du diocèse à votre disposition.

— C'est très généreux, dit Byrne.

— Si mon bureau peut vous aider de quelque manière que ce soit, n'hésitez pas à nous contacter, dit Pacek en tendant une carte à Byrne.

— Je le ferai, répondit Byrne. Par curiosité, monsignor, comment avez-vous su que le docteur Parkhurst était ici ?

— Il nous a appelés après avoir reçu votre coup de téléphone.

Byrne hocha la tête. Si Parkhurst prévenait l'archidiocèse pour un simple entretien en tant que témoin, il était on ne peut plus clair qu'il savait que la conversation risquait de tourner à l'interrogatoire.

Jessica s'aperçut qu'Ike Buchanan regardait par-dessus son épaule en agitant furtivement la tête vers la droite, comme pour indiquer à quelqu'un où trouver ce qu'il cherchait.

Elle se retourna et vit Nick Palladino et Eric Chavez qui se tenaient au seuil du bureau. Ils se dirigèrent alors vers la salle d'interrogatoire, et Jessica comprit ce que le geste de Buchanan signifiait : « Relâchez Brian Parkhurst. »

24

Mardi, 15 h 20

La plus importante bibliothèque de la ville était l'antenne de la bibliothèque municipale située à l'angle de Vine Street et de Benjamin Franklin Parkway.

Jessica s'était installée dans la section beaux-arts pour consulter une énorme pile de volumes sur l'art chrétien, à la recherche du moindre élément qui pourrait évoquer les tableaux qui s'étaient révélés à eux sur les lieux des deux crimes : Tessa Wells assise au pied d'une colonne dans une cave immonde et Nicole Taylor gisant dans un champ de fleurs printanières.

Aidée d'une bibliothécaire, Jessica avait effectué une recherche dans le catalogue informatique en entrant quelques mots clés. Le nombre de résultats était impressionnant.

Il y avait des livres sur l'iconographie de la Vierge Marie, des livres sur le mysticisme dans l'Église catholique, d'autres sur les reliques, le saint suaire de Turin, le *Manuel d'art chrétien de l'université d'Oxford*. Il y avait d'innombrables guides sur le Louvre, la Galerie des Offices, la Tate Gallery. Elle parcourut rapidement des ouvrages sur les stigmates, sur l'histoire romaine à la période de la crucifixion. Il y avait des bibles illustrées, des volumes sur les Franciscains, les Jésuites, l'art cistercien, les emblèmes sacrés, les icônes byzantines. Il y avait des reproductions en couleur de peintures à l'huile, d'aquarelles, d'acryliques, de gravures sur bois, de dessins à la plume, de peintures murales, de fresques, de sculptures en bronze, en marbre, en bois, en pierre...

Par où commencer ?

Lorsqu'elle se retrouva à feuilleter un épais volume sur la broderie ecclésiastique, elle sut qu'elle faisait fausse route. Elle essaya des mots clés comme « prière » et « rosaire » et obtint des centaines de résultats. Elle apprit quelques principes de base, comme le fait que le rosaire est marial par nature, centré sur la Vierge Marie, et qu'on est censé le réciter en contemplant le visage du Christ. Elle prit autant de notes que possible.

Elle emprunta quelques livres lorsque c'était possible – la plupart de ceux qu'elle avait consultés n'étaient pas destinés au prêt – et regagna la Rotonde la tête pleine d'imagerie religieuse. Ces livres renfermaient la source d'inspiration de ces crimes délirants. Mais comment la dénicher ?

Pour la première fois de sa vie, elle regretta de ne pas avoir été plus attentive au catéchisme.

25

Mardi, 15 h 30

L'obscurité était totale, homogène, une nuit perpétuelle indifférente au temps. De l'autre côté de cette obscurité, il y avait le bruit assourdi du monde.

Bethany Price oscillait entre conscience et inconscience en un va-et-vient comparable à celui des vagues sur une plage.

Le Cap May. Une brume épaisse lui obscurcissait l'esprit, les images remontaient avec peine du tréfonds de sa mémoire. Cela faisait des années qu'elle n'avait pas pensé à cet endroit. Quand elle était petite, ses parents emmenaient la famille au Cap May, à quelques kilomètres au sud d'Atlantic City, sur la côte du New Jersey. Elle s'asseyait sur la plage, les pieds enterrés dans le sable mouillé. Papa et son drôle de caleçon hawaïen, maman et son sobre maillot de bain une pièce.

Et elle qui se changeait dans la cabine de plage parce qu'elle était déjà terriblement complexée par son corps, par son poids. À cette pensée, elle se palpa pour vérifier qu'elle était toujours habillée.

Elle savait qu'ils avaient roulé en voiture pendant environ un quart d'heure. Peut-être plus longtemps.

Il lui avait fait une piqûre qui l'avait assommée, sans toutefois la plonger complètement dans le sommeil. Elle avait entendu les bruits de la ville alentour. Des bus, des coups de Klaxon, des gens qui marchaient, qui parlaient. Elle voulait les appeler à l'aide, mais ne le pouvait pas.

Tout était calme.

Elle avait peur.

La pièce était petite, peut-être un mètre cinquante sur quatre-vingt-dix centimètres. Plutôt une sorte de cagibi. Sur le mur qui faisait face à la porte elle avait touché un grand crucifix. Un prie-Dieu capitonné était posé par terre. La moquette qui recouvrait le sol était récente ; elle sentait l'odeur de pétrole de la fibre neuve. Elle apercevait un fin filet de lumière jaune sous la porte. Elle avait faim et soif, mais n'osait rien réclamer.

Il voulait qu'elle prie. Il avait pénétré dans l'obscurité et lui avait donné un rosaire en lui demandant de commencer par le *Credo*. Il n'avait pas eu de gestes déplacés à son égard. Du moins pas autant qu'elle sache.

Il était parti un moment, mais il était maintenant de retour. Il faisait les cent pas devant le cagibi, visiblement énervé par quelque chose.

— Je ne t'entends pas, dit-il depuis l'autre côté de la porte. Qu'a dit le pape Pie VI à ce sujet ?

— Je... je ne sais pas, répondit Bethany.

— Il a dit que, sans la contemplation, le rosaire est un corps sans âme et que sa récitation risque de devenir une répétition mécanique de formules contraire aux admonitions du Christ.

— Je suis désolée.

Pourquoi faisait-il cela ? Il avait été gentil avec elle auparavant. Elle avait eu des ennuis et il l'avait traitée avec respect.

Le son du moteur s'amplifia.

On aurait dit une perceuse.

— Maintenant ! tonna la voix.

— Je vous salue, Marie pleine de grâces, le Seigneur est avec vous, déclama-t-elle, pour la centième fois peut-être.

Le Seigneur est avec vous, pensa-t-elle, son esprit commençant à s'embrumer de nouveau.

Le Seigneur est-il avec moi ?

26

Mardi, 16 h 00

La vidéo en noir et blanc, quoique de mauvaise qualité, était suffisamment claire pour qu'on puisse observer les allées et venues sur le parking de l'hôpital Saint-Joseph. La circulation – à la fois automobile et pédestre – correspondait à ce que l'on pouvait imaginer : ambulances, véhicules de police, camionnettes de livraison. La plupart des piétons étaient des employés de l'hôpital : médecins, infirmiers, garçons de salle, personnel de ménage.

Jessica, Byrne, Tony Park et Nick Palladino étaient entassés dans la petite pièce qui faisait à la fois office de cafétéria et de salle de projection. Lorsque le compteur de la vidéo indiqua 4:06:03, Nicole Taylor apparut.

Nicole sort par la porte du personnel, elle marque une hésitation puis marche sans se presser vers la rue. Elle porte un petit sac à main en bandoulière à l'épaule droite et tient dans la main gauche une bouteille qui semble contenir du jus d'orange ou peut-être du Snapple. Aucun de ces objets n'avait été retrouvé sur le lieu du crime des Jardins de Bartram.

Parvenue à la rue, Nicole semble remarquer quelque chose situé vers le haut de l'écran. Elle se couvre la bouche

– peut-être est-elle surprise – puis se dirige vers un véhicule stationné à l'extrémité gauche de l'écran. Il s'agit d'un break Ford Windstar. Son occupant est invisible.

Juste au moment où Nicole s'approche de la portière côté passager, un camion de livraison de la société Allied Medical se gare entre la caméra et le break.

— Merde, fit Byrne. Allez, dégage…

Le compteur de la vidéo indique 4:06:55.

Le chauffeur descend du camion et pénètre dans l'hôpital. Il en ressort quelques minutes plus tard et remonte dans le véhicule.

Lorsque le camion redémarre, la Ford et Nicole ont disparu.

Ils laissèrent défiler la vidéo cinq minutes de plus, puis passèrent en mode avance rapide. Ni Nicole ni la Ford ne réapparurent.

— Vous pouvez rembobiner jusqu'au moment où elle s'approche du break? demanda Jessica.

— Pas de problème, répondit Tony Park.

Ils visionnèrent la vidéo maintes et maintes fois – Nicole quitte le bâtiment, marche sous l'avant-toit, s'approche de la Ford – faisant un arrêt sur image chaque fois que le camion venait leur boucher la vue.

— Vous pouvez faire un gros plan? demanda Jessica.

— Pas sur cet appareil, répondit Park. Mais le labo peut bidouiller tout un tas de choses.

L'unité audiovisuelle, dont les locaux étaient situés au sous-sol de la Rotonde, pouvait en effet effectuer toutes sortes de manipulations sur les vidéos. La caméra de surveillance enregistrant à une vitesse très lente, la cassette originale ne pouvait être passée sur un magnétoscope ordinaire; ils visionnaient donc une copie.

Jessica se rapprocha du petit écran noir et blanc. Le véhicule Ford portait une plaque minéralogique de Pennsylvanie. Son numéro d'immatriculation se terminait par un 6, mais il n'était pas possible de distinguer les chiffres ou les lettres qui le précédaient. Il aurait été infiniment plus facile d'effectuer une recherche avec le début du numéro.

— Pourquoi ne pas confronter les immatriculations des Ford Windstar avec ce numéro ? demanda Byrne.

Tony Park s'apprêta à quitter la pièce. Byrne l'arrêta, nota quelque chose sur son calepin, arracha la page et la lui tendit. Park sortit muni du bout de papier.

Les inspecteurs continuèrent de visionner la vidéo : les voitures qui allaient et venaient, les employés qui arrivaient paresseusement au boulot et ceux qui repartaient d'un pas alerte. Jessica trouvait insupportable de savoir que, derrière le camion qui leur bouchait la vue, Nicole Taylor parlait sans doute à la personne qui allait bientôt la tuer.

Ils regardèrent la vidéo six fois encore, sans parvenir à glaner la moindre information supplémentaire.

À son retour, Tony Park avait une épaisse liasse d'impressions informatiques à la main. Ike Buchanan le suivait.

— Il y a deux mille cinq cents Ford Windstar immatriculées en Pennsylvanie, annonça Park. Environ deux cents ont un numéro qui se termine en 6.

— Merde, fit Jessica.

Il leva alors son listing, rayonnant. Un nom était surligné en jaune.

— L'une d'elles appartient à un certain docteur Brian Parkhurst de Larchwood Street.

Byrne se redressa d'un bond. Il se tourna vers Jessica, toucha la cicatrice sur son front.

— Ça ne suffit pas, intervint Buchanan.

— Pourquoi pas ? demanda Byrne.

— Qu'est-ce que je peux prouver ?

— Il connaissait les deux victimes et il se trouvait au dernier endroit où Nicole Taylor a été aperçue...

— Nous ne savons pas si c'était lui. Nous ne sommes même pas certains qu'elle soit montée dans cette voiture.

— Il en a eu l'occasion, s'acharna Byrne. Il a peut-être même un mobile.

— Quel mobile ? demanda Buchanan.

— Karen Hillkirk, répondit Byrne.

— Mais il n'a pas tué Karen Hillkirk.

— Il n'en a pas eu besoin. Par contre, Tessa Wells était mineure. Elle s'apprêtait peut-être à révéler leur liaison au grand jour.

— Quelle liaison ?

Buchanan, bien entendu, avait raison.

— Écoutez, il est médecin, poursuivit Byrne, bille en tête.

Jessica avait le sentiment que même Byrne n'était pas convaincu que Parkhurst soit leur homme. Mais il savait à coup sûr quelque chose.

— Le rapport du légiste indique que les deux jeunes filles ont été neutralisées avec du Midazolam puis qu'elles ont reçu une injection de paralysant. En plus, il conduit un break. Il correspond au profil. Laissez-moi l'interroger de nouveau. S'il ne lâche rien, on le laisse repartir.

Ike Buchanan envisagea brièvement cette idée.

— Si Brian Parkhurst remet les pieds dans cet immeuble, il sera accompagné d'un avocat de l'archi-diocèse. Vous le savez aussi bien que moi, dit Buchanan. Poursuivons encore un peu l'enquête avant de tirer des conclusions. Nous devons découvrir si cette Ford Windstar appartient à un employé de l'hôpital avant de mettre qui que ce soit en cabane. Vérifions chaque minute de l'emploi du temps de Parkhurst.

Dans l'ensemble, le travail du policier est ennuyeux à se flinguer. L'essentiel de la journée se passe derrière un bureau gris, bancal, aux tiroirs poisseux remplis de paperasse, un téléphone dans une main, un café froid dans l'autre. À appeler des gens. À attendre qu'ils vous rappellent. À vous heurter à des culs-de-sac, à foncer dans des impasses, à rebrousser chemin, découragé. Les témoins n'ont jamais rien vu, rien entendu, rien dit de mal – tout ça pour se souvenir deux semaines plus tard d'un élément essentiel. Les inspecteurs interrogent les employés des pompes funèbres pour savoir s'ils ne formaient pas une procession dans la rue ce jour-là. Ils interrogent les livreurs de journaux, les agents qui font traverser la rue à la sortie des écoles, les paysagistes, les peintres, les employés municipaux, les éboueurs. Ils parlent aux camés, aux putes, aux alcoolos, aux dealers, aux mendiants, aux vendeurs, à tous ceux qui, par simple habitude ou volonté délibérée, traînent dans le coin qui les intéresse.

Et puis, quand aucun coup de fil n'a porté ses fruits, l'inspecteur fait le tour de la ville en voiture, pour poser en personne les mêmes questions aux mêmes interlocuteurs.

Vers le milieu de l'après-midi, l'enquête était devenue franchement soporifique, comme la septième manche d'un match de base-ball quand votre équipe perd par cinq à zéro. L'unité spéciale, assistée d'une poignée d'agents en uniforme, était parvenue à contacter quasiment tous les propriétaires de Ford Windstar. Deux d'entre eux travaillaient à l'hôpital Saint-Joseph, dont l'un aux services d'entretien.

À dix-sept heures, une conférence de presse fut organisée à l'arrière de la Rotonde. Le commissaire et le procureur tinrent la vedette. On leur posa toutes les questions prévisibles. Ils donnèrent toutes les réponses attendues. Kevin Byrne et Jessica Balzano furent présentés aux médias en tant que responsables de l'unité spéciale. Jessica espérait ne pas avoir à parler devant les caméras. Elle fut exaucée.

À dix-sept heures vingt, ils étaient de retour derrière

leurs bureaux. Ils cherchèrent une retransmission de la conférence de presse à la télévision. De brefs applaudissements, des huées et des clameurs ponctuèrent le gros plan sur Byrne. Un chroniqueur local commenta les images montrant Brian Parkhurst sortant de la Rotonde plus tôt dans la journée. Le nom du psychiatre s'étalait sur l'écran pendant le ralenti qui le représentait montant dans sa voiture.

Un coup de fil de la Nazarene Academy leur avait permis d'apprendre que Brian Parkhurst avait quitté son travail tôt les jeudi et vendredi précédents et qu'il n'était pas arrivé à l'école avant huit heures quinze le lundi. Il avait largement eu le temps de kidnapper les deux jeunes filles et d'abandonner leurs corps sans chambouler son emploi du temps.

À dix-sept heures trente, juste après le coup de téléphone de l'administration scolaire de Denver qui avait innocenté pour de bon Sean Brennan, l'ancien petit ami de Tessa, Jessica et John Shepherd se rendirent au nouveau labo dernier cri de la police scientifique situé à quelques rues de la Rotonde, à l'angle de la Huitième et de Poplar. Il y avait du neuf. L'os trouvé dans les mains de Nicole avait été sectionné sur une patte d'agneau à l'aide d'une lame en dents de scie affûtée sur une pierre à huile.

Ainsi, l'une des victimes avait entre les mains un morceau d'os d'agneau et l'autre une reproduction d'un tableau de William Blake. Cette information, si utile fût-elle, n'apportait pas le moindre éclaircissement.

— Nous avons aussi trouvé des fibres de moquette identiques sur les deux victimes, annonça Tracy McGovern, la sous-directrice du labo.

Dans la pièce, chacun avait les poings serrés, était gonflé à bloc. Ils tenaient une pièce à conviction. Il était possible de démontrer l'origine de fibres synthétiques.

— Nous en avons trouvé au niveau de leur revers de jupe, poursuivit Tracy. Plus d'une douzaine sur Tessa

Wells et seulement quelques-unes sur Nicole Taylor car elle est restée sous la pluie, mais c'est déjà ça.

— Proviennent-elles de la moquette d'une maison, d'un magasin, d'un véhicule ? demanda Jessica.

— Probablement pas d'une voiture. Je dirais qu'il s'agit d'une moquette d'ameublement de gamme moyenne. Bleu foncé. Mais les fibres étaient disposées le long du rebord des jupes. Il n'y en avait nulle part ailleurs.

— Elles n'étaient donc pas étendues sur la moquette ? demanda Byrne. Ni assises dessus.

— Non, répondit Tracy. Vu leur disposition je dirais qu'elles étaient…

— Agenouillées ? intervint Jessica.

— Agenouillées, confirma Tracy.

À dix-huit heures, Jessica, assise à son bureau, faisait tourner entre ses mains une tasse de café froid tout en feuilletant ses livres sur l'art chrétien. Certaines pistes semblaient prometteuses, mais rien ne reproduisait les postures des victimes sur les lieux des crimes.

Eric Chavez avait un rendez-vous pour dîner. Il se tenait face au miroir de la salle d'interrogatoire, faisant et refaisant son nœud de cravate en quête du double Windsor parfait. Nick Palladino finissait d'appeler les derniers propriétaires de Ford Windstar.

Kevin Byrne, aussi figé qu'une statue de l'île de Pâques, observait les photographies. Il semblait captivé, absorbé par les menus détails, et repassait sans cesse dans son esprit la chronologie des événements. Des photos de Tessa Wells, de Nicole Taylor, des clichés représentant la maison du crime dans la Huitième Rue, le massif de jonquilles des Jardins de Bartram. Des mains, des pieds, des yeux, des bras, des jambes. Des images bordées de règles pour donner l'échelle. D'autres dotées de quadrillages pour le contexte.

Les réponses aux questions que se posaient Byrne étaient là, devant lui. Pour Jessica, il avait l'air d'un homme en état de catatonie. En cet instant, elle aurait donné un mois de salaire pour connaître ses pensées profondes.

La fin de l'après-midi s'étirait, le soir approchait. Mais Kevin Byrne demeurait immobile, parcourant le panneau du regard, de gauche à droite, de bas en haut.

Soudain, il décrocha un gros plan de la main droite de Nicole Taylor. Il l'approcha de la fenêtre et le tint en l'air dans la lumière déclinante. Il se tourna vers Jessica mais ne sembla pas la voir. Elle était comme un objet transparent posé devant ses yeux perdus. Il saisit une loupe sur le bureau et s'intéressa de nouveau à la photo.

— Bon sang ! s'exclama-t-il enfin, s'attirant l'attention des quelques inspecteurs présents dans la pièce. Je n'en reviens pas qu'on n'ait pas vu ça.

— Vu quoi ? demanda Jessica.

Elle était soulagée qu'il dise enfin quelque chose. Elle commençait à s'inquiéter pour lui.

Byrne désigna les entailles dans la partie charnue de la paume, ces marques dont Tom Weyrich avait affirmé que Nicole se les était faites en s'enfonçant les ongles dans la main.

— Ces marques, dit-il en s'emparant du rapport du légiste. Regardez. Ils ont trouvé des traces de vernis bordeaux dedans.

— Et après ? demanda Buchanan.

— Le vernis de sa main gauche était vert, dit Byrne.

Byrne montra le gros plan sur lequel on voyait les ongles de la main gauche de Nicole. Puis il leva une photo de sa main droite.

— C'est le vernis de sa main droite qui était bordeaux.

Les trois détectives qui l'entouraient se regardèrent en haussant les épaules.

— Vous ne voyez pas ? Elle ne s'est pas fait ces entailles en serrant le poing gauche. Elle se les est faites avec son autre main.

Jessica examina la photographie comme si elle tentait d'interpréter un dessin d'Escher. Elle ne vit rien.

— Je ne saisis pas, fit-elle.

Byrne attrapa son manteau et se dirigea vers la porte.

— Vous allez bientôt comprendre.

Byrne et Jessica se trouvaient dans la petite salle de traitement numérique des images du laboratoire de la police criminelle.

Le technicien travaillait sur le cliché représentant la main gauche de Nicole Taylor. Les photos des lieux du crime étaient toujours prises sur une pellicule trente-cinq millimètres puis converties au format numérique, après quoi elles pouvaient être manipulées, agrandies, et, au besoin, préparées pour le procès. C'étaient les petites entailles arrondies sur la partie inférieure de la paume de Nicole qui les intéressaient. Le technicien fit un gros plan, éclaircit la zone, et lorsque l'image fut nette, toutes les personnes dans la pièce retinrent leur souffle.

Nicole Taylor leur avait envoyé un message.

Les petites entailles n'avaient pas été faites au hasard.

— Mon Dieu, fit Jessica, dont les oreilles bourdonnaient sous l'effet de sa première décharge d'adrénaline en tant qu'inspecteur à la criminelle.

Avant de mourir, Nicole Taylor s'était servi des ongles de sa main droite pour écrire un début de mot sur sa paume gauche, ultime supplication d'une jeune fille désespérée et sur le point de mourir. Il n'y avait pas de doute possible. Les coupures formaient les lettres P-A-R.

Byrne déplia son téléphone portable, appela Ike Buchanan. Dans vingt minutes, une déclaration serait rédigée et soumise au chef de la brigade criminelle dans le bureau du procureur. Avec un peu de chance, dans moins d'une heure ils seraient en possession d'un mandat pour effectuer une perquisition chez Brian Allan Parkhurst.

27

Mardi, 18 h 30

Simon Close admirait la une du *Report* qui s'affichait fièrement sur l'écran de son Apple Powerbook.

QUI ASSASSINE LES FILLES AU ROSAIRE ?

Existe-t-il chose plus agréable que de voir sa signature juste en dessous d'un titre effrontément provocateur ?

Peut-être une ou deux, maxi, pensa Simon. Et ces deux choses, au lieu de lui remplir les poches, lui coûtaient du fric.

Les filles au rosaire.

Son idée.

Il avait flirté avec quelques autres. Celle-ci l'avait séduit.

Simon adorait ce moment de la nuit. Les préparatifs avant l'errance. Même s'il s'habillait bien pour aller travailler – il portait toujours une chemise et une cravate, avec en général un pantalon et une veste décontractés –, c'était la nuit que s'affirmait son goût pour les coupes européennes, la qualité italienne, les matières exquises. Chaps la journée, Ralph Lauren la nuit.

Il essayait du Dolce & Gabbana et du Prada, et repartait

avec un Armani et un Pal Zileri. Bénissons Dieu pour les soldes biannuels de Boyds.

Il aperçut son reflet dans le miroir. Quelle femme pouvait lui résister ? Si les hommes élégants étaient légion à Philadelphie, rares étaient ceux qui arboraient le style européen avec panache.

Et puis il y avait les femmes.

Quand Simon s'était retrouvé seul après le décès de tante Iris, il avait passé quelque temps à Los Angeles, Miami, Chicago et New York où il avait même envisagé de s'installer – mais après quelques mois il était de retour à Philadelphie. New York était trop frénétique, trop folle. Non seulement les filles de Philadelphie étaient tout aussi sexy que celles de Manhattan, mais elles présentaient un énorme avantage : avec elles, on pouvait tenter sa chance.

Il venait tout juste de réussir le nœud de cravate parfait lorsqu'on frappa à la porte. Il traversa son petit appartement et ouvrit la porte.

C'était Andy Chase. Toujours aussi parfaitement heureux et terriblement débraillé.

Il portait une casquette sale de l'équipe des Phillies à l'envers et un blouson bleu marine de la marque Members Only – *On fait encore des blousons comme ça ?* se demanda Simon – doté d'épaulettes et de poches à fermeture Éclair.

Simon désigna sa cravate bordeaux à motif jacquard.

— Ça ne fait pas trop pédé ? demanda-t-il.

— Non, répondit Andy, qui s'affala sur le canapé et attrapa un exemplaire de *Macworld* tout en mastiquant une pomme Fuji. Juste assez pédé pour toi.

— Va te faire foutre.

Andy haussa les épaules.

— Je sais pas comment tu fais pour dépenser tout ce fric en fringues. Enfin quoi, tu peux pas mettre plus d'un costume à la fois. À quoi ça sert ?

Simon se retourna et traversa le salon en imitant une

démarche de mannequin. Il pivota sur ses talons, prit la pose, façon *Vogue*.

— Comment peux-tu te poser cette question en me regardant ? Le style se suffit à lui-même, *mon frère*[1].

Andy feignit un énorme bâillement moqueur, puis croqua de nouveau dans sa pomme.

Simon se versa une dose de Courvoisier. Il ouvrit une boîte de bière Miller Lite pour Andy.

— Désolé. Pas de cacahuètes.

— Tu peux te foutre de moi tant que tu veux. Je préfère mille fois les cacahuètes à ta saloperie de foie gras.

Simon se boucha les oreilles avec ostentation. Andy Chase était une insulte à la moindre de ses cellules.

Ils passèrent en revue les événements de la journée. Pour Simon, ces bavardages étaient un passage obligé s'il voulait obtenir des tuyaux d'Andy. Après la pénitence, il mettrait les bouts.

— Alors, comment va Kitty ? demanda Simon pour la forme, simulant autant d'enthousiasme que possible.

La pauvre vache, pensa-t-il. Kitty Bramlett était une petite jeune femme presque jolie, caissière chez Wal-Mart à l'époque où Andy s'était entiché d'elle. Mais maintenant elle avait trente-cinq kilos et trois doubles mentons en plus. À peine âgés de trente ans, Kitty et Andy s'étaient embourbés dans la routine. Leur mariage sans enfant était un cauchemar : dîners cuisinés au micro-ondes, anniversaires à l'Olive Garden et deux coïts par mois devant Jay Leno.

Seigneur, tuez-moi avant que ça ne me tombe dessus, pensa Simon.

— Elle est exactement comme avant.

Andy balança le magazine et s'étira. Simon aperçut le haut du pantalon d'Andy qui était retenu par des épingles à nourrice.

---

1. En français dans le texte. *(N.d.T.)*

— Bizarrement, elle continue de penser que tu devrais essayer d'appeler sa sœur. Comme si elle pouvait vouloir de toi.

Rhonda, la sœur de Kitty, ressemblait à Willard Scott déguisé en femme, mais en moins féminin.

— Je ne manquerai pas de lui passer un coup de fil un de ces jours, répondit Simon.

— Comme tu le sens.

Il continuait de pleuvoir. Simon allait être obligé de massacrer son look avec son imperméable London Fog qui, quoique de bon goût, était abominablement fonctionnel. Il fallait absolument qu'il s'en paye un nouveau. Cela dit, c'était toujours mieux que des gouttes de pluie sur son Zileri.

— Pas d'humeur pour tes conneries, dit Simon en indiquant la sortie à Andy.

Celui-ci saisit le message, se leva et se dirigea vers la porte en abandonnant son trognon de pomme sur le canapé.

— Tu ne parviendras pas à foutre ma soirée en l'air, ajouta Simon. J'ai de bonnes vibrations, je suis beau, je sens bon, j'ai un article sur le feu, et la vie est *dolce*.

Andy fit la moue.

— *Dolce ?*

— Bon Dieu, fit Simon en tirant de sa poche un billet de cent dollars qu'il tendit à Andy. Merci pour le tuyau. Continue comme ça.

— Quand tu veux, frangin, répondit Andy.

Il empocha le billet, franchit la porte et descendit l'escalier.

Frangin, pensa Simon. *Si ça, c'est le purgatoire, alors j'ai vraiment la trouille de l'enfer.*

Il se contempla une dernière fois dans le miroir en pied situé à l'intérieur de la penderie.

Parfait.

La ville était à lui.

28

Mardi, 19h00

Brian Parkhurst n'était pas chez lui. Ni sa Ford Windstar.

Les six inspecteurs se déployèrent à travers les trois niveaux de sa maison de Garden Court. Le rez-de-chaussée abritait un petit salon qui faisait office de salle à manger et une cuisine à l'arrière. Entre le salon et la cuisine, un escalier abrupt menait au premier étage où se trouvaient une salle de bains et une chambre convertie en bureau. Le dernier étage, jadis constitué de deux pièces, avait été rénové et transformé en une grande chambre. Aucune de ces pièces ne comportait de moquette en Nylon bleu foncé.

Les meubles étaient pour la plupart modernes : canapé et fauteuil en cuir, vaisselier et table en teck. Le bureau était plus ancien, probablement en chêne vieilli. Sa bibliothèque dénotait des goûts éclectiques. Philip Roth, Jackie Collins, Dave Barry, Dan Simmons. Les inspecteurs notèrent la présence des *Enluminures complètes de William Blake.*

« Je ne connais pas trop bien William Blake », avait déclaré Parkhurst au cours de son interrogatoire.

Les inspecteurs feuilletèrent rapidement le recueil et constatèrent qu'aucune page n'avait été arrachée.

Aucune trace de gigot d'agneau dans le réfrigérateur, le congélateur ni la poubelle. Le livre *Le Plaisir de cuisiner* était corné à la page « flan au caramel ».

Les armoires ne comportaient rien d'inhabituel. Trois costumes, deux vestes en tweed, six paires de chaussures élégantes, une douzaine de chemises de soirée. Des vêtements classiques et de bonne qualité.

Aux murs du bureau étaient accrochés ses trois diplômes universitaires : le premier émis par l'université John Carroll, les deux autres par l'université de Pennsylvanie. Il y avait aussi une affiche bien encadrée de la reprise des *Sorcières de Salem* à Broadway.

Jessica se chargea du premier étage. Elle fouilla le placard du bureau, qui semblait consacré aux activités sportives de Parkhurst. Il jouait au tennis et au raquet ball et faisait aussi un peu de planche à voile. Il possédait également une combinaison de plongée hors de prix.

Elle explora les tiroirs du bureau et trouva tout ce à quoi elle s'attendait : élastiques, stylos, trombones, Tic-Tac. L'un des tiroirs renfermait des cartouches pour imprimante laser et un clavier de rechange. Tous les tiroirs s'ouvrirent sans problème, sauf celui où il rangeait ses dossiers, qui était fermé à clé.

Étrange, pour un homme vivant seul, se dit Jessica.

Une inspection rapide mais minutieuse du tiroir supérieur ne révéla pas de clé.

Jessica jeta un coup d'œil par la porte du bureau et tendit l'oreille. Les autres inspecteurs étaient tous occupés. Elle retourna au bureau, sortit vite fait son jeu de rossignols. On ne passe pas trois ans à la brigade automobile sans acquérir certaines compétences en matière de serrurerie. Quelques secondes plus tard, elle avait crocheté le tiroir.

La plupart des dossiers concernaient la maison et des affaires personnelles. Avis d'imposition, factures, polices d'assurance. Il y avait aussi une pile de justificatifs de paiements effectués avec une carte Visa. Jessica nota le numéro de la carte. Elle parcourut rapidement les divers achats et ne détecta rien de suspect. Aucun paiement effectué dans une boutique d'articles religieux.

Elle était sur le point de refermer le tiroir lorsqu'elle aperçut le bord d'une enveloppe en papier kraft qui dépassait à l'arrière. Elle enfonça le bras dans le tiroir et la sortit. L'enveloppe avait été scotchée pour échapper aux regards, mais elle n'était pas fermée.

À l'intérieur se trouvaient cinq photos prises à Fairmount Park durant l'automne. Trois d'entre elles représentaient une jeune femme habillée adoptant timidement des poses faussement glamour. Sur les deux autres, la même jeune femme posait avec un Brian Parkhurst tout sourires. Elle était assise sur ses genoux. Les photos dataient du mois d'octobre de l'année précédente.

La jeune femme était Tessa Wells.

— Kevin ! hurla Jessica dans l'escalier.

Byrne gravit les marches quatre à quatre et arriva en un clin d'œil. Jessica lui montra les photos.

— Le fils de pute ! lâcha Byrne. On le tenait et on l'a laissé repartir.

— Ne vous en faites pas. On va le rattraper.

Ils avaient trouvé un jeu de valises complet sous l'escalier. Il n'était donc pas parti en voyage.

Jessica fit le point. Parkhurst était médecin. Il connaissait les deux victimes. Il prétendait n'avoir eu que des relations professionnelles avec Tessa Wells, en tant que conseiller d'orientation, mais il possédait des photos intimes d'elle. Il avait déjà eu une liaison avec une élève. L'une des victimes avait commencé à écrire son nom sur la paume de sa main juste avant de mourir.

Byrne saisit le téléphone sur le bureau de Parkhurst et

appela Ike Buchanan. Il mit le haut-parleur et l'informa de leur découverte.

Buchanan écouta, puis prononça les deux mots que Byrne et Jessica espéraient tant :

— Arrêtez-le.

29

Mardi, 20 h 15

Si, éveillée, Sophie Balzano était la plus jolie petite fille du monde, elle devenait un véritable ange quand arrivait la nuit, dans ce doux crépuscule du demi-sommeil.

Jessica s'était portée volontaire pour prendre le premier tour de surveillance du domicile de Brian Parkhurst, mais on lui conseilla de rentrer chez elle, de se reposer un peu. Même chose pour Kevin Byrne. Deux autres inspecteurs montaient la garde.

Assise au bord du lit, Jessica regardait Sophie.

Elles avaient pris un bain ensemble. Sophie s'était lavé les cheveux toute seule. Pas besoin d'aide, merci beaucoup. Puis elles avaient partagé une pizza dans le salon. C'était contre les règles – elles étaient censées manger à table – mais maintenant que Vincent n'était plus là, bien des règles semblaient être mises au rancart.

Il va falloir se reprendre, pensa Jessica.

En couchant Sophie, elle s'était aperçue qu'elle l'étreignait un peu plus fort, un peu plus souvent que d'ordinaire. Même Sophie l'avait regardée de travers, l'air de dire : « Qu'est-ce qui se passe, maman ? » Mais Jessica savait ce qui se passait. La présence de sa fille en de tels moments était sa planche de salut.

Et maintenant que Sophie était au lit, Jessica s'autorisait un instant de détente pour oublier les horreurs de la journée.

Un peu.

— Une histoire ? demanda Sophie, sa voix fluette se prolongeant en un bâillement.

— Tu veux que je te lise une histoire ?

Sophie fit oui de la tête.

— D'accord.

— Mais pas Huke, fit Sophie.

Huke était le croque-mitaine du jour. Tout avait commencé au centre commercial, un an plus tôt, lorsqu'elle avait vu un Hulk de couleur verte, gonflable, de cinq mètres de haut pour la promotion du nouveau DVD. À peine avait-elle jeté un regard au géant qu'elle s'était réfugiée, épouvantée, entre les jambes de Jessica.

— C'est quoi, ça ? avait demandé Sophie, les lèvres tremblantes, agrippant la jupe de sa mère.

— C'est juste Hulk, avait répondu Jessica. Il n'est pas réel.

— J'aime pas Huke.

C'en était arrivé à un point où tout ce qui était vert et mesurait plus d'un mètre de haut déclenchait désormais des réactions de panique.

— Nous n'avons pas d'histoires de Hulk, ma chérie, dit Jessica.

Elle avait cru que Sophie avait oublié Huke. Mais visiblement, certains monstres avaient la peau dure.

Sophie sourit et se recroquevilla sous sa couette, prête pour une nuit sans Huke.

Jessica alla à l'armoire et sortit la boîte à livres. Elle passa en revue les ouvrages qui s'y trouvaient : *Le Lapin fugueur, C'est toi le chef, mon canard! George le curieux.*

Jessica se rassit sur le lit, regarda la tranche des livres. Ils étaient tous destinés à des enfants de moins de deux ans. Sophie en avait presque trois. Elle était déjà trop mûre pour *Le Lapin fugueur*. Bonté divine, pensa Jessica, elle grandit bien trop vite.

Le dernier livre de la pile, *Comment ça se met ?*, était censé apprendre aux enfants à s'habiller. Mais Sophie savait très bien s'habiller toute seule, depuis des mois. Ça faisait un bout de temps qu'elle ne s'était pas trompée de pied en mettant ses chaussures ou qu'elle n'avait pas mis sa salopette OshKosh à l'envers.

Jessica opta pour *Yaourtu la tortue*, l'histoire du docteur Seuss. C'était l'une des préférées de Sophie. Et de Jessica.

Jessica commença à lire le récit des aventures de Yaourtu et son gang sur l'île de Ma-la-Sang. Au bout de quelques pages, elle leva les yeux vers Sophie, s'attendant à voir un grand sourire. D'ordinaire, Yaourtu déclenchait des fous rires. Surtout le passage où il devient roi de la boue.

Mais Sophie dormait déjà à poings fermés.

Poids plume, pensa Jessica en souriant.

Elle diminua l'intensité de l'éclairage, borda Sophie. Puis elle replaça le livre dans la boîte.

Elle pensa à Tessa Wells et Nicole Taylor. Comment faire autrement ? Ces deux jeunes filles seraient dans ses pensées pendant un bon bout de temps.

Leurs mères venaient-elles s'asseoir ainsi sur le bord de leur lit, émerveillées par la perfection de leur fille ? Les regardaient-elles dormir, remerciant Dieu chaque fois qu'elles respiraient ?

Bien entendu.

Jessica regarda le cadre orné de cœurs et d'arcs posé sur la table de chevet de Sophie. Six photos y étaient exposées. Sophie âgée d'à peine plus d'un an à la mer avec Vincent. Elle portait un bonnet orange et des lunettes de soleil. Ses petites jambes potelées étaient couvertes de sable humide. Il y avait une photo de Jessica et Sophie dans le jardin. Sophie tenait le seul et unique radis qu'avait donné la jardinière cette année-là. C'était elle qui avait planté les graines, arrosé la plante et effectué la récolte. Elle avait insisté pour manger le radis, bien que Vincent l'eût avertie qu'elle n'aimerait pas ça. Comme elle n'en faisait qu'à sa guise, une vraie petite tête de mule, Sophie avait goûté le radis en essayant de ne pas faire la grimace, mais elle avait fini par tout recracher dans une serviette en papier. Ainsi s'achevèrent ses expériences agricoles.

La photo dans le coin en bas à droite représentait la mère de Jessica, à l'époque où celle-ci était encore toute petite. Maria Giovanni, qui tenait sa fille sur ses genoux, était éblouissante dans sa robe d'été jaune. Elle ressemblait tant à Sophie. Jessica voulait que Sophie connaisse sa grand-mère, même si elle-même n'en avait plus qu'un souvenir vague, comme si elle la voyait à travers un pavé de verre.

Elle éteignit la lumière, resta assise dans le noir.

Elle n'était à la criminelle que depuis deux jours, mais elle avait déjà l'impression d'y être depuis des mois. Dès qu'elle était entrée dans la police, elle avait eu sur les inspecteurs de la criminelle la même opinion que la plupart des autres flics : ils faisaient toujours le même boulot. Tandis que les délits dont devaient s'occuper les inspecteurs divisionnaires étaient bien plus divers. Comme dit le proverbe, un meurtre n'est jamais qu'une agression qui a mal tourné.

Bon Dieu, comme elle se trompait.

Si ça, ce n'était qu'un seul boulot, alors il était amplement suffisant.

Jessica se demanda, comme chaque jour depuis trois ans, si son métier était une bonne chose pour Sophie, si elle avait raison de mettre sa vie en péril chaque fois qu'elle quittait la maison. Elle n'avait pas la réponse.

Jessica descendit au rez-de-chaussée, vérifia les portes à l'avant et à l'arrière de la maison pour la troisième fois. Ou était-ce la quatrième ?

Elle ne travaillait pas mercredi, mais elle n'avait pas la moindre idée de ce qu'elle ferait. Comment se détendre ? Comment continuer à vivre quand deux jeunes filles avaient été sauvagement assassinées ? Le reste n'avait plus d'importance. Et il en allait de même pour les autres flics. À ce stade, la moitié d'entre eux auraient sacrifié leur temps libre pour mettre la main sur cet enfoiré.

Chaque année, son père organisait une petite fête le mercredi de la semaine de Pâques. Peut-être qu'elle en profiterait pour se distraire. Elle essaierait d'oublier le boulot. Son père avait toujours su l'aider à prendre du recul.

Jessica s'assit sur le divan, passa cinq ou six fois en revue toutes les chaînes du câble. Puis elle éteignit la télévision. Elle était sur le point de se mettre au lit avec un livre lorsque le téléphone sonna. Elle espérait de tout cœur que ce n'était pas Vincent. Ou peut-être espérait-elle le contraire.

Ce n'était pas lui.

— Inspecteur Balzano ?

Une voix d'homme. De la musique forte en fond sonore. Un rythme disco.

— Qui est à l'appareil ? demanda Jessica.

L'homme ne répondit pas. Un éclat de rire, le tintement de glaçons dans un verre. Il était dans un bar.

— Je ne vous le demanderai pas deux fois, dit Jessica.

— C'est Brian Parkhurst.

Jessica jeta un coup d'œil à l'horloge, nota l'heure sur le calepin qu'elle conservait près du téléphone. Elle regarda l'écran de son identificateur d'appel. Numéro masqué.

— Où êtes-vous ?

Elle parlait d'une voix haut perchée, nerveuse. Aigrelette.

Du calme, Jess.

— Ça n'a pas d'importance, répondit Parkhurst.

— Je pense que si, insista Jessica d'une voix posée.

— C'est moi qui parle.

— Bonne idée, docteur Parkhurst. Vraiment. Nous serions ravis de vous entendre.

— Je sais.

— Pourquoi ne venez-vous pas à la Rotonde. Je vous y retrouverai. Nous pourrons discuter.

— Je ne préfère pas.

— Pourquoi cela ?

— Je ne suis pas stupide, inspecteur. Je sais que vous étiez chez moi.

Il avait du mal à articuler.

— Où êtes-vous ? demanda de nouveau Jessica.

Pas de réponse. Le rythme disco prit des accents latins. Jessica nota à nouveau : « Club de salsa ».

— Rejoignez-moi, dit Parkhurst. Il y a des choses que vous devez savoir à propos de ces jeunes filles.

— Où et quand ?

— Devant *La Pince à linge*. Dans un quart d'heure.

Près de « Club de salsa », elle nota : « à 15 minutes de la mairie ».

La Pince à linge était une énorme sculpture de Claes Oldenburg sur Center Square, juste en face de la mairie. Jadis, les habitants de la ville disaient « rendez-vous devant L'Aigle de Wanamaker », l'ancien grand magasin dont le sol était orné d'une mosaïque représentant un aigle. Tout le monde connaissait L'Aigle de Wanamaker. Maintenant, c'était *La Pince à linge*.

— Et venez seule, ajouta-t-il.

— N'y comptez pas, docteur Parkhurst.

— Si je vois quelqu'un d'autre, je m'en vais. Je ne veux pas parler à votre équipier.

À ce stade, Jessica comprenait que Parkhurst n'ait aucune envie de se trouver dans la même pièce que Kevin Byrne.

— Accordez-moi vingt minutes, dit-elle.

Il raccrocha.

Jessica appela Paula Farinacci, qui accepta une fois de plus de lui rendre service. Nul doute qu'elle aurait une place de choix au paradis des baby-sitters. Jessica enveloppa Sophie toute somnolente dans sa couverture préférée et la porta trois portes plus loin. En rentrant, elle appela Kevin Byrne sur son portable, tomba sur son répondeur. Elle l'appela chez lui. *Idem.*

Allez, partenaire. J'ai besoin de vous.

Elle passa un jean, des baskets, son imperméable. Elle attrapa son portable, inséra un chargeur neuf dans son Glock, enfila son holster et prit le chemin de Center City.

Jessica attendit près de l'angle de la Quinzième Rue et de Market Street sous la pluie qui tombait à verse. Pour des raisons évidentes, elle préférait ne pas se tenir juste à côté de *La Pince à linge*. Elle n'avait aucune envie de servir de cible.

Elle parcourut la place du regard. À cause de l'orage, les piétons étaient rares. Les lumières de Market Street dessinaient une aquarelle chatoyante rouge et jaune sur le trottoir.

Quand elle était petite, son père les emmenait elle et Michael à Center City pour manger des *cannoli* chez Termini's. Certes, le Termini's original se trouvait dans le sud de Philly, à quelques rues à peine de chez eux, mais le fait de prendre le bus puis de marcher jusqu'au restaurant rendait les *cannoli* encore meilleurs. Et c'était toujours vrai.

En ce temps-là, ils allaient se promener dans Walnut Street après Thanksgiving pour admirer les vitrines des boutiques de luxe. Ils n'avaient jamais les moyens de se payer quoi que ce soit, mais les magnifiques étalages la faisaient rêver.

Il y a si longtemps, pensa Jessica.

La pluie ne diminuait pas.

Jessica revint brutalement à la réalité lorsqu'un homme en imperméable vert s'approcha de la sculpture. Il portait une capuche, avait les mains dans les poches. Il sembla s'attarder au pied de la gigantesque œuvre d'art et regarder autour de lui. Depuis l'endroit où se tenait Jessica, il semblait faire la même taille que Brian Parkhurst. Mais impossible de distinguer son gabarit ni la couleur de ses cheveux.

Jessica dégaina son arme et la tint derrière son dos. Elle était sur le point de se diriger vers lui lorsque l'homme s'engouffra soudain dans la station de métro.

Elle inspira profondément, rengaina son arme.

Elle regarda les voitures qui faisaient le tour de la place, les phares fendant la pluie tels des yeux de chat.

Elle appela Brian Parkhurst sur son portable.

Répondeur.

Elle essaya celui de Kevin Byrne.

Idem.

Elle resserra la capuche de son imperméable.

Et attendit.

30

Mardi, 20 h 55

Il est ivre.

Ça va me simplifier la tâche. Réflexes ralentis, capacités amoindries, faible perception de la profondeur. Je pourrais l'attendre devant le bar, m'approcher de lui, annoncer mes intentions, puis le couper en deux.

Il ne comprendrait pas ce qui lui est arrivé.

Mais où serait le plaisir ?

Où serait la leçon ?

Non, il vaut mieux que les gens sachent. Il y a de bonnes chances pour que je sois arrêté avant de pouvoir achever mon interprétation de la Passion. Et si un jour, on me traîne dans ce long couloir, puis dans la pièce aseptisée, si on me sangle sur un brancard, j'accepterai mon sort.

Je sais que le jugement d'une cour de Pennsylvanie n'est rien comparé à celui qui m'attendra lorsque mon heure sera venue.

Mais en attendant, je serai l'homme assis près de vous à l'église, celui qui vous cédera sa place dans le bus, qui vous tiendra la porte quand il y aura du vent, qui mettra un pansement sur le genou écorché de votre fille.

Telle est la grâce de vivre dans la longue ombre de Dieu.

Parfois, une ombre ne s'avère être qu'un portemanteau.

Parfois une ombre est tout ce que vous craignez.

31

Mardi, 21 h 00

Assis au bar, Byrne n'était conscient ni de la musique ni du vacarme à la table de billard. Il n'entendait pour l'instant que le rugissement dans sa tête.

Il se trouvait dans une taverne miteuse de Gray's Ferry appelée Shotz, le dernier endroit où l'on imaginerait trouver un flic. Il aurait pu aller dans un bar d'hôtel du centre-ville, mais il n'aimait pas claquer dix dollars pour boire un verre.

Ce qu'il voulait plus que tout, c'était passer quelques minutes de plus avec Brian Parkhurst. Si seulement il pouvait l'interroger encore une fois, il saurait à coup sûr à quoi s'en tenir. Il vida d'un trait son bourbon, en commanda un autre.

Byrne avait éteint son téléphone portable, mais il avait laissé son pager allumé. Il le consulta, vit le numéro du Mercy Hospital. C'était la deuxième fois de la journée que Jimmy appelait. Byrne jeta un coup d'œil à sa montre. Il passerait par l'hôpital et ferait du charme aux infirmières du service cardiologie pour qu'elles le laissent le voir vite fait. Les heures de visite n'existent pas pour un flic.

Les autres appels étaient de Jessica. Il l'appellerait dans un moment. Il avait juste besoin d'être tranquille pendant quelques minutes.

Pour l'instant, il ne voulait que la paix du bar le plus bruyant de Gray's Ferry.

Tessa Wells.

Nicole Taylor.

Les gens pensent que, quand quelqu'un se fait assassiner, les flics se pointent sur le lieu du crime, prennent quelques notes, puis rentrent chez eux comme si de rien n'était. Rien ne pourrait être plus éloigné de la vérité. Car les morts qui n'ont pas été vengés ne restent pas morts. Les morts qui n'ont pas été vengés vous regardent. Ils vous observent quand vous allez au cinéma, quand vous dînez en famille, quand vous buvez quelques verres entre amis au bistrot du coin. « Que fais-tu pour moi ? » vous murmurent-ils à l'oreille, doucement, tandis que votre vie suit son cours, que vos enfants grandissent et font leur chemin, tandis que vous riez, pleurez, que vous exprimez vos émotions, vos croyances. « Pourquoi es-tu là à t'amuser ? » demandent-ils. « Pourquoi prends-tu du bon temps tandis que je gis sur le marbre froid ? »

« Que fais-tu pour moi ? »

Le taux de résolution d'enquêtes de Byrne était l'un des plus élevés de la brigade, en partie, il le savait, grâce à sa connivence avec Jimmy Purify, mais aussi grâce aux rêves éveillés que les quatre balles de Luther White et un plongeon dans la Delaware avaient déclenchés.

Par nature, le tueur organisé s'estimait supérieur à la plupart des gens, notamment à ceux qui avaient pour mission de le traquer. C'était ce défi qui motivait Kevin Byrne, et avec l'affaire en cours, c'était en train de devenir une obsession. Il le savait. Il l'avait probablement su dès l'instant où, après avoir descendu les marches pourries de la maison de la Huitième Rue, il avait vu l'humiliation barbare dont avait été victime Tessa Wells.

Mais il savait que cette obsession provenait autant de son sens du devoir que de l'horreur de l'affaire Morris Blanchard. Il s'était trompé à de nombreuses reprises durant sa carrière, mais aucune de ses erreurs n'avait abouti à la mort d'un innocent. Byrne n'était pas certain que l'arrestation de l'assassin des jeunes filles suffirait à le débarrasser de son sentiment de culpabilité ni à le réhabiliter auprès des citoyens de Philadelphie, mais il espérait qu'elle comblerait un vide en lui.

Et alors il pourrait prendre sa retraite la tête haute.

Certains inspecteurs s'intéressent à l'argent. D'autres à la science. D'autres aux mobiles. Kevin Byrne faisait confiance à la porte au fond de son esprit. Non, il ne pouvait pas prédire l'avenir ni deviner l'identité d'un assassin par une simple imposition des mains. Mais il avait parfois l'impression que ce serait possible, et peut-être était-ce ce qui faisait la différence. La nuance détectée, l'intention découverte, le chemin choisi, le fil suivi. Au cours des quinze dernières années, depuis qu'il s'était noyé, il ne s'était trompé qu'une seule fois.

Il avait besoin de dormir. Il paya ses consommations, salua quelques habitués et sortit sous la pluie incessante. Gray's Ferry sentait le propre.

Byrne boutonna son imperméable, se demandant s'il était en mesure de conduire après cinq bourbons. Il se déclara apte. Plus ou moins. Lorsqu'il s'approcha de sa voiture, il sentit que quelque chose clochait, mais il ne vit pas tout de suite quoi.

Puis il comprit.

La vitre côté conducteur était brisée, des éclats de verre étincelaient sur le siège avant. Il regarda à l'intérieur. Son autoradio et sa sacoche de CD avaient disparu.

— Les enculés ! lâcha-t-il. Putain de ville !

Il fit plusieurs fois le tour de la voiture tel un chien enragé courant après sa propre queue sous la pluie. Puis il s'assit sur le capot, fut même assez stupide pour songer à signaler le vol. Mais à quoi bon ? La police avait autant de chances de retrouver un autoradio volé à Gray's Ferry que Michael Jackson d'obtenir un boulot dans une crèche.

Ce n'était pas tant le lecteur qui l'ennuyait, mais plutôt les CD. Il y avait une collection de classiques du blues là-dedans. Trois années pour la constituer.

Il était sur le point de partir lorsqu'il aperçut quelqu'un qui l'observait depuis le terrain vague situé de l'autre côté de la rue. Byrne ne voyait pas de qui il s'agissait, mais quelque chose dans la posture de l'inconnu lui indiquait que c'était son homme.

— Hé ! hurla Byrne.

Le type détala.

Byrne se lança à sa poursuite.

Le Glock semblait lourd, comme un poids mort dans sa main.

Lorsque Byrne arriva de l'autre côté de la rue, l'homme s'était évanoui sous le torrent de pluie. Byrne, immobile, parcourut du regard le terrain jonché de débris, jusqu'à l'allée qui courait derrière les bâtiments sur toute la longueur du pâté de maisons.

Il ne voyait pas le voleur.

Bon sang, où est-il passé ?

Il rengaina son Glock, avança prudemment jusqu'à l'allée, regarda sur la gauche.

Cul-de-sac. Une benne à ordures, un tas de sacs-poubelle, des cageots de bois cassés. Il se coula dans l'allée. Y avait-il quelqu'un derrière la benne ? Un coup de tonnerre fit se retourner Byrne, son cœur martelant dans sa poitrine.

Seul.

Il continua, se méfiant de chaque ombre de la nuit. Le son des gouttes de pluie qui s'abattaient en rafales sur les sacs-poubelle recouvrit un temps tous les autres bruits.

Puis, sous le vacarme de l'orage, il discerna un gémissement, un bruissement de plastique.

Byrne regarda derrière la benne et vit un jeune Noir d'environ dix-huit ans. Dans le clair de lune, Byrne distingua une casquette en Nylon, un maillot de l'équipe des Flyers, un tatouage sur son bras droit qui proclamait son appartenance au gang des JBM, la Junior Black Mafia. Des tatouages faits en prison s'étalaient sur son bras gauche. Il était à genoux, lié et bâillonné. Son visage était couvert de bleus, résultat d'une récente raclée. On lisait l'épouvante dans son regard.

Qu'est-ce qui se passe ici ?

Byrne eut la sensation que quelque chose bougeait sur sa gauche. Avant qu'il ait pu se retourner, un énorme bras surgi de derrière lui l'entoura. Byrne sentit sur sa gorge la froideur d'une lame de couteau aiguisée comme un rasoir.

Puis, au creux de son oreille :

— Bouge pas, connard.

32

Mardi, 21 h 10

Jessica attendait. Des gens allaient et venaient, se hâtaient sous la pluie, hélaient des taxis, couraient jusqu'à la station de métro.

Mais pas de Brian Parkhurst.

Jessica passa la main sous son imperméable, bipa deux fois le collègue qui faisait le guet.

À l'entrée de Center Square, à moins de quinze mètres, un homme ébouriffé surgit de l'ombre.

Jessica le regarda, haussa les épaules en signe de désarroi.

Nick Palladino lui rendit son geste. Avant de se mettre en route, Jessica avait encore essayé deux fois de contacter Byrne, puis elle avait appelé Nick Palladino tandis qu'elle roulait vers le centre-ville. Il avait immédiatement accepté de lui prêter main-forte. Nick avait effectué bon nombre de planques à l'époque où il était aux stups et lui demander de faire le guet était un choix judicieux. Il portait un sweat-shirt à capuche miteux et un pantalon en serge taché, ce qui représentait pour lui un vrai sacrifice.

John Shepherd se tenait sous l'échafaudage qui longeait

la mairie, juste de l'autre côté de la rue, jumelles à la main. Deux agents en uniforme étaient postés à la station de métro de Market Street. Ils étaient munis de l'album de photos de fac de Brian Parkhurst pour l'identifier au cas où il se pointerait par ce côté-ci.

Mais il ne s'était pas montré. Et, visiblement, il ne viendrait pas.

Jessica appela le commissariat. L'équipe qui surveillait le domicile de Parkhurst n'avait pas signalé la moindre activité.

Jessica alla rejoindre Palladino.

— Tu n'arrives toujours pas à joindre Kevin ?
— Non, répondit-elle.
— Il doit roupiller. Il avait besoin de se reposer.

Ne sachant comment poser la question, Jessica hésita. Elle était nouvelle au club et ne voulait marcher sur les pieds de personne.

— Tu as l'impression qu'il va bien ?
— Difficile de savoir avec Kevin, Jess.
— Il a l'air complètement crevé.

Palladino acquiesça et alluma une cigarette. Ils étaient absolument tous épuisés.

— Il t'a raconté… ce qui lui était arrivé ?
— Tu veux dire avec Luther White ?

D'après ce que Jessica avait pu glaner, Kevin Byrne s'était retrouvé impliqué dans une arrestation qui avait mal tourné quinze ans plus tôt, un affrontement sanglant avec un type soupçonné de viol nommé Luther White. White avait été tué ; Byrne avait failli y laisser sa peau.

C'était le « failli » qui troublait Jessica.

— Oui, fit Palladino.
— Non, il ne m'a rien dit. Je n'ai pas eu le cran de lui demander.
— Il était à un cheveu d'y rester, expliqua Palladino. Il était même tellement près que, d'après ce que j'ai compris, il a été déclaré mort pendant un moment.

— J'avais donc bien entendu, dit Jessica, incrédule. Alors, il est médium, ou quelque chose de ce genre ?

— Mon Dieu, non, répondit Palladino en souriant et en secouant la tête. Rien de tel. Ne prononce surtout jamais ce mot devant lui. D'ailleurs, ce serait même mieux si tu n'y faisais pas du tout allusion.

— Pourquoi ?

— Disons qu'il y a une grande gueule d'inspecteur au commissariat qui lui a cherché des noises un soir au Finnigan's Wake. Je crois que le type mange toujours avec une paille.

— Pigé, fit Jessica.

— C'est juste que Kevin a une… espèce d'intuition pour les vrais salopards. Tout du moins il en avait une. Il a mal encaissé l'affaire Morris Blanchard. Il s'est planté, et ça a failli le détruire. Je sais qu'il a envie de tirer sa révérence, Jess. Il a fait ses vingt années. C'est juste qu'il ne trouve pas la porte.

Les deux détectives parcoururent du regard la place balayée par la pluie.

— Écoute, commença Palladino, ce n'est probablement pas à moi de te le dire, mais Ike Buchanan a pris un risque avec toi. Tu le sais, non ?

— Qu'est-ce que tu veux dire ? demanda Jessica, même si elle voyait à peu près où il voulait en venir.

— Quand il a formé cette unité spéciale et en a refilé la responsabilité à Kevin, il aurait pu te laisser à l'écart. Bon Dieu, il aurait peut-être dû, sans vouloir te vexer.

— Pas de problème.

— Ike est un type droit. Tu penses peut-être qu'il te laisse aux premières lignes pour des motifs politiques – je pense que tu ne seras pas étonnée d'apprendre qu'il y a quelques connards à la brigade pour le croire – mais il a foi en toi. Si ce n'était pas le cas, tu ne serais pas là.

Ouah ! pensa Jessica. *Qu'est-ce que j'ai fait pour mériter ça ?*

— Eh bien, j'espère pouvoir justifier cette confiance, dit-elle.

— Tu t'en sortiras très bien.

— Merci, Nick. C'est important pour moi, dit-elle, reconnaissante.

— Oui, bon, je ne sais même pas ce qui m'a pris de te dire tout ça.

Sans savoir pourquoi, Jessica l'étreignit. Après quelques secondes ils s'écartèrent l'un de l'autre et se mirent à toussoter, à se lisser les cheveux, histoire de se remettre de cette manifestation d'émotion.

— Donc, fit Jessica, un peu gênée, on fait quoi, maintenant ?

Nick Palladino scruta les environs – depuis la mairie jusqu'à South Broad Street, puis de la place à Market Street. Il aperçut John Shepherd qui se tenait sous l'abri de la station de métro. John croisa son regard. Les deux hommes haussèrent les épaules. La pluie continuait de tomber à verse.

— Et puis merde, fit Nick. On met les voiles.

33

Mardi, 21 h 15

Byrne n'eut pas besoin de se retourner pour savoir de qui il s'agissait. Les sons mouillés qui s'échappaient de sa bouche – les sifflantes absentes, les plosives détruites et le timbre profondément nasal de cette voix – indiquaient que l'homme avait récemment perdu quelques dents du haut et s'était fait démolir le nez.

Diablo. Le garde du corps de Gideon Pratt.

— Du calme, fit Byrne.

— Oh, je suis calme, cow-boy, dit Diablo. Je suis supercool.

Puis Byrne ressentit quelque chose de bien pire que la lame froide contre sa gorge : Diablo le palpait et lui subtilisait son arme de service, le cauchemar absolu pour un flic.

Diablo colla le canon du Glock contre l'arrière du crâne de Byrne.

— Je suis flic, dit Byrne.

— Sans déconner ? La prochaine fois que tu agresses quelqu'un, évite de te montrer à la télé.

La conférence de presse, pensa Byrne. Diablo l'avait vue, puis il avait surveillé la Rotonde et l'avait suivi.

— Si j'étais toi, je ne ferais pas ça, dit Byrne.
— Ferme ta putain de gueule !

Le jeune type attaché les regardait, ses yeux allaient de l'un à l'autre, cherchant un moyen de se tirer de ce mauvais pas. Le tatouage sur le bras de Diablo informa Byrne qu'il appartenait au gang de P-Town, un étrange conglomérat de Vietnamiens, d'Indonésiens et d'autres voyous insatisfaits qui, pour une raison ou une autre, ne trouvaient leur place nulle part ailleurs.

Le gang de P-Town et la JBM étaient des ennemis naturels, une haine vieille de dix ans les opposait. Byrne comprenait maintenant ce qui se tramait ici.

Diablo lui tendait un piège.

— Laisse-le partir, dit Byrne. On va régler ça entre nous.

— C'est pas près d'être réglé, enculé.

Byrne savait qu'il devait prendre l'initiative. Il ravala sa salive, sentit le goût de la Vicodine au fond de sa gorge, ses doigts se désengourdirent.

Mais Diablo ne lui en laissa pas le temps.

Sans prévenir, sans le moindre scrupule, il leva le Glock de Byrne et buta le gamin à bout portant. Une balle dans le cœur. Aussitôt, une projection de sang, de tissus, d'os en charpie vint heurter le mur de briques sales, formant une mousse écarlate, puis ruisselant en grosses traînées jusqu'au sol. Le gamin s'effondra.

Byrne ferma les yeux. Il revit Luther White braquant son arme sur lui des années auparavant. Il sentit le tourbillon de l'eau glacée qui l'entraînait de plus en plus profond.

Un coup de tonnerre retentit, un éclair illumina le ciel.

Le temps ralentit.

Puis s'arrêta.

Ne ressentant aucune douleur, Byrne ouvrit les yeux et vit Diablo tourner au coin de l'allée puis disparaître.

Il savait ce qui se passerait maintenant. Diablo se débarrasserait du flingue dans les environs – dans une benne, une poubelle, une gouttière. Les flics la trouveraient. Ils retrouvaient toujours les armes. Et Kevin Francis Byrne serait un homme fini.

Qui viendrait l'arrêter ? se demanda-t-il.

Johnny Shepherd ?

Ou bien Ike se porterait-il volontaire ?

Incapable du moindre mouvement, Byrne regarda la pluie s'abattre sur le cadavre du gamin et charrier son sang dans les anfractuosités du béton.

Tout se brouillait dans sa tête. Il savait que s'il demandait une enquête, s'il passait par la voie officielle, alors ce ne serait que le début. Interrogatoires, police scientifique, inspecteurs, adjoints du procureur, audiences préliminaires, presse, accusations, chasse aux sorcières avec la police des polices, démission.

La peur le transperçait, tel un métal brillant. Le sourire moqueur de Morris Blanchard dansait devant ses yeux.

La ville ne lui pardonnerait jamais.

La ville n'oublierait jamais.

Le cadavre d'un jeune Noir gisait à ses pieds. Pas de témoin, pas d'équipier. Il était soûl. Un membre de gang noir venait de se faire sommairement exécuter avec son Glock de service et il n'avait aucune idée de l'endroit où se trouvait cette arme. Pour un flic blanc de Philadelphie, difficile d'imaginer pire cauchemar.

Il s'accroupit, chercha le pouls du jeune type. Rien. Il sortit sa lampe torche, l'entoura de ses mains pour dissimuler autant que possible son éclat et observa attentivement le cadavre. Vu l'angle et l'apparence de l'impact, la balle semblait l'avoir traversé. Il retrouva vite la douille, la fourra dans sa poche. Il chercha la balle par terre entre le jeune type et le mur. Des déchets de fast-food, des mégots de cigarette trempés, deux capotes pastel. Pas de balle.

Au-dessus de sa tête, dans l'une des pièces donnant sur l'allée, une lumière s'alluma. Bientôt retentirait une sirène.

Byrne accéléra sa recherche. Il repoussa des sacs-poubelle, la puanteur infecte de la nourriture avariée lui souleva le cœur. Journaux et magazines trempés, pelures d'orange, filtres à café, coquilles d'œuf.

Puis les anges lui sourirent.

Près des éclats de verre d'une bouteille brisée se trouvait la balle. Il la ramassa, la mit dans sa poche. Elle était encore chaude. Puis il sortit un sachet en plastique. Il en avait toujours quelques-uns dans son manteau pour les pièces à conviction. Il le retourna comme un gant et l'appliqua à l'endroit de l'impact sur la poitrine du jeune type et préleva une bonne dose de sang. Il s'écarta du cadavre, retourna de nouveau le sachet et le scella.

Il entendit une sirène.

Au moment de s'enfuir, Kevin Byrne n'était plus mû par la pensée rationnelle, mais par une chose bien plus sombre, une chose qui n'avait rien à voir avec l'école de police, les règlements, le boulot.

Une chose qui s'appelait l'instinct de survie.

Il rebroussa chemin, absolument certain d'avoir oublié quelque chose. Ça ne faisait aucun doute.

Au bout de l'allée, il regarda des deux côtés. Désert. Il piqua un sprint à travers le terrain vague, se glissa dans sa voiture, mit la main à sa poche et alluma son téléphone portable qui sonna immédiatement. En entendant la sonnerie, il frôla l'attaque cardiaque. Il répondit.

— Byrne.

C'était Eric Chavez.

— Où êtes-vous ? demanda Chavez.

Il n'était pas ici. C'était impossible. Il s'inquiéta du pistage des téléphones portables. Si cela s'avérait nécessaire, pourraient-ils repérer l'endroit où il se trouvait quand il avait reçu ce coup de fil ? La sirène se rapprochait. Chavez l'entendait-il ?

— Dans la vieille ville, répondit Byrne. Qu'est-ce qui se passe ?

— On vient de recevoir un appel. Un type a vu quelqu'un porter un corps en direction du musée Rodin.

Bon Dieu !

Il devait y aller. Maintenant. Pas le temps de réfléchir. C'était le meilleur moyen de se faire pincer. Mais il n'avait pas le choix.

— J'arrive.

Avant de démarrer, il plongea son regard dans l'obscurité de l'allée. Là-bas gisait le cadavre d'un jeune Noir, un gamin précipité au beau milieu du cauchemar de Kevin Byrne et dont le propre cauchemar était devenu réalité.

34

Mardi, 21 h 20

Il s'était endormi. Depuis son enfance dans la région des lacs, où il se laissait bercer par le son de la pluie sur le toit, Simon avait toujours trouvé le grondement de l'orage apaisant. Il fut réveillé par une voiture qui démarrait en pétaradant.

Ou peut-être était-ce un coup de feu.

On était à Gray's Ferry, après tout.

Il consulta sa montre. Une heure. Ça faisait une heure qu'il dormait. Tu parles d'un as de la surveillance. Il tenait plutôt de l'inspecteur Clouseau.

La dernière chose dont il se souvenait, avant son réveil en sursaut, c'était que Kevin Byrne avait disparu dans un bar louche de Gray's Ferry appelé Shotz, le genre d'endroit dont vous ne sortiez pas indemne. Physiquement et socialement. Un bar irlandais en ruine rempli de types à l'allure de zombies.

Simon s'était garé dans une rue adjacente, en partie pour ne pas être repéré par Byrne, mais aussi parce qu'il n'y avait pas de place devant le bar. Il comptait l'attendre, puis le suivre au cas où il s'arrêterait dans une rue obscure pour se shooter au crack. Si tout se passait comme prévu, Simon s'approcherait subrepticement de la voiture et prendrait une photo du légendaire Kevin Francis Byrne avec une pipe de dix centimètres de long entre les lèvres.

Et alors il le tiendrait.

Simon ouvrit la portière, déplia son petit parapluie et s'avança jusqu'à l'angle du bâtiment. Il regarda autour de lui. La voiture de Byrne était encore là. Quelqu'un semblait avoir brisé la vitre côté conducteur. *Oh, Seigneur*, pensa Simon. *Je plains l'idiot qui s'en est pris à la mauvaise voiture la mauvaise nuit.*

Le bar était toujours bondé. Les accords suaves d'une vieille chanson de Thin Lizzy faisaient vibrer les fenêtres.

Il était sur le point de regagner sa voiture lorsqu'une ombre attira son attention, une ombre qui filait à travers le terrain vague juste en face de Shotz. Même dans la faible lueur projetée par les néons du bar, Simon reconnut l'imposante silhouette de Byrne.

Qu'est-ce qu'il foutait là-bas ?

Simon leva son appareil photo, régla la mise au point, prit quelques clichés. Il ne savait pas trop pourquoi, mais quand vous filiez quelqu'un avec un appareil photo, il suffisait d'essayer de recoller les images le lendemain pour que la scène prenne tout son sens.

Et puis, les photos numériques étaient effaçables. Ce n'était pas comme autrefois, quand chaque cliché pris avec un trente-cinq millimètres vous coûtait du fric.

De retour dans sa voiture, il vérifia les photos sur le petit écran LCD de l'appareil. Pas mal. Un peu trop sombre, bien sûr, mais aucun doute que c'était Kevin Byrne qui débouchait de cette allée et traversait le terrain vague. Deux des photos comportaient une camionnette de couleur pâle en arrière-plan, et la silhouette massive qui se détachait ne pouvait être que celle de l'inspecteur. Simon s'assura que la date et l'heure figuraient sur chaque cliché.

Fait.

Son scanneur de fréquence de la police – un Uniden BC250D, un modèle qui tenait dans la main et lui avait souvent permis d'arriver sur les lieux du crime avant les inspecteurs – se mit alors à crépiter. Il ne distingua pas les détails, mais quelques secondes plus tard, lorsque Kevin Byrne partit sur les chapeaux de roues, Simon sut qu'il devait y aller aussi.

Il tourna la clé de contact en espérant que la réparation qu'il avait bricolée pour fixer son silencieux tiendrait le coup. Ce fut le cas. Il serait donc en mesure de filer le train à l'un des flics les plus roublards de la ville sans faire autant de raffut qu'un Cessna.

La vie était belle.

Il démarra. Et le suivit.

35

Mardi, 21 h 45

Jessica était dans son allée, elle commençait à être salement épuisée. La pluie martelait le toit de la Cherokee. Elle repensa à ce que lui avait dit Nick. Il lui traversa l'esprit qu'elle n'avait pas eu droit à un grand discours après la composition de l'unité spéciale, un laïus en aparté qui aurait commencé par : « Écoutez, Jessica, il ne s'agit nullement de vos compétences d'inspecteur, mais... »

Cette conversation n'avait pas eu lieu.

Elle coupa le moteur.

Qu'avait voulu lui dire Brian Parkhurst ? Il n'avait pas été question d'aveux, mais plutôt de choses qu'elle devait savoir au sujet de ces jeunes filles.

Comme quoi ?

Et où était-il ?

Si je vois quelqu'un d'autre, je m'en vais.

Brian Parkhurst s'était-il aperçu que Nick Palladino et John Shepherd étaient des flics ?

Peu probable.

Jessica descendit de voiture, verrouilla la Jeep et courut à travers les flaques d'eau jusqu'à la porte de derrière. Elle était trempée, semblait trempée depuis une éternité. L'ampoule à l'arrière de la maison avait grillé quelques semaines plus tôt et, tandis qu'elle cherchait ses clés, elle se maudit pour la centième fois de ne pas l'avoir remplacée. Au-dessus d'elle, les branches de l'érable mourant craquèrent. Il était grand temps de les élaguer avant qu'elles ne s'abattent sur la maison. Ces choses étaient d'ordinaire du ressort de Vincent, mais il n'était plus là, pas vrai ?

Organise-toi, Jess. Tu es maman et *papa en ce moment, et puis aussi cuisinière, réparatrice, paysagiste, conductrice, éducatrice.*

Elle avait sa clé en main et était sur le point d'ouvrir la porte lorsqu'elle entendit un bruit au-dessus d'elle, comme un grincement d'aluminium qui se tord, se déchire, gémit sous un poids énorme. Puis elle entendit le frottement de chaussures à semelle de crêpe, vit une main s'approcher d'elle.

Sors ton arme, Jess...

Le Glock était dans son sac à main. *Règle numéro un, ne jamais mettre ton arme dans ton sac...*

L'ombre forma un corps. Un corps d'homme.

Un prêtre.

La main se referma autour de son bras.

Et l'attira dans les ténèbres.

36

Mardi, 21 h 50

Le spectacle autour du musée Rodin était absolument délirant. Au dernier rang de la foule qui s'était amassée, Simon jouait des coudes avec tous les crasseux du quartier. Pourquoi les citoyens ordinaires étaient-ils attirés par la vue du malheur comme les mouches par la merde, se demanda-t-il.

C'est bien à moi de dire ça, pensa-t-il, amusé.

Pourtant, à sa décharge, malgré son penchant pour l'horreur et sa prédilection pour le morbide, il continuait de s'accrocher à un semblant de dignité, défendant farouchement ce qu'il restait de noblesse à son métier et le droit du public d'être informé. Que ça vous plaise ou non, il était journaliste.

Il se fraya un chemin jusqu'à l'avant de la foule. Il releva son col, chaussa ses lunettes à monture d'écaille, se plaqua les cheveux sur le front.

La mort était là.

Et Simon Close aussi.

Jamais l'un sans l'autre.

37

Mardi, 21 h 50

C'était le père Corrio.
Le père Mark Corrio était autrefois curé à Saint-Paul. Il venait d'y être nommé quand Jessica avait environ neuf ans et elle se rappelait que toutes les femmes en pinçaient à l'époque pour ce bellâtre ténébreux et estimaient que c'était un vrai gâchis qu'il soit devenu prêtre. Les cheveux bruns étaient maintenant gris glace, mais il était toujours bel homme.

Néanmoins, sur son perron, en pleine nuit, sous la pluie, il ressemblait plutôt à Freddy Krueger.

Voici ce qui s'était passé : le père Corrio avait sauvé Jessica en l'attrapant et en l'éloignant d'une des gouttières qui surplombait le perron et était sur le point de rompre sous le poids d'une branche détrempée tombée d'un arbre proche. Quelques secondes plus tard, la gouttière se décrochait et s'écrasait au sol.

Intervention divine ? Peut-être. Mais Jessica n'en avait pas moins eu, pendant quelques secondes, la trouille de sa vie.

— Désolé de vous avoir effrayée, dit-il.

Jessica fut tentée de répliquer : « Désolée d'avoir failli vous démolir la gueule, *padre*. »

— Entrez, proposa-t-elle à la place.

Une fois séchés, ils s'installèrent dans le salon devant une tasse de café et échangèrent les plaisanteries de rigueur. Jessica appela Paula pour la prévenir qu'elle passerait bientôt.

— Comment va votre père ? demanda le prêtre.

— En pleine forme, merci.

— Ça fait quelque temps que je ne l'ai pas vu à Saint-Paul.

— Il est plutôt petit, dit Jessica. Il était peut-être assis au fond.

Le père Corrio sourit.

— Vous vous plaisez dans le nord-est ?

À l'entendre, on aurait cru que cette partie de Philadelphie était un pays étranger. Cela dit, pensa Jessica, pour quelqu'un qui vivait cloîtré dans le sud de la ville, c'était sans doute le cas.

— Impossible de trouver du bon pain, répondit-elle.

— Si j'avais su, dit-il en riant, je serais passé chez Sarcone.

Jessica se rappela le pain chaud de Sarcone lorsqu'elle était enfant. Et le fromage de Di Bruno, les pâtisseries d'Isgro. Ces souvenirs, combinés à la présence du père Corrio, la plongèrent dans une profonde tristesse.

Qu'est-ce qu'elle foutait dans cette banlieue ?

Mais surtout, que fichait le prêtre de son ancienne paroisse ici ?

— Je vous ai vue à la télévision hier, dit-il.

L'espace d'un instant, Jessica fut tentée de lui dire qu'il devait faire erreur. Elle était agent de police. Puis, bien sûr, elle se souvint. La conférence de presse.

Elle ne savait pas trop quoi dire. Elle sentait bien que le père Corrio était venu à cause des meurtres. Mais elle n'était pas certaine d'être disposée à entendre un sermon.

— Ce jeune homme est-il suspect ? demanda-t-il.

Il faisait allusion à tout le cirque qui avait accompagné le départ de Brian Parkhurst de la Rotonde. Celui-ci avait quitté le bâtiment en compagnie de monsignor Pacek qui – peut-être s'agissait-il là de la première salve des joutes médiatiques à venir – s'était formellement et dramatiquement refusé à faire le moindre commentaire. Jessica avait revu plusieurs fois la scène au poste. Les médias s'étaient arrangés pour obtenir le nom de Parkhurst et l'afficher à l'écran.

— Pas exactement, mentit Jessica – à son prêtre, de surcroît. Il est cependant vrai que nous aimerions bien avoir une nouvelle conversation avec lui.

— J'ai cru comprendre qu'il travaillait pour l'archidiocèse ?

C'était à la fois une question et une affirmation. Un style que prêtres et psys maîtrisaient à merveille.

— En effet, répondit Jessica. Il est conseiller d'orientation à Nazarene, Regina et quelques autres écoles.

— Le croyez-vous responsable de ces... ?

Le père Corrio ne finit pas sa phrase. Il avait clairement du mal à prononcer ces mots.

— Je ne suis sûre de rien.

La réponse de Jessica le laissa pensif.

— C'est si terrible...

Jessica se contenta d'acquiescer d'un hochement de tête.

— Quand j'entends parler de tels crimes, poursuivit-il, j'en viens à me demander si nous vivons bien dans un monde civilisé. Nous nous plaisons à croire que nous sommes devenus plus sages au fil des siècles. Mais ça ? C'est barbare.

— J'essaie de ne pas envisager les choses sous cet

angle, dit Jessica. Si je réfléchis un tant soit peu à toutes ces horreurs, je ne peux plus faire mon boulot.

Dit comme ça, ç'avait l'air simple. Ça ne l'était pas.

— Avez-vous entendu parler du *Rosarium Virginis Mariae* ?

— Je crois, répondit Jessica.

Elle pensait avoir rencontré ce nom au cours de ses recherches à la bibliothèque, mais la référence précise, comme tant d'autres, s'était perdue dans un abîme d'informations.

— Qu'est-ce que ça signifie ?

— Ne vous en faites pas. Ce n'est pas un test de connaissances, répondit le père Corrio en souriant, puis il tira une enveloppe de sa sacoche. Je pense que vous devriez lire ceci.

Il lui tendit l'enveloppe.

— Qu'est-ce que c'est ?

— Le *Rosarium Virginis Mariae* est une lettre apostolique qui concerne le rosaire de la Vierge Marie.

— Est-ce que ça a quelque chose à voir avec ces meurtres ?

— Je ne sais pas, répondit-il.

Jessica jeta un coup d'œil aux feuilles de papier pliées dans l'enveloppe.

— Merci, dit-elle. Je le lirai ce soir.

Le père Corrio finit sa tasse et regarda sa montre.

— Vous voulez encore du café ? demanda Jessica.

— Non merci. Il est grand temps que je rentre.

Avant qu'il ait pu se lever, le téléphone sonna.

— Excusez-moi, dit Jessica.

Elle décrocha. C'était Eric Chavez.

Tout en écoutant, elle observa son reflet sur la vitre noire. La nuit qui l'enveloppait semblait sur le point de l'engloutir.

Ils avaient trouvé une autre fille.

38

Mardi, 22 h 20

Le musée Rodin, un petit musée consacré au sculpteur français, se trouvait au croisement de la Vingt-Deuxième Rue et de Benjamin Franklin Parkway.

À l'arrivée de Jessica, plusieurs voitures de patrouille étaient déjà sur place. Deux des voies de l'avenue avaient été bloquées. Des badauds commençaient à se rassembler.

Kevin Byrne s'entretenait avec John Shepherd.

La jeune fille était assise par terre, adossée au portail en bronze qui menait à la cour du musée. Elle devait avoir seize ans. Comme les autres, elle avait les mains jointes par un boulon. Elle était corpulente, rousse, jolie. Elle portait l'uniforme de Regina.

Entre ses mains se trouvait un rosaire auquel manquaient trois dizaines.

On lui avait posé sur la tête une couronne d'épines faite de fil barbelé.

Le sang ruisselant sur son visage formait une délicate toile écarlate.

— Bordel ! vociféra Byrne, frappant du poing sur le capot de la voiture.

— Toutes les patrouilles ont ordre de mettre la main sur Parkhurst, dit Ike Buchanan. Elles ont le signalement de sa camionnette.

Jessica avait entendu l'appel tandis qu'elle roulait en direction de la ville pour la troisième fois de la journée.

— Une couronne ? fit Byrne. Une putain de couronne ?

— Il y a mieux, dit John Shepherd.

— Comment ça ?

— Vous voyez ces portes ?

Shepherd braqua sa lampe torche vers les portes qui permettaient l'accès au musée.

— Et après ? demanda Byrne.

— Ces portes s'appellent *Les Portes de l'enfer*, expliqua-t-il. Cet enculé est vraiment tordu.

— Le tableau, dit Byrne. Le tableau de Blake.

— Exact.

— Il nous indique où trouver la prochaine victime.

Pour un inspecteur, il est une chose pire que ne pas avoir de piste : se faire balader. La fureur collective était palpable.

— La fille s'appelle Bethany Price, dit Tony Park en consultant ses notes. Sa mère a signalé sa disparition cet après-midi. Elle était au commissariat du sixième district quand on a reçu l'appel. C'est elle, là-bas.

Il désigna une femme qui approchait de la quarantaine, vêtue d'un imperméable brun clair. En la voyant, Jessica pensa à ces personnes désorientées qu'on voit aux informations juste après l'explosion d'une voiture piégée. Perdue, abasourdie, vidée.

— Depuis combien de temps avait-elle disparu ? demanda Jessica.

— Elle n'est pas rentrée de cours aujourd'hui. Tous les parents qui ont une fille au lycée sont un peu nerveux.

— Merci, les médias, dit Shepherd.

Byrne se mit à faire les cent pas.

— Qui est le type qui a appelé la police ? demanda Shepherd.

Park montra du doigt un homme qui se tenait derrière l'une des voitures de patrouille. Il avait environ quarante ans, portait un élégant costume à trois boutons, bleu marine, et une cravate club.

— Il s'appelle Jeremy Darnton, dit Park. Il a expliqué qu'il roulait a environ soixante à l'heure quand il est passé. Tout ce qu'il a vu, c'est un homme qui transportait la victime sur son épaule. Le temps de s'arrêter et de faire demi-tour, le type n'était plus là.

— Pas de description de l'homme ? demanda Jessica.

— Chemise ou veste blanche. Pantalon sombre.

— C'est tout ?

— C'est tout.

— Ça pourrait être n'importe quel serveur de la ville, s'énerva Byrne, qui se remit à faire les cent pas. Je veux ce type. Je veux choper cet enculé.

— C'est ce qu'on veut tous, dit Shepherd. On va l'attraper.

— Je me suis fait avoir par Parkhurst, expliqua Jessica. Il savait que je ne viendrais pas seule. Il savait que j'amènerais la cavalerie. Il a voulu nous attirer au mauvais endroit.

— Et il a réussi, dit Shepherd.

Quelques minutes plus tard, ils s'approchèrent tous de la victime tandis que Tom Weyrich entamait un examen préliminaire.

Il chercha le pouls de la jeune fille, prononça le décès. Puis il observa ses poignets. Il y avait sur chacun d'entre eux une cicatrice depuis longtemps refermée, une ligne grise et sinueuse, une entaille grossière située environ deux centimètres au-dessus des paumes.

À un moment, au cours de ces dernières années, Bethany Price avait tenté de se suicider.

Pendant que les gyrophares de la demi-douzaine de

voitures projetaient leur lumière stroboscopique sur la statue du *Penseur* et que la pluie gagnait en intensité, lessivant tant d'indices précieux, un homme dans la foule observait la scène, un homme qui en savait long sur les atrocités dont étaient victimes les filles de Philadelphie.

39

Mardi, 22 h 25

Les lumières sur le visage de la statue sont belles.
Mais pas aussi belles que Bethany. Ses traits blancs délicats la font ressembler à un ange triste, aussi rayonnant que la lune en hiver.
Pourquoi ne la recouvrent-ils pas ?
Bien entendu, s'ils savaient combien Bethany était tourmentée, ils ne seraient pas si bouleversés.
Je dois admettre que je ressens un grand frisson d'excitation à me tenir parmi les bons citoyens de ma ville, à tout observer.
Je n'ai jamais vu tant de voitures de police de ma vie. Les gyrophares illuminent l'avenue comme une fête foraine. L'atmosphère est presque festive. Il y a environ soixante personnes. La mort est toujours une attraction. Comme les montagnes russes. Approchons-nous, mais pas trop.
Hélas, on finit tous un jour par trop s'approcher, que ça nous plaise ou non. Je regarde sur la droite. Un homme et son épouse se tiennent près de moi. Ils semblent avoir environ quarante-cinq ans. Blancs, aisés, élégamment vêtus.

— *Avez-vous une idée de ce qui se passe ? demandé-je au mari.*

Il me toise rapidement de haut en bas. Je ne suis pas rebutant. Ni menaçant.

— *Je ne suis pas sûr, dit-il. Mais je crois qu'ils ont trouvé une autre fille.*

— *Une autre fille ?*

— *Une autre victime de ce… dingue au rosaire.*

Je me couvre la bouche de la main, horrifié.

— *Sérieusement ? Ici ?*

Ils hochent la tête solennellement, le fait qu'ils sont les premiers à m'annoncer la nouvelle leur inspire une fierté mesquine. Ils sont du genre à regarder Entertainment Tonight *à la télévision puis à se ruer immédiatement sur le téléphone pour annoncer à leurs amis le mort célèbre du jour.*

— *J'espère qu'ils vont bientôt l'attraper, dis-je.*

— *Ils ne l'arrêteront pas, déclare la femme.*

Elle porte un gilet de laine blanc hors de prix. Elle tient un parapluie hors de prix. Elle a les dents les plus minuscules que j'aie jamais vues.

— *Pourquoi dites-vous cela ? demandé-je.*

— *Entre vous et moi, fait-elle, les policiers ne sont pas toujours les gens les plus malins.*

Je regarde le contour de sa mâchoire, la peau légèrement avachie de son cou. Sait-elle qu'en cet instant précis, je pourrais tendre les bras, saisir son visage entre mes mains et lui sectionner la moelle épinière en une seconde ?

J'en ai envie. Vraiment.

Putain vertueuse et arrogante.

Je devrais le faire. Mais je ne le ferai pas.

J'ai une mission à accomplir.

Peut-être les suivrai-je jusqu'à chez eux, histoire de leur rendre visite quand tout ceci sera terminé.

40

Mardi, 22 h 30

Le lieu du crime recouvrait un diamètre de cinquante mètres. La circulation sur l'avenue avait été restreinte à une seule voie. Deux agents en uniforme canalisaient le flot des véhicules.

Byrne et Jessica regardaient Tony Park et John Shepherd donner leurs instructions à l'équipe de police scientifique. Ils avaient pour l'instant la charge de cette affaire, même s'il était clair qu'elle serait bientôt du ressort de l'unité spéciale. Appuyée contre l'une des voitures de patrouille, Jessica essayait de tirer un sens de ce cauchemar. Elle se tourna vers Byrne. Il avait l'air flippé, perdu dans ses pensées.

À cet instant, un homme sortit de la foule. Jessica le vit s'approcher du coin de l'œil. Elle n'eut pas le temps de réagir qu'il était tout près d'elle. Elle lui fit face, sur la défensive.

C'était Patrick Farrell.

— Salut, fit Patrick.

Sa présence lui sembla si incongrue que Jessica crut d'abord qu'il s'agissait d'un homme qui ressemblait à Patrick. Comme lorsqu'une personne que vous connaissez dans un certain contexte surgit là où vous ne l'attendez pas. Tout va soudain de travers, tout semble un peu irréel.

— Salut, répondit Jessica, surprise par le son de sa propre voix. Qu'est-ce que tu fais ici ?

À quelques mètres de là, Byrne lui jeta un regard inquiet, comme pour demander : « Tout va bien ? » En de tels instants, vu la situation, tout le monde était un peu à cran et se méfiait des inconnus.

— Patrick Farrell, mon équipier, Kevin Byrne, dit Jessica, un peu sèchement.

Les deux hommes échangèrent une poignée de main. L'espace d'un instant, leur rencontre emplit Jessica d'une appréhension bizarre, mais elle n'aurait su dire pourquoi. Cette sensation s'accentua lorsque Byrne cligna brièvement des yeux, laissant paraître un soupçon fugace qui se dissipa aussi vite qu'il était apparu.

— Je me rendais chez ma sœur à Manayunk quand j'ai vu des gyrophares, expliqua Patrick. Un réflexe pavlovien, j'en ai peur.

— Patrick est médecin urgentiste à Saint-Joseph, expliqua Jessica à Byrne.

Celui-ci hocha la tête, peut-être pour indiquer qu'il comprenait les difficultés d'un tel métier, peut-être pour signifier qu'ils avaient un point commun : ils passaient leur vie à panser les blessures sanguinolentes de cette ville.

— Il y a quelques années, j'ai vu une ambulance sur la voie express de Schuylkill. Je me suis arrêté et j'ai fait une trachéo en urgence. Depuis ce jour, je ne peux pas passer devant des gyrophares sans m'arrêter.

Byrne s'approcha et murmura :

— Quand on attrapera ce type, si jamais il est grièvement blessé et atterrit dans votre service d'urgences, prenez tout votre temps avant de le remettre sur pied.

— Pas de problème, répondit Patrick en souriant.

Buchanan approcha. Il semblait porter le poids du monde sur ses épaules.

— Rentrez chez vous. Tous les deux, dit-il à Jessica et Byrne. Je ne veux pas vous voir avant jeudi.

Aucun des inspecteurs ne broncha.

Byrne leva son téléphone portable et dit à Jessica :

— Désolé. Je l'avais éteint. Ça ne se reproduira pas.

— Ne vous en faites pas, répondit Jessica.

— Si vous avez besoin de parler, de jour comme de nuit, vous pouvez m'appeler.

— Merci.

Byrne se tourna vers Patrick.

— Ravi de vous avoir rencontré, docteur.

— Tout le plaisir était pour moi.

Byrne pivota sur ses talons, se baissa pour passer sous le ruban jaune et se dirigea vers sa voiture.

— Écoute, dit Jessica à Patrick. Je vais rester un peu dans les parages au cas où ils auraient besoin d'un coup de main pour inspecter les lieux.

Patrick consulta sa montre.

— OK. De toute façon, je dois aller chez ma sœur.

Jessica lui posa la main sur le bras.

— Pourquoi ne pas me rappeler plus tard ? Je ne devrais pas en avoir pour longtemps.

— Tu es sûre ?

Absolument pas, pensa-t-elle.

— Absolument.

Patrick tenait une bouteille de merlot dans une main, une boîte de truffes au chocolat Godiva dans l'autre.

— Pas de fleurs ? demanda Jessica en faisant un clin d'œil.

Elle ouvrit la porte, le laissa entrer. Il lui fit un sourire.

— Je n'ai pas réussi à escalader la barrière de l'arboretum de l'université, dit-il. Et ce n'est pas faute d'avoir essayé.

Jessica l'aida à ôter son imperméable ruisselant. Des gouttelettes de pluie scintillaient dans ses cheveux bruns ébouriffés par le vent. Mais même mal coiffé et trempé, Patrick était dangereusement attirant. Jessica essaya de penser à autre chose, sans savoir pourquoi.

— Comment va ta sœur ? demanda-t-elle.

Claudia Farrell Spenser était une force de la nature. Contrairement à Patrick, elle était devenue chirurgienne en cardiologie et avait satisfait toutes les ambitions de son père. Sauf une : c'était une fille.

— Enceinte et aussi casse-bonbons qu'un caniche rose, répondit-il.

— Elle en est à combien de mois ?

— À l'entendre, environ trois ans. En vérité, huit mois. Elle est énorme, un vrai char d'assaut.

— J'espère que tu le lui as dit. Les femmes enceintes adorent s'entendre dire qu'elles sont énormes.

Patrick éclata de rire. Jessica prit le vin et les chocolats et les posa sur la table de l'entrée.

— Je vais chercher des verres.

Comme elle se retournait pour s'éloigner, Patrick lui saisit la main. Jessica se retourna et ils se tinrent face à face dans la petite entrée. Le passé les séparait, le présent pesait dans la balance, quelque chose semblait sur le point d'arriver.

— Faites gaffe, toubib, dit Jessica. J'ai un flingue.

Patrick sourit.

Il faudrait que quelqu'un passe à l'action, pensa Jessica.

Patrick s'en chargea.

Il lui glissa les mains autour de la taille et l'attira fermement mais sans violence vers lui.

Ce fut un baiser profond, long, parfait. Au début, Jessica eut du mal à croire qu'elle embrassait chez elle un autre homme que son mari. Puis elle se rappela que Vincent n'avait pas hésité à franchir ce pas avec Michelle Brown.

Inutile de se demander si c'était bien ou mal.

C'était agréable.

Ce fut encore meilleur lorsque Patrick l'entraîna vers le divan du salon.

41

Mercredi, 1 h 40

Ocho Rios. La petite boîte de reggae du quartier de Northern Liberties commençait à être moins animée. Le disc-jockey passait maintenant surtout de la musique en guise de fond sonore. Il ne restait plus que quelques couples sur la piste de danse.

Byrne traversa la pièce et s'adressa à l'un des serveurs, qui disparut par une porte derrière le bar. Après un court instant, un homme fendit le rideau de perles en plastique. Lorsqu'il aperçut Byrne, son visage s'illumina.

Gauntlett Merriman avait un peu plus de quarante ans. Il s'était fait pas mal de fric avec le gang Champagne dans les années 1980 et s'était payé une baraque dans le quartier de Society Hill et une maison en bord de plage sur les côtes du New Jersey. Ses longues dreadlocks, déjà grisonnantes alors qu'il n'avait qu'une vingtaine d'années, étaient célèbres dans tous les clubs de la ville, de même qu'à la Rotonde.

Byrne se souvenait qu'à un moment Gauntlett avait possédé trois voitures en même temps : une Jaguar XJS pêche, une Mercedes 380 SE pêche et une BMW 635 CSi pêche. Il les garait toutes devant sa maison de Delancey

Street, resplendissantes avec leurs jantes aux chromes éclatants et leurs capots décorés de feuilles de marijuana dorées, histoire de rendre dingue les blancs-becs du quartier. Il avait visiblement toujours un faible pour cette couleur puisqu'il portait ce soir-là un costume en lin pêche et des sandales en cuir pêche.

Bien qu'il fût au courant de sa maladie, Byrne ne s'attendait pas à le trouver dans cet état.

Gauntlett Merriman était un fantôme.

Il paraissait vraiment mal en point. Son visage et ses mains étaient tachetés de sarcomes de Kaposi, ses bras émergeaient des manches de sa veste telles des branches noueuses. Sa montre Patek Philippe tape-à-l'œil semblait constamment sur le point de lui glisser du poignet.

Mais, malgré tout, il restait fidèle à lui-même. Macho, stoïque, Gauntlett « La Teigne ». Même au bout du rouleau, il voulait que le monde sache que c'était en se piquant qu'il avait chopé le virus. Quand Gauntlett s'était approché de lui les bras écartés, Byrne avait tout d'abord remarqué son visage squelettique, puis son T-shirt noir sur lequel était écrit en grosses lettres blanches : JE NE SUIS PAS UN PUTAIN DE PÉDÉ !

Les deux hommes se donnèrent l'accolade. Byrne eut l'impression qu'il aurait pu le briser rien qu'en l'étreignant. Il était comme du petit bois bien sec, prêt à se rompre sous la moindre pression. Ils s'installèrent à une table dans un coin. Gauntlett appela un serveur, qui apporta un bourbon et une San Pellegrino.

— Tu as arrêté de boire ? demanda Byrne.
— Ça fait deux ans. Les toubibs, mec.

Byrne sourit. Il connaissait bien Gauntlett.

— Bon sang, dit-il, je me souviens d'une époque où tu aurais pu sniffer toute la ligne de touche du stade des Vétérans.

— En ce temps-là, je pouvais aussi baiser toute la nuit.

— Non, ça tu pouvais pas.
— Bon, peut-être pendant une heure, concéda Gauntlett en souriant.

Les deux hommes rajustèrent leurs vêtements, histoire de se mettre à l'aise. Ça faisait un bail qu'ils ne s'étaient pas vus. Le disc-jockey enchaîna sur un morceau de Ghetto Priest.

— Qu'est-ce que tu en penses, hein ? demanda Gauntlett, agitant sa main grêle devant son visage et son torse. Tu parles d'une saloperie.

Byrne ne savait pas quoi dire.

— Je suis désolé.
— J'ai pris du bon temps, fit Gauntlett en secouant la tête. Pas de regrets.

Ils burent lentement. Gauntlett devint silencieux. Il connaissait la chanson. Un flic était toujours un flic. Un voleur, toujours un voleur.

— Alors, qu'est-ce qui me vaut le plaisir, inspecteur ?
— Je cherche quelqu'un.

Gauntlett secoua de nouveau la tête. Ça, il s'en doutait.

— Un salopard nommé Diablo, ajouta Byrne. Un gros balèze, la tronche couverte de tatouages. Tu le connais ?
— Oui.
— Tu as une idée de l'endroit où je peux le trouver ?

Gauntlett Merriman savait que mieux valait ne pas demander pourquoi.

— C'est officiel ou privé ? demanda Gauntlett.
— Privé.

Gauntlett parcourut des yeux la piste de danse, longuement, lentement, comme pour conférer tout le poids qu'il méritait au service qu'il allait lui rendre.

— Je pense pouvoir t'aider.
— J'ai juste besoin de lui parler.

Gauntlett leva une main osseuse.

— *Roche la en fon rivié pas save soley la cho*, lança-t-il.

Byrne connaissait le proverbe : « La pierre au fond de la rivière ne sait pas que le soleil est chaud. »

— Je te revaudrai ça, dit Byrne.

Il n'estima pas nécessaire d'ajouter que Gauntlett ferait bien de garder tout ça pour lui. Il inscrivit son numéro de téléphone portable au dos de l'une de ses cartes de visite.

— T'en fais pas, répliqua Gauntlett en buvant une gorgée d'eau. Ça baigne.

Il se leva, tenant à peine sur ses jambes. Byrne l'aurait volontiers aidé, mais il connaissait sa fierté. Gauntlett finit par trouver son équilibre.

— Je t'appellerai.

Les deux hommes se donnèrent de nouveau l'accolade.

Lorsqu'il atteignit la porte, Byrne se retourna, chercha du regard Gauntlett parmi les clients, et il pensa : *Un homme sur le point de mourir connaît son avenir.*

Kevin Byrne l'enviait.

42

Mercredi, 2 h 00

— Monsieur Amis ? demanda la douce voix au téléphone.

— Salut, chérie, répondit Simon, affectant un accent du nord de Londres. Comment vas-tu ?

— Bien, merci, dit-elle. Qu'est-ce que je peux faire pour vous cette nuit ?

Simon utilisait trois services de call-girls. Pour celui-ci, StarGals, il était Kingsley Amis.

— Je me sens terriblement seul.

— C'est pourquoi nous sommes là, monsieur Amis, dit-elle. Avez-vous été un méchant garçon ?

— Affreusement méchant, répondit Simon. Et je mérite d'être puni.

En attendant qu'elle arrive, Simon contempla la une du *Report* du lendemain. Il faisait les gros titres, et il en serait de même tant que le tueur au rosaire n'aurait pas été arrêté.

Quelques minutes plus tard, tout en sirotant une Stoli, il téléchargea les photos de son appareil sur son ordinateur portable. Bon Dieu, il adorait ce moment, quand tous ses équipements étaient synchros.

Son rythme cardiaque s'accéléra légèrement lorsque les photos apparurent une à une sur l'écran.

C'était la première fois qu'il utilisait le mode permettant de prendre des clichés en rafale. Ça fonctionnait à merveille.

Il possédait en tout six photos de Kevin Byrne sortant du terrain vague de Gray's Ferry, ainsi qu'une poignée de clichés pris au téléobjectif au musée Rodin.

Pas de rencontre clandestine avec des dealers de crack.

Pas encore.

Simon referma son ordinateur portable, prit une douche rapide et se versa une nouvelle rasade de Stoli.

Vingt minutes plus tard, comme il se préparait à ouvrir la porte, il s'imagina la personne qui attendait de l'autre côté. Comme toujours, elle serait blonde et svelte avec de longues jambes. Elle porterait un kilt, une veste bleu marine, un chemisier blanc et des mocassins. Elle aurait même un cartable.

Décidément, quel méchant garçon !

43

Mercredi, 9 h 00

— Tout ce que tu veux, dit Ernie Tedesco.

Ernie Tedesco était le propriétaire de Tedesco and Sons Quality Meats, une petite société d'emballage de viande située à Pennsport. Byrne et lui s'étaient liés d'amitié des années plus tôt, lorsque Byrne avait mis fin pour lui à une série de détournements de camions.

Byrne était rentré chez lui avec l'intention de prendre une douche, de manger un morceau et d'arracher Ernie de son lit. Mais au lieu de cela, il était rentré, s'était douché, et était resté assis sur le bord de son lit, sans voir le temps passer jusqu'à six heures du matin.

Parfois le corps dit non.

Les deux hommes échangèrent un salut viril – une tape dans les mains, un pas en avant, une grande bourrade dans le dos. L'entrepôt d'Ernie était fermé pour rénovation. Après son départ, Byrne serait seul.

— Merci, vieux, dit Byrne.

— Tout ce que tu veux, quand tu veux, où tu veux, répéta Ernie avant de disparaître par l'énorme porte d'acier.

Byrne avait écouté la fréquence de la police toute la

matinée. On n'avait pas signalé de cadavre dans une allée de Gray's Ferry. Pas encore. La sirène qu'il avait entendue la nuit précédente concernait autre chose.

Byrne pénétra dans l'une des énormes chambres froides où des quartiers de bœuf étaient suspendus à des crochets fixés à des rails au plafond.

Il enfila une paire de gants et écarta une carcasse du mur.

Quelques minutes plus tard, il rouvrit la porte et se dirigea vers sa voiture. Il était passé par un chantier de démolition dans Delaware Avenue où il avait récupéré une bonne douzaine de briques.

De retour dans l'entrepôt, il empila soigneusement les briques sur un chariot en aluminium qu'il plaça ensuite derrière la carcasse suspendue. Il recula, étudia la trajectoire. Tout faux. Il réaménagea les briques, plusieurs fois, jusqu'à obtenir le résultat désiré.

Il ôta les gants de laine et enfila une paire de gants en latex. Puis il sortit une arme de la poche de son manteau, le Smith & Wesson argenté qu'il avait soutiré à Diablo la nuit où il avait mis la main sur Gideon Pratt. Une dernière fois, il balaya rapidement la chambre froide du regard.

Il inspira profondément, fit quelques pas en arrière et se mit en position de tir, le corps penché vers la cible. Il arma le revolver et tira. La détonation assourdissante résonna contre les équipements en inox, se répercutant contre les carreaux en céramique des murs.

Byrne s'approcha de la carcasse ballante, l'examina. L'impact de pénétration était infime, à peine visible. Impossible de distinguer le trou par lequel la balle était ressortie dans tous les replis de graisse.

Comme prévu, le projectile avait percuté la pile de briques. Byrne le retrouva par terre, près d'une bouche d'évacuation.

C'est alors que sa radio portable se mit à crépiter.

Byrne monta le volume. C'était l'appel qu'il attendait. L'appel qu'il craignait.

On signalait un cadavre dans Gray's Ferry.

Byrne repoussa la carcasse de bœuf jusqu'à l'endroit où il l'avait trouvée. Il nettoya tout d'abord la balle dans de l'eau de Javel, puis la rinça dans l'eau la plus chaude que ses mains pussent supporter et la sécha. Il avait pris soin d'utiliser une balle non chemisée. Une balle à tête creuse aurait arraché des fibres en traversant les vêtements de la victime, chose que Byrne n'aurait jamais pu reproduire. Il ne savait pas combien d'efforts la police scientifique consacrerait au énième meurtre d'un membre de gang, mais mieux valait prendre ses précautions.

Il sortit le sachet en plastique dont il s'était servi pour récupérer du sang la nuit précédente. Il y glissa la balle propre et le referma. Puis il récupérera les briques, jeta un dernier coup d'œil dans la pièce et repartit.

Il avait rendez-vous à Gray's Ferry.

44

Mercredi, 9 h 15

Les arbres bordant le sentier équestre qui serpentait à travers Pennypack Park bourgeonnaient à peine. Ce lieu prisé pour la course à pied était, en cette fraîche matinée, envahi par des hordes de joggeurs.

Tout en courant, Jessica se remémorait les événements de la nuit précédente. Patrick était parti peu après trois heures. Ils avaient poussé les choses aussi loin que pouvaient les pousser deux adultes consentants sans toutefois faire l'amour, un pas qu'ils avaient tous deux sans un mot convenu ne pas être prêts à franchir.

Elle se demanda si elle serait aussi raisonnable la prochaine fois.

Elle sentait encore l'odeur de Patrick sur son corps, sa peau au bout de ses doigts, sur ses lèvres. Mais ces sensations s'effacèrent bientôt face aux horreurs du boulot.

Elle accéléra son allure.

Elle savait que la plupart des tueurs en série suivaient un schéma et s'accordaient une période de répit entre les meurtres. Mais là, c'était un vrai carnage et, selon toute vraisemblance, leur assassin livrait la dernière manche d'une folie meurtrière qui s'achèverait par sa propre mort.

Les victimes n'auraient pu être physiquement plus différentes. Tessa était mince et blonde. Nicole était une gothique aux cheveux noir de jais et aux nombreux piercings. Bethany était un peu grosse.

Il les connaissait forcément.

Brian Parkhurst était un suspect de choix, surtout si l'on considérait les photos de Tessa Wells découvertes chez lui. Les avait-il rencontrées toutes les trois ?

Mais, même s'il les fréquentait, il restait une question essentielle : Pourquoi faisait-il cela ? Avaient-elles repoussé ses avances ? Menacé de tout raconter ? Non, pensa Jessica. On aurait retrouvé des antécédents violents dans son passé.

D'un autre côté, si elle avait pu comprendre l'état d'esprit d'un monstre, elle aurait su pourquoi il agissait.

Une chose était sûre, une personne atteinte d'une telle pathologie, d'une telle obsession religieuse, était obligatoirement déjà passée à l'acte auparavant. Et pourtant ils n'avaient pas retrouvé trace de crimes avec un mode opératoire un tant soit peu comparable dans la région de Philadelphie, ni nulle part aux alentours, d'ailleurs.

La veille, Jessica avait roulé le long de Frankford Avenue, dans le nord-est de la ville, près de Primrose Road, et elle était passée devant Sainte-Katherine de Sienne, l'église qui avait été souillée avec du sang trois ans plus tôt. Elle avait décidé de s'intéresser à cet incident. Elle savait que c'était tiré par les cheveux, mais elle n'avait rien de mieux pour le moment. Bon nombre d'enquêtes avaient été résolues grâce à des rapprochements aussi ténus.

Le moins qu'on puisse dire est que leur tueur avait une sacrée veine. Il avait réussi à enlever trois filles dans les rues de la ville sans que personne ne remarque rien.

Bon, pensa Jessica, *reprenons depuis le début*. La première victime était Nicole Taylor. Si l'assassin était Brian

Parkhurst, ils savaient où il l'avait rencontrée. Au lycée. Mais s'il s'agissait de quelqu'un d'autre, celui-ci avait dû rencontrer Nicole ailleurs. Mais où ? Et pourquoi l'avait-il prise pour cible ? Ils avaient interrogé les deux employés de Saint-Joseph qui possédaient une Ford Windstar. Deux femmes : l'une âgée de presque soixante-dix ans, l'autre, mère célibataire de trois enfants. Elles ne correspondaient pas franchement au profil du tueur.

Nicole était-elle tombée sur quelqu'un en se rendant à l'école ? Son trajet avait été passé au crible. Personne n'avait vu quiconque lui tourner autour.

Était-ce un ami de la famille ?

Auquel cas, comment aurait-il fait la connaissance des autres filles ?

Ces dernières ne consultaient ni les mêmes médecins ni les mêmes dentistes. Aucune ne faisait de sport, les entraîneurs étaient donc exclus. Elles avaient des goûts différents, qu'il s'agisse de fringues, de musique, ou du reste.

Chaque question suggérait la même réponse : Brian Parkhurst.

Quand avait-il vécu dans l'Ohio ? Elle se dit qu'elle ferait bien de contacter la police de cet État pour voir s'il leur restait des crimes non élucidés présentant un mode opératoire similaire pendant cette période. Parce qu'alors…

Jessica n'eut pas le temps d'achever son raisonnement car, comme elle négociait un virage, elle trébucha sur une branche arrachée à l'un des arbres voisins par l'orage de la nuit précédente.

Elle tenta en vain de recouvrer son équilibre, mais tomba, le visage en avant, puis roula sur l'herbe humide et se retrouva sur le dos.

Elle entendit des gens approcher.

Bonjour l'humiliation.

Ça faisait un bail qu'elle ne s'était pas pris une gamelle. Elle se rendit compte que le fait de se retrouver par terre, en public, ne lui plaisait pas plus qu'avant. Elle bougea lentement, doucement, essayant de voir si elle s'était cassé, ou, au moins, foulé quoi que ce soit.

— Ça va ?

Jessica leva les yeux de son piédestal terrestre. L'homme qui lui avait posé la question approchait, accompagné de deux femmes d'âge moyen qui arboraient chacune un iPod à la taille. Elles portaient des tenues de qualité, le genre d'ensembles coordonnés avec des bandes réfléchissantes et des fermetures Éclair au bas du pantalon. Avec son survêtement en pilou râpé et ses Puma usées jusqu'à la corde, Jessica eut l'impression d'être une vraie plouc.

— Ça va, merci, répondit-elle.

Et c'était vrai. Elle n'avait rien de cassé. L'herbe souple avait amorti sa chute. Hormis quelques taches de gazon et son *ego* contusionné, elle était indemne.

— Je suis chargée d'inspecter les pelouses de la ville. Je fais mon boulot, ajouta-t-elle.

L'homme sourit, fit un pas en avant et lui tendit la main. Il était âgé d'une trentaine d'années, avait les cheveux blonds et était plutôt mignon avec ses airs d'étudiant. Elle accepta son offre, se releva, s'épousseta. Les deux femmes lui adressèrent un sourire plein de compréhension. Elles continuaient de courir en faisant du surplace. Lorsque Jessica haussa les épaules, l'air de dire « Ça arrive à tout le monde de se casser la gueule, non ? », elles poursuivirent leur chemin.

— J'ai moi aussi pris un sacré gadin l'autre jour, déclara l'homme. Près du kiosque à musique. J'ai trébuché sur un petit seau d'enfant en plastique. J'ai bien cru que je m'étais fracturé le bras droit.

— C'est embarrassant, pas vrai ?

— Pas du tout, répondit-il. C'est l'occasion de ne faire qu'un avec la nature.

Jessica sourit.

— Vous avez souri ! s'exclama-t-il. Je m'en tire d'ordinaire nettement moins bien avec les jolies femmes. Il me faut des mois pour leur tirer un sourire.

Tu parles d'un baratin, pensa Jessica. Mais bon, il avait l'air inoffensif.

— Ça vous dérange si je cours un peu avec vous ? demanda-t-il.

— J'ai presque terminé, mentit-elle.

Il avait l'air du genre bavard et, outre le fait qu'elle n'aimait pas parler en courant, elle était suffisamment préoccupée comme ça.

— Pas de problème, fit-il.

Mais son visage disait le contraire. On aurait cru qu'il s'était pris une baffe.

Maintenant elle se sentait coupable. Il s'était arrêté pour lui donner un coup de main et elle l'envoyait promener sans ménagement.

— Je peux encore tenir un bon kilomètre, dit-elle. Vous allez à quelle vitesse ?

— J'aime bloquer le compteur juste avant l'infarctus du myocarde.

Jessica sourit de nouveau.

— Je ne sais pas faire le bouche-à-bouche, prévint-elle. Si vous avez un malaise, vous ne pourrez compter que sur vous-même.

— Ne vous en faites pas. J'ai une bonne mutuelle, répondit-il.

Et sur ce, ils repartirent sur le sentier à une allure tranquille, évitant avec art le crottin de cheval, des rais de lumière chaude filtrant à travers les arbres. La pluie avait cessé pour un temps et le soleil asséchait la terre.

— Est-ce que vous fêtez Pâques ? demanda l'homme.

S'il avait vu la demi-douzaine de kits de coloriage pour œufs, les sacs d'herbe de Pâques, les œufs et les lapins en chocolat ou les petits poussins en guimauve qui envahissaient sa cuisine, il n'aurait jamais posé cette question.

— Bien sûr.

— Personnellement, c'est la fête que je préfère.

— Et pourquoi ça ?

— Comprenez-moi bien. J'apprécie aussi Noël. C'est juste que Pâques est une période de... renaissance, je suppose. De croissance.

— C'est une jolie façon de voir les choses.

— Ah, mais qu'est-ce que je raconte? s'exclama-t-il. C'est juste que je suis accro aux œufs en chocolat Cadbury.

— Bienvenue au club, dit Jessica en riant.

Ils parcoururent environ quatre cents mètres en silence, suivirent une courbe douce et entamèrent une longue ligne droite.

— Je peux vous poser une question? demanda-t-il.

— Bien sûr.

— D'après vous, pourquoi il s'en prend à des jeunes filles catholiques?

Ces mots firent à Jessica l'effet d'un coup de massue en pleine poitrine.

En un geste fluide elle tira son Glock de son holster. Elle pivota, projeta sa jambe droite et lui fit un croche-pied. Une seconde plus tard, il était face contre terre, le flingue collé contre l'arrière de sa tête.

— Pas un geste!

— Je suis juste...

— Écrase!

Quelques autres coureurs les rattrapèrent. L'expression sur leur visage disait tout.

— Je suis de la police, dit Jessica. Écartez-vous, s'il vous plaît.

Les joggeurs se transformèrent en sprinters. À la vue de l'arme de Jessica, ils détalèrent tous à toute allure sur le sentier.

— Si vous me laissiez juste...

— Je bégaye ou quoi? Je t'ai dit de la fermer.

Jessica essaya de reprendre son souffle. Quand ce fut fait, elle demanda :

— Qui êtes-vous?

Elle n'avait aucune raison d'espérer une réponse. De

plus, le fait qu'elle lui écrasait la tête avec son genou et lui enfonçait le visage dans la terre interdisait probablement toute repartie.

Jessica ouvrit la poche arrière du pantalon de l'homme, tira un portefeuille en Nylon. Elle le déplia, vit la carte de presse et ressentit une furieuse envie d'appuyer sur la détente.

Simon Edward Close. *The Report.*

Elle continua de peser sur sa tête avec son genou, un peu plus longtemps, un peu plus fort. En de tels instants elle aurait aimé faire dans les cent kilos.

— Vous savez où se trouve la Rotonde ? demanda-t-elle.

— Oui, bien sûr. Je…

— Bien, interrompit Jessica. Voici ce que je vous propose. Si vous voulez me parler, vous passez par le bureau de presse. Et si c'est trop compliqué pour vous, alors je veux plus voir votre tronche.

Jessica relâcha légèrement la pression sur sa tête.

— Maintenant, je vais me lever et marcher jusqu'à ma voiture. Et après je quitterai le parc. Vous resterez dans la même position jusqu'à ce que je sois partie. Pigé ?

— Oui, répondit Simon.

Elle pesa de tout son poids sur sa tête.

— Je suis sérieuse. Si vous bougez, si vous levez la tête, je vous embarque pour vous interroger sur ces meurtres. Je peux vous mettre à l'ombre pendant soixante-douze heures sans avoir à fournir la moindre explication à qui que ce soit. *Capito ?*

— *Ga-bi-do*, répéta Simon, la motte de terre qu'il avait dans la bouche entravant ses velléités de parler italien.

Quelques instants plus tard, tandis qu'elle se dirigeait en voiture vers la sortie du parc, Jessica se retourna vers le sentier. Simon était toujours au même endroit, le visage contre le sol.

Doux Jésus, quel abruti !

45

Mercredi, 10 h 45

De jour, le lieu du crime semble toujours différent. L'allée paraissait anodine et paisible. Deux flics en uniforme montaient la garde à l'entrée.

Byrne montra sa plaque aux agents, passa sous le cordon. Quand les deux inspecteurs le virent, ils lui firent le salut de la criminelle – paumes tournées vers le bas, légère inflexion vers le sol puis redressement. Tout baigne.

Xavier Washington et Reggie Payne faisaient équipe depuis si longtemps qu'ils commençaient à s'habiller de la même manière et à achever chacun les phrases de l'autre, pensa Byrne, comme un vieux couple marié.

— On peut tous rentrer à la maison, annonça Payne avec un sourire.

— De quoi s'agit-il ? demanda Byrne.

— Juste un taré de moins, dit Payne en repoussant le drap en plastique. Je vous présente feu Marius Green.

Le corps était exactement dans la position où Byrne l'avait laissé la nuit précédente.

— La balle a traversé le corps.

Payne désigna le torse de Marius.

— Un calibre 38 ? demanda Byrne.

— Possible. Mais ça ressemble plutôt à un 9 mm. On n'a pour l'instant retrouvé ni la douille ni la balle.

— Un membre des JBM ? demanda Byrne.

— Oh oui, répondit Payne. Marius était une sale crapule.

Byrne regarda les agents en uniforme qui cherchaient la balle. Il consulta sa montre.

— J'ai quelques minutes.

— Oh, on peut rentrer, maintenant, dit Payne. L'identification est terminée.

Byrne fit quelques pas en direction de la benne et se trouva dissimulé par l'amas de sacs-poubelle en plastique. Il ramassa un petit bout de bois, se mit à farfouiller. Quand il fut certain de ne pas être observé, il tira le sachet de sa poche, l'ouvrit, le retourna et laissa tomber par terre la balle couverte de sang. Il continua de fouiner sans trop de conviction.

Au bout d'une minute environ, il alla retrouver Payne et Washington.

— J'ai mon propre dingue à choper, dit Byrne.

— Tu nous raconteras ça à la maison, répondit Payne.

— Je l'ai ! beugla l'un des agents en uniforme qui se tenait près de la benne.

Payne et Washington échangèrent un regard, se tapèrent dans la main et allèrent rejoindre l'agent. Ils avaient trouvé la balle.

Les faits : le sang de Marius Green était sur la balle. Elle avait ricoché contre le mur en briques. Fin de l'histoire.

Il n'y aurait aucune raison de chercher plus loin ni de creuser plus profond. La balle serait maintenant emballée et étiquetée, puis on la remettrait au service de balistique contre un reçu. Elle serait alors comparée aux balles retrouvées sur d'autres lieux de crime. Et Byrne avait la nette impression que le Smith & Wesson de Diablo avait déjà servi à d'autres sales boulots.

Byrne laissa échapper un long soupir, regarda vers les cieux, puis se glissa dans sa voiture. Plus qu'un détail à régler. Trouver Diablo et lui faire comprendre qu'il serait sage de quitter Philadelphie pour toujours.

Son pager se déclencha.

L'appel provenait de monsignor Terry Pacek.

Encore une bonne nouvelle.

Le Sporting Club, le plus grand club de remise en forme de City Center, était perché au huitième étage du Bellevue, le bâtiment historique aux magnifiques ornements à l'angle de Broad Street et de Walnut.

Byrne trouva Terry Pacek sur l'un des vélos stationnaires. Les douze cycles étaient disposés en carré et se faisaient face. Derrière Byrne et Pacek, le claquement et le crissement des Nike sur le terrain de basket en contrebas se mêlaient au ronronnement des tapis roulants et au sifflement des vélos, ainsi qu'aux grognements et aux gémissements des athlètes, des presque athlètes, et de ceux qui ne seraient jamais des athlètes.

— Monsignor, dit Byrne en guise de salut.

Pacek ne ralentit pas son rythme et ne sembla pas prêter la moindre attention à Byrne. Il transpirait, mais ne respirait pas fort. Un rapide coup d'œil au cadran du vélo indiquait qu'il pédalait déjà depuis quarante minutes et maintenait un train de 90 tours-minute. Incroyable. Byrne savait que Pacek avait dans les quarante-cinq ans, mais il tenait une sacrée forme, difficile à imaginer même pour un homme de dix ans de moins. Ici, ayant remplacé sa soutane et son col romain par un élégant pantalon de sport Perry Ellis et un T-shirt sans manches, il ressemblait moins à un prêtre qu'à un ailier qui prenait doucement de l'âge, ce qu'il était d'ailleurs précisément. D'après ce que Byrne avait compris, le record de réceptions en une seule saison que Pacek avait établi pour l'équipe du Boston College tenait toujours. Ce n'est pas pour rien qu'on l'appelait le John Mackey jésuite.

En parcourant la salle de sport du regard, Byrne reconnut un célèbre présentateur de journal télévisé haletant sur un StairMaster et deux membres du conseil municipal complotant sur deux tapis de course parallèles. Gêné, Byrne rentra le ventre. Il entamerait un cardiotraining demain. Demain sans faute. Ou peut-être après-demain.

Il devait d'abord trouver Diablo.

— Merci d'être venu, dit Pacek.

— Pas de problème.

— Je sais que vous êtes très occupé, ajouta Pacek. Je ne vous retiendrai pas longtemps.

Byrne savait que « Je ne vous retiendrai pas longtemps » signifiait en fait « Prenez vos aises, vous en avez pour un moment ». Il se contenta de hocher la tête, attendit un instant. Comme rien ne venait, il demanda :

— Que puis-je faire pour vous ?

La question était à la fois purement rhétorique et machinale. Pacek appuya sur le bouton RALENTIR du vélo et continua de pédaler jusqu'à l'arrêt. Il se laissa glisser de la selle, se posa une serviette sur les épaules. Bien que Terry Pacek fût infiniment plus tonique que Byrne, il mesurait facilement dix centimètres de moins. Byrne y trouva une consolation mesquine.

— Je suis du genre à préférer contourner la lourdeur de la bureaucratie lorsque c'est possible, dit Pacek.

— Et qu'est-ce qui vous fait croire que c'est possible dans ce cas ? demanda Byrne.

Pacek fixa Byrne pendant quelques secondes désagréables, quelques secondes de trop. Puis il sourit.

— Suivez-moi.

Pacek le mena à l'ascenseur, qu'ils prirent jusqu'au troisième niveau et sa piste de course. Byrne se prit à espérer que « Suivez-moi » signifiait juste qu'ils allaient marcher. Ils pénétrèrent sur la piste recouverte de moquette qui encerclait la salle de sport en contrebas.

— Comment avance l'enquête ? demanda Pacek tout en se mettant à courir à une allure raisonnable.

— Vous ne m'avez pas demandé de venir ici pour que je vous fasse un rapport.

— Certes, acquiesça Pacek. J'ai cru comprendre qu'une autre jeune fille avait été retrouvée la nuit dernière.

Ce n'était pas un secret, pensa Byrne. On en avait même parlé sur CNN, ce qui signifiait sans doute qu'on était au courant jusqu'à Bornéo. Chouette pub pour l'office du tourisme de Philly.

— Oui, dit Byrne.

— Et j'ai cru comprendre que vous étiez très intéressé par Brian Parkhurst.

Un euphémisme.

— Nous aimerions en effet lui parler.

— Il est de l'intérêt de tous – notamment celui des malheureuses familles de ces jeunes filles – que ce fou soit arrêté. Et que justice soit faite. Je connais le docteur Parkhurst, inspecteur. Et j'ai du mal à croire qu'il ait quoi que ce soit à voir avec ces crimes, mais ce n'est pas à moi d'en décider.

— Pourquoi suis-je ici, monsignor ?

Byrne n'était pas d'humeur pour les intrigues de palais.

Après deux tours de piste complets, ils étaient revenus à hauteur de la porte. Pacek s'essuya le front et dit :

— Retrouvez-moi en bas dans vingt minutes.

Le Zanzibar Blue était un club de jazz chic qui faisait aussi office de restaurant. Situé au sous-sol du Bellevue, il se trouvait juste sous le hall du Park Hyatt, soit neuf étages plus bas que le Sporting Club. Byrne commanda un café au bar.

Pacek arriva, les yeux rendus luisants et le teint rougi par l'exercice.

— Vodka avec glaçons, dit-il au barman.

Il s'appuya au bar près de Byrne. Sans un mot, il porta la main à sa poche puis tendit un bout de papier à Byrne. Une adresse à l'ouest de Philly était inscrite dessus.

— Brian Parkhurst possède un domicile dans la Soixante et Unième Rue, près de Market. Il le rénove, expliqua Pacek. Il s'y trouve en ce moment.

Byrne savait que rien n'était gratuit. Il s'interrogeait sur les motivations de Pacek.

— Pourquoi me dites-vous cela ?

— C'est la meilleure chose à faire, inspecteur.

— Mais votre bureaucratie n'est en rien différente de la mienne.

— *J'ai agi selon le droit et la justice, ne me livre pas à mes oppresseurs*, récita Pacek le plus sérieusement du monde. Psaume 110.

Byrne prit le bout de papier.

— Je vous remercie.

Pacek but une gorgée de vodka.

— Vous ne m'avez pas vu.

— Je comprends.

— Comment allez-vous justifier l'obtention de cette information.

— Laissez-moi faire, dit Byrne.

Il demanderait à l'un de ses indics d'appeler la Rotonde d'ici une vingtaine de minutes.

Je l'ai vu... ce type que vous cherchez... je l'ai vu vers Cobbs Creek.

— Nous livrons tous un combat juste, dit Pacek. Nous choisissons nos armes tôt dans la vie. Vous, le pistolet et l'insigne. Moi, la croix.

Byrne savait que ce n'était pas facile pour Pacek. Si Parkhurst s'avérait être leur tueur, c'est lui qui subirait les foudres de l'archidiocèse pour l'avoir engagé – un homme qui avait eu une liaison avec une adolescente et qui était amené à en côtoyer quelques milliers de plus.

D'un autre côté, plus le tueur était arrêté tôt, mieux c'était – non seulement pour la sécurité des jeunes filles catholiques de Philadelphie, mais aussi pour l'Église.

Byrne se laissa glisser de son tabouret et se tint au-dessus du prêtre. Il posa dix dollars sur le bar.

— Que Dieu soit avec vous, dit Pacek.
— Merci.
Pacek hocha la tête.
— Au fait, monsignor, ajouta Byrne en enfilant son manteau.
— Oui ?
— C'est le psaume 119.

46

Mercredi, 11 h 15

Jessica faisait la vaisselle dans la cuisine de son père lorsque la « conversation » arriva. Comme dans toutes les familles italo-américaines, tous les sujets un tant soit peu importants étaient discutés, disséqués, décortiqués, et résolus dans une unique pièce de la maison : la cuisine.

Ce jour ne ferait pas exception.

Instinctivement, Peter s'empara d'un torchon et se posta près de sa fille.

— Tu t'amuses bien ? demanda-t-il, dissimulant le sujet qu'il souhaitait véritablement aborder, réflexe de policier.

— Toujours, répondit Jessica. Le *cacciatore* de tante Carmella me ramène en arrière.

En disant cela, elle sombra un moment dans la nostalgie pastel de son enfance, dans le souvenir des années insouciantes vécues dans cette maison, des réunions familiales avec son frère et des achats de Noël à la May Company. Elle revit les matches des Eagles au stade des Vétérans, Michael revêtant pour la première fois son uniforme : si fier, si effrayé.

Bon Dieu, comme il lui manquait.

— ... la *sopressata* ?

La question de son père la ramena brutalement au présent.

— Excuse-moi. Tu disais quoi, papa ?

— As-tu goûté la *sopressata* ?

— Non.

— Merveilleuse. Elle vient de chez Chikie. Je t'en préparerai une assiette.

Jessica n'avait jamais quitté une fête chez son père sans emporter une assiette. Ni personne d'autre, d'ailleurs.

— Tu veux me dire ce qui ne va pas, Jess ?

— Rien.

Sa réponse flotta quelque temps dans la pièce, puis piqua du nez, comme à chaque fois qu'elle tentait le coup avec son père. Il savait toujours.

— Allez, ma chérie, dit Peter. Raconte-moi.

— Ce n'est rien, répondit Jessica. Tu sais bien... comme d'habitude, le boulot.

Il prit une assiette, l'essuya.

— C'est cette affaire qui te rend nerveuse ?

— Nan.

— Bien.

— Pire que nerveuse, dit Jessica en tendant une autre assiette à son père.

Peter se mit à rire.

— Tu attraperas ce type.

— Tu sembles oublier le fait que je n'ai jamais travaillé sur un crime de ma vie.

— Tu t'en sortiras.

Jessica n'en croyait rien, mais, curieusement, quand son père disait ce genre de choses, ça semblait vrai.

— Je sais.

Jessica hésita, puis demanda :

— Je peux te poser une question ?

— Bien sûr.

— Et je veux que tu sois complètement honnête avec moi.

— Bien entendu, ma chérie. Je suis flic. Je dis toujours la vérité.

Jessica le fusilla du regard par-dessus ses lunettes.

— OK. Soit, dit Peter. Qu'est-ce qui se passe ?

— Est-ce que tu as quelque chose à voir avec mon affectation à la criminelle ?

— Pas du tout, Jess.

— Parce que, si c'était le cas...

— Quoi ?

— Eh bien, tu penserais peut-être m'aider, mais tu ne m'aiderais pas. Il y a de grandes chances pour que je me casse le nez ce coup-ci.

Peter sourit, tendit sa main toute propre et pinça la joue de Jessica comme il l'avait toujours fait depuis sa plus tendre enfance.

— Pas ce nez-là, dit-il. C'est un nez d'ange.

Jessica rougit tout en souriant.

— Papa. Arrête. J'ai presque trente-trois ans. Je suis un peu trop vieille pour ton baratin *visa bella*.

— Jamais de la vie, répondit Peter.

Ils devinrent un moment silencieux. Puis, comme elle l'avait redouté, Peter demanda :

— Les labos te fournissent toutes les infos que tu veux ?

— Eh bien, pour l'instant, je suppose, répondit Jessica.

— Tu veux que je leur passe un coup de fil ?

— Non ! s'exclama Jessica avec un peu plus de véhémence qu'elle ne le souhaitait. Je veux dire, pas encore. Vois-tu, j'aimerais...

— Tu aimerais t'en sortir seule.

— Exact.

— Faire comme si on ne se connaissait pas, quoi ?

Jessica rougit de nouveau. Elle n'avait jamais su tromper son père.

— Ça va aller.
— Tu es sûre ?
— Oui.
— À toi de voir, alors. Si quelqu'un traîne les pieds, appelle-moi.
— D'accord.

Peter sourit et lui déposa un gros baiser sur le sommet de la tête, juste au moment où Sophie et sa petite cousine Nanette, éblouies par toutes les sucreries, entrèrent en trombe dans la pièce. Le visage de Peter rayonnait.

— Toutes mes filles sous le même toit, dit-il. Ne suis-je pas le plus heureux des hommes ?

47

Mercredi, 11 h 25

La petite fille glousse tandis qu'elle pourchasse le chiot à travers le parc de Catharine Street, se faufilant parmi une forêt de jambes. Nous, les adultes, nous la surveillons, à proximité, toujours vigilants. Nous sommes le bouclier qui la protège des horreurs du monde. Mais lorsqu'on pense à toutes les tragédies qui pourraient survenir à cette enfant, quel n'est pas notre effroi…

Elle s'arrête un instant, se penche vers le sol et ramasse un trésor de petite fille. Elle l'examine attentivement. Son intérêt est pur, il n'est pas souillé par la cupidité, le besoin de possession, ou l'amour-propre.

Que disait Laura Elizabeth Richards à propos de la pureté ?

« La douce lumière de l'innocence sacrée brille comme un halo autour de sa tête penchée. »

Les nuages semblent annoncer la pluie, mais, pour le moment, la lumière dorée du soleil recouvre Philadelphie.

Le chiot passe en courant devant la petite fille, puis il se retourne et lui mordille les talons. Peut-être se demande-t-il pourquoi le jeu a cessé. La petite fille ne s'enfuit pas en courant, elle ne pleure pas non plus. Elle a la dureté de sa mère. Et il y a pourtant en elle quelque chose de vulnérable et de doux, quelque chose qui parle de Marie.

Elle s'assied sur un banc, arrange consciencieusement le revers de sa robe, se tapote les genoux.

Le chiot lui bondit sur les cuisses, lui lèche le visage.

Et si un jour, bientôt, sa petite voix se taisait pour toujours ?

Tous les nounours de sa ménagerie pleureraient à coup sûr.

48

Mercredi, 11 h 45

Avant de quitter la maison de son père, Jessica se glissa dans son petit bureau, au sous-sol, puis s'assit face à son ordinateur pour effectuer une recherche sur Internet. Elle trouva rapidement ce qu'elle cherchait, imprima la page.

Tandis que son père et ses tantes surveillaient Sophie dans le petit parc voisin du Fleisher Art Memorial, Jessica descendit la rue jusqu'à un café confortable nommé Dessert, dans la Sixième Rue. C'était un endroit bien plus calme que le parc plein de gamins excités par les friandises et d'adultes éméchés au chianti. De plus, Vincent s'était pointé et elle n'avait pas besoin d'emmerdements supplémentaires.

Elle parcourut ses découvertes devant une *sacher torte* et un café.

Elle avait tout d'abord entré dans Google les vers du poème qu'elle avait trouvés dans le journal intime de Tessa.

La réponse avait été instantanée.

Sylvia Plath. Le poème s'appelait *Orme*.

Évidemment, pensa Jessica. Sylvia Plath, la poétesse

qui s'était suicidée en 1963 à l'âge de trente ans, était la sainte patronne de toutes les adolescentes mélancoliques.

Je suis de retour. Appelez-moi juste Sylvia.

Que voulait dire Tessa ?

Elle avait ensuite effectué une recherche sur l'incident du jet de sang à la porte de l'église Sainte-Katherine, cette nuit de Noël complètement dingue, trois ans plus tôt. Elle n'avait pas trouvé grand-chose sur le sujet dans les archives de l'*Inquirer* ni dans celles du *Daily News*. Comme on pouvait s'en douter, c'était *The Report* qui avait publié le plus long article sur l'affaire. Signé par nul autre que son fouille-merde préféré, Simon Close.

Il s'avérait que le sang n'avait pas du tout été projeté sur la porte, mais plutôt appliqué au pinceau. Et le forfait avait été commis tandis que l'assemblée des fidèles assistait à la messe de minuit.

La photo qui accompagnait l'article représentait la double porte menant à l'intérieur de l'église, mais elle n'était pas claire. Impossible de dire si le sang sur la porte représentait ou non quelque chose. L'article ne le précisait pas.

Selon le journaliste, la police menait l'enquête, mais Jessica ne trouva plus la moindre allusion à l'affaire dans les numéros suivants.

Elle passa un coup de fil et découvrit que l'inspecteur qui avait enquêté sur l'incident s'appelait Eddie Kasalonis.

49

Mercredi, 12 h 10

Si l'on exceptait la douleur dans son épaule droite et les taches de gazon sur son nouveau pantalon de survêtement, ç'avait été une matinée très productive.

Assis sur son divan, Simon Close se demandait ce qu'il allait faire maintenant.

Bien que ne s'attendant pas à un accueil très chaleureux de la part de Jessica Balzano, il devait avouer qu'il avait été surpris par la violence de sa réaction.

Surpris et, il devait aussi l'avouer, extrêmement excité. Il avait fait son possible pour imiter l'accent de l'est de la Pennsylvanie, et elle n'avait rien soupçonné. Jusqu'à ce qu'il assène la question qui tue.

Il tira son minuscule dictaphone numérique du fond de sa poche.

« Bien... Si vous voulez me parler, vous passez par le bureau de presse. Et si c'est trop compliqué pour vous, alors je veux plus voir votre tronche. »

Il ouvrit son ordinateur portable, vérifia ses e-mails – toujours les mêmes pubs pour la Vicodine, les élongations de pénis, les implants capillaires, accompagnées des habituels courriers d'admirateurs (« Va pourrir en enfer, espèce de journaleux de merde »).

Nombre d'écrivains résistent à la technologie. Simon en connaissait encore un bon paquet qui utilisaient des blocs-notes et des stylos-billes. Et aussi quelques-uns qui travaillaient sur d'antiques Remington. Foutaises de dinosaures prétentieux. Rien à faire, il ne comprenait pas cette attitude. Peut-être pensaient-ils ainsi éveiller l'Hemingway qui sommeillait en eux, le Charles Dickens qui cherchait à émerger. Simon était pour le tout numérique, tout le temps.

De son Apple Powerbook à sa connexion ADSL en passant par son téléphone GSM Nokia, il était à la pointe de la technologie. *Allez-y*, pensa-t-il, *écrivez sur des tablettes d'ardoise avec des cailloux taillés. Moi, je m'en fous, j'arriverai avant vous.*

Car Simon croyait en deux principes essentiels du journalisme pour la presse tabloïd :

Il est plus facile d'obtenir le pardon que la permission.

L'important est d'être le premier, pas d'être précis.

C'est à ça que servent les corrections.

Il alluma la télé, parcourut les chaînes. Des séries, des jeux, des débats bruyants, du sport. Bâillement. Même la très estimée BBC America proposait un énième clone débile de la série *Trading Spaces*. Peut-être qu'il y aurait un vieux film sur AMC. Il consulta le programme. *Pour toi, j'ai tué*, avec Burt Lancaster et Yvonne De Carlo. Pas mal, mais déjà vu. En plus, il était presque fini.

Il fit une fois de plus le tour des chaînes et était sur le point d'éteindre lorsqu'un flash spécial apparut sur une chaîne locale. Meurtre à Philly. Quel choc.

Mais il ne s'agissait pas d'une nouvelle victime du tueur au rosaire.

La caméra dépêchée sur le lieu du crime montrait quelque chose de complètement différent, quelque chose qui fit battre le cœur de Simon un peu plus vite. OK, beaucoup plus vite.

C'était l'allée de Gray's Ferry.

L'allée dont Kevin Byrne était sorti en titubant la nuit précédente.

Simon enfonça la touche ENREGISTREMENT de son magnétoscope. Quelques minutes plus tard, il rembobina et fit un arrêt sur image sur l'entrée de l'allée, qu'il compara à une photo de Byrne en plaçant son portable près de sa télé.

Identiques.

Kevin Byrne s'était trouvé dans cette même allée la nuit précédente, la nuit où un jeune Noir s'était fait buter. Ce n'était donc pas une pétarade de voiture qui l'avait réveillé.

Tout cela était follement délicieux, bien mieux que la perspective de choper Byrne en train de fumer du crack. Simon arpenta son salon de long en large plusieurs dizaines de fois, cherchant la meilleure façon de jouer ses cartes.

Byrne avait-il commis une exécution de sang-froid?

Avait-il maquillé des preuves?

S'agissait-il d'une transaction de drogue qui avait mal tourné?

Simon ouvrit son logiciel d'e-mails, se calma autant qu'il le pouvait, remit de l'ordre dans ses pensées et se mit à taper.

Cher inspecteur Byrne,

Un sacré bail qu'on ne s'est pas croisés ! Comme vous pouvez le constater sur la photo ci-jointe, je vous ai vu hier. Voici ce que je vous propose. Vous et votre délicieuse partenaire m'autorisez à vous accompagner partout jusqu'à ce que vous arrêtiez le salopard qui assassine les écolières catholiques. Et quand vous le tiendrez, je veux l'exclusivité.

En échange, je détruirai ces clichés.

Sinon, surveillez les photos (oui, j'en ai un paquet) à la une de la prochaine édition du *Report*.

Bonne journée !

Tandis que Simon relisait son texte – il attendait toujours de se calmer avant d'envoyer ses e-mails les plus incendiaires –, Enid miaula et bondit sur ses genoux depuis son perchoir au-dessus du meuble où il rangeait ses dossiers.

— Qu'est-ce qui se passe, ma poupée ?

Enid paraissait lire attentivement l'e-mail de Simon.

— Trop virulent ? demanda-t-il à la chatte.

Enid ronronna.

— Tu as raison, ma minette. Pas possible.

Simon décida de relire le texte avant de l'envoyer. Peut-être qu'il attendrait une journée, juste pour voir le retentissement qu'aurait l'affaire. Il pouvait attendre vingt-quatre heures de plus si ça lui permettait d'avoir la mainmise sur un salopard comme Kevin Byrne.

Ou peut-être qu'il pourrait envoyer l'e-mail à Jessica.

Excellent, pensa-t-il.

Ou alors copier les photos sur un CD et foncer au journal. Les publier et voir la tronche que ferait Byrne.

Dans un cas comme dans l'autre, mieux valait faire une copie des photos, juste par sécurité.

Il pensa aux énormes caractères qui s'étaleraient au-dessus d'une photo de Byrne sortant de cette allée de Gray's Ferry.

En gros titre : UN FLIC SE FAIT JUSTICE ?

UN INSPECTEUR DANS L'ALLÉE DE LA MORT LA NUIT DU CRIME ! clamerait le sous-titre. Bon Dieu, ce qu'il était bon !

Simon alla jusqu'au placard de l'entrée et en tira un CD vierge.

Lorsqu'il referma la porte et retourna dans le salon, quelque chose semblait différent. Peut-être pas différent, mais quelque chose clochait. Le même genre de sensation que lorsqu'on a une infection de l'oreille interne et qu'on n'est pas trop sûr de son équilibre. Il se tint sous l'arche qui menait au salon, tentant d'identifier ce qui n'allait pas.

Tout semblait tel qu'il l'avait laissé. Son Powerbook sur la table basse, sa tasse vide posée à côté. Enid ronronnant sur le petit tapis près du compteur de la chaudière.

Il devait se tromper.

Il regarda par terre.

Tout d'abord il vit l'ombre, une ombre qui reflétait la sienne. Il s'y connaissait suffisamment en éclairages pour savoir qu'il faut deux sources de lumière pour projeter deux ombres.

Il n'y avait que le petit plafonnier derrière lui.

Puis il sentit le souffle chaud sur sa nuque, sentit une légère odeur de menthe poivrée.

Il se retourna, le cœur soudain serré.

Et son regard plongea directement dans les yeux du diable.

50

Mercredi, 13 h 22

Byrne avait fait quelques arrêts avant de rentrer à la Rotonde pour mettre Ike Buchanan au parfum. Il s'était arrangé pour que l'un de ses informateurs l'appelle et l'informe de l'endroit où se trouvait Brian Parkhurst. Buchanan envoya un fax au bureau du procureur afin qu'un mandat de perquisition soit lancé.

Byrne appela Jessica sur son portable et la trouva dans un café près de chez son père dans le sud de Philly. Il passa la chercher, puis la briefa au commissariat du quatrième district, à l'angle de la Onzième Rue et de Wharton.

La résidence que possédait Parkhurst dans la Soixante et Unième Rue était une ancienne boutique de fleuriste, elle-même à l'origine une spacieuse maison de briques bâtie dans les années 1950. Quelques portes cabossées la séparaient du local des Roues de l'Âme, un vieux club de motards vénérable. Dans les années 1980, quand le crack et la cocaïne s'étaient abattus sur Philly, c'était l'animateur du club, autant que n'importe quel flic, qui avait empêché la ville de s'embraser.

Si Parkhurst avait voulu séquestrer les filles quelque temps, se dit Jessica tandis qu'ils approchaient du bâtiment, *c'était l'endroit rêvé*. À l'arrière se trouvait une porte assez grande pour y faire partiellement entrer une camionnette ou un break.

En arrivant sur les lieux, ils longèrent lentement l'arrière du bâtiment. La grande porte en tôle ondulée était cadenassée de l'intérieur. Ils firent le tour du pâté de maisons et se garèrent dans la rue, sous le métro aérien, environ cinq maisons plus à l'ouest.

Deux voitures de patrouille les rejoignirent. Deux agents en uniforme surveilleraient l'avant ; deux, l'arrière.

— Prête ? demanda Byrne.

Jessica ne se sentait pas trop sûre d'elle. Elle espérait que ça ne se voyait pas.

— Allons-y, dit-elle.

Byrne et Jessica s'approchèrent de la porte. Les fenêtres de devant étaient recouvertes de peinture blanche, impossible de voir au travers. Byrne cogna trois fois à la porte.

— Police ! Perquisition !

Ils attendirent cinq secondes. Il cogna de nouveau. Pas de réponse.

Byrne tourna la poignée, fit pression sur la porte. Elle s'ouvrit doucement.

Les deux inspecteurs se regardèrent. Ils comptèrent et franchirent la porte.

La pièce de devant était un vrai capharnaüm. Placoplâtre, bombes de peinture, bâches de protection, échafaudage. Rien à gauche. À droite, des marches qui menaient à l'étage.

— Police ! Perquisition ! répéta Byrne.

Rien.

Byrne désigna l'escalier. Jessica acquiesça. Il se chargerait de l'étage. Byrne gravit les marches.

Jessica se fraya un chemin au rez-de-chaussée jusqu'à l'arrière du bâtiment, vérifiant chaque alcôve, chaque placard. L'intérieur était à demi rénové. Le couloir, derrière ce qui était autrefois un comptoir, n'était plus qu'un squelette de clous saillants, de fils électriques qui pendaient, de tuyaux en plastique, de conduits de chauffage.

Jessica franchit une porte et pénétra dans ce qui était jadis la cuisine. La pièce était complètement éviscérée. Pas d'équipements. Des cloisons de placoplâtre récentes. Un relent flottait sous l'odeur douceâtre de l'enduit. Des oignons. Jessica aperçut alors dans un coin de la pièce un chevalet sur lequel se trouvait une salade à emporter à demi mangée. À côté se trouvait une tasse à café pleine. Elle plongea un doigt dedans. Glacé.

Elle sortit de la cuisine, s'avança lentement vers la pièce à l'arrière de la maison. La porte était légèrement entrouverte.

Des gouttes de sueur perlaient sur son visage, son cou, puis ruisselaient sur ses épaules. Il régnait dans le couloir une atmosphère chaude, étouffante, renfermée. Le gilet pare-balles en Kevlar semblait étriqué et lourd. Jessica atteignit la porte, inspira profondément. Elle la poussa lentement du bout du pied gauche. Le côté droit de la pièce lui apparut en premier. Un vieux tabouret renversé, une boîte à outils en bois. Des odeurs l'assaillirent. Tabac froid, pin fraîchement coupé. En dessous, un effluve fétide, nauséabond, animal.

Elle donna un coup de pied dans la porte pour l'ouvrir en grand, pénétra dans la pièce et aperçut immédiatement une silhouette. Instinctivement, elle pivota et braqua son arme sur la forme qui se profilait sur les fenêtres peintes en blanc au fond de la pièce.

Mais il n'y avait aucun danger.

Brian Parkhurst était pendu à une poutre au milieu de la pièce. Son visage était d'un brun violacé, gonflé, ses extrémités étaient distendues, sa langue noire lui sortait de la bouche. Le fil électrique qui lui enserrait le cou et pénétrait profondément dans sa chair était enroulé autour d'une poutre porteuse au-dessus de sa tête. Il était pieds et torse nus. Une odeur âcre de matière fécale presque sèche emplit les sinus de Jessica. Elle eut un haut-le-cœur, un second. Elle retint sa respiration, balaya du regard le reste de la pièce.

— Rien à signaler à l'étage ! hurla Byrne.

Au son de sa voix, Jessica faillit faire un bond. Elle entendit les lourdes bottes de Byrne dans l'escalier.

— Par ici ! cria-t-elle.

Quelques secondes plus tard, Byrne pénétrait dans la pièce.

— Oh, merde !

Jessica vit les yeux de Byrne, elle pouvait déjà y lire les gros titres des journaux. Un nouveau suicide. Exactement comme avec Morris Blanchard. Encore un suspect harcelé qui mettait fin à ses jours. Elle aurait voulu dire quelque chose, mais ce n'était ni son rôle ni le moment.

Un silence malsain s'installa. Ils étaient de nouveau à la case départ et chacun essayait à sa manière de concilier cet état de fait avec ce qu'il s'était imaginé pendant le trajet.

Le système allait maintenant prendre les choses en main. Ils appelleraient le bureau du légiste, l'unité de police scientifique. Parkhurst serait décroché, transporté sur la table du légiste pour y être autopsié, la famille serait prévenue. Une notice nécrologique serait publiée dans la presse et un service serait organisé dans l'un des meilleurs funérariums de Philadelphie. Après quoi, il serait enterré sur une colline verdoyante.

Et ce que Brian Parkhurst savait, ce qu'il avait fait, pour autant qu'il eût fait quoi que ce soit, demeurerait à jamais dans les ténèbres.

À la brigade criminelle, les flics s'agitaient comme des billes dans une boîte à cigare. Les sentiments étaient toujours partagés en de tels moments, lorsqu'un suspect blousait le système en se suicidant. Il n'y aurait pas de discours, pas d'aveu de culpabilité, rien pour marquer le coup. Juste une suspicion aussi infinie qu'un ruban de Möbius.

Byrne et Jessica étaient assis à des bureaux contigus.

Jessica croisa le regard de Byrne.

— Quoi ? demanda-t-il.

— Dites-le.

— Dire quoi ?

— Vous ne pensez pas que c'était Parkhurst, pas vrai ?

Byrne ne répondit pas immédiatement.

— Je pense qu'il en savait beaucoup plus que ce qu'il nous a raconté, répondit-il. Je pense qu'il sortait avec Tessa Wells. Je pense qu'il savait qu'il allait finir en taule pour détournement de mineur, et que c'est pour ça qu'il est allé se planquer. Mais est-ce que je pense qu'il a assassiné ces filles ? Non, je ne le pense pas.

— Pourquoi pas ?

— Parce qu'il n'y a pas la moindre preuve physique. Pas une fibre, pas une goutte de fluide.

La police scientifique avait passé au crible chaque centimètre carré des propriétés de Parkhurst, sans résultat. Ils avaient fondé une bonne partie de leurs soupçons sur la possibilité – la certitude, à vrai dire – qu'ils découvriraient des preuves scientifiques chez lui. Mais rien de ce qu'ils avaient espéré trouver n'existait. Les inspecteurs avaient interrogé tous les voisins de la maison où il habitait et de celle qu'il rénovait, en vain. Il leur restait encore à retrouver la Ford Windstar.

— S'il avait emmené ces filles chez lui, quelqu'un aurait vu ou entendu quelque chose, non ? ajouta Byrne.

S'il les avait séquestrées dans sa maison de la Soixante et Unième Rue, nous aurions trouvé au moins un indice.

En fouillant la maison, ils avaient trouvé un certain nombre de choses, notamment une boîte remplie d'outils divers qui contenait un assortiment de vis, d'écrous et de boulons, dont aucun ne correspondait à ceux utilisés sur les victimes. Il y avait aussi une boîte de craies du type de celles dont se servaient les charpentiers pour tracer des lignes pendant les premières phases de la construction. À l'intérieur, les craies étaient bleues. Ils en avaient envoyé un échantillon au labo afin de voir si elles correspondaient aux marques sur les victimes. Mais même dans ce cas, on pouvait trouver de la craie de charpentier sur tous les chantiers de la ville et dans les boîtes à outils de la moitié des gens qui restauraient des maisons. Vincent en avait dans le garage.

— Et le coup de fil qu'il m'a passé ? demanda Jessica. Quand il m'a dit : « Il y a des choses que vous devez savoir à propos de ces jeunes filles » ?

— J'y ai réfléchi, répondit Byrne. Elles ont peut-être en effet quelque chose en commun. Quelque chose que nous ne voyons pas.

— Mais que s'est-il passé entre le moment où il m'a appelée et ce matin ?

— Je ne sais pas.

— Le suicide ne correspond pas vraiment au profil de notre tueur, vous ne trouvez pas ?

— Non, en effet.

— Ce qui signifie qu'il y a une bonne chance pour que...

Tous deux savaient ce que ça signifiait. Ils restèrent un moment silencieux dans la cacophonie du bureau en effervescence. Au moins une demi-douzaine d'autres crimes faisaient l'objet d'enquêtes, et les inspecteurs qui en étaient chargés progressaient petit à petit. Byrne et Jessica les enviaient.

Il y a des choses que vous devriez savoir à propos de ces jeunes filles.

Si Brian Parkhurst n'était pas leur meurtrier, alors il était possible que l'homme qu'ils recherchaient l'ait assassiné. Peut-être parce qu'il s'était retrouvé sous les projecteurs. Peut-être pour un mobile fondamentalement lié à la nature de sa folie. Peut-être pour prouver aux autorités qu'il était toujours là.

Ni Jessica ni Byrne n'avaient encore évoqué la similarité entre les deux « suicides », mais elle imprégnait la pièce tel un nuage toxique.

— OK, fit Jessica. Si Parkhurst a été éliminé par notre meurtrier, comment savait-il qui il était ?

— De deux choses l'une, répondit Byrne. Soit ils se connaissaient, soit il a appris son nom l'autre jour à la télé, quand il a quitté la Rotonde.

Un point de plus pour les médias, pensa Jessica. Ils envisagèrent un moment l'hypothèse que Parkhurst ait été une nouvelle victime du tueur au rosaire. Mais même s'il l'était, ça ne leur donnait aucune indication sur la suite des événements.

La chronologie, ou plutôt l'absence de chronologie, rendait les gestes du tueur imprévisibles.

— Notre type enlève Nicole Taylor dans la rue jeudi, dit Jessica. Il l'abandonne dans les Jardins de Bartram vendredi, approximativement à l'heure où il enlève Tessa Wells, qu'il retient jusqu'à lundi. Pourquoi ce délai ?

— Bonne question, répondit Byrne.

— Puis Bethany Price est enlevée mardi après-midi, et notre unique témoin découvre le corps abandonné au musée mardi soir. Il n'y a pas de cycle. Pas de symétrie. À croire qu'il ne veut pas commettre ces actes pendant le week-end.

— Je pense que ça va chercher moins loin que ça, déclara Byrne.

Il se leva et s'approcha du tableau désormais recouvert de photos des scènes de crimes et de notes.

— Je ne pense pas que notre zigue obéisse à la Lune, aux étoiles, à des voix ou à des chiens nommés Sam, ou à une connerie de ce genre, dit Byrne. Ce type a un plan. Et selon moi, nous devons comprendre son plan pour le trouver.

Jessica regarda la pile de livres empruntés à la bibliothèque. La réponse était quelque part là-dedans.

Eric Chavez entra dans la pièce, s'adressa à Jessica.

— Vous avez une minute, Jess ?

— Bien sûr.

Il montra un classeur.

— Il y a quelque chose que vous devriez voir.

— De quoi s'agit-il ?

— On s'est penché sur le passé de Bethany Price. Il s'avère qu'elle avait un antécédent.

Chavez lui tendit le rapport. Bethany Price s'était fait embarquer au cours d'un coup de filet environ un an plus tôt. On avait retrouvé sur elle environ cent doses de Benzédrine – la pilule amincissante illégale mais prisée des adolescents obèses. Cette drogue faisait déjà des ravages quand Jessica était au lycée, et ça n'avait pas changé.

En échange de sa libération, Bethany avait été condamnée à deux cents heures de travaux d'intérêt général et une année de mise à l'épreuve.

Rien de tout cela n'était surprenant. La raison pour laquelle Eric Chavez en faisait part à Jessica était que le policier qui avait procédé à l'arrestation était l'inspecteur Vincent Balzano.

Jessica médita cette coïncidence.

Vincent connaissait Bethany Price.

D'après le rapport, c'était Vincent qui avait recommandé les travaux d'intérêt général plutôt qu'une incarcération.

— Merci, Eric, dit Jessica.

— À votre service.

— Le monde est petit, fit Byrne.

— Ça m'ennuierait quand même d'avoir à le repeindre, répliqua Jessica d'un air absent, plongée dans les détails du rapport.

Byrne consulta sa montre.

— Bon, je dois aller chercher ma fille. On reprend à zéro demain matin. On oublie tout et on recommence depuis le début.

— OK, fit Jessica.

Mais elle vit l'expression sur le visage de Byrne, la crainte que le tollé qui avait suivi le suicide de Morris Blanchard ne se déclenche à nouveau. Byrne posa la main sur l'épaule de Jessica, puis il enfila son manteau et partit.

Elle resta longtemps assise à son bureau, à regarder par la fenêtre.

Même si elle ne voulait pas l'admettre, elle était d'accord avec Byrne. Brian Parkhurst n'était pas le tueur au rosaire.

Brian Parkhurst était une victime.

Elle essaya d'appeler Vincent sur son portable, tomba sur sa messagerie. Elle téléphona au central et fut informée que l'inspecteur Balzano était en mission.

Elle ne laissa pas de message.

51

Mercredi, 16 h 15

Lorsque Byrne mentionna le nom du garçon, Colleen passa par quatre teintes de rouge.

— Ce n'est pas mon petit ami, dit-elle dans le langage des signes.

— Euh, d'accord. Je te crois, répondit Byrne.

— Je te le jure.

— Alors pourquoi rougis-tu ? demanda Byrne, un grand sourire lui barrant le visage.

Ils étaient dans Germantown Avenue et se rendaient à la fête de Pâques organisée par l'école pour sourds de la Delaware Valley.

— Je ne rougis pas, répliqua Colleen, encore plus rouge qu'auparavant.

— Bon, soit, concéda Byrne pour lui fiche la paix. C'est moi qui dois avoir des hallucinations.

Colleen se contenta de secouer la tête et regarda par la vitre. Byrne remarqua que la ventilation du côté de sa fille faisait voleter ses cheveux blonds soyeux. Quand étaient-ils devenus si longs ? se demanda-t-il. Et avait-elle toujours eu les lèvres aussi rouges ?

Byrne agita la main pour attirer l'attention de sa fille, puis dit en langage des signes :

— Hé, je croyais juste que vous sortiez ensemble. Au temps pour moi.

— Nous ne sortons pas ensemble, répondit Colleen. Je suis trop jeune pour sortir avec quelqu'un. Demande à maman.

— Alors qu'est-ce que vous faisiez si vous ne sortiez pas ensemble ?

Colleen fit les gros yeux.

— On allait juste voir le feu d'artifice. Comme deux jeunes avec, genre, cent millions d'adultes autour d'eux.

— Je suis flic, tu sais.

— Je sais, papa.

— J'ai des sources et des indices dans toute la ville. Des informateurs confidentiels, payés.

— Je sais, papa.

— J'ai juste entendu dire que vous vous teniez la main et tout.

Colleen répondit avec un signe qui ne figurait pas dans le *Dictionnaire des signes* mais que les gosses sourds connaissaient bien. Deux mains imitant des griffes de tigre acérées comme des lames de rasoir. Byrne se mit à rire.

— OK, OK, fit-il. Ne me griffe pas.

Ils continuèrent un temps en silence, chacun savourant la présence de l'autre malgré leur prise de bec. Ils ne se retrouvaient pas souvent tous les deux seuls. Tout changeait avec sa fille ; elle était adolescente, et cette perspective effrayait Byrne plus que n'importe quel malfrat dans une ruelle obscure.

Le téléphone portable de Byrne sonna. Il répondit.

— Byrne.

— Tu peux parler ?

C'était Gauntlett Merriman.

— Oui.
— Il est à l'ancien repaire.
Byrne réfléchit. L'ancien repaire n'était qu'à cinq minutes.
— Avec qui ? demanda Byrne.
— Seul. Enfin pour l'instant.
Byrne consulta sa montre, vit sa fille qui le regardait du coin de l'œil. Il se tourna vers la vitre. Elle lisait sur les lèvres mieux que n'importe quel autre élève de l'école, probablement mieux que certains de ses profs.
— Tu as besoin d'aide ? demanda Gauntlett.
— Non.
— OK, alors.
— La forme ? demanda Byrne.
— Ça roule, mon pote.
Il referma son téléphone.
Deux minutes plus tard, il se garait près du restaurant Caravan Serai.

Bien qu'il fût encore trop tôt pour dîner, quelques habitués étaient éparpillés à la vingtaine de tables à l'avant de l'établissement, sirotant un épais café noir et grignotant le célèbre baklava aux pistaches de Sami Hamiz. Sami était derrière le comptoir, coupant des tranches d'agneau pour une commande visiblement énorme. Lorsqu'il vit Byrne, il s'essuya les mains et sortit, un grand sourire sur le visage.
— *Sabah-al-hayri*, inspecteur, dit-il. Ça fait plaisir de te voir.
— Comment ça va, Sami ?
— Bien.
Les deux hommes échangèrent une poignée de main.
— Tu te souviens de ma fille, Colleen, dit Byrne.
Sami tendit la main, toucha la joue de la jeune fille.
— Bien entendu.

Puis Sami dit « bonjour » en langage des signes à Colleen, qui lui rendit consciencieusement son salut. Byrne connaissait Sami depuis l'époque où il effectuait des patrouilles. Nadine, la femme de Sami, était également sourde, et tous deux parlaient couramment le langage des sourds.

— Tu penses que tu peux garder un œil sur elle pendant quelques minutes ? demanda Byrne.

— Pas de problème.

L'agacement se lisait sur le visage de Colleen.

— Je n'ai pas besoin qu'on garde un œil sur moi.

— Je ne devrais pas en avoir pour longtemps, leur dit Byrne à tous deux.

— Prends tout ton temps, répondit Sami tout en se dirigeant avec Colleen vers l'arrière du restaurant.

Byrne regarda sa fille se glisser dans le dernier box, près de la cuisine. Il se tourna de nouveau lorsqu'il atteignit la porte. Colleen le congédia d'un vague geste de la main et Byrne ressentit un pincement au cœur.

Quand Colleen était toute môme, elle se précipitait chaque matin sur le perron pour lui dire au revoir. Et il adressait toujours une prière silencieuse pour que lui soit donné le bonheur de revoir ce beau visage brillant.

Tandis qu'il quittait le restaurant, il se rendit compte qu'en dix ans rien n'avait changé.

Byrne se tenait face à l'ancien repaire, de l'autre côté de la rue. Pas particulièrement rassurant comme endroit, pensa-t-il.

Le bâtiment consistait en un entrepôt bas coincé entre deux immeubles plus élevés dans une section sordide d'Erie Avenue. Byrne savait que le gang de P-Town avait jadis utilisé le troisième étage comme planque.

Il fit le tour jusqu'à l'arrière du bâtiment, descendit les marches qui menaient à la porte du sous-sol. Elle était ouverte. Un long couloir menait à ce qui faisait autrefois office d'entrée de service.

Byrne emprunta le couloir, lentement, sans un bruit. Il avait toujours eu le pas léger pour un homme de sa taille. Il tira son arme, le Smith & Wesson chromé volé à Diablo.

Parvenu à l'escalier au bout du couloir, il tendit l'oreille.

Silence.

Une minute plus tard, il avait atteint le dernier palier avant le troisième étage. En haut se trouvait la porte donnant sur le repaire. Il discerna le son faible d'une radio qui diffusait du rock. Il y avait bien quelqu'un là-haut.

Mais qui ?

Et combien étaient-ils ?

Byrne inspira profondément et gravit les dernières marches.

En haut de l'escalier, il posa la main sur la porte et la poussa doucement.

Diablo se tenait près de la fenêtre qui donnait sur l'allée séparant les bâtiments, totalement inconscient du danger. Byrne ne distinguait que la moitié de la pièce, mais il ne semblait y avoir personne d'autre.

Cependant, le peu qu'il vit lui donna un bref frisson. Sur une table de jeu distante d'à peine soixante centimètres de l'endroit où se tenait Diablo, un mini Uzi automatique était posé près de son Glock de service.

Byrne soupesa l'arme qu'il tenait et eut soudain l'impression que ce n'était qu'un jouet. S'il ne prenait pas immédiatement le dessus sur Diablo, il ne sortirait jamais de ce bâtiment vivant. L'Uzi pouvait tirer six cents coups à la minute. Inutile d'être un tireur d'élite pour annihiler sa proie.

Merde.

Au bout de quelques instants, Diablo s'assit à la table,

le dos tourné à la porte. Byrne savait qu'il n'avait pas le choix. Il neutraliserait Diablo, lui confisquerait ses armes, aurait un petit tête-à-tête avec lui, et cette triste et pitoyable affaire serait finie.

Il fit un rapide signe de croix et pénétra dans la pièce.

À peine Kevin Byrne eut-il fait trois pas qu'il se rendit compte de son erreur. Il aurait dû le remarquer. Là-bas, au bout de la pièce, se trouvait un vieux buffet surmonté d'un miroir fêlé. Il y distinguait le visage de Diablo, ce qui signifiait que Diablo pouvait aussi le voir. Les deux hommes se figèrent l'espace d'une seconde, conscients que les choses – l'un se croyait en sécurité, l'autre comptait sur la surprise – venaient de changer. Leurs regards se croisèrent, comme ils s'étaient déjà croisés dans cette allée. Mais cette fois-ci, ils savaient tous deux que, d'une manière ou d'une autre, la fin serait différente.

Byrne avait simplement voulu expliquer à Diablo qu'il serait sage de quitter la ville. Il savait maintenant que ça ne se passerait pas comme ça.

Diablo bondit sur ses pieds, Uzi en main. Sans un mot, il pivota et fit feu. Les vingt ou trente premières balles déchirèrent le vieux divan qui se trouvait à moins d'un mètre de la jambe droite de Byrne. Celui-ci plongea au sol, atterrissant par bonheur derrière une vieille baignoire en fer. Deux secondes plus tard, les balles de l'Uzi avaient pratiquement coupé le divan en deux.

Bon Dieu, non, pensa Byrne, les yeux fermés, s'attendant à ce que le métal chaud lui déchire la chair. *Pas ici. Pas comme ça.* Il s'imagina Colleen assise dans ce box, fixant la porte du regard dans l'attente qu'il apparaisse, dans l'attente de son retour pour que la journée, la vie reprennent leur cours. Et maintenant il était coincé dans un entrepôt dégueulasse, il allait crever.

Les dernières balles percutèrent la baignoire en fer.

Le fracas des impacts emplit l'air pendant quelques instants.

La sueur lui piquait les yeux.

Puis ce fut le silence.

— Putain, je suis juste venu pour parler, mec, lança Byrne. On n'est pas obligés d'en arriver là.

Byrne estimait que Diablo se tenait à moins de six mètres. Au beau milieu de la pièce, sans doute derrière l'énorme colonne porteuse.

Puis, sans prévenir, une nouvelle rafale d'Uzi retentit, assourdissante. Byrne hurla, comme s'il avait été touché, frappa le plancher du pied, imitant un bruit de chute. Il gémit.

Le silence s'installa de nouveau. Byrne sentit l'odeur de brûlé que dégageait, tout près de lui, le revêtement du divan criblé de balles. Il entendit un bruit de l'autre côté de la pièce. Diablo se déplaçait. Le cri avait produit son effet. Il venait l'achever. Byrne ferma les yeux, se remémora la disposition de la pièce. Pour parvenir jusqu'à lui, Diablo devait passer par le milieu de la pièce. Byrne n'aurait qu'une seule chance, et le moment était venu de la saisir.

Il compta jusqu'à trois, se redressa d'un bond, pivota et tira à trois reprises, à hauteur de tête.

La première balle atteignit Diablo en plein front, lui pénétrant violemment dans le crâne et le faisant basculer sur ses talons. Elle ressortit à l'arrière dans une explosion écarlate de sang, d'os et de bouts de cervelle qui éclaboussa la moitié de la pièce. Les deux autres balles l'atteignirent à la mâchoire inférieure et à la gorge. Diablo leva le bras par réflexe et fit feu. Une douzaine de balles percutèrent le sol, juste sur la gauche de Byrne. Puis Diablo s'écroula et quelques ultimes balles allèrent s'encastrer dans le plafond.

À cet instant, tout fut terminé.

Byrne maintint sa position quelque temps, tenant son

arme devant lui, comme cloué sur place. Il venait de tuer un homme. Ses muscles se détendirent lentement et il tendit l'oreille. Pas de sirènes. Pas encore. Il porta la main à sa poche revolver, en tira une paire de gants en latex. Il sortit de son autre poche un petit sac à sandwich qui contenait un chiffon. Il essuya le revolver, puis le déposa par terre, juste au moment où retentissait au loin le son de la première sirène.

Byrne trouva une bombe de peinture et dessina sur le mur près de la fenêtre un tag du gang des JBM.

Il parcourut la pièce du regard. Il fallait faire vite. Avait-il laissé des indices ? Même si cette affaire ne constituerait pas une priorité, la police scientifique viendrait jeter un coup d'œil. À vue de nez, il s'estima couvert. Il s'empara de son Glock posé sur la table et courut vers la porte, évitant avec soin le sang sur le sol.

Il descendit l'escalier de service tandis que les sirènes se rapprochaient. Quelques secondes plus tard il était dans sa voiture et roulait vers le Caravan Serai.

C'était une bonne nouvelle.

La mauvaise étant que, bien entendu, il avait sans doute oublié quelque chose. Et si cette chose était importante, sa vie était finie.

L'école pour sourds de la Delaware Valley se trouvait dans un bâtiment en pierre datant de l'époque coloniale, au milieu d'un parc toujours bien entretenu.

Tandis qu'il approchait du domaine, Byrne fut une fois de plus frappé par le silence. Plus de cinquante gamins âgés de cinq à quinze ans étaient là à courir un peu partout, à dépenser plus d'énergie qu'il ne se souvenait en avoir eu à leur âge, mais il n'y avait pas un bruit.

Colleen avait presque sept ans et se débrouillait déjà très bien en langage des signes lorsqu'il s'y était mis à son tour. À de nombreuses reprises, le soir, quand il la bordait, elle se mettait à pleurer et à se lamenter sur son sort, disant qu'elle aurait voulu être normale, comme les gamins qui pouvaient entendre. En ces instants, Byrne se contentait de la serrer dans ses bras, sans savoir quoi dire. Et même s'il avait su, il ne connaissait pas le langage de sa fille. Mais une chose bizarre s'était produite quand Colleen avait fêté ses onze ans. Elle n'avait plus eu envie d'entendre. Tout d'un coup. Acceptation totale et, bizarrement, une espèce de fierté d'être sourde. Elle proclamait que c'était un avantage, qu'elle appartenait à une société secrète composée de gens extraordinaires.

Byrne avait eu beaucoup plus de mal que Colleen à admettre cette nouvelle situation, mais aujourd'hui, tandis qu'elle l'embrassait sur la joue et partait en courant jouer avec ses camarades, son cœur débordait d'amour et de fierté pour sa fille.

Tout irait bien pour elle, pensa-t-il, même si quelque chose d'affreux lui arrivait à lui.

Elle grandirait, deviendrait une belle jeune fille polie, honnête, respectable, en dépit du fait qu'un certain mercredi saint son père l'avait abandonnée dans un sordide restaurant libanais du nord de Philadelphie pour aller commettre un meurtre.

52

Mercredi, 16 h 15

Celle-ci est l'été. Elle est l'eau.
Ses longs cheveux blond platine tirés en queue-de-cheval sont attachés par un nœud orné d'yeux de chat ambrés. Ils lui tombent jusqu'au milieu du dos en une cascade scintillante. Elle porte une chemise en jean délavée et un pull en laine bordeaux. Elle tient par-dessus son bras une veste en cuir. Elle vient de sortir du Barnes & Nobles de Rittenhouse Square, où elle travaille à mi-temps.
Elle est toujours mince, quoiqu'elle semble avoir pris du poids depuis la dernière fois que je l'ai vue.
Grand bien lui fasse.
La rue est bondée, je porte une casquette de baseball et des lunettes de soleil. Je marche droit sur elle.
— Tu te souviens de moi ? lui demandé-je, soulevant brièvement mes lunettes noires.
Tout d'abord elle hésite. Je suis plus vieux qu'elle, j'appartiens donc au monde des adultes qui peuvent – et le font d'ailleurs souvent – chercher à imposer leur autorité, à vous empêcher de vous amuser. Mais au bout de quelques secondes, elle me reconnaît.

— *Bien sûr ! dit-elle, son visage s'illuminant.*
— *Tu t'appelles bien Kristi ?*
Elle rougit.
— *Ouais ! Vous avez une bonne mémoire !*
— *Comment vas-tu ?*
Son fard s'intensifie, sa modestie de jeune femme confiante se transforme en gêne de petite fille, ses yeux trahissent sa honte.
— *Vous savez, je vais beaucoup mieux maintenant, dit-elle. C'était...*
— *Hé ! fais-je, levant une main pour l'interrompre. Tu n'as aucune raison d'avoir honte. Absolument aucune. Je pourrais te raconter bien des choses, crois-moi.*
— *Vraiment ?*
— *Absolument, dis-je.*
Nous descendons Walnut Street. Son attitude change légèrement. Un brin d'affectation maintenant.
— *Alors, qu'est-ce que tu lis ? demandé-je en désignant le sac qu'elle tient.*
Elle sourit de nouveau.
— *Je suis gênée.*
Je m'arrête. Elle s'arrête avec moi.
— *Bon, qu'est-ce que je viens de te dire ?*
Kristi se met à rire. À cet âge-là, c'est toujours Noël, toujours Halloween, toujours le 4 Juillet. Chaque jour est un grand jour.
— *OK, OK, concède-t-elle.*
Elle plonge la main dans son sac, en tire deux exemplaires du magazine Tiger Beat.
— *J'ai des réductions.*
Justin Timberlake est en couverture de l'un des magazines. Je le prends, scrute la photo.
— *Je préfère NSYNC à ses trucs en solo, dis-je. Et toi ?*
Kristi me regarde, la bouche entrouverte.
— *J'en reviens pas que vous sachiez qui c'est.*

— *Hé! fais-je, faussement vexé. Je ne suis pas si vieux que ça.*

Je lui rends le magazine, conscient que j'ai laissé mes empreintes sur la surface glacée. Je ne dois pas oublier ce détail.

Kristi secoue la tête tout en continuant de sourire.

Nous reprenons notre marche dans Walnut.

— *Tout est prêt pour Pâques ? demandé-je, changeant de sujet de façon plutôt inélégante.*

— *Oh oui, fait-elle. J'adore Pâques.*

— *Moi aussi.*

— *Vous voyez, ce n'est encore que le début de l'année, mais Pâques signifie toujours que l'été approche, enfin pour moi. Certaines personnes attendent le jour du Souvenir, fin mai. Pas moi.*

Je ralentis pour laisser passer des gens et elle avance maintenant me précédant de quelques pas. Derrière l'écran de mes lunettes de soleil, je la regarde marcher, aussi discrètement que possible. Dans quelques années, elle aurait été ce que d'aucuns appellent une jeune fille espiègle, une beauté aux longues jambes.

Je vais devoir faire vite. L'impulsion sera primordiale. La seringue est dans ma poche, son piston de plastique fermement bloqué.

Je regarde autour de nous. Malgré tous les gens dans la rue, égarés dans leurs drames personnels, nous pourrions tout aussi bien être seuls. Le fait qu'il soit possible de passer à peu près inaperçu dans une ville telle que Philadelphie ne cesse de m'étonner.

— *Tu vas dans quelle direction ? demandé-je.*

— *Vers l'arrêt de bus, répond-elle. Je rentre chez moi.*

Je fais semblant de fouiller dans ma mémoire.

— *Tu habites dans le quartier de Chestnut Hill, non ?*

Elle sourit, roule des yeux.

— *Pas loin. Nicetown.*
— *C'est ce que je voulais dire.*
Je ris.
Elle rit.
Je la tiens.
— *As-tu faim ? demandé-je.*
En lui demandant cela, j'observe son visage. Kristi a eu son lot de combats contre l'anorexie et je sais que de telles questions seront toute sa vie un défi pour elle. Quelques instants passent et je crains de l'avoir perdue.
Non.
— *Je mangerais bien un morceau, dit-elle.*
— *Super. Allons prendre une salade ou quelque chose, puis je te ramènerai chez toi. On va rigoler. On a plein de choses à se raconter.*
L'appréhension s'installe l'espace d'une fraction de seconde, une ombre voile son joli minois. Elle regarde autour de nous.
Le voile se soulève. Elle enfile sa veste en cuir en soulevant sa queue-de-cheval et dit :
— *OK.*

53

Mercredi, 16 h 20

Eddie Kasalonis avait pris sa retraite en 2002.

Cet homme âgé d'à peine plus de soixante ans avait passé une quarantaine d'années dans la police, dont la plupart dans la zone. Il avait sillonné les rues pendant vingt ans avant de devenir inspecteur dans le sud de la ville. Il avait tout vu, sous tous les angles, sous toutes les lumières.

Jessica l'avait localisé grâce à l'Ordre fraternel de la police. N'étant pas parvenue à joindre Kevin, elle alla le voir seule. Elle le retrouva à l'endroit où il était chaque jour à la même heure : un petit restaurant italien de la Dixième Rue.

Jessica commanda un café ; Eddie, un double *espresso* avec un zeste de citron.

— J'en ai vu au fil des années, commença-t-il, de toute évidence disposé à rabâcher ses souvenirs.

C'était un homme imposant aux yeux gris humides et aux épaules voûtées par les ans qui arborait un tatouage de marin sur l'avant-bras droit. Le temps avait ralenti ses histoires. Jessica aurait voulu aborder directement l'affaire du sang sur la porte de Sainte-Katherine, mais, par respect, elle l'écouta. Il finit par boire son *espresso* d'un trait, en commanda un nouveau, puis demanda :

— Que puis-je faire pour vous, inspecteur ?

Jessica sortit son calepin.

— J'ai cru comprendre que vous avez enquêté sur un incident à Sainte-Katherine il y a quelques années.

— Vous faites allusion au sang sur la porte de l'église ?

— Oui.

— Je ne sais pas trop ce que je peux vous raconter sur le sujet. Il n'y a pas vraiment eu d'enquête.

— Je peux vous demander comment il se fait que vous ayez été dans le coup ? Je veux dire, c'est assez loin de votre secteur.

Jessica s'était renseignée. Eddie Kasalonis venait du sud de Philly. Il vivait à l'angle de la Troisième Rue et de Wharton.

— Un prêtre de Saint-Casimir venait d'être transféré là-haut. Un type sympa. Un Lituanien, comme moi. Il m'a appelé, j'ai dit que je jetterais un coup d'œil.

— Qu'avez-vous trouvé ?

— Pas grand-chose, inspecteur. Quelqu'un a peint le linteau au-dessus de la porte principale pendant que les fidèles célébraient la messe de minuit. Quand ils sont sortis, la peinture a goutté sur une vieille femme. Elle a pété les plombs, parlé de miracle, puis appelé une ambulance.

— De quel type de sang s'agissait-il ?

— Eh bien, il n'était pas humain, ça, je peux vous l'assurer. Une espèce de sang animal. On n'a pas vraiment poussé plus loin.

— Est-ce que ça s'est reproduit ?

Eddie Kasalonis fit non de la tête.

— Juste cette fois, pour autant que je sache. Ils ont nettoyé la porte, sont restés sur le qui-vive pendant un temps, puis ils ont fini par passer à autre chose. Quant à moi, j'avais pas mal de choses sur le feu à l'époque.

Le serveur apporta le café d'Eddie, proposa de remplir de nouveau la tasse de Jessica. Elle déclina.

— Est-ce que ça s'est reproduit dans une autre église ? demanda Jessica.

— Aucune idée, répondit Eddie. Comme je vous l'ai dit, j'ai juste fait ça pour rendre service. Les profanations d'église, c'est pas mon rayon.

— Des suspects ?

— Pas vraiment. Cette partie du nord-est n'est pas à proprement parler le terrain de jeu des gangs. J'ai tiré quelques voyous du quartier de leur lit pour les secouer un peu. Aucun ne s'est mis à table.

Jessica rangea son calepin, termina son café, un peu déçue que cet entretien n'ait rien apporté de neuf. D'un autre côté, elle ne s'était pas attendue à de grandes révélations.

— Maintenant c'est à moi de vous poser une question, dit Eddie.

— Allez-y.

— Pourquoi vous intéressez-vous à une affaire de vandalisme à Torresdale vieille d'il y a trois ans ?

Jessica lui expliqua. Aucune raison de ne pas le faire. Comme tous les habitants de Philly, Eddie Kasalonis était bien au courant de l'affaire du tueur au rosaire. Il ne lui demanda pas de détails.

Jessica consulta sa montre.

— J'apprécie vraiment que vous m'ayez consacré tout ce temps, dit-elle en se levant, portant la main à sa poche pour payer son café.

Eddie Kasalonis leva la main, ce qui signifiait : « Rangez votre argent. »

— C'est un plaisir de vous aider, dit-il.

Il touilla son café, son visage se teinta d'une expression nostalgique. Encore une histoire. Jessica attendit.

— Vous savez quand, parfois, à l'hippodrome, vous voyez les vieux jockeys appuyés à la balustrade qui assistent aux entraînements. Ou quand vous passez devant un chantier et que vous voyez les vieux charpentiers assis sur un banc qui observent la construction d'un nouveau bâtiment. Vous les regardez et vous savez qu'ils n'ont qu'une envie : reprendre du service.

Jessica voyait où il voulait en venir. Et elle en connaissait un rayon sur les charpentiers. Le père de Vincent avait pris sa retraite quelques années plus tôt et, ces temps-ci, il se traînait devant la télévision, une bière à la main, à pester contre les chantiers pourris présentés sur la chaîne Maisons et Jardins.

— Oui, fit Jessica. Je vois ce que vous voulez dire.

Eddie Kasalonis sucra son café, s'enfonça encore un peu plus dans sa chaise.

— Pas moi. Je suis bien content de ne plus avoir à bosser. La première fois que j'ai entendu parler de votre affaire, je me suis rendu compte que le monde avait continué d'avancer sans moi, inspecteur. Le type que vous recherchez ? Bon Dieu, il vient d'un endroit où je n'ai jamais mis les pieds.

Il releva la tête, la fixa de ses yeux tristes et humides.

— Et je remercie Dieu de ne pas avoir à y aller.

Jessica aurait aimé ne pas avoir à y aller non plus. Mais c'était un peu tard. Elle sortit ses clés, hésita.

— Y a-t-il autre chose que vous puissiez me dire à propos du sang ?

Eddie semblait se tâter.

— Bon, je vais vous dire. Quand j'ai regardé la tache de sang, le lendemain de l'incident, j'ai cru distinguer quelque chose. Tout le monde autour de moi me disait que je rêvais, comme ces gens qui voient le visage de la Vierge Marie dans les flaques d'essence de leur allée, ce genre de truc. Mais j'étais sûr d'avoir bien vu.

— Qu'est-ce que c'était ?

Eddie Kasalonis hésita de nouveau.

— J'ai eu l'impression que ça ressemblait à une rose, finit-il par dire. Une rose à l'envers.

Jessica avait quatre arrêts à faire avant de rentrer chez elle. Elle devait passer à la banque, à la laverie, acheter quelque chose à manger à l'épicerie Wawa, et envoyer un colis à sa tante Lorrie qui vivait à Pompano Beach. La banque, l'épicerie et UPS se trouvaient tous aux environs de la Deuxième Rue et de South.

En garant la Jeep, elle repensa à ce que lui avait dit Eddie Kasalonis.

J'ai eu l'impression que ça ressemblait à une rose. Une rose à l'envers.

Ses lectures lui avaient appris que le terme « rosaire » venait de Marie et de la roseraie. Les tableaux du XIIIe siècle représentaient Marie tenant une rose, et non un sceptre. Y avait-il un quelconque lien avec son affaire, ou bien était-elle prête à gober n'importe quoi ?

N'importe quoi.

Assurément.

Elle en parlerait quand même à Kevin pour savoir ce qu'il en penserait.

Elle prit le colis pour sa tante à l'arrière, verrouilla la Jeep et remonta la rue. Lorsqu'elle passa devant Cosi, l'établissement franchisé qui proposait des salades et des sandwichs au coin de la Deuxième Rue et de Lombard, elle regarda par la vitrine et reconnut quelqu'un qu'elle aurait préféré ne pas voir.

Car ce quelqu'un était Vincent. Et il était assis dans un box avec une femme.

Une jeune femme.

À vrai dire, une jeune fille.

Jessica ne voyait la jeune fille que de dos, mais ça suffisait. Elle avait de longs cheveux blonds attachés en queue-de-cheval et portait une veste de motard en cuir.

Jessica savait que les flics avaient des groupies de toutes formes, tailles et couleurs.

De tout âge aussi, visiblement.

Pendant un bref instant, Jessica éprouva une sensation bizarre, comme lorsqu'on est dans une ville étrangère et qu'on croit reconnaître quelqu'un. Une vague impression familière, immédiatement suivie par la prise de conscience que ce qu'on voit ne peut être vrai, ce qui, dans le cas présent se traduisait par :

Mais que fout mon mari dans ce restaurant avec une gamine d'environ dix-huit ans ?

La réponse s'imposa brutalement à elle, sans qu'elle ait besoin de réfléchir.

Espèce de salaud !

Vincent vit Jessica, son visage le trahit. Culpabilité, nappée d'une once de gêne, et un sourire d'abruti pour faire passer le tout.

Jessica inspira profondément, regarda par terre, puis poursuivit son chemin. Elle ne jouerait pas le rôle de l'imbécile hystérique qui affronte son mari et sa maîtresse dans un lieu public. Pas question.

Quelques secondes plus tard, Vincent sortit en trombe.

— Jess, appela-t-il. Attends.

Jessica s'arrêta, tentant de maîtriser sa colère. Mais rien à faire, ses émotions étaient aussi incontrôlables qu'une horde de bêtes enragées en pleine débâcle.

— Laisse-moi te parler, dit-il.

— Va te faire foutre.

— Ce n'est pas ce que tu crois, Jess.

Elle posa son colis sur un banc, se retourna pour lui faire face.

— Ça alors ! Comment j'ai fait pour savoir que tu allais dire ça ?

Elle toisa son mari, de haut en bas. Ça l'étonnait toujours qu'il puisse lui sembler si différent d'un moment à un autre, en fonction de ce qu'elle ressentait. Quand elle était heureuse, elle trouvait ses airs de mauvais garçon et sa façon de rouler des mécaniques supersexy. Quand elle était furax, il n'était qu'un voyou, un mafieux de deuxième ordre à qui elle aurait volontiers passé les menottes.

Et – que Dieu leur vienne en aide – elle n'avait sans doute jamais été aussi furax après lui.

— Je peux t'expliquer, ajouta-t-il.

— Expliquer ? Comme tu as expliqué pour Michelle Brown ? Je suis désolée, c'était quoi encore, ton excuse ? Tu jouais au gynécologue amateur dans mon lit ?

— Écoute-moi.

Vincent attrapa Jessica par le bras et, pour la première fois depuis leur rencontre, pour la première fois depuis le début de leur histoire d'amour instable et passionnée, ils étaient comme deux étrangers, à s'engueuler au coin de la rue ; le genre de couple à qui, lorsqu'on est amoureux, on se promet de ne jamais ressembler.

— Lâche-moi, prévint-elle.

Vincent la serra plus fort.

— Retire… ta putain… de main.

Jessica ne fut pas du tout surprise de s'apercevoir qu'elle serrait les poings. L'idée l'effrayait un peu, mais pas assez pour les desserrer. Est-ce qu'elle le cognerait ? Honnêtement, elle n'en savait rien.

Vincent recula, levant les mains en signe de reddition. L'expression qu'il avait alors sur le visage indiquait à Jessica qu'ils avaient franchi un seuil et pénétré un territoire ombrageux d'où ils risquaient de ne jamais revenir.

Mais sur le coup, ça n'avait pas d'importance.

Tout ce que voyait Jessica, c'était une queue-de-cheval blonde et le sourire crétin de Vincent quand elle l'avait chopé la main dans le sac.

Jessica ramassa son colis, pivota sur ses talons et repartit en direction de sa Jeep. Rien à foutre d'UPS, rien à foutre de la banque, rien à foutre du dîner. La seule chose qu'elle avait en tête, c'était foutre le camp d'ici.

Elle bondit dans sa Jeep, mit le contact et enfonça l'accélérateur. Elle espérait presque qu'il y aurait un flicaillon dans les parages pour lui demander de s'arrêter et essayer de la faire chier.

Manque de pot. Les flics ne sont jamais là quand on a besoin d'eux.

Sauf celui qu'elle avait épousé.

Avant de tourner dans South Street, elle regarda dans son rétroviseur et vit Vincent qui se tenait toujours au coin de la rue, les mains dans les poches, silhouette solitaire de plus en plus lointaine se détachant sur le fond rouge brique de Society Hill.

Et avec lui, c'était son mariage qui s'éloignait.

54

Mercredi, 19 h 15

Derrière le ruban adhésif, la nuit offrait un paysage à la Dalí, dunes de velours noir roulant vers un horizon lointain. À l'occasion, des doigts de lumière s'insinuaient au bas de son champ de vision, lui donnant une fausse impression de sécurité.

Il avait mal à la tête. Ses membres semblaient morts et inutiles. Mais il y avait pire. Si le ruban adhésif qui lui bandait les yeux était irritant, celui qui était collé sur sa bouche le rendait complètement dingue. Pour quelqu'un comme Simon Close, l'humiliation d'être attaché à une chaise avec du ruban adhésif et bâillonné avec un truc qui avait un goût de vieux chiffon n'était rien comparée à la frustration de ne pas pouvoir parler. S'il perdait la parole, il perdait la bataille. Ç'avait toujours été comme ça. Quand il était gosse, à l'institut catholique de Berwick, il avait réussi à se sortir de pratiquement tous les mauvais pas, tous les pétrins effrayants dans lesquels il s'était fourré, rien qu'en parlant.

Pas cette fois-ci.

Il pouvait à peine émettre un son.

Le ruban adhésif lui enserrait fermement la tête, juste au-dessus des oreilles, de sorte qu'il entendait.

Comment vais-je m'en sortir ? Inspire profondément, Simon. Profondément.

Curieusement, il se mit à penser aux livres et aux CD qu'il avait acquis au fil des années, sur la méditation et le yoga, les concepts de respiration diaphragmatique, les techniques yogiques de lutte contre le stress et l'anxiété. Il n'en avait jamais lu un seul, ni écouté aucun CD pendant plus de quelques minutes. Il avait cherché un remède rapide à ses accès de panique occasionnels – le Xanax le rendait bien trop léthargique pour qu'il pût garder les idées claires – mais le yoga ne proposait rien de tel.

Maintenant, il regrettait de ne pas s'être accroché.

Au secours, Deepak Chopra, pensa-t-il.

À l'aide, docteur Weil.

Il entendit alors la porte de son appartement s'ouvrir derrière lui. *Il* était de retour. Ce bruit l'emplit d'un mélange d'espoir et d'effroi. Il entendit les pas qui approchaient, sentit leur poids sur le plancher. Puis il perçut une odeur douce, florale. Faible, mais bien présente. Un parfum de jeune fille.

Soudain, le ruban qui lui couvrait les yeux fut arraché. La brûlure fut telle qu'il eut l'impression que ses paupières étaient parties avec.

Lorsque ses yeux s'habituèrent à la lumière, il vit, sur la table basse devant lui, son Apple Powerbook allumé. Sur l'écran était affichée la page d'accueil du site Internet du *Report*.

UN MONSTRE HARCÈLE LES FILLES DE PHILLY !

Certains passages étaient surlignés en rouge.

… psychopathe dépravé…

… bourreau pervers de l'innocence…

Derrière le portable, sur un trépied, se trouvait son appareil photo numérique, braqué droit sur lui.

Simon entendit un clic derrière lui. Son tortionnaire

tenait la souris de l'Apple et naviguait à travers les documents. Bientôt, un nouvel article apparut. Un papier qu'il avait écrit trois ans plus tôt sur une histoire de sang aspergé sur la porte d'une église du nord-est de la ville. Une autre phrase était surlignée :

... il est né le divin enfoiré...

Derrière lui, Simon entendit qu'on ouvrait une sacoche. Quelques instants plus tard, il sentit une légère piqûre sur le côté droit de son cou. Une aiguille. Simon tenta de toutes ses forces de se débattre, mais c'était inutile. Même s'il avait pu se libérer de ses liens, le produit qui se trouvait dans la seringue fit effet presque sur-le-champ. Il ressentit une chaleur dans ses muscles, une langueur douce que, dans une autre situation, il aurait peut-être trouvée agréable.

Son esprit commença à se fragmenter, à s'élever. Il ferma les yeux. Ses pensées survolèrent les dix dernières années de sa vie. Le temps fit un bond, flotta, s'arrêta.

Lorsqu'il rouvrit les yeux, son souffle se bloqua dans sa poitrine à la vue des monstruosités étalées sur sa table basse. Pendant un moment, il tenta d'imaginer une conclusion favorable à ce scénario. Mais il n'y en avait pas.

Puis, tandis que ses boyaux se vidaient, ses yeux de journaliste enregistrèrent les ultimes détails : une perceuse sans fil, une grande aiguille dans laquelle était passé un épais fil noir.

Et il comprit.

Une nouvelle injection le poussa au bord de l'abîme. Cette fois, il se laissa volontiers emporter.

Quelques minutes plus tard, lorsqu'il entendit le son de la perceuse, Simon Close hurla, mais son cri semblait provenir d'ailleurs, un gémissement désincarné se répercutant contre les murs en pierre humides d'un institut catholique du nord de l'Angleterre, un soupir plaintif survolant la surface ancestrale de la lande.

55

Mercredi, 19 h 35

Assises à table, Jessica et Sophie s'empiffraient de toutes les bonnes choses rapportées de chez son père – *panettone, sfogliatelle, tiramisu*. Ce n'était pas ce qu'on pouvait appeler un repas équilibré, mais comme Jessica n'était pas passée à l'épicerie, le réfrigérateur était vide.

Jessica savait que ce n'était pas une bonne idée de laisser Sophie manger toutes ces friandises aussi tard, mais celle-ci avait un terrible penchant pour les sucreries, exactement comme sa mère, et le fait est qu'il était difficile de dire non. Jessica en était depuis longtemps arrivée à la conclusion qu'elle ferait bien de commencer à économiser pour les frais de dentiste.

De plus, après avoir vu Vincent faire les yeux doux à Britney ou Courtney ou Ashley, qu'importe son nom, le *tiramisu* était le meilleur remède. Elle essaya de chasser de son esprit l'image de son mari et de l'adolescente blonde.

Malheureusement, celle-ci fut immédiatement remplacée par l'image du corps de Brian Parkhurst pendu dans cette pièce étouffante, par le souvenir de la puanteur de la mort.

Plus elle y réfléchissait, plus elle doutait de la culpabilité de Parkhurst. Avait-il eu une liaison avec Tessa Wells ? Peut-être. Était-il l'auteur du meurtre de trois jeunes filles ? Elle ne le pensait pas. Il n'y avait quasiment pas moyen de commettre ne serait-ce qu'un enlèvement et un assassinat sans laisser de preuves derrière soi.

Alors trois ?

Cela ne semblait tout simplement pas faisable.

Mais que signifiaient les lettres P-A-R sur la main de Nicole Taylor ?

L'espace d'un instant, Jessica fut convaincue qu'en acceptant cette affaire elle s'était lancée dans une aventure au-dessus de ses forces.

Elle nettoya la table, posa Sophie devant la télé et mit le DVD du *Monde de Nemo*.

Elle se versa un verre de chianti, débarrassa la table de la salle à manger et y étala toutes ses notes sur l'affaire. Elle se repassa mentalement la chronologie des événements. Il y avait un lien entre ces filles, autre chose que le simple fait qu'elles fréquentaient des écoles catholiques.

Nicole Taylor, enlevée dans la rue, abandonnée dans un massif de fleurs.

Tessa Wells, enlevée dans la rue, abandonnée dans une maison inoccupée.

Bethany Price, enlevée dans la rue, abandonnée au musée Rodin.

Le choix des endroits où elles avaient été abandonnées semblait à la fois fantaisiste et précis, soigneusement mis en scène et gratuitement arbitraire.

Non, pensa Jessica. Le docteur Summers avait raison. Leur type était tout sauf illogique. L'emplacement des corps était tout aussi important que la méthode utilisée pour les tuer.

Elle observa les photos des filles prises sur les lieux des crimes et tenta d'imaginer leurs derniers instants, tenta de se libérer de l'emprise du noir et blanc pour apercevoir les couleurs saturées du cauchemar.

Jessica saisit la photo d'école de Tessa Wells. C'était elle qui la troublait le plus ; peut-être parce qu'elle avait été la première victime qu'elle avait vue. Ou peut-être parce qu'elle savait que Tessa était la jeune fille timide qu'elle-même avait été, la chrysalide qui aspirait sans cesse à devenir imago.

Elle alla dans le salon et planta un baiser sur les cheveux brillants de Sophie qui sentaient bon la fraise. Sophie gloussa. Jessica regarda quelques minutes les aventures hautes en couleur de Dory, Marin et Gill.

Puis ses yeux tombèrent sur l'enveloppe posée sur la table basse. Elle l'avait complètement oubliée.

Le *Rosarium Virginis Mariae*.

Jessica s'assit à la table du salon et feuilleta la longue lettre, visiblement une missive dans laquelle le pape Jean-Paul II insistait sur la pertinence du rosaire. Elle parcourut les titres des chapitres et son attention fut attirée par une section intitulée *Mystères du Christ, mystères de sa mère*.

Tandis qu'elle lisait, elle sentit une petite flamme de compréhension s'allumer en elle ; elle avait franchi une barrière dont, jusqu'à cette seconde, elle n'avait pas eu conscience, avait ouvert une brèche dans la barricade.

Elle lut que le rosaire comportait cinq « mystères douloureux », chose qu'elle avait bien entendu apprise à l'école catholique, mais qu'elle avait complètement oubliée depuis.

L'agonie au jardin des Oliviers.

La flagellation à la colonne.

Le couronnement d'épines.

Le portement de la Croix.

La crucifixion.

Cette révélation cristalline lui fit l'effet d'une balle en pleine tête. Nicole Taylor avait été découverte dans un jardin. Tessa Wells était attachée à une colonne. Bethany Price portait une couronne d'épines.

Tel était le plan du tueur.

Il va tuer cinq jeunes filles.

Elle fut un moment comme paralysée par l'angoisse. Elle inspira profondément à quelques reprises pour se calmer. Elle savait que, si elle voyait juste, cette information changerait complètement la donne, mais elle ne voulait pas présenter sa théorie à l'unité spéciale tant qu'elle n'en était pas certaine.

Connaître le plan était une chose, mais comprendre pourquoi était tout aussi important. Ainsi découvriraient-ils peut-être où le tueur comptait frapper. Elle prit un bloc-notes et dessina un quadrillage.

Le morceau d'os d'agneau trouvé dans la main de Nicole Taylor était censé mener les enquêteurs à la scène du crime de Tessa Wells.

Mais comment ?

Elle feuilleta les informations qu'elle avait récupérées à la bibliothèque. Elle trouva un passage sur les coutumes romaines et apprit que les pratiques de flagellation à l'époque du Christ incluaient l'utilisation d'un petit fouet appelé *flagrum*, souvent doté de lanières en cuir de longueur variable. L'extrémité de chaque lanière était nouée et un bout d'os de mouton affûté était inséré dans le nœud.

Le morceau d'os signifiait donc qu'il y aurait une flagellation à la colonne.

Jessica prenait des notes aussi vite que possible.

La reproduction du tableau de Blake, *Dante et Virgile aux portes de l'enfer*, retrouvée entre les mains de Tessa Wells avait une signification évidente. Bethany Price avait été découverte aux portes menant au musée Rodin.

Un examen de Bethany Price avait révélé deux inscriptions sur les paumes de ses mains. Sur la gauche figurait le chiffre 7. Sur la droite, le nombre 16. Les deux inscriptions avaient été tracées au marqueur noir.

716.

Adresse ? Plaque minéralogique ? Code postal partiel ?

Pour l'instant, personne dans l'unité spéciale n'avait la moindre idée de ce que signifiaient ces nombres. Mais Jessica savait que si elle parvenait à percer le mystère, ils auraient une bonne chance d'anticiper l'endroit où serait abandonnée la prochaine victime du tueur.

Et ils pourraient l'y attendre.

Elle regarda l'énorme pile de livres posée sur sa table. Elle était sûre que la réponse se trouvait dans l'un d'eux.

Elle alla poser son verre de vin dans la cuisine et prépara du café.

La nuit promettait d'être longue.

56

Mercredi, 23 h 15

La pierre tombale est froide. Le nom et la date sont brouillés par le temps et les détritus charriés par le vent. Je la nettoie. Je passe le doigt sur les chiffres ciselés. La date me ramène à une époque de ma vie où tout semblait possible. Une époque où l'avenir scintillait.

Je pense à ce qu'elle aurait pu être, à ce qu'elle aurait pu faire de sa vie, qui elle aurait pu devenir.

Médecin ? Politicienne ? Musicienne ? Enseignante ?

J'observe les jeunes femmes et je sais que le monde leur appartient.

Je sais ce que j'ai perdu.

Le vendredi saint est, peut-être, le jour le plus sacré du calendrier catholique. J'ai entendu des gens demander : Puisque c'est le jour où Jésus a été crucifié, pourquoi dit-on qu'il est saint ? Mais il ne porte pas ce nom dans toutes les cultures. Les Allemands l'appellent Karfreitag, *soit le « vendredi douloureux ». En latin, on l'appelait* parasceve, *ce qui signifie « préparation ».*

Kristi est en préparation.

Kristi prie.

Quand je l'ai quittée, bien confortablement à l'abri

dans la chapelle, elle en était à son dixième rosaire. Elle est très consciencieuse et, à la manière qu'elle a de réciter les dizaines avec ferveur, je puis affirmer qu'elle ne désire pas uniquement me faire plaisir à moi – après tout, je ne puis qu'affecter sa vie de mortelle – mais aussi au Seigneur.

La pluie froide fait luire le granit noir et se mêle à mes larmes, inondant mon cœur d'orages.

Je ramasse la pelle et commence à creuser la terre molle.

Les Romains accordaient une signification à l'heure qui signalait la fin de la journée de travail, la neuvième heure, celle où débutait le jeûne.

Ils l'appelaient l'heure de none.

Pour moi, pour mes filles, l'heure approche enfin.

57

Jeudi, 8 h 05

La parade des voitures de police banalisées ou non qui serpentaient dans les rues luisantes de pluie de l'ouest de Philadelphie, où vivait la veuve de Jimmy Purify, semblait interminable.

Byrne avait reçu le coup de fil d'Ike Buchanan juste après six heures.

Jimmy Purify était mort. Il avait tiré sa révérence à trois heures du matin.

Tandis qu'il marchait vers la maison, Byrne reçut l'accolade d'autres inspecteurs. La plupart des gens s'imaginent que les flics ont du mal à montrer leurs émotions – d'aucuns affirment même que l'absence de sentiments est la condition *sine qua non* pour pouvoir faire ce boulot – mais chaque flic sait que c'est faux. En de tels instants, les émotions viennent naturellement.

En pénétrant dans le salon, Byrne considéra la femme qui se tenait devant lui, comme figée dans le temps et l'espace de sa propre maison. Debout près de la fenêtre, Darlene Purify regardait au loin, son regard perdu bien au-delà de l'horizon gris. En fond sonore, le bla-bla d'un débat à la télé. Byrne songea à l'éteindre; puis estima que le silence serait encore pire. La télé était un signe que, quelque part, la vie continuait.

— Comment puis-je t'aider, Darlene ? Dis-le-moi, je le ferai.

Darlene Purify était âgée d'une quarantaine d'années. Elle avait été chanteuse de rhythm and blues dans les années 1980 et avait même enregistré quelques disques avec un groupe de filles nommé La Rouge. Ses cheveux étaient maintenant blond platine, sa silhouette jadis fine accusait les années.

— Ça fait un bail que j'ai cessé de l'aimer, Kevin. Je ne me souviens même plus quand. C'est simplement… l'idée de lui qui me manque. Jimmy. Parti. Merde.

Byrne traversa la pièce, la prit dans ses bras. Il lui caressa les cheveux, cherchant quelque chose à dire. Il finit par trouver :

— C'était le meilleur flic que j'aie jamais connu. Le meilleur.

Darlene se tamponna les yeux. Le chagrin était décidément un sculpteur sans cœur, se dit Byrne. Darlene faisait une douzaine d'années de plus que son âge. Il repensa à leur première rencontre, en ces temps heureux, le jour où Jimmy l'avait emmenée au bal du club de sport de la police. Il avait regardé Darlene se trémousser avec Jimmy et s'était demandé comment un frimeur de son acabit avait pu se dégoter une femme comme elle.

— Il adorait ça, tu sais, dit Darlene.
— Le boulot ?
— Oui. Le boulot. Il l'aimait plus qu'il ne m'aimait. Ou même que ses enfants, je pense.
— Ce n'est pas vrai. C'est différent. Aimer ce boulot, c'est… juste… différent. J'étais avec lui chaque jour après votre divorce. Et la nuit aussi, souvent. Et crois-moi, tu ne sauras jamais à quel point tu lui manquais.

Darlene le regarda, comme si c'était la chose la plus incroyable qu'elle ait jamais entendue.

— Vraiment ?

— Tu rigoles ? Tu te souviens de ce mouchoir orné d'un monogramme ? Celui qui t'appartenait, avec une fleur dans un coin ? Celui que tu lui avais offert à votre premier rendez-vous.

— Et… et alors ?

— Il ne partait jamais en mission sans. Une nuit, on allait faire une planque à Fishtown quand nous avons dû faire demi-tour à mi-chemin parce qu'il l'avait oublié à la Rotonde. Et crois-moi, pas la peine d'essayer de l'en dissuader.

Darlene se mit à rire, puis se couvrit la bouche et recommença à pleurer. Byrne se demanda s'il avait bien fait. Il lui posa la main sur l'épaule et attendit que ses sanglots diminuent. Il chercha une histoire à raconter, n'importe laquelle. Bizarrement, il voulait continuer à la faire parler. Il n'aurait su dire pourquoi, mais il avait l'impression que le fait de parler atténuerait son chagrin.

— Est-ce que je t'ai déjà raconté la fois où Jimmy s'est fait passer pour un prostitué homosexuel ?

— De nombreuses fois, répondit Darlene en souriant à travers ses larmes. Mais raconte-moi encore, Kevin.

— Bon, on préparait une opération d'infiltration, tu vois ? En plein été. Cinq inspecteurs sur le coup, et Jimmy se retrouve à devoir servir d'appât. Ça nous a fait rigoler toute la semaine qui a précédé. Du genre, mais qui va croire que ce gros lard fait le trottoir ? Et même si c'était vrai, qui serait prêt à payer pour se le taper ?

Byrne raconta le reste de l'histoire machinalement. Darlene sourit chaque fois qu'elle était censée sourire et se fendit même d'un éclat de rire triste à la fin. Puis elle fondit en larmes entre les bras épais de Byrne, qui la serra pendant un moment. Cela sembla durer plusieurs minutes. Byrne éloigna d'un geste de la main quelques flics venus présenter leurs condoléances. Il finit par demander :

— Les garçons sont-ils au courant ?

Darlene s'essuya les yeux.

— Oui. Ils seront ici demain.

Byrne se redressa devant elle.

— Si tu as besoin de quelque chose, n'importe quoi, décroche ton téléphone. Quelle que soit l'heure.

— Merci, Kevin.

— Et ne t'en fais pas pour les obsèques. La mutuelle s'en charge. Il aura droit à une procession de pape.

Byrne regarda Darlene. Ses larmes recommencèrent à couler. Il la serra dans ses bras, sentit son cœur qui battait à toute allure. Darlene était une fille solide, elle avait survécu à la mort lente de ses deux parents des suites de longues maladies. C'était pour les garçons qu'il s'en faisait. Aucun d'eux n'avait le cran de leur mère. C'étaient des gosses sensibles, très proches les uns des autres, et Byrne savait qu'au cours des semaines à venir, l'une de ses missions consisterait à empêcher la famille Purify de partir à la dérive.

Lorsqu'il quitta la maison de Darlene, Byrne dut regarder des deux côtés de la rue. Il ne se souvenait plus où il avait garé sa voiture. Un mal de tête le taraudait, telle une dague aiguisée plantée entre ses yeux. Il tapota sa poche. Il avait encore une pleine boîte de Vicodine.

Tu as du pain sur la planche, Kevin, pensa-t-il. *Bon Dieu, ressaisis-toi.*

Il alluma une cigarette, attendit quelque temps, reprit ses esprits. Il consulta son pager. Il y avait encore trois appels de Jimmy auxquels il n'avait jamais répondu.

J'aurai le temps.

Il finit par se rappeler qu'il s'était garé dans une petite rue transversale. Au moment où il atteignait le croisement, il se remit à pleuvoir. Pourquoi pas, pensa-t-il.

Jimmy était parti. Le soleil n'osait pas se montrer. Pas aujourd'hui.

Partout en ville, dans les dîners et dans les taxis, dans les salons de beauté, dans les conseils d'administration et dans les sous-sols des églises, on ne parlait que du tueur au rosaire, ce fou qui se repaissait des jeunes filles de Philadelphie et que la police ne parvenait à arrêter. Pour la première fois de sa carrière, Byrne se sentait impuissant, totalement incompétent, il avait l'impression d'être un imposteur sans fierté ni dignité qui ne méritait pas son salaire.

Il pénétra dans le Crystal Coffee Shop, un boui-boui ouvert vingt-quatre heures sur vingt-quatre qu'il avait fréquenté bien des matins avec Jimmy. Les habitués étaient moroses. Ils avaient entendu la nouvelle. Il prit un journal et but un grand café en se demandant s'il reviendrait ici un jour. Lorsqu'il ressortit, il vit quelqu'un appuyé contre sa voiture.

C'était Jessica.

L'émotion faillit le faire chanceler.

Cette nana, pensa-t-il. *Cette nana a un sacré tempérament.*

— Salut, lança-t-elle.

— Salut.

— Je suis désolée pour votre équipier.

— Merci, répondit Byrne, tentant de rester maître de lui. Il était… il était unique. Il vous aurait plu.

— Qu'est-ce que je peux faire ?

Elle avait quelque chose de particulier, se dit Byrne. Une façon de poser ce genre de question qui laissait croire qu'elle était sincère, pas comme les conneries que racontent les gens juste histoire de se faire bien voir.

— Rien. Je maîtrise la situation, répondit Byrne.

— Si vous voulez prendre la journée…

Byrne fit signe que non.

— Ça va aller.

— Vous êtes sûr ? demanda Jessica.
— À cent pour cent.
Jessica lui montra le *Rosarium Virginis Mariae*.
— Qu'est-ce que c'est ? demanda Byrne.
— Je crois que c'est la clé qui nous donnera accès au cerveau de notre type.

Jessica lui expliqua ce qu'elle avait appris et lui raconta les détails de sa rencontre avec Eddie Kasalonis. Au fur et à mesure qu'elle parlait, elle vit une myriade d'expressions passer sur le visage de Byrne. Deux d'entre elles la touchèrent particulièrement.

Le respect qu'il éprouvait à son égard.

Et, surtout, sa détermination.

— Il y a une personne à qui nous devrions parler avant d'informer l'équipe, dit Jessica. Quelqu'un qui pourrait nous aider à mettre tout ça en perspective.

Byrne se retourna et jeta un bref coup d'œil en direction de la maison de Jimmy Purify. Puis il lui fit de nouveau face et dit :

— En route.

Ils étaient assis avec le père Corrio à une petite table près de la devanture d'Anthony's, un café de la Neuvième Rue, dans le sud de la ville.

— Il y a vingt mystères du rosaire, expliqua le père Corrio. Ils sont rassemblés en quatre groupes. Les mystères joyeux, douloureux, glorieux et lumineux.

Ils envisagèrent la possibilité que l'assassin ait pu prévoir vingt meurtres, mais le père Corrio ne semblait pas y croire.

— À proprement parler, continua-t-il, les mystères correspondent à un jour de la semaine. Les mystères glorieux sont observés le dimanche et le mercredi. Les mystères lumineux, qui sont relativement récents, sont observés le jeudi.

— Et les douloureux ? demanda Byrne.

— Les mystères douloureux sont observés le mardi et le vendredi. Le dimanche pendant le carême.

Jessica compta mentalement les jours depuis la disparition de Bethany Price. Ça ne collait pas.

— La plupart des mystères célèbrent des événements, poursuivit le père Corrio, comme l'Annonciation, le baptême de Jésus, l'Assomption, la résurrection du Christ. Seuls les mystères douloureux sont liés à la souffrance et à la mort.

— Et il n'y a que cinq mystères douloureux, n'est-ce pas ? s'enquit Jessica.

— En effet, répondit le père Corrio. Mais n'oubliez pas que le rosaire n'est pas universellement accepté. Il y a des objecteurs.

— Comment ça ? demanda Jessica.

— Eh bien, il en est qui jugent le rosaire non œcuménique.

— Je ne suis pas sûr de vous suivre, dit Byrne.

— Le rosaire célèbre Marie. Il vénère la mère de Dieu, et certains estiment que le caractère marial de la prière ne glorifie pas le Christ.

— En quoi cela s'applique-t-il à notre affaire ?

Le père Corrio haussa les épaules.

— L'homme que vous recherchez ne croit peut-être pas à la virginité de Marie. Peut-être tente-t-il, dans son délire, de rendre ces jeunes filles à Dieu à l'état de vierges.

Jessica fut parcourue d'un frisson à cette idée. Si tel était son mobile, alors quand, et pourquoi, s'arrêterait-il ?

Elle tira d'une chemise les photos représentant les paumes de Bethany Price sur lesquelles étaient inscrits les nombres 7 et 16.

— Ces nombres signifient-ils quelque chose pour vous ? demanda Jessica.

Le père Corrio chaussa ses lunettes à double foyer,

examina les clichés. Il était clair que les blessures provoquées par la perceuse le perturbaient.

— Ça pourrait vouloir dire bien des choses, répondit-il. Mais rien ne me vient immédiatement à l'esprit.

— J'ai consulté la page 716 de la Bible annotée d'Oxford, dit Jessica. C'était au milieu des psaumes. J'ai lu le texte, mais rien ne m'a sauté aux yeux.

Le père Corrio hocha la tête, tout en demeurant silencieux. De toute évidence, dans ce contexte, les psaumes ne lui évoquaient rien.

— Pourquoi pas une année ? L'année sept cent seize a-t-elle une signification pour l'Église ? demanda Jessica.

Le père Corrio sourit.

— J'ai pris anglais en option, répondit-il. Je crains que l'histoire ne soit pas mon fort. À part 1869, la date de Vatican I, je ne suis pas très bon pour les dates.

Jessica parcourut les notes qu'elle avait griffonnées la nuit précédente. Elle était à court d'idées.

— Cette jeune fille portait-elle un scapulaire, par hasard ? demanda le père Corrio.

Byrne consulta ses notes. Un scapulaire consistait en gros en deux petites pièces d'étoffe de laine reliées l'une à l'autre par deux ficelles ou deux lanières. Il était porté de manière telle que, lorsque les lanières étaient sur les épaules, une pièce d'étoffe tombait sur la poitrine, et l'autre, dans le dos. D'ordinaire, on offrait un scapulaire lors de la première communion, ainsi que, souvent, un rosaire, une médaille gravée d'un calice et d'une hostie, et un sac en satin.

— Oui, répondit Byrne. Elle avait un scapulaire autour du cou quand on l'a découverte.

— Le scapulaire était-il brun ?

Byrne jeta un nouveau coup d'œil à ses notes.

— Oui.

— Vous feriez sans doute bien de l'examiner attentivement, déclara le père Corrio.

Très souvent, les scapulaires étaient enveloppés dans un plastique protecteur transparent, ce qui était le cas de celui trouvé sur Bethany Price. Une recherche d'empreintes digitales avait déjà été effectuée. Sans résultat.

— Pourquoi cela, mon père ?

— Chaque année, il y a une fête du scapulaire, une journée consacrée à Notre-Dame du Mont-Carmel. Il s'agit de l'anniversaire du jour où la Sainte Vierge est apparue à saint Simon Stock et lui a présenté un scapulaire de moine en affirmant que quiconque le porterait ne souffrirait pas le feu éternel.

— Je ne comprends pas, dit Byrne. En quoi cela nous concerne-t-il ?

— La fête du scapulaire a lieu le 16 juillet.

Le scapulaire trouvé sur Bethany Price était en effet un scapulaire brun dédié à Notre-Dame du Mont-Carmel. Byrne téléphona au labo et leur demanda s'ils avaient ôté le plastique protecteur. Ils ne l'avaient pas fait.

Byrne et Jessica reprirent le chemin de la Rotonde.

— Vous savez, nous ne choperons peut-être jamais ce type, déclara Byrne. Après la cinquième victime, il se peut qu'il retourne dans son trou à rat.

Cette idée avait traversé l'esprit de Jessica, mais elle avait préféré la laisser de côté.

— Ça vous semble possible ?

— J'espère que non, répondit Byrne. Mais ça fait un bout de temps que j'y pense. Je veux juste que vous soyez préparée à cette éventualité.

Elle acceptait mal cette possibilité. Elle savait que s'ils n'attrapaient pas cet homme, elle passerait le reste de sa carrière à juger chaque nouvelle affaire à l'aune de ce qu'elle considérerait comme un échec.

Avant que Jessica ait pu répondre, le téléphone de Byrne sonna. Il répondit. Quelques secondes plus tard, il replia le téléphone, attrapa le gyrophare sur le siège arrière, le posa sur le tableau de bord et l'alluma.

— Qu'est-ce qui se passe ? demanda Jessica.

— Ils ont ouvert le scapulaire et ont effectué un relevé à l'intérieur, répondit-il en enfonçant la pédale de l'accélérateur. Nous avons une empreinte.

Ils attendirent sur un banc à l'extérieur du labo.

Les flics passent beaucoup de temps à attendre. Quand ils font une surveillance, quand ils attendent un verdict, quand ils se pointent au tribunal municipal à neuf heures du matin pour témoigner dans une affaire de conduite en état d'ivresse à la con et finissent par passer deux minutes à la barre à trois heures de l'après-midi, juste à temps pour commencer leur patrouille à quatre heures.

Mais attendre une empreinte était à la fois la meilleure et la pire des attentes. Vous teniez une preuve, mais plus elle mettait de temps à venir, plus il y avait de risques pour qu'elle ne soit pas utilisable.

Byrne et Jessica essayèrent de se détendre. Ils auraient pu faire une foule d'autres choses pendant ce temps, mais ils étaient comme paralysés et bien déterminés à n'en faire aucune. Leur principal objectif, pour le moment, était de maintenir leur pression sanguine et leur rythme cardiaque aussi bas que possible.

— Je peux vous poser une question ? demanda Jessica.

— Bien sûr.

— Je comprendrai parfaitement si vous ne voulez pas en parler.

Byrne la regarda, ses yeux verts avaient presque viré au noir. Elle n'avait jamais vu un homme si proche de l'épuisement.

— Vous voulez savoir ce qui s'est passé avec Luther White, dit-il.

— Euh... oui, fit-elle, se demandant si elle était si transparente que ça. En quelque sorte.

Jessica avait essayé de se renseigner ici ou là. Mais les inspecteurs avaient l'esprit de corps. Et mises bout à bout, les bribes qu'elle avait glanées constituaient une histoire plutôt dingue. Elle s'était dit qu'elle ferait aussi bien de demander.

— Qu'est-ce que vous voulez savoir ? demanda Byrne.

Tout, dans les moindres détails.

— Ce que vous voudrez bien me dire.

Byrne se laissa glisser légèrement sur le banc, s'installa plus confortablement.

— J'étais de la maison depuis environ cinq ans, dont à peu près deux en civil. Il y avait eu une série de viols dans l'ouest de Philly. Le mode opératoire était toujours le même : le violeur traînait dans les parkings de motels, d'hôpitaux, de bureaux, ce genre d'endroit, et il passait à l'acte en pleine nuit, habituellement entre trois et quatre heures du matin.

Jessica s'en souvenait vaguement. Elle était alors en troisième et cette histoire lui avait salement fichu les jetons, de même qu'à ses amies.

— Il portait un bas en Nylon sur le visage, des gants en caoutchouc, et il mettait toujours un préservatif. Il n'a jamais laissé un cheveu ni une fibre. Pas une goutte de fluide. On n'avait rien. Huit femmes en trois mois et on était à zéro. Le seul indice dont on disposait, hormis le fait que le type était blanc et qu'il avait entre trente et cinquante ans, était qu'il avait un tatouage sur la gorge. Un tatouage complexe représentant un aigle qui montait jusqu'à la base de sa mâchoire. On a interrogé tous les salons de tatouage de Pittsburgh à Atlantic City. Rien.

« Un soir, j'étais de sortie avec Jimmy. On venait d'embarquer un suspect dans la vieille ville et on s'est arrêté pour boire un verre vite fait dans un endroit qui s'appelle Les Diables, près du ponton 84. Au moment de partir, je vois un type assis à une table près de la porte qui porte un pull à col roulé blanc, remonté très haut. Sur le coup, je n'en pense rien, mais en m'approchant de la porte, je me retourne sans trop savoir pourquoi et je vois la pointe d'un tatouage au-dessus du col. Un bec d'aigle. Il ne dépassait pas de plus de un centimètre, vous voyez ? C'était lui.

— Est-ce qu'il vous a vu ?

— Oh oui, répondit Byrne. Alors Jimmy et moi, on sort. On se tapit dehors, tout contre un muret en pierre juste au bord la rivière, et on décide d'appeler le commissariat, vu qu'on venait de se siffler quelques verres et qu'on ne voulait pas courir le risque que cet enfoiré s'en tire. C'était avant les téléphones portables, alors Jimmy se dirige vers la voiture pour demander des renforts et je décide de me poster près de la porte en me disant que si le type essaie de sortir, j'aurai le dessus sur lui. Mais j'ai à peine le temps de me retourner qu'il est là. Et il me braque son calibre 22 droit sur le cœur.

— Comment il a su que vous étiez flics ?

— Aucune idée. Mais sans un mot, sans une hésitation, il vide son chargeur. Trois coups, en rafale. Je les ai pris dans le gilet pare-balles, mais ça m'a coupé le souffle. La quatrième balle m'a éraflé le front.

En prononçant ces mots, Byrne toucha la cicatrice au-dessus de son œil droit.

— J'ai basculé en arrière par-dessus le muret et suis tombé dans la rivière. Je n'arrivais pas à respirer. Et comme les balles m'avaient cassé deux côtes, je ne pouvais même pas essayer de nager. Je me suis juste mis à couler vers le fond, comme si j'étais paralysé. L'eau était glaciale.

— Qu'est-il arrivé à White ?

— Jimmy l'a descendu. Deux balles en pleine poitrine.

Jessica essaya de visualiser la scène, le cauchemar de tout flic : se retrouver face à un fêlé de première armé d'un flingue.

— J'étais en train de couler quand j'ai vu White heurter la surface au-dessus de moi. Avant que je perde connaissance, nous nous sommes retrouvés face à face sous l'eau. À quelques centimètres l'un de l'autre. Il faisait sombre, l'eau était glaciale, mais nos regards se sont croisés. On allait tous les deux crever, et on le savait.

— Et qu'est-ce qui s'est passé ?

— Ils m'ont repêché, m'ont fait un massage cardiaque et tout le bazar.

— J'ai entendu dire que vous étiez...

Curieusement, Jessica ne parvenait pas à prononcer le mot.

— Noyé ?

— Enfin, oui. Exactement. C'est vrai ?

— C'est ce qu'on m'a dit.

— Ça alors... Et combien de temps avez-vous été, euh...

— Mort ? fit Byrne en riant.

— Désolé, dit Jessica. Je peux affirmer sans me tromper que c'est la première fois de ma vie que je pose cette question.

— Soixante secondes, répondit Byrne.

— Ouah...

Byrne regarda Jessica. Il lut sur son visage assez de questions pour animer une conférence de presse.

Il sourit et demanda :

— Vous voulez savoir s'il y avait une lumière blanche et des anges et des trompettes dorées et si Roma Downey flottait au-dessus de ma tête, pas vrai ?

Jessica éclata de rire.

— Je suppose.

— Eh bien, non, pas de Roma Downey. Mais j'ai vu un long couloir avec une porte au bout. Et je savais que je ne devais pas ouvrir cette porte, que si je l'ouvrais, je ne reviendrais jamais.

— Vous le saviez ?

— Je le savais. Et pendant longtemps, après avoir repris mon service, chaque fois que j'arrivais sur le lieu d'un crime, je ressentais une... impression. Le lendemain du jour où nous avons découvert le cadavre de Deirdre Pettigrew, je suis retourné à Fairmount Park. J'ai touché le banc devant les buissons où on l'avait trouvée. Et j'ai vu Pratt. Je ne connaissais pas son nom, je ne distinguais pas clairement son visage, mais je savais que c'était lui. Je l'ai vu tel qu'elle l'avait vu.

— Vous l'avez vu ?

— Pas de façon visuelle. C'est juste que... je savais, répondit-il, peinant visiblement à trouver les mots. Ça s'est souvent produit, pendant une longue période. Impossible de l'expliquer. Ni de le prévoir. D'ailleurs, j'ai fait beaucoup de choses que je n'aurais pas dû faire pour essayer de faire cesser les visions.

— Combien de temps êtes-vous resté en convalescence ?

— Environ cinq mois. Beaucoup de rééducation. C'est là que j'ai rencontré ma femme.

— Elle était thérapeute ?

— Non, non. Elle se remettait d'une déchirure du tendon d'Achille. Je l'avais en fait déjà rencontrée des années plus tôt dans mon ancien quartier, mais c'est à l'hôpital qu'on a vraiment fait connaissance. On clopinait ensemble dans les couloirs. Je dirais bien que ç'a été l'amour à la première Vicodine, mais ce n'est franchement pas drôle.

Jessica rit tout de même.

— Avez-vous reçu la moindre aide psychologique au niveau professionnel ?

— Oh oui. J'ai vu le psy du département pendant deux ans, par intermittence. On a analysé mes rêves. J'ai même assisté à quelques réunions de l'AIEEPM.

— AIEEPM ?

— Association internationale pour l'étude des états proches de la mort. Mais ce n'était pas mon truc.

Jessica réfléchit à tout ce qu'elle venait d'entendre. Ça faisait beaucoup.

— Et maintenant, vous en êtes où ?

— Ça ne se produit plus trop souvent. C'est plutôt comme un signal télé éloigné. Morris Blanchard est la preuve que je ne peux plus m'y fier.

Jessica voyait bien que l'histoire ne s'arrêtait pas là, mais elle avait le sentiment de l'avoir poussé assez loin comme ça.

— Et, pour répondre à votre prochaine question, poursuivit Byrne. Je ne lis pas dans l'esprit des gens, je ne suis pas une diseuse de bonne aventure, je ne devine pas l'avenir. On n'est pas dans *Dead Zone*. Si je pouvais deviner l'avenir, croyez-moi, à l'heure qu'il est, je serais sur un champ de courses en train de parier.

Jessica rit de nouveau. Elle était heureuse de lui avoir posé la question, même si tout ça lui filait un peu la chair de poule. Les histoires d'extralucides et tous les trucs du genre lui avaient toujours un peu fichu la trouille. Après avoir lu *Shining*, elle avait dormi une semaine avec la lumière allumée.

Elle était sur le point de changer maladroitement de sujet lorsque Ike Buchanan jaillit soudain de la porte du labo. Il avait le visage rouge, les veines de son cou palpitaient. Sa claudication avait même disparu.

— On le tient, annonça-t-il en agitant une feuille de papier.

Byrne et Jessica se levèrent d'un bond, lui emboîtèrent le pas.

— Qui est-ce ? demanda Byrne.

— Son nom est Wilhelm Kreuz.

58

Jeudi, 11 h 25

D'après les fichiers du service des cartes grises, Wilhelm Kreuz habitait dans Kensington Avenue et travaillait en tant que gardien de parking dans le nord de Philly. Une brigade d'intervention répartie dans deux véhicules se rendit à son domicile : quatre membres des unités d'élite SWAT dans une camionnette noire, quatre des six inspecteurs de l'unité spéciale – Byrne, Jessica, John Shepherd et Eric Chavez – dans une voiture de la brigade.

À quelques rues de leur destination, un téléphone sonna dans la Taurus. Les quatre inspecteurs vérifièrent leur portable. C'était celui de John Shepherd.

— Oui… combien de temps… OK… merci.

Il renfonça l'antenne, replia le téléphone.

— Ça fait deux jours que Kreuz n'est pas allé travailler. Personne au parking ne l'a vu ni ne lui a parlé.

Les inspecteurs l'écoutèrent en silence. Avant d'enfoncer une porte, n'importe quelle porte, un rituel s'installe ; un monologue intérieur intime qui varie d'un agent à l'autre. Certains passent le temps en priant. D'autres se plongent dans un silence total. Le but étant d'apaiser sa colère, de se calmer les nerfs.

Ils en avaient appris plus long sur leur sujet. Wilhelm Kreuz correspondait clairement au profil. Quarante-deux ans, solitaire, diplômé de l'université du Wisconsin.

Malgré un casier chargé, aucun de ses antécédents ne s'approchait en termes de violence ou de perversion des meurtres des filles au rosaire. Mais c'était loin d'être un citoyen exemplaire. Il était fiché en tant que délinquant sexuel de niveau 2, ce qui signifiait que le risque de récidive était considéré comme assez bas. Il avait été incarcéré six ans à la prison de Chester, puis s'était fait enregistrer auprès des autorités de Philadelphie lors de sa libération en 2002. Il avait eu des relations avec des mineures âgées de dix à quatorze ans, et s'en prenait aussi bien à des jeunes filles qu'il connaissait qu'à des inconnues.

Pour les inspecteurs, bien que les victimes du tueur au rosaire fussent plus âgées que celles de Kreuz, il n'y avait aucune explication logique au fait que son empreinte digitale avait été retrouvée sur un effet personnel appartenant à Bethany Price. Ils avaient contacté la mère de Bethany pour lui demander si elle connaissait Wilhelm Kreuz.

Elle n'avait jamais entendu parler de lui.

Kreuz vivait dans un trois pièces au premier étage d'un immeuble délabré proche de Somerset. L'entrée donnant sur la rue était située à proximité de la porte d'un pressing depuis longtemps fermé. Les plans du cadastre indiquaient qu'il y avait quatre appartements au premier étage. Selon les services du logement, seuls deux d'entre eux étaient occupés. Du moins légalement. L'entrée de derrière ouvrait sur une allée qui filait sur toute la longueur du pâté de maisons.

L'appartement ciblé se trouvait à l'avant, ses deux fenêtres donnaient sur Kensington Avenue. Un tireur d'élite du SWAT prit position de l'autre côté de la rue, sur le toit d'un bâtiment de deux étages. Un second agent du SWAT couvrirait l'arrière de l'immeuble depuis l'allée.

Les deux derniers membres des unités d'élite étaient chargés de défoncer la porte au moyen d'un bélier Thunderbolt CQB, un instrument cylindrique utilisé chaque fois qu'il était nécessaire de pénétrer rapidement dans un lieu à haut risque. Une fois la porte défoncée, Jessica et Byrne entreraient, tandis que John Shepherd protégerait leurs arrières. Eric Chavez serait posté au bout du couloir, près de l'escalier.

Ils percèrent le verrou de la porte donnant sur la rue et s'introduisirent en un rien de temps. Tandis qu'ils avançaient en file indienne dans la petite entrée, Byrne vérifia les quatre boîtes aux lettres alignées contre le mur. Apparemment, aucune n'était utilisée. Elles avaient depuis longtemps été forcées, et jamais réparées. Factures, menus, catalogues jonchaient le sol par dizaines.

Au-dessus des boîtes aux lettres se trouvait un tableau en liège moisi. Quelques entreprises du coin y vantaient leurs services en caractères ternis imprimés sur du papier fluorescent ondulé. Les promotions remontaient à presque un an. Ça faisait visiblement un bail que les distributeurs de prospectus avaient laissé tomber cet endroit. Les murs de l'entrée étaient couverts de tags de gangs et d'obscénités en au moins quatre langues différentes.

La cage d'escalier était encombrée de piles de sacs-poubelle qu'une ménagerie d'animaux urbains à deux ou quatre pattes avait éventrés. L'endroit puait l'urine et la nourriture pourrie.

Le premier étage était encore pire. Un relent lourd et aigre de fumée de haschich flottait sous une odeur d'excréments. Le palier consistait en un long couloir étroit. Les plaques de métal des murs étaient à nu et des fils électriques pendouillaient. Des bouts de plâtre écorché et d'émail écaillé pendaient du plafond en stalactites humides.

Byrne s'approcha silencieusement de la porte et y colla l'oreille. Il écouta quelques instants, puis secoua la tête. Il essaya la poignée. Verrouillée. Il s'écarta.

L'un des membres de l'unité d'élite croisa le regard des inspecteurs qui devaient pénétrer dans l'appartement. L'autre, celui qui tenait le bélier, prit position. Il effectua un compte à rebours silencieux.

C'était parti.

— Police ! Perquisition ! hurla-t-il.

Il écarta le bélier, puis l'enfonça dans la porte, juste sous le verrou. La vieille porte se désolidarisa instantanément de son montant, puis s'arracha au niveau du gond supérieur. L'agent muni du bélier recula tandis que l'autre membre du SWAT franchissait le seuil, tenant en hauteur son AR-15 calibre 5,56 mm.

Byrne pénétra ensuite.

Jessica suivit, son Glock 17 pointé vers le sol.

Le salon minuscule se trouvait immédiatement sur la droite. Byrne longea le mur. Ils furent tout d'abord accueillis par des odeurs de désinfectant, d'encens à la cerise et de chair en décomposition. Deux rats effrayés détalèrent le long du mur proche, leurs griffes cliquetant sur le plancher. Jessica remarqua du sang séché sur leurs truffes grises.

Un silence sinistre régnait dans l'appartement. Quelque part dans le salon, le tic-tac d'une horloge. Pas une voix, pas un souffle.

La pièce devant eux était en désordre. Une causeuse en panne de velours dorée, des coussins par terre. Quelques cartons à pizza vides. Une pile de vêtements infects.

Pas âme qui vive.

Sur la gauche, une porte menant probablement à la chambre. Comme ils approchaient, ils distinguèrent le son faible d'une émission de radio. Une station religieuse.

L'agent de l'unité d'élite se mit en position, tenant son arme en hauteur.

Byrne s'avança, toucha la porte. Fermée. Il tourna doucement la poignée, puis poussa rapidement la porte de la chambre et recula. La radio était maintenant un peu plus forte.

« La Bible affirme sans conteste, euh, qu'un jour tout le monde, euh, devra rendre des comptes, euh, à Dieu ! »

Byrne chercha le regard de Jessica. Il effectua un compte à rebours en hochant le menton. Ils s'engouffrèrent dans la pièce.

Et se retrouvèrent au cœur de l'enfer.

— Oh, bon Dieu ! s'exclama l'agent du SWAT avant de se signer. Doux Jésus !

La chambre ne comportait pas le moindre meuble. Les murs étaient recouverts d'un papier peint à fleurs maculé de taches humides et à moitié décollé ; le sol était moucheté d'insectes morts, de petits os, de déchets de fast-food. Des toiles d'araignée pendaient dans les angles ; une poussière grise et soyeuse s'était accumulée au fil des années sur les plinthes. La petite radio se trouvait dans un coin, près des fenêtres, elles-mêmes recouvertes de draps déchirés et moisis.

Dans la pièce se trouvaient deux occupants.

Contre le mur opposé, un homme était suspendu la tête en bas à une croix de fortune qui semblait avoir été fabriquée à partir de deux bouts de métal prélevés sur un sommier. Ses poignets, ses pieds et son cou étaient attachés au métal au moyen de fils de fer barbelé qui lui pénétraient profondément dans la chair. Il était nu et son torse avait été lacéré depuis l'aine jusqu'à la gorge – la graisse, la peau et les muscles tirés sur les côtés formaient un sillon profond. On lui avait aussi taillé latéralement la poitrine afin de dessiner une croix de sang et de chair en lambeaux.

Sous lui, au pied de la croix, une jeune fille était assise. Ses cheveux, qui avaient dû à un moment être blonds, étaient d'un ocre foncé. Elle baignait dans le sang, qui avait formé une petite flaque sur sa jupe en jean au niveau de ses cuisses et dont l'odeur métallique emplissait la pièce. Elle avait les mains jointes par un boulon et tenait un rosaire qui ne comportait plus qu'une dizaine de perles.

Byrne fut le premier à se remettre du choc. Cet endroit était dangereux. Il se coula le long du mur opposé aux fenêtres, jeta un coup d'œil dans la penderie. Vide.

— Rien à signaler, finit-il par annoncer.

Toute menace immédiate, du moins provenant d'un être humain en vie, étant écartée, les inspecteurs auraient pu rengainer leurs armes, mais ils hésitaient, comme s'ils avaient pu anéantir par la force la vision profane qui s'offrait à eux.

C'était impossible.

Le tueur était venu ici et avait laissé dans son sillage ce tableau blasphématoire, une image qui les hanterait à coup sûr jusqu'à leur dernier souffle.

Une fouille rapide de la penderie ne révéla pas grand-chose. Deux uniformes de travail, deux paires de chaussettes et des sous-vêtements sales. Les uniformes provenaient de la société Acme Parking. Un badge avec photo d'identité était attaché à l'avant de l'une des chemises. Le badge identifiait l'homme suspendu comme étant Wilhelm Kreuz. La photo correspondait à celle de l'identité judiciaire.

Les inspecteurs finirent par rengainer leurs armes.

John Shepherd passa un coup de fil pour que soit dépêchée l'équipe de police scientifique.

— C'est son nom, déclara l'agent des unités d'élite, visiblement toujours secoué.

L'insigne sur sa veste bleue de combat indiquait qu'il s'appelait D. MAURER.

— Qu'est-ce que vous voulez dire ? demanda Byrne.

— Ma famille est allemande, expliqua Maurer, tentant au mieux de reprendre contenance, chose difficile pour chacun d'entre eux. En allemand, *Kreuz* signifie « croix ». On peut traduire son nom par Guillaume Croix.

Le quatrième mystère douloureux est le portement de la Croix.

Byrne quitta les lieux un instant puis réapparut rapidement. Il feuilleta son calepin, cherchant la liste des jeunes filles disparues qui avaient fait l'objet d'un rapport. Les rapports comportaient des photos. Il ne lui fallut pas longtemps. Il s'agenouilla près de la jeune fille, tint une photo près de son visage. Le nom de la victime était Kristi Hamilton. Seize ans. Domiciliée à Nicetown.

Byrne se leva. Il observa la scène abominable devant lui. En son for intérieur, il savait qu'il affronterait bientôt le tueur et qu'ils marcheraient ensemble au bord de l'abîme.

Il aurait voulu dire quelque chose à l'équipe, à cette escouade qu'on l'avait chargé de mener, mais en cet instant, il ne se sentait vraiment pas l'âme d'un meneur. Pour la première fois de sa carrière, il se rendait compte qu'aucune parole ne suffirait.

Sur le sol, près de la jambe droite de Kristi Hamilton, se trouvait un gobelet de Burger King muni d'un couvercle et d'une paille.

Il y avait des traces de lèvres sur la paille.

Le gobelet était à moitié rempli de sang.

Byrne et Jessica marchèrent sans but dans Kensington Avenue, parcourant environ un pâté de maisons, chacun ressassant de son côté les images de démence et de délire du lieu du crime. Le soleil fit une brève apparition timide entre deux épais nuages gris, projetant un arc-en-ciel au-dessus de la rue, mais ils n'y trouvèrent aucun réconfort.

Ils auraient voulu parler.

Ils auraient voulu hurler.

Mais ils demeuraient pour l'instant silencieux, un orage bouillonnant en eux.

Le public entretient l'illusion que les policiers peuvent contempler n'importe quelle scène, assister à n'importe quel événement, tout en maintenant un détachement clinique. Certes, bien des flics cultivent cette image d'individus au cœur de pierre. Mais elle n'est bonne que pour la télévision et le cinéma.

— Il se moque de nous, dit Byrne.

Jessica acquiesça. Ça ne faisait aucun doute. Il s'était servi de l'empreinte digitale pour les mener jusqu'à l'appartement de Kreuz. Le plus difficile avec cette affaire, commençait-elle à comprendre, était d'oublier son désir de vengeance personnelle. Ça devenait de plus en plus dur.

Il avait franchi un nouveau degré de violence. La vision du corps éviscéré de Wilhelm Kreuz leur indiquait que l'arrestation du tueur au rosaire ne se ferait pas paisiblement. Cette affaire s'achèverait dans un bain de sang.

Ils s'adossèrent à la camionnette de la police scientifique, devant l'appartement.

Quelques instants plus tard, un agent en uniforme se pencha à l'une des fenêtres de la chambre de Kreuz.

— Inspecteurs ?

— Qu'est-ce qu'il y a ? demanda Jessica.

— Ce serait bien que vous montiez.

La femme semblait approcher des quatre-vingt-dix ans. Ses épaisses lunettes reflétaient des prismes arc-en-ciel dans le filet de lumière incandescente projeté par les deux ampoules suspendues au plafond du couloir. Elle se tenait au seuil de son appartement, appuyée sur un déambulateur en aluminium. Elle vivait à deux portes de l'appartement de Wilhelm Kreuz et exhalait une odeur de litière pour chats, de pommade Bengay et de salami casher.

Elle s'appelait Agnes Pinsky.

— Répétez à ce monsieur ce que vous venez de me dire, madame, demanda l'agent en uniforme.

— Hein ?

Elle portait un peignoir en éponge vert eau déchiré et boutonné de travers. Le pan gauche, plus haut que le droit, laissait apparaître un mi-bas de contention qui montait jusqu'au genou et une chaussette en laine bleue qui s'arrêtait au mollet.

— Quand avez-vous vu M. Kreuz pour la dernière fois ? demanda Byrne.

— Willy ? Il est toujours gentil avec moi, répondit-elle.

— Tant mieux, dit Byrne. Quand l'avez-vous vu pour la dernière fois ?

Le regard d'Agnes Pinsky se posa sur Jessica, puis revint vers Byrne. Elle semblait s'apercevoir seulement maintenant qu'elle parlait à des inconnus.

— Comment m'avez-vous trouvée ?

— Nous avons juste frappé à votre porte, madame Pinsky.

— Est-ce qu'il est malade ?

— Malade ? répéta Byrne. Pourquoi dites-vous cela ?

— Son médecin était ici.

— Quand ça ?

— Hier, dit-elle. Son médecin est venu le voir hier.

— Comment savez-vous que c'était son médecin ?

— Comment je le sais ? Vous plaisantez ? Je sais à quoi ressemblent les médecins ? Je ne suis pas gâteuse.

— Savez-vous à quelle heure il est venu ?

Agnes Pinsky fixa Byrne du regard pendant un long moment qui les mit mal à l'aise. Le sujet de la conversation s'était égaré dans un recoin obscur de son esprit. Elle avait l'air d'une personne attendant impatiemment qu'on lui rende sa monnaie au bureau de poste.

Ils lui enverraient un dessinateur pour le portrait-robot, même si les chances d'obtenir un croquis utilisable étaient minces.

Jessica avait néanmoins entendu dire que les patients souffrant d'Alzheimer ou de démence avaient parfois des souvenirs d'une précision étonnante.

Son médecin est venu le voir hier.

Il ne restait plus qu'un mystère douloureux, se dit Jessica en descendant l'escalier.

Où les mènerait-il la prochaine fois ? Dans quel quartier débouleraient-ils avec leurs armes et leurs béliers électriques ? Northern Liberties ? Glenwood ? Tioga ?

Quel visage contempleraient-ils, abattus et incapables de prononcer un mot ?

Si, une fois de plus, ils n'arrivaient pas à temps, ça ne faisait aucun doute dans leur esprit : la dernière jeune fille serait crucifiée.

Cinq des six inspecteurs se réunirent dans le salon Lincoln à l'étage du Finnigan's Wake. Ils avaient la pièce pour eux, elle avait été momentanément fermée au public. En bas, les Corrs passaient sur le juke-box.

— Alors comme ça, on a affaire à un putain de vampire maintenant ? demanda Nick Palladino.

Il se tenait près de la haute fenêtre qui donnait sur Spring Garden Street. Le pont Benjamin Franklin bourdonnait au loin. Palladino avait besoin d'être debout pour réfléchir, de se balancer sur ses talons, les mains dans les poches, tout en faisant tinter sa monnaie.

— Enfin quoi, donnez-moi un mec qui fait partie

d'un gang, poursuivit-il. Donnez-moi un caïd armé d'un Mac-10 qui descend un autre connard pour une histoire de territoire, d'honneur, de code, un truc du genre. C'est mon rayon. Mais ça ?

Ils comprenaient tous ce qu'il voulait dire. C'était tellement plus simple quand les mobiles étaient clairement affichés. Le plus facile, c'était les histoires de fric. Il n'y avait qu'à suivre les billets verts semés par terre.

Palladino était remonté.

— Payne et Washington ont été rencardés sur le type qui s'est fait buter l'autre nuit à Gray's Ferry, continua-t-il. J'ai entendu dire qu'ils avaient retrouvé l'assassin, mort, vers Erie Avenue. Voilà le genre d'affaire que j'aime. Clair et net.

Byrne ferma les yeux une seconde, puis, lorsqu'il les rouvrit, il lui sembla que c'était un nouveau jour.

John Shepherd apparut en haut de l'escalier. Byrne fit un signe à la serveuse, Margaret. Elle apporta un Jim Beam à John, sec.

— Tout le sang était celui de Kreuz, déclara Shepherd. La fille a eu la nuque brisée. Comme les autres.

— Et le sang dans le gobelet ? demanda Tony Park.

— Celui de Kreuz aussi. Le légiste pense que, avant qu'il ne se soit complètement vidé, on lui a fait boire son sang à la paille.

— On lui a fait boire son sang ? répéta Chavez, un frisson lui parcourant le corps.

Ce n'était pas une question, il essayait juste de concevoir l'inconcevable.

— Oui, répondit Shepherd.

— Maintenant c'est officiel, dit Chavez. Je peux dire que j'ai tout vu.

Les six inspecteurs méditèrent en silence. L'affaire du tueur au rosaire avait franchi un nouveau pas dans l'horreur.

— « Buvez-en tous, car ceci est mon sang, le sang

de l'alliance, qui va être répandu pour une multitude en rémission des péchés », récita Jessica.

Cinq paires de sourcils se levèrent. Les inspecteurs se tournèrent tous vers elle.

— J'ai lu pas mal de choses récemment, dit-elle. Le jeudi saint est le jour de la Cène.

— Alors pour le tueur, ce Kreuz était une sorte de Pierre ? demanda Palladino.

D'un haussement d'épaules, Jessica indiqua qu'elle n'était sûre de rien. Elle y avait pensé. Ils passeraient sans doute le reste de la nuit à mettre en pièces la vie de Wilhelm Kreuz, à la recherche du moindre semblant de piste.

— Est-ce qu'elle avait quelque chose dans les mains ? demanda Byrne.

Shepherd acquiesça. Il produisit une photocopie d'une photo numérique. Les inspecteurs s'assemblèrent autour de la table et examinèrent tour à tour le cliché.

— Qu'est-ce que c'est ? Un ticket de loterie ? demanda Jessica.

— Oui, répondit Shepherd.

— Oh, putain, génial, enragea Palladino.

Il retourna auprès de la fenêtre, les mains dans les poches.

— Des empreintes ? demanda Byrne.

Shepherd fit signe que non.

— Est-ce qu'on peut savoir où a été acheté ce ticket ? demanda Jessica.

— On a déjà appelé la commission, répondit Shepherd. Nous devrions avoir de leurs nouvelles d'un moment à l'autre.

Jessica observa la photo. Le tueur avait placé un ticket de la loterie Big 4 entre les mains de sa dernière victime. Il y avait de grandes chances pour que ce ne soit pas juste une facétie. Comme tous les autres, cet objet désignait l'endroit où se trouverait la prochaine victime.

Le numéro joué était obscurci par le sang.

Cela signifiait-il qu'il abandonnerait le corps chez un revendeur de tickets de loterie ? Il devait y en avoir des centaines. Il était absolument impossible de les surveiller tous.

— Ce type a une veine incroyable, déclara Byrne. Quatre filles enlevées dans la rue et pas un seul témoin oculaire. Il est invisible.

— Tu crois que c'est de la veine ou juste le fait que nous vivons dans une ville où personne n'a plus rien à foutre de rien ? demanda Palladino.

— Si je pensais ça, je prendrais ma retraite aujourd'hui même et je mettrais les voiles pour Miami Beach, déclara Tony Park.

Les cinq autres inspecteurs acquiescèrent.

À la Rotonde, l'unité spéciale avait indiqué sur une énorme carte les lieux d'enlèvement et les lieux où les corps avaient été abandonnés. Aucune logique ne leur était apparue, aucun moyen d'anticiper ni de deviner ce que le tueur ferait maintenant. Ils en étaient revenus aux principes de base : les tueurs en série sévissent près de chez eux. Leur meurtrier vivait ou travaillait donc dans le nord de Philly.

Case départ.

Byrne raccompagna Jessica à sa voiture.

Ils restèrent un bref moment à chercher quoi dire. C'était en de tels instants que Jessica aurait bien aimé fumer. Son entraîneur l'aurait tuée rien que pour avoir eu cette idée, mais ça ne l'empêchait pas d'être jalouse du réconfort que Byrne semblait trouver dans une Marlboro light.

Une péniche voguait paresseusement sur la rivière. La circulation avançait par à-coups. Philadelphie était vivante, malgré cette folie, malgré l'abominable douleur qui s'était abattue sur les familles des victimes.

— Vous savez, quelle que soit l'issue, tout ça finira mal, dit Byrne.

Jessica le savait. Elle savait aussi que, avant que ce soit terminé, elle en aurait appris un bon paquet sur elle-même. Elle découvrirait probablement un recoin obscur de son âme fait de peur, de fureur et d'angoisse, une zone sur laquelle elle aurait préféré ne jamais lever le voile. Et, même si elle ne voulait pas y croire, elle sortirait de ce tunnel différente. Elle n'avait pas prévu ça en acceptant ce boulot, mais elle se sentait désormais comme un train fou fonçant à toute allure vers l'abîme sans pouvoir s'arrêter.

QUATRIÈME PARTIE

59

Vendredi saint, 10 h 00

La drogue faillit lui arracher la tête.

Le flash lui percuta l'arrière du crâne puis fit quelques ricochets, en rythme avec la musique, avant de lui scier le cou en triangles irréguliers, comme on coupe le sommet d'une citrouille au moment d'Halloween.

— Cool, fit Lauren.

Lauren Semanski était en passe de rater deux de ses six matières à Nazarene. Après deux années d'algèbre, elle n'aurait pas pu dire, même sous la menace d'une arme, ce qu'était une équation du second degré. Elle n'était même pas certaine que l'équation du second degré fût de l'algèbre. Peut-être que c'était de la géométrie. Et, bien que sa famille fût d'origine polonaise, elle était incapable de pointer du doigt la Pologne sur une carte. Elle avait essayé une fois, et son ongle couvert de vernis à paillettes avait atterri quelque part au sud du Liban. Elle avait eu cinq amendes au cours des trois derniers mois, les cadrans lumineux du radio-réveil et du magnétoscope de sa chambre clignotaient sur 12:00 depuis presque deux ans, et la seule fois qu'elle avait essayé de préparer un gâteau pour l'anniversaire de sa petite sœur Caitlin, elle avait failli mettre le feu à la maison.

À seize ans, Lauren Semanski – et elle aurait été la première à l'admettre – ignorait beaucoup de choses sur tout un tas de choses.

Mais elle s'y connaissait question amphés.

— Kryptonienne !

Elle laissa tomber la paille sur la table basse, s'enfonça dans le divan. Elle avait envie de hurler. Elle parcourut la pièce du regard. Que des branleurs. Quelqu'un avait monté le volume de la musique. On aurait dit Billy Corgan. Les Pumpkins étaient ringards. Zwan craignait.

— Lolo ! hurla Jeff, à peine audible au-dessus de la musique, utilisant le surnom stupide dont il l'avait affublée bien qu'elle lui eût demandé des milliers de fois d'arrêter.

Il mima quelques riffs de choix sur une guitare imaginaire, bavant sur son T-shirt Mars Volta, un sourire de hyène lui barrant le visage.

Putain, quel naze, pensa Lauren. *Mignon, mais un vrai blaireau.*

— Faut que je m'arrache ! cria-t-elle.

— Nan, allez reste, Lo.

Il lui tendit la paille, comme si elle n'avait pas déjà sniffé toute une pharmacie.

— J'peux pas.

Elle était censée être à l'épicerie. Elle était censée acheter un foutu glaçage à la cerise pour le rôti de Pâques. Comme si elle avait besoin de manger. Qui avait besoin de manger ? Aucune des personnes qu'elle connaissait. Mais elle devait quand même se tirer.

— Elle va me tuer si j'oublie d'aller à l'épicerie.

Jeff fit une grimace, puis se pencha au-dessus de la table basse et sniffa un rail. Il était défoncé. Elle espérait un baiser au moment de se dire au revoir, mais lorsqu'il s'écarta de la table, elle vit ses yeux.

Barré.

Lauren se leva, attrapa son sac à main et son parapluie. Elle regarda les obstacles que formaient les corps gisant dans divers états d'hyperconscience tout autour d'elle. Les fenêtres étaient obstruées par des feuilles de papier colorées. Toutes les lampes étaient munies d'ampoules rouges.

Elle reviendrait plus tard.

Jeff avait encore de quoi se défoncer tout le week-end.

Elle sortit dans la rue, ses Ray-Ban fermement en place. Il pleuvait toujours – est-ce que ça s'arrêterait un jour ? – mais le ciel couvert était un peu trop lumineux à son goût. En plus, elle aimait l'allure qu'elle avait avec ses lunettes de soleil. Parfois, elle les portait de nuit. Parfois, elle les portait au lit.

Elle se racla la gorge, déglutit. La brûlure des amphés au fond de sa gorge provoqua un deuxième flash.

Elle était bien trop raide-def pour rentrer chez elle. Et puis de toute manière, c'était Bagdad là-bas, ces temps-ci. Elle n'avait pas besoin de cette galère.

Elle sortit son Nokia, essaya de trouver une bonne excuse. Tout ce qu'il lui fallait, c'était environ une heure, le temps de redescendre. Panne de voiture ? Vu que la Volkswagen était au garage, ça ne risquait pas de prendre. Copain malade ? S'il te plaît, Lo. À ce stade, Mamie B lui demanderait un mot du médecin. Quel bobard n'avait-elle pas utilisé depuis un bout de temps ? Pas grand-chose. Ça faisait un mois qu'elle passait peut-être quatre jours par semaine chez Jeff et rentrait à la bourre chaque soir.

Je sais, pensa-t-elle. *J'ai trouvé.*

Désolée, mamie. J'peux pas rentrer pour déjeuner. Je me suis fait kidnapper.

Ha, ha. Comme si elle en aurait quelque chose à foutre.

Depuis que ses parents avaient fait un crash test grandeur nature l'année précédente, Lauren habitait chez les morts vivants.

Et puis merde. Elle improviserait.

Elle fit un peu de lèche-vitrine, soulevant ses lunettes de soleil pour y voir clair. Les Ray-Ban étaient cool et tout, mais, bordel, ce qu'elles étaient sombres !

Elle coupa à travers le parking derrière les boutiques au coin de sa rue, s'armant de courage pour affronter son vieux dragon de grand-mère.

— Salut, Lauren ! hurla quelqu'un.

Elle se retourna. Qui l'avait appelée ? Elle parcourut le parking du regard et ne vit personne, juste une poignée de voitures, deux camionnettes. Elle essaya de localiser la voix. En vain.

— Y a quelqu'un ? demanda-t-elle.

Silence.

Elle recula entre une camionnette et un camion de livraison de bière, ôta ses lunettes de soleil et regarda autour d'elle, pivotant à 360 degrés.

Tout à coup, une main vint se plaquer sur sa bouche. Elle crut tout d'abord que c'était Jeff, mais même Jeff ne pousserait pas la blague aussi loin. Ce n'était vraiment pas drôle. Elle se débattit, mais la personne qui lui jouait ce tour (pas du tout) hilarant était forte. Très forte.

Elle sentit une aiguille dans son bras gauche.

Hein ? Ah, c'est comme ça, connard, pensa-t-elle.

Elle était sur le point de faire une prise à la Vin Diesel à son assaillant lorsque ses jambes vacillèrent, et elle s'affala contre la camionnette. Elle tenta de se ressaisir tandis qu'elle glissait vers le sol. Il lui arrivait quelque chose et elle voulait tout enregistrer dans son esprit. Quand les flics choperaient cet enfoiré – et aucun doute qu'ils le choperaient –, elle serait le meilleur témoin de tous les temps. Tout d'abord, il sentait le propre. Un peu trop propre à son goût. Et puis il portait des gants en caoutchouc.

Pas bon signe, rapport aux empreintes.

La sensation de faiblesse se propagea jusqu'à son ventre, sa poitrine, sa gorge.

Résiste, Lauren.

Elle avait bu de l'alcool pour la première fois à neuf ans, quand sa grande cousine Gretchen lui avait refilé en cachette un cocktail à base de vin pendant le feu d'artifice du 4 Juillet au Boat House Row. Depuis ce jour, elle avait ingéré toutes les substances connues des hommes et quelques autres que seuls les extraterrestres devaient connaître. Quel que soit le produit dans la seringue, elle pouvait encaisser le coup. Les pédales wah-wah et les drogues qui rendaient le monde flou, c'était archidépassé. Un jour elle était rentrée en voiture d'Atlantic City complètement torchée au Jack Daniel's après trois jours de défonce aux amphés.

Elle s'évanouit.

Elle revint à elle.

Elle était maintenant étendue sur le dos dans une camionnette. Ou bien était-ce un 4 × 4 ? En tout cas, ils roulaient. Vite. Elle planait, mais ce n'était pas agréable. Plutôt comme quand on se réveille à trois heures du mat' et qu'on se dit qu'on n'aurait pas dû prendre cet ecsta ni ce Nardil.

Elle avait froid. Elle tira le drap au-dessus d'elle. Ce n'était pas vraiment un drap. Plutôt une chemise ou un manteau ou quelque chose comme ça.

Au plus profond de sa conscience, elle entendit un téléphone portable. Elle entendit sa sonnerie stupide, une mélodie de Korn, juste là, dans sa poche, et tout ce qu'elle avait à faire, c'était répondre comme elle l'avait fait un million de fois pour dire à sa grand-mère d'appeler les putains de flics, et ce type se ferait choper en beauté.

Mais elle ne pouvait pas bouger. Elle avait l'impression que ses bras pesaient une tonne.

Le téléphone sonna de nouveau. Il se pencha en arrière et se mit à farfouiller dans ses poches de jean pour le lui prendre. Son jean était serré et il avait un mal de chien à attraper le téléphone. Bien fait. Elle aurait voulu lui attraper le bras pour l'empêcher de continuer, mais elle semblait bouger au ralenti. Il extirpait avec peine le Nokia de sa poche, lentement, tout en gardant une main sur le volant et en jetant de temps à autre un coup d'œil sur la route.

Lauren sentit une colère noire monter au plus profond d'elle-même, une éruption de fureur volcanique qui lui disait que si elle ne faisait pas quelque chose, et le plus tôt possible, elle n'en sortirait pas vivante. Elle remonta la veste jusqu'à son menton. Elle avait soudain si froid. Elle sentit quelque chose dans une des poches. Un stylo ? Probablement. Elle le sortit et le serra de toutes ses forces.

Comme un couteau.

Lorsqu'il parvint enfin à extraire le téléphone de son jean, elle sut que c'était maintenant ou jamais. Il était sur le point de retirer son bras lorsqu'elle projeta son poing, qui décrivit un arc immense et le frappa sur le dos de la main droite, brisant la pointe du stylo. Il poussa un cri perçant tandis que la voiture faisait une embardée, sur la gauche, puis sur la droite, ballottant le corps de Lauren contre une paroi, puis contre l'autre. Ils durent grimper sur un trottoir car elle se retrouva soudain propulsée en l'air avant de revenir s'écraser au plancher. Elle entendit un clic sonore, puis sentit une énorme bouffée d'air.

La porte latérale s'était ouverte, mais ils roulaient toujours.

Elle sentit l'air frais et humide tourbillonner à l'intérieur du véhicule, charriant avec lui des odeurs de gaz d'échappement et de pelouse fraîchement tondue. Le vent lui redonna un coup de fouet, atténua sa nausée. Quelque peu. Puis Lauren sentit de nouveau les effets du produit qu'il lui avait injecté, mêlés à ceux des amphés. Son esprit semblait flotter, ses sens étaient émoussés.

Le vent continuait de tourbillonner. La terre hurlait juste sous ses pieds. Ça lui rappelait la tornade du *Magicien d'Oz*. Ou celle de *Twister*.

Ils roulaient désormais encore plus vite. Elle perdit un instant la notion du temps. Puis elle leva les yeux juste au moment où l'homme tendait de nouveau le bras vers elle. Cette fois-ci il avait quelque chose dans la main, quelque chose de métallique et de brillant. Pistolet ? Couteau ? Non. C'était tellement difficile de se concentrer. Lauren essaya de fixer l'objet du regard. Le vent faisait voltiger de la poussière et des détritus tout autour d'elle. Elle n'y voyait rien, les yeux lui piquaient. Soudain elle distingua la seringue qui s'approchait d'elle. L'aiguille semblait immense, aiguisée, mortelle. Elle ne pouvait pas se laisser piquer à nouveau.

Absolument impossible.

Lauren Semanski rassembla le peu de courage qui lui restait.

Elle se redressa, sentit la force lui revenir dans les jambes.

Elle se propulsa.

Et découvrit qu'elle savait voler.

60

Vendredi, 10 h 15

Le département de police de Philadelphie était observé au microscope par les médias nationaux. Les trois grandes chaînes, plus Fox et CNN, avaient déployé des équipes dans toute la ville et diffusaient des bulletins récurrents.

La chaîne locale passait en boucle l'histoire du tueur au rosaire, qui avait désormais son propre logo et son générique. Elle recensait aussi les églises proposant des messes pour le vendredi saint, ainsi que celles, moins nombreuses, où des veillées funèbres seraient organisées à la mémoire des victimes.

Les familles catholiques, surtout celles où il y avait des filles – qu'elles fréquentent ou non des écoles religieuses – éprouvaient une terreur proportionnelle à tout ce battage. La police s'attendait à une recrudescence de coups de feu tirés sur des inconnus. Les facteurs et les chauffeurs travaillant pour FedEx et UPS étaient particulièrement en danger. Ainsi que les gens qui avaient des ennemis.

Je l'ai pris pour le tueur au rosaire, Votre Honneur. J'étais bien obligé de le tuer.

J'ai une fille.

La police avait caché la nouvelle du décès de Brian Parkhurst aussi longtemps que possible, mais, comme toujours, il avait fini par y avoir une fuite. Le procureur général s'était adressé aux médias réunis devant le 1421 Arch Street et, lorsqu'on lui avait demandé s'il y avait des preuves contre Brian Parkhurst, elle avait dû concéder que non. Parkhurst avait été interrogé en tant que témoin.

Et tournez manèges.

À l'annonce de la quatrième victime, tous les dingues étaient sortis de leur trou. Comme elle s'approchait de la Rotonde, Jessica vit quelques douzaines de personnes munies de pancartes en carton qui faisaient le pied de grue sur le trottoir de la Huitième Rue, proclamant pour la plupart que la fin du monde était proche. Elle crut lire les noms de JÉZABEL et MADELEINE sur quelques pancartes.

À l'intérieur, c'était pire. Bien que conscients qu'ils n'en tireraient aucune piste crédible, les agents étaient obligés d'enregistrer toutes leurs dépositions. Des Raspoutine de série B, les Jason Voorhees et Freddy Krueger de rigueur. Et puis il fallait s'occuper des ersatz d'Hannibal, de Gacy, de Dahmer et de Bundy. En tout, ils avaient reçu plus de cent confessions.

Au premier étage, dans les locaux de la brigade criminelle, Jessica commençait à rassembler ses notes pour la réunion de l'unité spéciale lorsqu'un rire de femme plutôt strident provenant de l'autre bout de la salle attira son attention.

Qu'est-ce que c'est que cette cinglée ? se demanda-t-elle.

Elle leva les yeux, et ce qu'elle vit la sidéra. La blonde à queue-de-cheval avec une veste en cuir. La fille qu'elle avait aperçue avec Vincent. Ici. À la Rotonde. Cela dit, maintenant que Jessica la voyait de près, il était clair qu'elle était nettement moins jeune qu'elle ne l'avait cru tout d'abord. N'empêche, le fait de la voir dans ces bureaux était surréaliste.

— Mais qu'est-ce que c'est que ça? s'exclama-t-elle, suffisamment fort pour que Byrne l'entende.

Elle balança ses carnets sur le bureau de mission.

— Quoi? demanda Byrne.

— Vous vous foutez de moi ou quoi? dit-elle.

Elle tenta de se calmer. En vain.

— Cette... salope a le culot de venir m'emmerder jusqu'ici.

Jessica fit un pas en avant. Sa posture devait être lourde de menaces car Byrne vint s'interposer entre elle et la femme.

— Hé, fit-il. Un instant. De quoi parlez-vous?

— Laissez-moi passer, Kevin.

— Pas tant que vous ne m'aurez pas dit ce qui se passe.

— C'est la salope que j'ai vue avec Vincent l'autre jour. Je n'arrive pas à croire qu'elle...

— Qui, la blonde?

— Oui. C'est la...

— C'est Nicci Malone.

— Qui?

— Nicolette Malone.

Jessica enregistra l'information, le nom ne lui disait rien.

— C'est censé m'évoquer quelque chose?

— Elle est inspectrice aux stups. Elle travaille au central.

Quelque chose se délogea soudain dans le cœur de Jessica, une banquise de honte et de culpabilité qui lui glaça le sang. Elle avait surpris Vincent en plein boulot. La blonde était juste une collègue.

Il avait tenté de lui expliquer, mais elle n'avait rien

voulu entendre. Une fois de plus, elle s'était comportée comme une abrutie de première.

Jalousie, ton nom est Jessica.

L'unité spéciale se préparait pour la réunion.

Après la découverte de Kristi Hamilton et de Wilhelm Kreuz, ils avaient passé un coup de fil à la section criminelle du FBI. Les membres de l'unité spéciale devaient rencontrer le lendemain deux agents du bureau de Philadelphie. La question de la compétence juridictionnelle avait été soulevée dès la découverte de Tessa Wells – étant donné que chaque meurtre avait très vraisemblablement donné lieu à un enlèvement, l'affaire était au moins en partie du ressort des autorités fédérales. Comme on pouvait s'y attendre, les habituelles objections territoriales avaient été soulevées, mais sans trop de véhémence. Le fait était que l'unité spéciale avait besoin de toute l'assistance qu'on pourrait lui fournir. L'escalade de la violence avait été si rapide que désormais, après le meurtre de Wilhelm Kreuz, la police craignait un déchaînement tel qu'elle n'aurait tout simplement pas les moyens d'y faire face.

Une douzaine de techniciens de la police scientifique avaient été mobilisés rien que pour l'appartement de Kreuz dans Kensington Avenue.

À onze heures et demie, Jessica vérifia ses e-mails.

Elle trouva dans sa boîte aux lettres quelques publicités, ainsi que quelques messages de fans débiles de GTA qu'elle avait bouclés lorsqu'elle était à la brigade automobile : toujours les mêmes invectives, les mêmes promesses de lui régler son compte un de ces jours.

Au milieu de ces vieilles rengaines, il y avait un message de sclose@thereport.com.

Elle dut regarder l'adresse de l'expéditeur à deux

reprises pour s'assurer qu'elle avait bien lu. Simon Close, du *Report*.

Jessica n'en revenait pas du culot insensé dont faisait preuve ce type. Comment ce connard pouvait-il croire qu'elle accorderait la moindre attention à ses propos ?

Elle était sur le point d'effacer le message lorsqu'elle s'aperçut qu'il comportait une pièce jointe. Elle lança une analyse antivirus, le fichier n'était pas infecté. *Probablement la seule chose qui ne soit pas infectée chez Simon Close.*

Jessica ouvrit le document. C'était une photographie en couleurs. L'homme qu'elle représentait ne lui disait rien. Elle se demanda pourquoi Simon Close lui envoyait la photo d'un type qu'elle ne connaissait pas. Cela dit, si elle avait compris la tournure d'esprit d'un pisse-copie de tabloïd, elle se serait vraiment inquiétée pour sa santé mentale.

L'homme de la photo était attaché à une chaise. Son torse était entouré de ruban adhésif, ainsi que ses avant-bras et ses poignets. Il serrait fort les yeux, comme s'il s'attendait à recevoir un coup ou bien espérait quelque chose de tout son cœur.

Jessica agrandit l'image à deux fois sa taille.

Et elle vit que l'homme ne fermait pas du tout les yeux.

— Oh, bon Dieu ! s'exclama-t-elle.

— Quoi ? demanda Byrne.

Jessica tourna l'écran vers lui.

L'homme assis sur la chaise était Simon Close, journaliste vedette au *Report*, le principal torchon à scandales de Philadelphie. Quelqu'un l'avait ligoté à une chaise et lui avait cousu les deux yeux.

Lorsque Byrne et Jessica approchèrent de l'appartement de City Line, deux inspecteurs de la criminelle étaient déjà sur les lieux. Bobby Lauria et Ted Campos.

En pénétrant dans l'appartement, ils virent que Simon Close était précisément dans la même position que sur la photo.

Bobby Lauria leur exposa brièvement la situation.

— Qui l'a découvert ? demanda Byrne.

Lauria parcourut ses notes.

— Un de ses amis. Un type nommé Chase. Ils étaient censés se retrouver pour le petit déjeuner dans un Denny's de City Line. La victime n'est pas venue. Chase a appelé deux fois, puis il est passé voir s'il y avait un problème. La porte était ouverte, il a appelé la police.

— Est-ce que vous avez vérifié les appels passés depuis le téléphone public du resto ?

— Pas la peine, répondit Lauria. Les deux coups de fil étaient enregistrés sur le répondeur de la victime. L'identificateur d'appel indiquait le numéro de téléphone du Denny's. Il est réglo.

— C'est le connard avec qui vous avez eu un problème l'année dernière, non ? demanda Campos.

Byrne savait pourquoi il posait cette question, tout comme il savait ce qui l'attendait.

— En effet.

L'appareil numérique qui avait servi à prendre la photo était toujours posé sur son trépied, face à Close. Un agent de la police scientifique cherchait des empreintes digitales sur l'appareil et le trépied.

— Regardez-moi ça, dit Campos.

Il s'agenouilla près de la table basse et, de sa main gantée, manipula la souris reliée à l'ordinateur portable de Close. Il ouvrit le logiciel iPhoto et seize photos apparurent, successivement intitulées KEVINBYRNE1.JPG, KEVINBYRNE2.JPG, et ainsi de suite. Mais aucune de ces photos n'était intelligible. Elles semblaient toutes avoir été modifiées dans un logiciel de traitement d'images, barbouillées à coups de pinceau rouge.

Campos et Lauria regardèrent tous deux Byrne.

— Je suis obligé de te demander, dit Campos.

— Je sais, répondit Kevin.

Ils voulaient connaître son emploi du temps pour les dernières vingt-quatre heures. Aucun des deux ne le soupçonnait de quoi que ce soit, mais il fallait lever tous les doutes. Byrne, bien entendu, connaissait la rengaine.

— Je ferai ma déposition quand on sera de retour au poste.

— Pas de problème, dit Lauria.

— Vous avez déjà découvert la cause du décès ? demanda Byrne, heureux de changer de sujet.

Campos se leva, alla se placer derrière la victime. Il y avait un petit trou à la base du cou de Simon Close, probablement effectué au moyen d'une perceuse.

Les agents de la police scientifique vaquaient à leurs occupations, mais il était clair que le type qui avait cousu les yeux de Close – et tout le monde se doutait de qui il s'agissait – n'avait pas cherché à faire de la belle ouvrage. L'épais fil noir transperçait en alternance la fine peau des paupières puis la joue environ deux centimètres plus bas. Les minces traînées de sang qui ruisselaient le long de son visage conféraient à Close une expression christique.

La peau et la chair avaient été fermement tirées vers le haut, soulevant les tissus souples autour de sa bouche et laissant voir ses incisives.

La lèvre supérieure de Close était relevée, mais il avait la mâchoire serrée. Depuis l'endroit où il se tenait, Byrne distingua un objet noir et brillant juste derrière ses dents.

Il sortit un crayon, fit un geste en direction de Campos.

— À toi l'honneur, dit celui-ci.

Byrne écarta doucement les dents de Simon Close en faisant levier avec le crayon. Il eut un instant l'impression que la bouche était vide, comme si ce qu'il croyait avoir vu n'était en fait qu'un reflet dans la salive de la victime.

Puis un objet tomba, roula sur la poitrine de Close et rebondit sur ses cuisses avant d'atterrir par terre en produisant un bruit grêle, un cliquetis de plastique sur le plancher.

Jessica et Byrne le regardèrent rouler, puis s'immobiliser.

Leurs regards se croisèrent et ils saisirent au même instant la signification de ce qu'ils voyaient. Une seconde plus tard, les autres perles de rosaire tombaient en cascade de la bouche du cadavre telles des pièces dans une machine à sous.

Il leur fallut dix minutes pour compter les perles, évitant avec soin de toucher leur surface pour ne pas brouiller la moindre bribe d'indice, même s'il y avait peu de chances pour que le tueur au rosaire ne commette une telle bourde à ce stade.

Ils les comptèrent deux fois, juste pour être sûrs. Toutes les personnes présentes dans la pièce étouffante comprirent ce que signifiait le nombre de perles enfoncées dans la bouche de Simon Close.

Il y en avait cinquante. Cinq dizaines complètes.

Ce qui voulait dire que le rosaire destiné à la dernière victime de ce cinglé avait déjà été préparé.

61

Vendredi, 13 h 25

À midi, la Ford Windstar de Brian Parkhurst avait été découverte dans un garage situé à quelques rues du bâtiment où il avait été retrouvé pendu. La police scientifique avait passé le début de l'après-midi à y chercher des indices. Aucune trace de sang, pas la moindre indication suggérant que les victimes avaient été transportées dans le véhicule. La moquette était couleur bronze et ne correspondait pas aux fibres trouvées sur les quatre premières victimes.

La boîte à gants renfermait les documents habituels : carte grise, manuel du propriétaire, deux ou trois cartes routières.

Mais la lettre qu'ils trouvèrent derrière le pare-soleil attira leur attention. Elle comportait dix noms de filles tapés à la machine. Quatre d'entre eux étaient déjà bien connus de la police : Tessa Wells, Nicole Taylor, Bethany Price et Kristi Hamilton.

L'enveloppe était adressée à l'inspecteur Jessica Balzano.

Il ne faisait aucun doute que la prochaine victime était à trouver parmi les six noms restants.

En revanche, on était en droit de se demander pourquoi feu le docteur Parkhurst possédait cette liste de noms, et ce que tout cela signifiait.

62

Vendredi, 14 h 45

Le panneau blanc était divisé en cinq colonnes. En haut de chacune d'entre elles était inscrit un mystère douloureux. Agonie. Flagellation. Couronnement. Portement. Crucifixion. Sous chaque titre, sauf le dernier, se trouvait une photo de la victime correspondante.

Jessica expliqua à l'équipe ce qu'elle avait appris au cours de ses recherches, aussi bien auprès d'Eddie Kasalonis que du père Corrio.

— Les mystères douloureux représentent la dernière semaine de la vie du Christ, commença-t-elle. Et, bien que les victimes aient été découvertes dans le désordre, le tueur semble suivre l'ordre strict des mystères.

« Comme vous le savez certainement, nous sommes aujourd'hui le vendredi saint, le jour où le Christ a été crucifié. Il ne reste qu'un mystère. La crucifixion.

Chaque église catholique de la ville avait été placée sous surveillance. À quinze heures vingt-cinq, les rapports arrivèrent des quatre coins de Philadelphie. Aucun incident n'avait été signalé entre midi et trois heures, le laps de temps durant lequel on estimait que le Christ était resté accroché sur la Croix.

À quatre heures, toutes les familles des jeunes filles dont le nom figurait sur la liste découverte dans la voiture de Brian Parkhurst avaient été contactées. On leur avait recommandé, sans pour autant provoquer de panique injustifiée, d'être sur leurs gardes. Des voitures avaient été dépêchées auprès de chacune des familles pour assurer leur protection.

On ne savait cependant toujours pas pourquoi ces jeunes filles figuraient sur cette liste, ni ce qu'elles avaient en commun. L'unité spéciale avait tenté d'effectuer des recoupements en fonction des clubs auxquels elles appartenaient, des églises qu'elles fréquentaient, de la couleur de leurs yeux ou de leurs cheveux, de leur appartenance ethnique. Sans résultat.

Chacun des six inspecteurs de l'unité spéciale se rendrait chez l'une des six jeunes filles. C'était auprès d'elles, ils en étaient certains, qu'ils trouveraient la réponse à l'énigme posée par ces atrocités.

63

Vendredi, 16 h 15

La maison de la famille Semanski était située entre deux terrains vagues dans une rue en pleine décrépitude du nord de Philly.

Jessica s'entretint brièvement avec les deux agents postés dans une voiture garée à l'extérieur, puis elle gravit les marches croulantes. La porte intérieure était ouverte, la porte écran, fermée. Jessica frappa. Quelques secondes plus tard, une femme s'approcha. Elle était âgée d'un peu plus de soixante ans et portait un gilet bleu râpé ainsi qu'un pantalon de coton noir usé jusqu'à la corde.

— Madame Semanski ? Je suis l'inspecteur Balzano. Nous nous sommes parlé au téléphone.

— Ah oui, fit la femme. Entrez, je vous en prie.

Bonnie Semanski ouvrit la porte écran. L'intérieur de la demeure semblait appartenir à un autre âge. Il y avait probablement ici quelques antiquités de valeur, pensa Jessica, mais la famille Semanski les considérait à coup sûr comme des utilitaires, alors pourquoi s'en débarrasser ?

Sur la droite, se trouvait une petite salle de séjour ornée en son centre d'un tapis de sisal usé et contenant un ensemble de meubles en contre-plaqué aux formes arrondies. Un homme émacié d'une soixantaine d'années était assis dans un fauteuil inclinable. Près de lui, sur une table pliante en métal, étaient posés diverses fioles ambrées remplies de pilules et un pichet de thé glacé. La télé diffusait une émission sur le hockey, mais il paraissait regarder à côté du poste. Il se tourna vers Jessica. Elle lui fit un sourire et l'homme leva un bras étique en guise de salut.

Bonnie Semanski mena Jessica à la cuisine.

— Lauren devrait maintenant rentrer d'une minute à l'autre. Évidemment, elle n'a pas école aujourd'hui, dit Bonnie. Elle est chez des amis.

Elles étaient assises dans la cuisine avec son mobilier rouge et blanc en Formica et chrome. Comme les autres, cette pièce semblait sortir tout droit des années 1960. Les seuls objets qui l'ancraient dans le présent étaient un petit four à micro-ondes blanc et un ouvre-boîte électrique. Il était clair que les Semanski étaient les grands-parents de Lauren, pas ses parents.

— Lauren vous a-t-elle téléphoné aujourd'hui ?
— Non, répondit Bonnie. Je l'ai appelée il y a quelque temps sur son portable, mais je suis tombée sur sa messagerie. Parfois elle l'éteint.
— Vous avez dit qu'elle avait quitté la maison aux environs de huit heures ce matin ?
— Oui. C'est à peu près ça.
— Savez-vous où elle est allée ?
— Chez des amis, répéta Bonnie, comme une litanie.
— Connaissez-vous leurs noms ?

Bonnie fit signe que non. De toute évidence, ces « amis », quels qu'ils soient, n'étaient pas du goût de Bonnie Semanski.

— Où sont sa mère et son père ? demanda Jessica.

— Ils sont décédés dans un accident de voiture l'année dernière.

— Je suis désolée.

— Merci.

Bonnie Semanski regarda par la fenêtre. La pluie n'était plus qu'une bruine continue. Jessica crut tout d'abord que la femme allait pleurer, mais en l'observant de plus près, elle s'aperçut que ça faisait sans doute un bon bout de temps qu'elle avait épuisé toutes ses larmes. Le chagrin semblait s'être installé au fond de son cœur, et plus rien ne pourrait l'en déloger.

— Pouvez-vous me dire ce qui est arrivé à ses parents ? demanda Jessica.

— Une semaine avant Noël, l'année dernière, Nancy et Carl rentraient du Home Depot où Nancy travaillait à mi-temps. Ils avaient été embauchés pour les fêtes, voyez-vous. Carl a dû prendre un virage un peu trop vite et la voiture a quitté la route pour aller s'écraser au fond d'un ravin. Ils sont morts sur le coup.

Jessica fut un peu surprise de ne pas voir cette femme pleurer. Elle s'imagina que Bonnie Semanski avait raconté cette histoire à suffisamment de gens, suffisamment de fois, pour prendre de la distance.

Jessica prit note, indiquant la période de l'année.

— Lauren a-t-elle un petit ami ?

À cette question, Bonnie eut un geste dédaigneux de la main.

— Je n'arrive plus à les compter, ils sont trop nombreux.

— Comment ça ?

— Ils déboulent tout le temps ici. À n'importe quelle heure. Ils ont l'air de clochards.

— Savez-vous si quelqu'un a menacé Lauren récemment ?

— Menacé ?

— Quelqu'un avec qui elle aurait pu avoir des problèmes. Quelqu'un qui aurait pu la tourmenter.

Bonnie réfléchit un instant.

— Non. Je ne crois pas.

Jessica griffonna quelques notes supplémentaires.

— Est-ce que je pourrais jeter un rapide coup d'œil à sa chambre ?

— Bien entendu.

La chambre de Lauren Semanski se trouvait à l'étage, à l'extrémité de la maison. Sur sa porte, un autocollant décoloré proclamait : ZONE D'EMBARQUEMENT – DÉCOLLAGE IMMÉDIAT. Jessica s'y connaissait suffisamment pour comprendre que Lauren n'était probablement pas « allée voir des amis » pour organiser un pique-nique d'enfants de chœur.

Bonnie ouvrit la porte et Jessica pénétra dans la chambre. Le mobilier était de qualité, de style provincial français, blanc avec des touches dorées : lit à baldaquin, tables de nuit assorties à la commode et au bureau. La pièce était peinte en jaune citron. Elle était tout en longueur et dotée d'un plafond en pente qui rejoignait les murs à mi-hauteur de chaque côté. Il y avait une fenêtre à l'autre extrémité. Des étagères étaient encastrées dans le mur de droite, tandis que celui de gauche était coupé par deux portes basses, probablement des rangements. Les murs étaient couverts de posters de groupes de rock.

Bonnie sortit de la chambre. Tant mieux, Jessica n'avait pas vraiment envie de l'avoir sur le dos pendant qu'elle inspectait les affaires de Lauren.

Des photos dans des cadres bon marché ornaient le bureau. Une photo d'école de Lauren quand elle avait neuf ou dix ans. Lauren et un adolescent débraillé se tenant devant le musée des Beaux-Arts. Un cliché de Russell Crowe découpé dans un magazine.

Jessica farfouilla dans les tiroirs de la commode.

Sweat-shirts, chaussettes, jeans, shorts. Rien d'intéressant. *Idem* pour le placard. Après l'avoir refermée, Jessica s'appuya contre la porte du placard et parcourut la pièce du regard. *Réfléchis.* Pourquoi Lauren Semanski était-elle sur cette liste ? Hormis le fait qu'elle fréquentait une école catholique, quel élément de cette chambre avait sa place dans le puzzle de ces morts bizarres ?

Jessica s'assit devant l'ordinateur de Lauren et consulta les favoris de son navigateur Internet. Il y en avait un qui s'appelait hardradio.com, un site consacré au heavy metal, un autre qui s'appelait snakenet. Mais celui qui attira son attention était un site nommé yellowribbon.org. Jessica crut d'abord qu'il s'agissait d'un site consacré aux prisonniers de guerre et aux soldats disparus en mission. Lorsqu'elle se connecta à Internet et cliqua sur le lien, elle s'aperçut que c'était un site sur le suicide des adolescents.

Étais-je fascinée par la mort et le désespoir à cet âge-là ? se demanda Jessica.

Elle se dit que oui. C'était sans doute lié aux hormones.

Lorsque Jessica retourna dans la cuisine, Bonnie avait préparé du café. Elle lui en versa une tasse et s'assit face à Jessica. Il y avait aussi une assiette pleine de gaufres à la vanille posée sur la table.

— J'ai besoin de vous poser quelques questions supplémentaires sur l'accident de l'année dernière, dit Jessica.

— Pas de problème, répondit Bonnie avec une moue qui indiquait à Jessica que c'était un sacré problème.

— Je promets de ne pas vous retenir longtemps.

Bonnie opina.

Jessica était occupée à remettre de l'ordre dans ses pensées lorsqu'une expression d'horreur croissante apparut sur le visage de Bonnie. Jessica mit un moment à s'apercevoir que celle-ci ne la regardait pas directement. Elle avait en fait le regard braqué au-dessus de son épaule gauche. Jessica se retourna, lentement, et regarda dans la même direction que la femme.

Lauren Semanski se tenait sur le perron. Ses vêtements étaient en lambeaux ; les jointures de ses doigts écorchés saignaient. Elle avait une longue contusion à la jambe gauche, deux lacérations profondes au bras droit. Sur le côté gauche de sa tête, un grand morceau de cuir chevelu manquait. L'os de son poignet gauche visiblement cassé formait une protubérance sous la chair. La peau de sa joue droite en sang était décollée.

— Ma chérie ? dit Bonnie, pâle comme un linge, en se levant et en portant une main tremblante à ses lèvres. Mon Dieu, qu'est-ce... qu'est-ce qui t'est arrivé, mon bébé ?

Lauren regarda sa grand-mère, puis Jessica. Ses yeux injectés de sang luisaient. Un profond air de défi brillait sous les traumatismes.

— Cet enculé savait pas à qui il avait à faire, dit-elle.

Puis Lauren Semanski s'écroula.

Avant l'arrivée de l'ambulance, Lauren Semanski perdit à plusieurs reprises connaissance. Jessica fit son possible pour qu'elle ne tombe pas en état de choc. Lorsqu'elle fut certaine que la moelle épinière n'était pas touchée, elle l'enveloppa dans une couverture, puis lui souleva légèrement les jambes. Jessica savait qu'éviter un choc émotionnel valait infiniment mieux qu'avoir à traiter ses effets.

Jessica remarqua que Lauren avait le poing droit serré. Elle tenait quelque chose dans sa main – un objet pointu, en plastique. Elle essaya doucement de lui faire desserrer les doigts. Rien à faire. Elle n'insista pas.

Tandis qu'elles attendaient, Lauren divaguait. Jessica se fit une vague idée de ce qui lui était arrivé à partir de ses bribes de phrases. Ses propos étaient décousus. Les mots sifflaient entre ses dents.

Chez Jeff.
Amphés.
Enculé.
Les lèvres sèches et les narines ravagées de Lauren, de même que ses cheveux cassants et l'aspect translucide de sa peau indiquaient à Jessica qu'elle était probablement accro aux amphétamines.
Aiguille.
Enculé.
Avant d'être portée sur le brancard, elle ouvrit brièvement les yeux et prononça un mot qui, l'espace d'un instant, fit s'arrêter la Terre de tourner.
Rosaire.

L'ambulance s'éloigna, emmenant Lauren Semanski et sa grand-mère à l'hôpital. Jessica appela le poste et leur raconta ce qui s'était passé. Deux inspecteurs étaient en route pour Saint-Joseph. Jessica donna des instructions strictes aux secouristes afin qu'ils préservent les vêtements de Lauren et, dans la mesure du possible, les fibres ou les fluides qu'elle pourrait avoir sur elle. Elle insista particulièrement pour qu'ils conservent l'objet que Lauren serrait dans sa main droite.

Jessica resta dans la maison. Elle pénétra dans le salon et s'assit avec George Semanski.

— Votre petite-fille va s'en tirer, annonça Jessica, d'un ton qu'elle espérait convaincant, cherchant à se persuader elle-même.

George Semanski hocha la tête. Il se tordait constamment les mains, passait en revue toutes les chaînes du câble comme pour se dégourdir les doigts.

— Je suis obligée de vous poser une dernière question, monsieur. Si cela ne vous dérange pas.

Après quelques instants de silence, il hocha de nouveau la tête. La multitude de médicaments posés sur la table le maintenait de toute évidence dans une sorte de léthargie qui induisait un retard dans ses réactions.

— Votre épouse m'a expliqué que l'année dernière ç'avait été très dur pour Lauren après le décès de ses parents, commença Jessica. Pourriez-vous m'en dire un peu plus ?

George Semanski tendit le bras vers une fiole de pilules. Il l'attrapa et se mit à la triturer, sans jamais l'ouvrir. Du Clonazépam, remarqua Jessica.

— Eh bien, après les funérailles, après les enterrements, environ une semaine plus tard, elle a failli, enfin, elle...

— Elle a quoi, monsieur Semanski ?

George Semanski marqua une pause. Il cessa de s'exciter sur la fiole.

— Elle a essayé de se tuer.

— Comment ?

— Eh bien, elle est allée à sa voiture un soir. Elle a fixé un tuyau au pot d'échappement et l'a fait passer par l'une des vitres. Elle a tenté de s'empoisonner au monoxyde de carbone, je suppose.

— Et qu'est-ce qui s'est passé ?

— En s'évanouissant, elle s'est écroulée sur le Klaxon. Ça a réveillé Bonnie, qui est allée voir.

— Lauren a-t-elle dû aller à l'hôpital ?

— Oh oui, fit George. Elle y a passé presque une semaine.

Le rythme cardiaque de Jessica s'accéléra. Elle sentait que les pièces du puzzle se mettaient en place.

Bethany Price s'était tailladé les poignets.

Tessa Wells faisait référence à Sylvia Plath dans son journal.

Lauren Semanski avait essayé de s'empoisonner au gaz d'échappement.

Le suicide, pensa Jessica.

Chacune de ces jeunes filles a tenté de se suicider.

— Monsieur Wells ? Ici l'inspecteur Balzano.

Jessica, téléphone portable en main, se tenait devant la maison des Semanski. Ou plutôt, elle faisait les cent pas.

— Vous avez arrêté quelqu'un ? demanda Wells.

— Eh bien, on y travaille, monsieur. J'ai une question à vous poser à propos de Tessa. Il s'agit de l'année dernière, aux alentours de Thanksgiving.

— L'année dernière ?

— Oui, répondit Jessica. C'est peut-être difficile pour vous d'en parler, mais, croyez-moi, ça l'est tout autant pour moi de vous poser cette question.

Jessica se rappelait le tiroir dans la chambre de Tessa. Il renfermait deux bracelets d'hôpital.

— Qu'est-ce que vous voulez savoir sur Thanksgiving ? demanda Wells.

— Est-ce que, par hasard, Tessa a été hospitalisée pendant cette période.

Jessica écouta, attendit. Elle s'aperçut qu'elle serrait son téléphone portable de toutes ses forces. Elle eut l'impression qu'elle allait le briser. Elle se détendit.

— Oui, répondit-il.

— Est-ce que vous pourriez me dire pourquoi elle est allée à l'hôpital ?

Elle ferma les yeux.

Frank Wells prit une inspiration sifflante, douloureuse.

Et il lui raconta.

— Tessa Wells a avalé une poignée de cachets au mois de novembre dernier. Lauren Semanski s'est enfermée dans le garage et a démarré sa voiture. Nicole Taylor s'est tailladé les poignets, dit Jessica. Au moins trois des filles figurant sur la liste ont essayé de se suicider.

Ils étaient de retour à la Rotonde.

Byrne sourit. Jessica sentit une décharge d'électricité lui traverser le corps. Lauren Semanski était toujours sous sédatifs. Tant qu'ils ne pourraient pas lui parler, ils seraient obligés de se contenter de ce qu'ils avaient.

Ils n'avaient toujours pas mis un nom sur cet objet qu'elle serrait dans sa main. À en croire les inspecteurs dépêchés à l'hôpital, Lauren Semanski ne l'avait toujours pas lâché. Les médecins les avaient informés qu'ils devraient attendre.

Byrne tenait une photocopie de la liste de Brian Parkhurst. Il la déchira en deux, tendit une moitié à Jessica et conserva l'autre. Il sortit son téléphone portable.

Ils eurent bientôt la réponse à leur question. Chacune des dix jeunes filles de la liste avait tenté de se suicider au cours de l'année écoulée. Jessica estimait désormais que Brian Parkhurst, par pénitence, avait voulu expliquer à la police qu'il savait pourquoi elles étaient prises pour cible. Au cours de leurs entretiens, ces jeunes filles lui avaient confié avoir cherché à mettre fin à leurs jours.

Il y a des choses que vous devez savoir à propos de ces jeunes filles.

Peut-être, dans sa logique tordue, l'assassin essayait-il de finir le boulot qu'elles avaient commencé. Mais ils se soucieraient de ses motifs une fois qu'ils l'auraient bouclé.

Certains faits étaient clairs : le type avait enlevé Lauren Semanski et lui avait fait une injection. Ce qu'il ignorait, c'est qu'elle était gavée d'amphétamines. Le speed avait neutralisé les effets du Midazolam. Sans compter qu'elle avait un caractère de chien, une vraie guerrière. Il s'en était assurément pris à la mauvaise fille.

Pour la première fois de sa vie, Jessica fut heureuse de voir une jeune fille se droguer.

Mais si le tueur s'inspirait des cinq mystères douloureux

du rosaire, pourquoi la liste de Parkhurst comportait-elle dix noms ? Outre leur tentative de suicide, qu'avaient en commun les cinq filles auxquelles il s'en était pris ? Et s'arrêterait-il vraiment à cinq ?

Ils comparèrent leurs notes.

Quatre jeunes filles avaient fait une overdose de médicaments. Trois s'étaient taillardé les poignets. Deux avaient tenté de s'empoisonner au monoxyde de carbone. Une avait conduit sa voiture par-dessus un rail de sécurité avant de plonger dans un ravin. Son airbag l'avait sauvée.

Ce n'était pas la méthode qui reliait les cinq victimes.

Le lycée ? Quatre d'entre elles étaient élèves à Regina, quatre à Nazarene, une à Marie-Goretti et une à Neumann.

Quant à leur âge : quatre avaient seize ans, deux dix-sept ans, trois quinze ans, et une dix-huit ans.

Le quartier où elles habitaient ?

Non.

Les clubs qu'elles fréquentaient ou leurs activités parascolaires ?

Non.

Affiliation à des gangs ?

Certainement pas.

Alors quoi ?

Demandez, et vous recevrez, pensa Jessica. La réponse était là, sous leurs yeux.

L'hôpital.

Saint-Joseph était le point commun.

— Regardez ! s'exclama Jessica.

Le jour où elles avaient tenté de se suicider, Nicole Taylor, Tessa Wells, Bethany Price, Kristi Hamilton et Lauren Semanski avaient été soignées à Saint-Joseph.

Les autres avaient été traitées ailleurs, dans cinq hôpitaux différents.

— Bon sang, fit Byrne. Vous avez raison.

Ils tenaient enfin une piste.

Mais si Jessica se sentit soudain désemparée, ce ne fut pas parce que ces cinq jeunes filles avaient été traitées à Saint-Joseph. Ni parce qu'elles avaient tenté de se suicider.

La raison pour laquelle la pièce sembla soudain se vider de son air était qu'elles avaient toutes été soignées par le même médecin : le docteur Patrick Farrell.

64

Vendredi, 18 h 15

Patrick était assis dans la salle d'interrogatoire A. Eric Chavez et John Shepherd menaient l'interrogatoire tandis que Byrne et Jessica observaient. L'entretien était filmé.

Pour autant qu'il sût, Patrick était interrogé en tant que témoin.

Il avait une égratignure récente sur la main droite.

Dès que ce serait possible, ils chercheraient des traces d'ADN sous les ongles de Lauren Semanski. Malheureusement, selon la police scientifique, ils n'obtiendraient sans doute pas grand-chose. Lauren pouvait tout juste s'estimer heureuse d'avoir encore des ongles.

Ils avaient passé en revue l'emploi du temps de Patrick pendant la semaine précédente et, au grand désespoir de Jessica, avaient appris qu'il n'y avait pas un seul jour où il n'aurait pas été en mesure d'enlever les victimes, ni d'abandonner leur cadavre.

Jessica en était malade. Envisageait-elle sérieusement que Patrick pût être lié à ces meurtres ? À chaque minute qui passait, la réponse se rapprochait d'un « oui ». Puis l'instant d'après elle doutait. Elle ne savait vraiment plus que penser.

Nick Palladino et Tony Park étaient en route pour l'immeuble où Wilhelm Kreuz avait été assassiné, munis d'une photo de Patrick. Il était peu probable que la vieille Agnes se souvienne de lui – et si jamais elle le reconnaissait, sa crédibilité serait mise en pièces, même par un avocat de l'assistance judiciaire. Nick et Tony mèneraient néanmoins une enquête de voisinage.

— Je crains fort de ne pas m'être tenu au courant des nouvelles, affirma Patrick.

— Je comprends, répondit Shepherd.

Il était assis sur le bord de la table en métal cabossé. Eric Chavez était appuyé contre la porte.

— Je suis certain que vous voyez suffisamment d'horreurs au cours de votre travail.

— Nous avons nos triomphes, répondit Patrick.

— Vous affirmez donc ne pas vous être rendu compte que ces jeunes filles avaient été, à un moment donné, vos patientes.

— Un médecin urgentiste, surtout lorsqu'il fait de la médecine traumatique dans un quartier déshérité, utilise un système de triage, inspecteur. La personne qui nécessite des soins immédiats est traitée en premier. Après avoir été rafistolés et renvoyés chez eux, ou bien après avoir été admis, les patients doivent toujours consulter leur médecin traitant. De fait, le concept de patient ne s'applique pas vraiment. Les gens qui viennent aux urgences peuvent ne rester qu'une heure entre les mains du médecin. Parfois moins. Très souvent moins. Chaque année, des milliers de gens passent par les urgences de Saint-Joseph.

Shepherd écoutait, opinant du chef lorsque cela lui semblait approprié, lissant d'un air absent les plis déjà parfaits de son pantalon. Expliquer le concept de triage à un vieux de la vieille de la criminelle n'était pas franchement nécessaire. Toutes les personnes présentes dans la salle d'interrogatoire le savaient.

— Néanmoins cela ne répond pas vraiment à ma question, docteur Farrell.

— J'ai eu le sentiment de connaître le nom de Tessa Wells quand je l'ai entendu aux informations. Mais je n'ai cependant pas immédiatement fait le lien avec le fait qu'elle avait peut-être reçu des soins aux urgences de Saint-Joseph.

Conneries, pensa Jessica, sa colère allant croissant. Ils avaient parlé de Tessa Wells le soir où ils avaient bu un verre au Finnigan's Wake.

— Vous parlez de Saint-Joseph comme si c'était l'institution qui l'avait traitée ce jour-là, dit Shepherd. Or, c'est votre nom qui figure sur son dossier.

Shepherd montra le dossier à Patrick pour qu'il puisse constater par lui-même.

— Le dossier ne ment pas, inspecteur, répondit Patrick. J'ai dû la soigner.

Shepherd montra un deuxième dossier.

— Et vous vous êtes occupé de Nicole Taylor.

— Encore une fois, je ne me rappelle vraiment pas.

Un troisième dossier.

— Et Bethany Price.

Patrick avait le regard fixe.

Shepherd lui plaça deux autres dossiers sous les yeux.

— Kristi Hamilton a passé quatre heures entre vos mains. Lauren Semanski, cinq.

— Je ne le nie pas, inspecteur, déclara Patrick.

— Ces cinq jeunes filles ont été enlevées et quatre d'entre elles ont été sauvagement assassinées cette semaine, docteur. Cette semaine. Cinq jeunes filles, des adolescentes qui ont toutes été admises dans votre service au cours des dix derniers mois.

Patrick haussa les épaules.

— Vous comprenez certainement que nous nous intéressions à vous à ce stade, non ? demanda Shepherd.

— Oh, absolument, répondit Patrick. Du moment que vous vous intéressez à moi en tant que témoin. Tant que ce sera le cas, je serai ravi de faire tout mon possible pour vous aider.

— Au fait, comment vous êtes vous fait cette égratignure à la main ?

Il était clair que Patrick avait une réponse toute prête à cette question. Il n'était pourtant pas disposé à la lâcher tout de suite.

— C'est une longue histoire.

Shepherd regarda sa montre.

— J'ai toute la nuit.

Puis, se tournant vers Chavez :

— Et vous, inspecteur ?

— Je me suis libéré au cas où.

Ils reportèrent tous deux leur attention sur Patrick.

— Disons qu'il faut toujours se méfier d'un chat mouillé, déclara Patrick.

Jessica vit son charme transparaître. Malheureusement pour Patrick, les deux inspecteurs y étaient insensibles. Et sur le coup, Jessica aussi.

Shepherd et Chavez échangèrent un regard.

— Avez-vous jamais entendu parole plus juste ? ironisa Chavez.

— Vous dites que c'est un chat qui vous a fait ça ? demanda Shepherd.

— En effet, répondit Patrick. Ma chatte avait passé la journée dehors sous la pluie. En rentrant ce soir, je l'ai vue qui tremblait de froid dans les buissons. J'ai essayé de la prendre. Mauvaise idée.

— Quel est son nom ?

C'était un vieux truc. Quelqu'un mentionne une personne en relation avec un alibi, vous assenez immédiatement la question du nom. Cette fois-ci, il s'agissait d'un animal. Patrick ne s'y attendait pas.

— Son nom ? demanda-t-il.

Il essayait de gagner du temps. Shepherd le tenait. Il se pencha en avant et observa l'écorchure.

— C'est quoi, un lynx domestique ?

— Je vous demande pardon ?

Shepherd se leva, s'appuya contre le mur. Amical, maintenant.

— Vous voyez, docteur Farrell, j'ai quatre filles. Elles sont absolument folles des chats. Elles les adorent. D'ailleurs, nous en avons trois. Coltrane, Dizzy et Snickers. Ce sont leurs noms. J'ai été griffé, oh, au moins une douzaine de fois au cours de ces dernières années. Et aucune de mes griffures ne ressemblait de près ou de loin à la vôtre.

Patrick regarda le sol quelques instants.

— Ce n'est pas un lynx, inspecteur. Juste une vieille chatte tigrée.

— Ah bon, fit Shepherd. Au fait, quel genre de véhicule conduisez-vous, enchaîna-t-il.

Bien entendu, il connaissait déjà la réponse.

— J'en possède plusieurs. En général, je conduis une Lexus.

— LS ? GS ? ES ? Sport Cross ? demanda Shepherd.

Patrick sourit.

— Je vois que vous vous y connaissez en voitures de luxe.

Shepherd lui rendit son sourire. Du moins, la moitié de son sourire.

— Je sais aussi faire la différence entre une Rolex et une TAG Heuer, dit-il. Même si je n'ai les moyens de m'offrir ni l'une ni l'autre.

— Je conduis une LX de 2004.

— C'est la version utilitaire, n'est-ce pas ?

— Je suppose qu'on peut le dire comme ça.

— Comment l'appelleriez-vous ?

— Disons que c'est un utilitaire de luxe, répondit Patrick.

— Je vois, fit Shepherd. Où se trouve ce véhicule en ce moment ?

Patrick marqua une hésitation.

— Il est ici, sur le parking, derrière. Pourquoi ?

— Simple curiosité, répliqua Shepherd. C'est un véhicule haut de gamme. Je voulais juste m'assurer qu'il était en sécurité.

— Je vous remercie.

— Et les autres véhicules ?

— J'ai une Alfa Romeo de 1969 et une Chevrolet Venture.

— Une camionnette ?

— Oui.

Shepherd prit note.

— Bon, mardi matin, à en croire les registres de Saint-Joseph, vous n'avez pris votre service qu'à neuf heures, déclara Shepherd. Est-ce exact ?

Patrick prit le temps de réfléchir.

— Je crois que oui.

— Pourtant vous étiez censé commencer à huit heures. Pourquoi étiez-vous en retard ?

— Le fait est que j'ai dû porter la Lexus au garage pour une révision.

— Quel garage ?

Quelqu'un cogna faiblement à la porte puis l'ouvrit d'un coup.

Ike Buchanan se tenait dans l'embrasure au côté d'un homme imposant vêtu d'un élégant costume Brioni à rayures. Les cheveux gris de l'homme formaient un dégradé parfait, il était aussi hâlé que s'il débarquait de Cancún. Un mois de salaire de flic n'aurait pas suffi à se payer son attaché-case.

Abraham Gold avait représenté Martin Farrell, le père

de Patrick, lors d'un procès à retentissement pour faute professionnelle à la fin des années 1990. Abraham Gold était ce qu'on faisait de plus cher. Et de mieux. Jessica croyait savoir qu'il n'avait jamais perdu une affaire.

— Messieurs, commença-t-il, usant de son plus beau baryton de salle d'audience, cette conversation est terminée.

— Qu'est-ce que vous en pensez ? demanda Buchanan.

Tous les membres de l'unité spéciale regardaient Jessica. Elle cherchait non seulement la bonne réponse, mais aussi les mots appropriés. Elle était véritablement perdue. Dès l'instant où Patrick avait pénétré dans la Rotonde, environ une heure plus tôt, elle avait su qu'elle se retrouverait dans cette situation. Et maintenant qu'elle y était, elle ne savait plus du tout quoi faire. L'idée qu'une personne qu'elle connaissait puisse être responsable de toutes ces horreurs était déjà terrible. Mais le fait qu'il s'agisse d'une personne qu'elle connaissait intimement – ou du moins le croyait-elle – semblait lui paralyser le cerveau.

Si l'impensable était vrai, si Patrick Farrell était bien le tueur au rosaire, on serait en droit de douter, d'un point de vue strictement professionnel, de ses talents de psychologue.

— Ça me semble possible.

Voilà. C'était dit. Haut et fort.

Ils avaient bien entendu vérifié les antécédents de Patrick Farrell. Hormis une infraction pour consommation de haschisch durant sa deuxième année de fac et une tendance à conduire bien au-delà des limitations de vitesse, son casier était vierge.

Maintenant que Patrick avait un avocat, il leur faudrait pousser plus avant l'enquête. Agnes Pinsky avait déclaré qu'il pouvait être l'homme qu'elle avait vu frapper à la porte de Wilhelm Kreuz. Un cordonnier dont la boutique se trouvait face au domicile de Wilhelm Kreuz croyait se rappeler qu'un utilitaire Lexus de couleur crème avait stationné devant l'immeuble deux jours plus tôt. Il n'était pas certain.

Quoi qu'il en soit, Patrick Farrell aurait désormais deux inspecteurs sur le dos vingt-quatre heures sur vingt-quatre.

65

Vendredi, 20 h 00

La douleur était exquise, une vague roulant lentement jusqu'au haut de sa nuque avant de redescendre. Il goba un comprimé de Vicodine, le fit passer avec une gorgée d'eau rance bue à même le robinet des toilettes pour hommes d'une station-service du nord de Philly.

C'était le vendredi saint. Le jour de la crucifixion.

Byrne savait que, d'une façon ou d'une autre, toute cette histoire allait bientôt s'achever, probablement ce soir même ; et il savait qu'il serait alors confronté à cette chose qu'il avait en lui depuis quinze ans, cette chose obscure, violente, troublante.

Il voulait que tout soit en ordre.

Il avait besoin de symétrie.

Il devait d'abord passer quelque part.

Les voitures étaient garées sur deux rangées de chaque côté de la rue. Dans cette partie de la ville, si une rue était bloquée, on n'appelait pas la police et on n'allait pas frapper aux portes. On ne voulait surtout pas la ramener. À la place, on enclenchait gentiment la marche arrière et on trouvait un autre chemin.

La double porte de la maison délabrée de Point Breeze était ouverte, toutes les lumières à l'intérieur étaient allumées. Byrne se tenait de l'autre côté de la rue, à l'abri de la pluie sous l'auvent en lambeaux d'une ancienne boulangerie. À travers le bow-window, il distinguait les trois tableaux qui ornaient le mur au-dessus du divan de style méditerranéen en velours fraise : Martin Luther King, Jésus, Muhammad Ali.

Juste devant Byrne, le gamin assis seul à l'arrière de la Pontiac rouillée n'avait pas remarqué sa présence et fumait un joint tout en se balançant au son de la musique qui sortait de ses écouteurs. Au bout de quelques minutes, il écrasa le joint, ouvrit la portière et descendit de la voiture.

Il s'étira, releva la capuche de son sweat-shirt, ajusta son pantalon ample.

— Hé ! fit Byrne.

Son mal de tête n'était plus qu'un élancement sourd et métronomique qui lui battait les tempes en rythme. Il avait pourtant l'impression que la migraine du siècle l'attendait au coin de la rue.

Le gamin se retourna, surpris mais pas effrayé. Il avait environ quinze ans, était grand et dégingandé, doté du genre de corps qui lui rendrait bien des services sous un panier de basket, mais ce serait à peu près tout. Il portait l'uniforme Sean John intégral : jean ample, veste en cuir molletonnée, sweat-shirt à capuche.

Le gamin jaugea Byrne, évaluant le danger, l'opportunité. Byrne gardait les mains bien en vue.

— Ouais ? lança-t-il finalement.

— Est-ce que tu connaissais Marius ? demanda Byrne.

Le gamin le toisa une nouvelle fois. Byrne était bien trop balèze pour qu'on lui cherche des noises.

— MG était un frère, finit par dire le gamin en faisant le signe des JBM.

Byrne hocha la tête. Ce gamin pouvait finir de

n'importe quel côté de la barrière, pensa-t-il. On distinguait une intelligence bouillonnante derrière ses yeux désormais injectés de sang. Mais Byrne avait le sentiment qu'il était trop occupé à se comporter conformément à ce que le monde attendait de lui.

Byrne glissa lentement la main sous son manteau – assez lentement pour que le gamin comprenne bien qu'il ne comptait pas lui jouer un sale tour. Il produisit une enveloppe dont la taille, la forme et le poids indiquaient qu'elle ne pouvait contenir qu'une seule chose.

— Sa mère s'appelle Delilah Watts ? demanda Byrne sur le ton de quelqu'un qui énonce un fait.

Le gamin jeta un coup d'œil vers la maison, vers le bow-window illuminé. Une mince femme noire à la peau très sombre arborant des lunettes de soleil à verres progressifs bien trop grandes et une perruque auburn se tapotait les yeux tout en recevant les personnes en deuil. Elle n'avait pas plus de trente-cinq ans.

Le gamin se retourna vers Byrne.

— Ouais.

Byrne fit distraitement claquer l'élastique qui entourait la grosse enveloppe. Il n'avait jamais compté son contenu. La nuit où il l'avait prise à Gideon Pratt, il n'avait eu aucune raison de croire qu'il manquait un seul penny aux cinq mille dollars sur lesquels ils étaient tombés d'accord. Il n'avait aucune raison de les compter maintenant.

— C'est pour Mme Watts, dit Byrne.

Il fixa des yeux le gamin pendant quelques secondes plates, un regard dont tous deux avaient déjà fait l'expérience en leur temps, un regard qui n'avait besoin d'aucun embellissement, d'aucune note de bas de page.

Le gamin tendit le bras, prit prudemment l'enveloppe.

— Elle voudra savoir de qui ça vient, dit-il.

Byrne hocha la tête et le gamin comprit rapidement qu'il n'obtiendrait pas de réponse.

Il fourra l'enveloppe dans sa poche. Byrne le regarda

traverser la rue en bombant le torse puis gravir les marches, pénétrer dans la maison et donner l'accolade à quelques-uns des jeunes hommes en faction à la porte. Par la fenêtre, Byrne regarda le gamin faire brièvement la queue parmi les autres arrivants. Il entendit les accents du *You Brought the Sunshine*, d'Al Green.

Byrne se demanda combien de scènes similaires se dérouleraient cette nuit-là à travers le pays – des mères trop jeunes assises dans des salons surchauffés présidant à la veillée funèbre d'un enfant sacrifié à la bête.

En dépit de toutes les erreurs commises au cours de sa courte vie, en dépit de tout le malheur et toute la douleur qu'il avait peut-être causés, Marius Green s'était retrouvé dans l'allée cette nuit-là uniquement parce qu'il avait été victime d'un jeu qui le dépassait.

Il était mort, tout comme l'homme qui l'avait tué de sang-froid. Était-ce justice ? Peut-être pas. Mais il ne faisait aucun doute que tout avait commencé le jour où Deirdre Pettigrew avait rencontré cet homme terrible à Fairmount Park, un jour au bout duquel une autre jeune mère serrant dans sa main un Kleenex humide avait reçu amis et famille dans son salon.

Il n'y a pas de solution, juste de la résolution, pensa Byrne. Il n'était pas homme à croire au karma. Il croyait à l'action et à la réaction.

Byrne regarda Delilah Watts ouvrir l'enveloppe. Une fois le choc initial passé, elle porta la main à son cœur. Puis elle reprit contenance et regarda par la fenêtre, droit dans sa direction, droit dans l'âme de Kevin Byrne. Il savait qu'elle ne le voyait pas, qu'elle ne distinguait rien d'autre que le miroir noir de la nuit et les traînées de pluie reflétant sa propre douleur.

Kevin Byrne baissa la tête, releva son col et s'éloigna sous l'orage.

66

Vendredi, 20 h 25

Tandis que Jessica rentrait chez elle en voiture, la radio annonça un énorme orage. Vents violents, éclairs, alerte aux inondations. Des tronçons de Roosevelt Boulevard étaient déjà submergés.

Elle repensa au soir où elle avait rencontré Patrick, des années auparavant. Ce soir-là, elle l'avait observé tandis qu'il travaillait dans son service d'urgences. Elle s'était sentie vraiment impressionnée par sa grâce et son assurance, son aptitude à réconforter ces gens qui poussaient sa porte en espérant de l'aide.

Les patients lui faisaient confiance, ils croyaient en sa capacité à soulager leur douleur. Sa beauté n'y était sans doute pas pour rien. Elle tenta de réfléchir de façon rationnelle. Que savait-elle vraiment de lui ? Pouvait-elle se le représenter dans les mêmes termes qu'elle s'était représenté Brian Parkhurst ?

Non, elle ne le pouvait pas.

Mais plus elle y pensait, plus ça devenait possible. Il était médecin, il n'avait pas d'alibi pour certains moments cruciaux, il avait perdu sa petite sœur à la suite de violences, il était catholique et, surtout, il avait soigné chacune des cinq jeunes filles. Il connaissait leur nom, leur adresse, leurs antécédents médicaux.

Elle regarda une fois de plus la photo numérique représentant la main de Nicole Taylor. Avait-elle voulu écrire FAR et non PAR ?

C'était possible.

En dépit de son flair, Jessica finit par admettre que, si elle s'était trompée sur Patrick, elle serait aux premières lignes pour l'arrêter, sur la base d'un fait irréfutable :

Il connaissait les cinq filles.

67

Vendredi, 20 h 55

Debout dans l'unité de soins intensifs, Byrne regardait Lauren Semanski.

L'équipe des urgences l'avait informé que l'organisme de la jeune fille contenait une forte dose d'amphétamines et qu'elle en consommait de manière régulière. Lorsque son ravisseur lui avait injecté le Midazolam, le produit n'avait pas eu tout à fait l'effet qu'il aurait eu si Lauren ne s'était pas gavée auparavant d'un puissant stimulant.

Ils n'avaient pas encore pu lui parler, mais il était clair que les blessures de Lauren Semanski semblaient indiquer qu'elle avait sauté d'un véhicule en marche. Chose incroyable, malgré leur gravité et leur nombre, aucune de ses blessures – si l'on exceptait la toxicité des drogues dans son organisme – ne mettait sa vie en péril.

Byrne s'assit près de son lit.

Il savait que Patrick Farrell était un ami de Jessica. Il soupçonnait qu'ils étaient probablement liés par un sentiment plus profond qu'une simple amitié, mais il laisserait à Jessica le soin de le lui dire.

Ils avaient suivi tellement de fausses pistes, s'étaient

engouffrés dans tellement de culs-de-sac au cours de cette affaire. Lui non plus n'était pas certain que Patrick Farrell correspondît au profil. Lorsqu'il l'avait rencontré sur le lieu du crime du musée Rodin, il n'avait rien ressenti de bizarre.

Mais bon, ses visions ne semblaient plus tellement pertinentes ces temps-ci. Il aurait certainement pu serrer la main de Ted Bundy sans se douter de quoi que ce soit. Tout accusait Patrick Farrell. Il avait vu bien des mandats d'arrêt être émis sur des bases beaucoup moins solides.

Il prit la main de Lauren dans la sienne. Il ferma les yeux. La douleur s'installa au-dessus de ses yeux, vive, brûlante, meurtrière. Bientôt les images explosèrent dans sa tête, expulsant l'air de ses poumons, et la porte au fond de son esprit s'ouvrit en grand...

68

Vendredi, 20 h 55

Les savants pensent qu'une rose s'est élevée au-dessus du Calvaire le jour de la mort du Christ, que le ciel s'est assombri au-dessus de la vallée tandis qu'Il était sur la Croix.

Lauren Semanski était très forte. L'année dernière, lorsqu'elle a essayé de mettre fin à ses jours, je l'ai regardée en me demandant comment une jeune femme si déterminée pouvait faire une telle chose. La vie est un don. La vie est une bénédiction. Pourquoi a-t-elle voulu tout gâcher ?

Pourquoi ont-elles toutes voulu tout gâcher ?

Nicole avait enduré les moqueries de ses camarades de classe à cause de son père alcoolique.

Tessa avait survécu à la longue agonie de sa mère et affrontait le lent déclin de son père.

Bethany avait été l'objet de mépris à cause de son poids.

Kristi souffrait d'anorexie.

En les soignant, je savais que je trompais le Seigneur. Elles s'étaient engagées sur un chemin dont je les avais détournées.

Nicole et Tessa et Bethany et Kristi.

Et puis il y a eu Lauren. Lauren avait survécu à l'accident de ses parents pour finir par s'enfermer une nuit dans sa voiture et allumer le moteur. Elle avait emporté son Opus en peluche avec elle, le petit pingouin que sa mère lui avait offert pour Noël quand elle avait cinq ans.

Aujourd'hui, elle a résisté au Midazolam. Elle s'est sans doute remise aux amphétamines. Lorsqu'elle a ouvert la porte, nous roulions à environ cinquante kilomètres à l'heure. Elle a sauté. Comme ça. Il y avait beaucoup trop de circulation pour faire demi-tour et aller la rechercher. J'ai dû la laisser partir.

Il est trop tard pour changer mes plans.

L'heure de none *approche.*

Et même si Lauren était le mystère final, une autre fille peut faire l'affaire, une enfant aux boucles brillantes et à la tête cerclée d'un halo d'innocence.

Le vent se fait plus fort tandis que je me gare, que je coupe le moteur. Ils prévoient un prodigieux orage. Mais il y aura un autre orage ce soir, un sombre jugement de l'âme.

Dans la maison de Jessica…

69

Vendredi, 20 h 55

... brille une lumière chaude et accueillante, une braise solitaire parmi les charbons mourants du crépuscule.
Il est assis dans un véhicule devant la maison, à l'abri de la pluie. Il tient entre ses mains un rosaire. Il pense à Lauren Semanski, à sa fuite. Elle était la cinquième jeune fille, le cinquième mystère, le bouquet final de son chef-d'œuvre.
Mais Jessica est là. Il a une affaire à régler avec elle aussi.
Jessica et sa petite fille.
Il vérifie le matériel qu'il a préparé : les seringues hypodermiques, la craie de charpentier, l'aiguille et le fil de voilier.
Il se prépare à entrer dans la nuit mauvaise...
Les images allaient et venaient, plus ou moins nettes, comme ce que verrait un homme qui, tout en se noyant, regarderait vers le ciel depuis le fond d'une piscine chlorée.

Byrne ressentait un mal de tête féroce. Il quitta l'unité de soins intensifs, sortit sur le parking et grimpa dans sa voiture. Il vérifia son arme. La pluie mitraillait son pare-brise.

Il démarra et se dirigea vers la voie express.

70

Vendredi, 21 h 00

Sophie avait une peur bleue des orages, et Jessica savait d'où elle la tenait. C'était dans ses gènes. Quand elle était petite, Jessica allait se cacher sous l'escalier de leur maison de Catharine Street au moindre coup de tonnerre. Quand ça cognait vraiment, elle allait s'abriter en rampant sous son lit. Parfois, elle emportait une bougie. Jusqu'au jour où elle avait mis le feu au matelas.

Elles avaient encore dîné devant la télévision. Jessica était trop fatiguée pour émettre la moindre objection. Et puis ça n'avait aucune importance. Elle avait mangé du bout des dents, la routine de sa vie quotidienne lui semblant dénuée d'intérêt au moment où son monde s'écroulait. Elle avait encore l'estomac retourné par les événements de la journée. Comment avait-elle pu se tromper autant sur Patrick ?

S'était-elle réellement trompée sur Patrick ?

Les images des sévices infligés à ces jeunes femmes ne la quittaient pas.

Elle vérifia son répondeur téléphonique.

Pas de message.

Vincent logeait chez son frère. Elle décrocha le combiné

et composa le numéro. Enfin, les deux tiers du numéro. Puis elle raccrocha.

Merde.

Elle fit la vaisselle à la main, juste histoire de s'occuper. Elle se versa un verre de vin, le vida dans l'évier. Elle se prépara une tasse de thé, la laissa refroidir.

Sans trop savoir comment, elle tint le coup jusqu'au moment de coucher Sophie. Dehors, le tonnerre et les éclairs se déchaînaient. À l'intérieur, Sophie avait peur.

Jessica avait essayé tous les remèdes habituels. Elle avait proposé de lui lire une histoire. Ça n'avait pas marché. Elle avait demandé à Sophie si elle voulait regarder *Le Monde de Nemo*. Ça n'avait pas marché. Elle n'avait même pas voulu regarder *La Petite Sirène*. C'était rare. Jessica avait suggéré de colorier son livre de coloriages Peter Cottontail avec elle – non –, de chanter des chansons du *Magicien d'Oz* – non –, de coller des décalcomanies sur les œufs peints qui étaient dans la cuisine – non !

Au bout du compte, elle s'était contentée de border Sophie et de s'asseoir à côté d'elle. À chaque coup de tonnerre, Sophie la regardait comme si c'était la fin du monde.

Jessica essayait de penser à tout sauf à Patrick. Pour l'instant, elle n'y était pas parvenue.

Quelqu'un frappa à la porte de devant. C'était probablement Paula.

— Je reviens tout de suite, ma puce.

— Non, m'man.

— J'en ai juste pour une…

Il y eut une coupure d'électricité, puis la lumière revint.

— Il ne manquerait plus que ça.

Jessica fixa du regard la lampe de chevet, comme pour la convaincre de rester allumée. Elle prit la main de sa fille. L'enfant la serra comme si elle allait mourir. Par bonheur, la lumière resta allumée. *Merci, Seigneur.*

— Maman doit juste aller ouvrir la porte. C'est Paula. Tu veux voir Paula, pas vrai ?
— Oui.
— Je reviens tout de suite, dit-elle. Ça va aller ?
Sophie acquiesça, mais ses lèvres tremblaient.
Jessica embrassa Sophie sur le front, lui tendit son Jools, son petit ours brun. Sophie secoua la tête. Jessica attrapa alors Molly, l'ours beige. Non. C'était difficile de se tenir au courant. Sophie avait ses bons ours et ses mauvais ours. Elle finit par dire oui à Timothy, le panda.
— Je reviens tout de suite.
— D'accord.
Comme elle descendait l'escalier, la sonnerie retentit une, deux, trois fois. Ça ne ressemblait pas à Paula.
— Oui, j'arrive, dit-elle.
Elle essaya de regarder par la petite fenêtre biseautée de la porte. Elle était salement embuée. Elle n'aperçut rien d'autre que les feux de position d'une ambulance de l'autre côté de la rue. Apparemment, même les typhons ne dissuadaient pas Carmine Arrabiata de faire sa crise cardiaque hebdomadaire.
Elle ouvrit la porte.
C'était Patrick.
Son premier instinct fut de lui claquer la porte au nez. Elle résista. Pour le moment. Elle jeta un coup d'œil dans la rue, cherchant la voiture de surveillance. Elle ne la vit pas. Elle n'ouvrit pas la porte extérieure.
— Qu'est-ce que tu fais ici, Patrick ?
— Jess, dit-il. Il faut que tu m'écoutes.
Sa colère croissante et son angoisse se livraient un duel en elle.
— Tu vois, là, tu te trompes. Rien ne m'oblige à t'écouter.
— Jess. Allez. C'est moi.
Il trépignait d'un pied sur l'autre. Il était complètement trempé.

— Toi ? Mais qui es-tu ? Tu as soigné toutes ces filles, dit-elle. Et il ne t'est pas venu à l'esprit de m'en informer ?

— Je vois beaucoup de patients, répondit Patrick. Tu ne peux pas me demander de me souvenir de chacun d'eux.

Le vent hurlait à tout rompre. Ils étaient presque obligés de crier pour se faire entendre.

— Conneries ! Tu les as toutes vues au cours de l'année dernière.

Patrick baissa les yeux vers le sol.

— Peut-être que je ne voulais tout simplement pas…

— Quoi ? Être impliqué ? Tu te fous de ma gueule ?

— Jess. Si seulement tu…

— Tu ne devrais pas être ici, Patrick, interrompit-elle. Ça me place vraiment dans une situation délicate. Rentre chez toi.

— Bon Dieu, Jess. Tu ne crois pas réellement que j'ai quelque chose à voir avec ces… ces…

Bonne question, se dit Jessica. D'ailleurs, c'était la seule et unique question.

Jessica était sur le point de répondre lorsqu'un coup de tonnerre retentit, provoquant une nouvelle coupure d'électricité. Puis les lumières se mirent à clignoter.

— Je… Je ne sais pas quoi penser, Patrick.

— Accorde-moi cinq minutes, Jess. Cinq minutes et je m'en vais.

Jessica lut toute la douleur dans ses yeux.

— S'il te plaît, implora-t-il.

Il était trempé, pitoyable.

De façon absurde, elle pensa à son arme. À l'étage, dans le placard du couloir, sur l'étagère du haut, à sa place habituelle. Elle se demanda si elle aurait le temps d'aller la chercher le cas échéant.

À cause de Patrick.

Tout semblait irréel.

— Est-ce que je peux au moins entrer ? demanda-t-il.

Ça ne servait à rien de discuter. Elle entrouvrit la porte extérieure, laissant juste pénétrer une fine colonne de pluie. Puis elle ouvrit complètement la porte. Elle savait qu'une équipe surveillait Patrick, même si elle ne voyait pas la voiture. Elle était armée et avait du renfort.

Elle avait beau essayer, elle n'arrivait pas à croire Patrick coupable. Il ne s'agissait pas d'un crime passionnel, d'un moment de folie où il aurait perdu la tête et serait allé trop loin. Il s'agissait du meurtre systématique et de sang-froid de six personnes. Voire plus.

Si elle avait eu une preuve, alors elle n'aurait pas eu le choix.

Mais en attendant…

Les lumières s'éteignirent.

À l'étage, Sophie hurla.

— Bon Dieu ! râla Jessica.

Elle regarda de l'autre côté de la rue. Certaines maisons semblaient encore avoir l'électricité. Ou bien était-ce la lueur de bougies ?

— Peut-être que c'est le disjoncteur, dit Patrick en entrant et en passant devant elle. Où se trouve le tableau électrique ?

Jessica regarda le sol, les mains sur les hanches. C'en était trop.

— Dans la cave, au pied de l'escalier, répondit-elle, résignée. Il y a une lampe torche sur la table de la salle à manger. Mais je ne crois pas que nous…

— Maman ! hurla Sophie à l'étage.

Patrick ôta son imperméable.

— Je vérifie le tableau, et puis je m'en vais. Promis.

Patrick attrapa la lampe torche et se dirigea vers la cave.

Jessica traîna des pieds jusqu'à l'escalier dans cette obscurité imprévue. Elle remonta à l'étage, entra dans la chambre de Sophie.

— Ce n'est rien, ma chérie, dit Jessica en s'asseyant au bord du lit.

Le visage apeuré de Sophie semblait minuscule et tout rond dans le noir.

— Tu veux venir en bas avec maman ?

Sophie secoua la tête.

— Tu es sûre ?

Elle acquiesça.

— Est-ce que papa est là ?

— Non, ma puce, répondit Jessica, le cœur lourd. Maman va... Maman va aller te chercher quelques bougies, d'accord ? Tu aimes bien les bougies.

Sophie acquiesça de nouveau.

Jessica quitta la chambre. Elle ouvrit l'armoire à linge près de la salle de bains, chercha à tâtons dans la boîte qui contenait des savons d'hôtels et des échantillons de shampooing et d'après-shampooing. Elle repensa à l'époque où elle se payait le luxe de prendre de longs bains pleins de mousse avec des bougies parfumées disséminées dans la salle de bains, à l'âge de pierre de son mariage. Parfois, Vincent la rejoignait. Maintenant, cette vie semblait celle de quelqu'un d'autre. Elle trouva deux bougies parfumées au santal. Elle les tira de la boîte et retourna dans la chambre de Sophie.

Bien entendu, il n'y avait pas d'allumettes.

— Je reviens tout de suite.

Elle descendit à la cuisine, ses yeux commençaient à s'accoutumer à l'obscurité. Elle fouilla dans un tiroir fourre-tout à la recherche d'une pochette d'allumettes. Elle en trouva une. Les allumettes de son mariage. Elle sentit sous son doigt l'inscription dorée frappée sur la surface brillante : JESSICA ET VINCENT. Elle avait bien besoin de ça. Si elle avait cru à ce genre de choses, elle aurait pu s'imaginer qu'une conspiration destinée à la faire plonger dans une profonde dépression était en cours. Au moment où elle se retournait pour remonter à l'étage, elle vit un éclair et entendit un bruit de verre brisé.

L'impact la fit tressaillir. Une branche arrachée à l'érable mourant avait fini par fracasser la vitre de la porte de derrière.

— De mieux en mieux, dit Jessica.

La pluie s'engouffrait dans la cuisine. Il y avait des bris de verre partout.

— Bordel de merde !

Elle tira un sac-poubelle en plastique de sous l'évier et arracha quelques punaises au tableau de liège de la cuisine. Luttant contre le vent et les bourrasques de pluie, elle accrocha le sac autour de l'ouverture dans la porte, prenant soin de ne pas se couper aux tessons toujours en place.

Et maintenant, qu'est-ce qui allait lui arriver ?

Elle regarda en bas de l'escalier, vit le faisceau de la lampe torche danser dans l'obscurité de la cave.

Elle prit les allumettes et se dirigea vers la salle à manger. Elle inspecta les tiroirs du vaisselier, trouva diverses bougies. Elle en alluma une demi-douzaine, les disposa dans la pièce et aussi dans le salon. Elle remonta à l'étage et alluma les deux bougies qu'elle avait laissées dans la chambre de Sophie.

— C'est mieux ? demanda-t-elle.

— C'est mieux, répondit Sophie.

Jessica tendit la main, essuya les larmes sur les joues de sa fille.

— La lumière va bientôt revenir. D'accord ?

Sophie opina, sans la moindre conviction.

Jessica parcourut la pièce du regard. Les bougies parvenaient plutôt bien à exorciser les monstres de l'ombre. Elle tordit le nez de Sophie. L'enfant gloussa à peine. Elle était sur le point de redescendre lorsque le téléphone sonna.

Jessica alla décrocher dans sa chambre.

— Allô !

Elle entendit des grésillements affreusement stridents. Et derrière, à peine audible :

— Ici John Shepherd.

On aurait dit qu'il était sur la Lune.

— Je vous entends à peine. Qu'est-ce qui se passe ?

— Vous êtes là ?

— Oui.

La ligne crépita.

— On vient d'avoir des nouvelles de l'hôpital, dit-il.

— Répétez ? demanda Jessica.

La connexion était épouvantable.

— Vous voulez que je vous rappelle sur votre portable ?

— OK, répondit Jessica.

Puis elle se rappela. Le portable était dans la voiture. La voiture, dans le garage.

— Non, ça va aller. Continuez.

— On vient d'avoir un rapport sur ce que Lauren Semanski tenait dans sa main.

Quelque chose à propos de Lauren Semanski.

— OK.

— C'était un morceau de stylo-bille.

— Un quoi ?

— Elle serrait un stylo-bille dans sa main, cria Shepherd. De Saint-Joseph.

Jessica entendit clairement cette dernière phrase. À son grand désarroi.

— Qu'est-ce que vous voulez dire ?

— Il y avait le logo et l'adresse de Saint-Joseph dessus. Le stylo provient de l'hôpital.

Son cœur se glaça dans sa poitrine. Ça ne pouvait être vrai.

— Vous êtes certain ?

— Pas l'ombre d'un doute, répondit Shepherd.

Sa voix commençait à lui parvenir de façon hachée.

— Écoutez… l'équipe de surveillance a perdu Farrell… Roosevelt Boulevard est complètement inondé jusqu'à…

Silence.

— John ?

Rien. La ligne était coupée. Jessica appuya plusieurs fois sur le bouton du téléphone.

— Allô !

Elle ne reçut pour toute réponse qu'un épais silence noir.

Jessica raccrocha, marcha jusqu'au placard du couloir. Elle jeta un coup d'œil au bas des marches. Patrick était toujours à la cave.

Elle enfonça la main dans le placard, sur l'étagère du haut, la tête lui tournait.

Il m'a demandé de tes nouvelles, avait dit Angela.

Elle tira le Glock de son holster.

Je me rendais chez ma sœur à Manayunk, avait affirmé Patrick alors qu'il se tenait à sept mètres à peine du corps encore chaud de Bethany Price.

Elle vérifia le chargeur de l'arme. Il était plein.

Son médecin est venu le voir hier, avait déclaré Agnes Pinsky.

Elle enfonça le chargeur, engagea une balle dans la chambre. Et elle descendit l'escalier.

Dehors, le vent continuait de hurler, faisant trembler les vitres dans leurs montants craquelés.

— Patrick ?

Pas de réponse.

Elle atteignit le rez-de-chaussée, traversa à tâtons le salon, ouvrit un tiroir du vaisselier, attrapa sa vieille lampe torche. Elle appuya sur l'interrupteur. Morte. Évidemment. Merci, Vincent.

Elle referma le tiroir.

Plus fort :

— Patrick ?

Silence.

Les événements prenaient une sale tournure à la vitesse grand V. Elle ne descendrait pas à la cave sans lumière. Pas question.

Elle rebroussa chemin en direction de l'escalier, puis gravit les marches aussi silencieusement que possible. Elle irait chercher Sophie, l'envelopperait dans des couvertures, la porterait au grenier et verrouillerait la porte. Sophie serait malheureuse, mais en sécurité. Jessica savait qu'elle devait se maîtriser, et maîtriser la situation. Une fois Sophie enfermée, elle irait chercher son téléphone portable et appellerait du renfort.

— Tout va bien, ma chérie, dit-elle ? Tout va bien.

Elle souleva Sophie, la serra fort dans ses bras. Sophie tremblait. Ses dents claquaient.

À la lueur vacillante des bougies, Jessica crut avoir une vision. Elle devait se tromper. Elle attrapa une bougie, la rapprocha du visage de Sophie.

Elle ne se trompait pas. Là, sur le front de l'enfant, une croix avait été tracée à la craie bleue.

L'assassin était dans la maison.

L'assassin était dans cette pièce.

71

Vendredi, 21 h 25

Byrne quitta Roosevelt Boulevard. L'artère était inondée. Il ressentait une douleur lancinante dans la tête, les images surgissaient, l'une après l'autre : une série hallucinante de diapositives sanglantes.

Le tueur était après Jessica et sa fille.

Byrne avait examiné le billet de loterie que le tueur avait placé entre les mains de Kristi Hamilton et il n'avait tout d'abord rien vu. Aucun d'entre eux n'avait rien vu. Mais quand le labo avait fait ressortir le numéro, tout s'était éclairé. L'indice n'était pas l'endroit où il avait acheté le billet. L'indice était le numéro.

Le labo avait établi que le numéro de loterie Big 4 choisi par le tueur était 9-7-0-0.

L'adresse du presbytère de Sainte-Katherine était 9700 Frankford Avenue.

Jessica n'était pas tombée loin. Le tueur avait commis un acte de vandalisme sur la porte de Sainte-Katherine trois ans plus tôt, et il avait eu la ferme intention d'y achever ce soir sa folie. Il avait compté y emmener Lauren Semanski et accomplir le dernier des mystères douloureux sur l'autel de l'église.

La crucifixion.

La résistance et la fuite de Lauren l'avaient simplement conduit à différer un peu son projet. Quand Byrne avait touché le stylo-bille cassé dans la main de Lauren, une vision fulgurante s'était imposée à lui. Il avait compris quelle était la destination du tueur et sa dernière victime. Il avait immédiatement appelé le commissariat du huitième district, qui avait dépêché une demi-douzaine d'agents à l'église et deux voitures de patrouille chez Jessica.

Le seul espoir de Byrne était qu'ils n'arrivent pas trop tard.

Les réverbères étaient éteints, de même que les feux de signalisation. En conséquence, comme à chaque fois que des pannes de ce genre se produisaient, tous les habitants de Philly semblaient ne plus savoir conduire. Byrne sortit son téléphone portable et rappela Jessica. La ligne était occupée. Il l'appela sur son portable. Après cinq sonneries, sa messagerie se déclencha.

Décroche, Jess.

Il s'arrêta au bord de la route, ferma les yeux. Il est impossible de décrire à quiconque ne l'a jamais éprouvée la douleur lancinante d'une migraine carabinée. Les phares des voitures qui approchaient lui consumaient les yeux. Entre les éclairs lumineux, il voyait les corps. Non pas les contours tracés à la craie sur les lieux des crimes aseptisés après le passage des enquêteurs, mais plutôt les êtres vivants.

Tessa Wells tandis qu'on lui plaçait les bras et les jambes autour du pilier.

Nicole Taylor au moment où elle était abandonnée dans le massif de fleurs éclatantes.

Bethany Price et sa couronne d'épines.

Kristi Hamilton couverte de sang.

Elles avaient les yeux ouverts, remplis de questions, implorants.

Elles l'imploraient lui.

Le cinquième corps ne lui apparaissait pas clairement, mais il en savait assez pour être ébranlé jusqu'au tréfonds de son âme.

Le cinquième corps était celui d'une petite fille.

72

Vendredi, 21 h 35

Jessica claqua la porte de la chambre, verrouilla la porte. Elle devait commencer par les alentours immédiats. Elle chercha sous le lit, derrière les rideaux, dans le placard, braquant son arme devant elle.

Vide.

D'une façon ou d'une autre, Patrick était monté à l'étage et avait tracé la croix sur le front de Sophie. Elle avait essayé de lui poser gentiment une question à ce sujet, mais sa petite fille semblait traumatisée.

L'idée qu'il avait pu faire ça la rendait à la fois malade et folle de rage. Mais pour le moment, la rage était son ennemie. Sa vie était menacée.

Elle s'assit sur le lit.

— Tu dois écouter maman, d'accord ?

Sophie avait le regard fixe, comme si elle était en état de choc.

— Chérie ? Écoute maman.

Sa fille demeurait silencieuse.

— Maman va faire un lit dans le placard, d'accord. Comme si on campait, d'accord ?

Sophie ne réagissait pas.

Jessica se dirigea tant bien que mal vers le placard. Elle repoussa tout vers le fond, arracha les couvertures du lit et fabriqua une couche de fortune. Faire cela lui brisait le cœur, mais elle n'avait pas le choix. Elle sortit du placard tout le reste, tout ce qui aurait pu être dangereux pour Sophie, et le balança par terre. Elle souleva sa petite fille du lit, luttant contre ses propres larmes de rage et de terreur.

Puis elle embrassa Sophie et referma la porte du placard. Elle tourna la clé, la fourra dans sa poche, attrapa son arme et quitta la pièce.

Toutes les bougies qu'elle avait allumées dans la maison avaient été soufflées. Dehors, le vent hurlait, mais il régnait à l'intérieur un silence de mort. L'obscurité était enivrante, elle semblait consumer tout ce qu'elle touchait. Jessica savait où se trouvait chaque chose sans avoir besoin de la voir. En descendant l'escalier, elle se représenta la disposition du salon. La table, les chaises, le vaisselier, l'armoire dans laquelle se trouvaient la télé, la chaîne et son matériel vidéo, les causeuses. Tout était si familier et en même temps si étranger. Chaque ombre abritait un monstre, chaque silhouette, un danger.

Elle avait obtenu de bons résultats au tir chaque année depuis qu'elle était flic, elle avait suivi l'entraînement tactique de l'épreuve du feu. Mais ces choses n'étaient pas censées se dérouler chez elle, dans ce refuge où elle s'abritait de la folie du monde. Cet endroit était celui où sa fille jouait. Maintenant, c'était un champ de bataille.

Lorsqu'elle atteignit la dernière marche, elle prit conscience de ce qu'elle faisait. Elle laissait Sophie seule en haut. Avait-elle vraiment inspecté tout l'étage ? Avait-elle regardé partout ? Avait-elle éliminé toute menace potentielle ?

— Patrick ? dit-elle.

Sa voix était faible et plaintive.

Pas de réponse.

Une sueur froide lui ruisselait sur les épaules et dans le dos, lui dégoulinait au niveau de la taille.

Puis, fort, mais pas suffisamment pour effrayer Sophie :

— Écoute Patrick. J'ai une arme à la main. Je ne déconne pas. J'ai besoin de te voir, ici, maintenant. On va en ville, on éclaircit toute cette histoire. Ne me fais pas ça.

Silence froid.

Juste le vent.

Patrick avait pris la Maglite, la seule lampe torche qui fonctionnait dans la maison. Le vent faisait vibrer les vitres, produisant une mélopée sourde qui ressemblait au gémissement d'un animal blessé.

Jessica pénétra dans la cuisine, tentant d'y voir le mieux possible dans l'obscurité. Elle avança lentement, l'épaule gauche collée au mur, le côté opposé à la main qui tenait le pistolet. Au besoin, elle pouvait se plaquer dos au mur et décrire un arc de cercle de 180 degrés avec son arme pour protéger ses arrières.

La cuisine était vide.

Avant de franchir la porte qui menait au salon, elle marqua une pause et tendit l'oreille aux bruits de la nuit. Quelqu'un était-il en train de gémir ? De pleurer ? Elle savait que ce n'était pas Sophie.

Elle écouta, chercha à localiser le son dans la maison. Mais il avait disparu.

L'odeur terreuse et moite de la pluie s'abattant sur le sol de ce début de printemps s'insinuait par la vitre cassée de la porte. Jessica fit un pas dans l'obscurité, écrasant du pied des bris de verre. Le vent battait, soulevant les bords du sac en plastique noir punaisé par-dessus l'ouverture.

Lorsqu'elle se coula dans le salon, elle se rappela que son ordinateur portable se trouvait sur le petit bureau. Si elle ne se trompait pas, et si la chance devait un tant soit peu lui sourire ce soir, la batterie serait complètement chargée. Elle se glissa jusqu'au bureau, alluma le portable. L'écran prit vie, clignota à deux reprises, puis diffusa une lueur bleue laiteuse à travers le salon. Elle serra fort les yeux pendant quelques secondes, puis les rouvrit. Il y avait suffisamment de lumière pour y voir. La pièce se révéla à elle.

Elle vérifia derrière les causeuses, dans le coin aveugle près de l'armoire. Elle jeta un coup d'œil dans la penderie près de la porte d'entrée. Tout était vide.

Elle traversa la pièce jusqu'à l'armoire de la télévision. Si elle se souvenait bien, Sophie avait laissé son chiot électronique dans l'un des tiroirs. Elle l'entrouvrit. Une truffe noire en plastique apparut.

Oui.

Jessica ôta les piles du dos de l'animal, retourna dans la salle à manger. Elle les glissa dans la lampe torche, qui s'illumina.

— Patrick. C'est sérieux. Il faut que tu me répondes.

Elle n'espérait pas de réponse. Elle n'en reçut pas.

Elle inspira profondément, tenta de retrouver son calme, puis descendit une à une les marches qui menaient à la cave. Il faisait noir comme dans un four. Patrick avait éteint la Maglite. À mi-chemin, Jessica s'arrêta, fit courir le faisceau de sa lampe à travers la largeur de la pièce tout en braquant son arme. Toutes ces choses d'ordinaire inoffensives – la machine à laver et le sèche-linge, l'évier, la chaudière et l'adoucisseur d'eau, les clubs de golf et les meubles de jardin, tout le bazar accumulé au cours de leur vie – projetaient leurs ombres longues et recelaient mille dangers.

Tout était exactement là où elle s'attendait à le trouver.

Sauf Patrick.

Elle continua de descendre les marches. Il y avait sur la droite une niche aveugle qui abritait les fusibles et le tableau électrique. Elle braqua sa lampe sur le renfoncement et sa gorge se serra.

Le boîtier de raccordement du téléphone.

La ligne n'avait pas été coupée à cause de l'orage.

Les fils électriques qui pendouillaient du boîtier avaient de toute évidence été arrachés à la main.

Elle posa doucement le pied sur le sol en ciment de la cave et balaya une fois de plus la pièce avec le faisceau de sa lampe. Elle commençait à marcher à reculons en direction du mur de façade lorsqu'elle trébucha sur quelque chose. Quelque chose de lourd. De métallique. Elle se retourna et aperçut l'une de ses haltères de cinq kilos.

Et c'est alors qu'elle vit Patrick. Il gisait face contre terre. Près de ses pieds se trouvait l'autre haltère. Il avait visiblement buté dessus en s'écartant du boîtier du téléphone.

Il ne bougeait pas.

— Lève-toi, dit-elle.

Sa voix était râpeuse et faible. Elle arma le Glock. Le clic résonna contre les murs de parpaings.

— Lève-toi… bordel !

Il ne bougeait pas.

Elle s'approcha, le poussa légèrement du pied. Rien. Pas la moindre réaction. Elle rabattit le chien de son arme tout en la maintenant braquée sur Patrick. Elle se pencha, glissa une main sous sa gorge. Elle tâta son pouls. Son cœur battait fort.

Mais elle sentit aussi quelque chose d'humide.

En retirant sa main, elle vit du sang.

Jessica recula.

De toute évidence, après avoir arraché les câbles téléphoniques, Patrick avait trébuché sur l'haltère et perdu connaissance.

Jessica ramassa la Maglite qui se trouvait près de lui, puis elle remonta au rez-de-chaussée et sortit par la porte de devant. Elle devait récupérer son téléphone portable. Elle fit un pas sur le perron. La pluie mitraillait l'auvent au-dessus de sa tête. Elle jeta un coup d'œil dans la rue. Les lumières étaient éteintes dans toutes les maisons. Les arbres bordaient la rue tels des squelettes. Une formidable bourrasque s'abattit et elle fut trempée en quelques secondes. La rue était déserte.

Sauf l'ambulance. Ses feux de position étaient éteints, mais Jessica entendit le moteur, vit le gaz sortir du pot d'échappement. Elle rengaina son arme, traversa la rue en courant sous le déluge.

Derrière la camionnette, l'ambulancier était sur le point de refermer les portières. À son approche, il se tourna vers Jessica.

— Qu'est-ce qui se passe ? demanda-t-il.

Jessica vit le badge sur sa veste. Il s'appelait Drew.

— Drew, je voudrais que vous m'écoutiez, dit Jessica.

— OK.

— Je suis officier de police. Il y a un homme blessé chez moi.

— C'est grave ?

— Je ne suis pas sûre, mais je veux que vous m'écoutiez. Ne parlez pas.

— OK.

— Mon téléphone est coupé, mon électricité est coupée. J'ai besoin que vous appeliez la police. Dites-leur qu'une collègue a besoin d'aide. Je veux que tous les flics de la ville et des environs rappliquent. Quand vous aurez passé ce coup de fil, venez chez moi. Il est dans la cave.

Une énorme rafale de vent poussa un rideau de pluie à travers la rue. Des feuilles et des détritus tourbillonnaient à ses pieds. Jessica dut se mettre à hurler pour se faire entendre.

— Vous comprenez ? cria-t-elle.

Drew attrapa son sac, ferma les portières arrière de l'ambulance, montra sa radio portative.

— Allons-y.

73

Vendredi, 21 h 45

La circulation se traînait sur Cottman Avenue. Byrne était à moins de huit cents mètres de la maison de Jessica. Il chercha à couper par des petites rues, mais elles étaient soit obstruées par des branches ou des câbles électriques, soit bien trop inondées pour qu'on pût les emprunter.

Les voitures roulaient lentement, franchissant quasiment au pas les sections de route qui étaient submergées. Tandis qu'il s'approchait de la rue de Jessica, sa migraine prit toute son ampleur. Un coup de Klaxon retentit, il agrippa son volant et s'aperçut qu'il venait de conduire les yeux fermés.

Il devait aller aider Jessica.

Il gara la voiture, vérifia son arme et sortit.

Il n'était qu'à quelques rues.

Sa migraine s'intensifia et il releva son col contre le vent. Tandis qu'il luttait contre les bourrasques de pluie, il savait que…

Il est dans la maison.
Tout près.

Il ne s'attendait pas à ce qu'elle ait un invité. Il la veut pour lui tout entière. Il a des projets pour elle et sa fille.

Quand l'autre homme a franchi la porte d'entrée, son plan...

74

Vendredi, 21 h 55

... a été perturbé, mais pas modifié.
Même le Christ avait rencontré des obstacles cette semaine. Les pharisiens lui avaient tendu un piège pour Lui faire prononcer un blasphème. Judas L'avait, bien entendu, trahi auprès des chefs des prêtres en leur disant où ils Le trouveraient.
Cela n'avait pas dissuadé le Christ.
On ne me dissuadera pas non plus.
Je vais m'occuper de cet intrus, cet Iscariote.
Dans cette cave sombre, il paiera de sa vie son intrusion.

75

Vendredi, 21 h 55

Lorsqu'ils pénétrèrent dans la maison, Jessica indiqua la cave à Drew.

— Il est au pied de l'escalier, sur la droite, dit-elle.

— Est-ce que vous pouvez me décrire ses blessures ? demanda Drew.

— Je ne sais pas, répondit-elle. Il est inconscient.

Comme il descendait l'escalier, Jessica entendit l'ambulancier appeler le numéro d'urgence de la police.

Elle remonta à la chambre de Sophie, déverrouilla la porte du placard. Sophie était éveillée, assise, perdue dans une forêt de manteaux et de pantalons.

— Ça va, mon bébé ? demanda-t-elle.

Sophie ne répondit pas.

— Maman est là, ma chérie. Maman est là.

Elle souleva Sophie, qui passa ses petits bras autour du cou de sa mère. Elles étaient en sécurité maintenant. Jessica sentait le cœur de Sophie battre contre le sien.

Elle traversa la chambre pour regarder par la fenêtre. La rue n'était que partiellement inondée. Elle attendit de voir arriver les renforts.

— Madame ?

Drew l'appelait.
Jessica marcha jusqu'au haut des marches.
— Qu'est-ce qui se passe ?
— Euh, eh bien, je ne sais pas comment vous dire ça.
— Me dire quoi ?
— Il n'y a personne dans la cave, annonça Drew.

76

Vendredi, 22 h 00

Byrne tourna à l'angle et s'engagea dans la rue totalement noire. Luttant contre le vent, il dut contourner les énormes branches couchées en travers du trottoir et de la rue. Il aperçut des lueurs scintillantes dans certaines fenêtres, des ombres légères qui dansaient sur les stores. Au loin, un câble électrique tombé sur une voiture lançait des étincelles.

Il n'y avait pas de véhicule de patrouille dans la Huitième Rue. Il essaya de nouveau son portable. Rien. Pas de signal.

Il n'était allé qu'une fois chez Jessica. Il examina attentivement les alentours, tentant de reconnaître la maison. En vain.

C'était, naturellement, l'un des grands inconvénients de la vie à Philadelphie, même dans le nord-est de la ville. Parfois, tout se ressemblait. Il s'arrêta devant une maison mitoyenne qui lui semblait vaguement familière. Sans la lumière des réverbères, c'était difficile de se faire une idée. Il ferma les yeux et tenta de se souvenir. Les images du tueur au rosaire recouvraient tout le reste, tels les marteaux d'une vieille machine à écrire manuelle – le plomb tendre s'abattant sur le papier blanc et brillant, l'encre noire aux contours irréguliers. Mais il était trop près pour pouvoir distinguer les mots.

77

Vendredi, 22 h 00

Drew attendait au pied de l'escalier de la cave. Jessica alluma les bougies dans la cuisine, puis installa Sophie sur une chaise. Elle posa son arme au-dessus du réfrigérateur.

Elle descendit les marches. La tache de sang sur le béton était toujours là. Mais pas Patrick.

— L'opérateur dit que deux voitures de patrouille sont en route, annonça-t-il. Mais je crains qu'il n'y ait personne dans cette cave.

— Vous êtes sûr ?

Drew fit courir le faisceau de sa lampe torche tout autour de la cave.

— Euh, c'est-à-dire, à moins que vous ayez un passage secret, il a dû s'en aller par l'escalier.

Drew braqua sa lampe vers le haut de l'escalier. Il n'y avait pas de traces de sang sur les marches. Comme il portait des gants en latex, il s'agenouilla et toucha le sang sur le sol. Il frotta deux doigts l'un contre l'autre.

— Vous dites qu'il était ici à l'instant ? demanda-t-il.

— Oui, répondit Jessica. Il y a deux minutes. Dès que je l'ai vu, je suis remontée en courant et je suis sortie.

— Comment s'est-il fait cette blessure ? demanda-t-il.

— Aucune idée.

— Est-ce que vous allez bien ?

— Ça va.

— Bon, la police sera ici d'une seconde à l'autre. Ils pourront inspecter la maison, dit-il en se relevant. En attendant, nous serons probablement en sécurité ici.

Quoi ? pensa Jessica.

Nous serons probablement en sécurité ici ?

— Comment va votre fille ? demanda-t-il.

Jessica regarda fixement l'homme. Une main glacée lui serra le cœur.

— Je ne vous ai jamais dit que j'avais une fille.

Drew ôta ses gants, les jeta dans son sac.

À la lueur de la lampe torche, Jessica vit les taches de craie bleue sur ses doigts et la profonde égratignure sur le dos de sa main droite. Au même instant, elle aperçut les pieds de Patrick qui dépassaient de sous l'escalier.

Et elle comprit. Cet homme n'avait jamais appelé la police. Personne n'allait venir. Jessica se retourna pour s'enfuir. Vers l'escalier. Vers Sophie. Vers la sécurité. Mais avant qu'elle ait pu faire un geste, une main surgit de l'obscurité.

Andrew Chase la tenait.

78

Vendredi, 22 h 05

Ce n'était pas Patrick Farrell. Quand Byrne avait consulté les fiches à l'hôpital, toutes les pièces du puzzle s'étaient mises en place.

Hormis le fait qu'elles avaient été soignées par Patrick Farrell aux urgences de Saint-Joseph, les cinq jeunes filles avaient autre chose en commun : l'ambulance. Elles vivaient toutes dans le nord de Philly et avaient toutes été amenées par une ambulance de la société Glenwood.

La personne qui leur avait apporté les premiers soins était Andrew Chase.

Chase connaissait Simon Close, et Simon avait payé de sa vie cette relation.

Le jour de sa mort, Nicole Taylor n'avait pas essayé d'écrire P-A-R-K-H-U-R-S-T sur la paume de sa main. Elle avait essayé d'écrire P-A-R-A-M-E-D-I-C-A-L !

Byrne ouvrit son téléphone portable, essaya d'appeler la police une dernière fois. Rien. Il contrôla l'indicateur de réception. Pas de signal. Les voitures de patrouille n'arriveraient pas à temps.

Il allait devoir y aller seul.

Byrne se tenait devant une maison, essayant de se protéger les yeux de la pluie.

Était-ce la bonne ?

Réfléchis, Kevin. Qu'avait-il remarqué de particulier le jour où il était passé la chercher ? Il ne se souvenait de rien.

Il se retourna et regarda derrière lui.

Une camionnette était garée. Une ambulance de la société Glenwood.

C'était la bonne maison.

Il dégaina son arme, engagea une balle dans la chambre, et se précipita dans l'allée.

79

Vendredi, 22 h 10

Jessica émergea péniblement d'un brouillard impénétrable. Elle était assise à même le sol, dans sa propre cave. L'obscurité était presque complète. Elle essaya de mettre ces deux faits en équation, mais n'obtint aucun résultat acceptable.

Puis la réalité lui apparut dans toute son horreur.

Sophie.

Elle essaya de se lever, mais ses jambes ne lui obéissaient plus. Elle n'était pourtant pas ligotée. Puis elle se souvint. On lui avait fait une piqûre. Elle se toucha le cou à l'endroit où l'aiguille avait pénétré, retira sa main et vit un point de sang sur son doigt. Dans la faible lueur émise par la lampe torche derrière elle, le point commença à s'estomper. Elle comprenait maintenant la terreur qu'avaient éprouvée les cinq jeunes filles.

Mais elle n'était pas une jeune fille. Elle était une femme. Officier de police.

Elle porta instinctivement la main à sa hanche. Rien. Où était son arme ?

Là-haut. Au-dessus du réfrigérateur.

Merde.

Elle se sentit un moment nauséeuse, le monde flottait, le sol semblait onduler sous son corps.

— On n'était pas obligé d'en arriver là, vous savez, dit-il. Mais elle a résisté. Elle a essayé de foutre sa vie en l'air une première fois, mais après elle a résisté. C'est toujours la même histoire.

La voix venait de derrière elle. Le ton était bas, mesuré, teinté de la mélancolie d'un homme qui a connu une grande perte. Il tenait toujours la lampe torche. Le faisceau dansait à travers la pièce.

Jessica aurait voulu répondre, bouger, lui sauter dessus. Son esprit était déterminé. Mais son corps, impuissant.

Elle était seule avec le tueur au rosaire. Elle avait cru que des renforts étaient en route, mais elle s'était trompée. Personne ne savait qu'ils étaient ensemble. Des images des victimes lui apparurent. Kristi Hamilton trempée de tout ce sang. La couronne de fils barbelés sur la tête de Bethany Price.

Elle devait continuer de le faire parler.

— Que... Que voulez-vous dire ?

— Elles avaient tout pour elles, déclara Andrew Chase. Chacune d'entre elles. Mais elles n'en voulaient pas, pas vrai ? Elles étaient intelligentes, en bonne santé, intactes. Mais ça ne leur suffisait pas.

Jessica parvint à regarder vers le haut de l'escalier, espérant de tout son cœur qu'elle n'y apercevrait pas la petite silhouette de Sophie.

— Ces filles avaient tout, mais elles ont décidé de tout foutre en l'air, répéta Chase. Et pour quoi ?

Le vent hurlait de l'autre côté des soupiraux. Andrew Chase se mit à arpenter la pièce de long en large, le faisceau de sa lampe torche bondissant dans l'obscurité.

— Quelle chance a eue ma fille ? demanda-t-il.

Il a un enfant, pensa Jessica. *C'est bon.*

— Vous avez une fille ? demanda-t-elle.

Sa voix semblait distante, comme si elle parlait dans un tuyau métallique.

— *J'avais* une fille, répondit-il. Elle n'a même pas eu le temps de voir le jour.

— Que s'est-il passé ?

Elle avait de plus en plus de mal à articuler. Jessica n'était pas certaine que faire revivre une tragédie à cet homme fût une bonne chose, mais elle ne savait que faire d'autre.

— Vous étiez là.

J'étais là ? pensa Jessica. *Mais qu'est-ce qu'il me chante ?*

— Je ne sais pas de quoi vous parlez, dit Jessica.

— C'est bon, fit-il. C'était pas votre faute.

— Ma… faute ?

— Mais le monde était devenu fou cette nuit-là, hein ? Oh que oui. Les forces du mal ont été lâchées dans les rues de cette ville et un orage prodigieux s'est abattu. Ma petite fille a été sacrifiée. Les vertueux ont eu leur récompense, dit-il en s'emballant, d'une voix de plus en plus aiguë. Et cette nuit, Je rétablis la balance.

Oh, mon Dieu, pensa Jessica. Le souvenir de cette nuit de Noël infernale provoqua un nouvel accès de nausée.

Il parlait de Katherine Chase. *La femme qui avait fait une fausse couche dans sa voiture de service. Andrew et Katherine Chase.*

— À l'hôpital, ils disaient des choses comme « Oh, ne vous en faites pas, vous pourrez toujours en avoir un autre. » Mais ils ne savent rien. La vie n'a plus jamais été la même pour Kitty et moi. Malgré les prétendus miracles de la médecine moderne, ils n'ont pas pu sauver mon bébé, et le Seigneur nous a refusé un autre enfant.

— Ce… Ce n'était la faute de personne, dit Jessica. Il y avait un terrible orage ce soir-là. Vous vous rappelez ?

Chase hocha la tête.

— Je me souviens très bien. Il m'a fallu presque deux

heures pour aller jusqu'à Sainte-Katherine. J'ai prié pour la sainte patronne de mon épouse. J'ai offert un sacrifice. Mais ma petite fille n'est jamais revenue.

Sainte-Katherine, pensa Jessica. Elle avait eu raison.

Chase attrapa le sac en Nylon qu'il avait apporté avec lui. Il le laissa tomber par terre près de Jessica.

— Vous pensez vraiment que la société regrettera un homme comme Willy Kreuz ? C'était un pédéraste. Un barbare. La forme la plus basse de l'humanité.

Il enfonça la main dans le sac et commença à en sortir divers objets qu'il posa par terre près de la jambe droite de Jessica. Elle baissa lentement les yeux. Elle vit une perceuse sans fil. Elle vit une bobine de fil de voilier, une énorme aiguille incurvée, une autre seringue en verre.

— C'est incroyable ce que certains hommes peuvent raconter... comme s'ils en étaient fiers, reprit Chase. Quelques verres de bourbon. Quelques Percocet. Et ils déballent tous leurs terribles secrets.

Il passa le fil dans le chas de l'aiguille. Malgré sa colère et son exaltation, il avait le geste sûr.

— Et feu le docteur Parkhurst ? continua-t-il. Un homme qui utilisait son autorité pour s'en prendre à des jeunes filles ? Allons ! il n'était pas différent. La seule chose qui le distinguait d'hommes comme M. Kreuz était son pedigree. Tessa m'a tout raconté à son sujet.

Jessica essaya de parler, mais n'y parvint pas. L'angoisse lui nouait la gorge. Elle se sentait osciller entre conscience et inconscience.

— Bientôt vous comprendrez, dit Chase. Le dimanche de Pâques, il y aura une résurrection.

Il posa le fil et l'aiguille par terre, s'approcha à quelques centimètres du visage de Jessica. Dans la faible lueur, ses yeux semblaient grenat.

— Le Seigneur a demandé son enfant à Abraham. Et maintenant, le Seigneur me demande le vôtre.

Non, je vous en prie ! pensa Jessica.

— Il est temps, annonça-t-il.

Jessica essaya de bouger.

Impossible.

Andrew Chase gravit les marches.

Sophie.

Jessica ouvrit les yeux. Combien de temps était-elle restée évanouie ? Elle essaya de nouveau de bouger. Elle sentait ses bras, mais pas ses jambes. Elle tenta de rouler sur son flanc, n'y parvint pas. Elle chercha à se traîner jusqu'au pied de l'escalier, mais cela demandait un effort bien trop grand.

Était-elle seule ?

Était-il parti ?

La dernière bougie allumée était posée sur le sèche-linge et projetait de longues ombres chatoyantes sur le plafond sans apprêt de la cave.

Elle tendit l'oreille.

Elle piqua de nouveau du nez, se réveilla en sursaut quelques secondes plus tard.

Des bruits de pas derrière elle. Garder les yeux ouverts était si difficile. Si incroyablement difficile. Ses membres étaient aussi lourds que des pierres.

Elle tourna la tête autant que possible. Lorsqu'elle vit Sophie dans les bras de ce monstre, une onde glaciale lui parcourut les entrailles.

Non, pensa-t-elle.

Non !

Prenez-moi.

Je suis ici. Prenez-moi !

Andrew Chase posa Sophie par terre près d'elle. Sophie avait les yeux clos, son corps semblait totalement mou.

Dans les veines de Jessica, l'adrénaline et la drogue qu'il lui avait injectée se livraient un combat. Si seulement elle pouvait se lever et lui coller un bon coup de poing, elle savait qu'elle pouvait lui faire mal. Il était plus lourd qu'elle, mais ils mesuraient à peu près la même taille. Un seul coup de poing. Avec la rage qui grondait en elle, c'était tout ce qu'il lui faudrait.

Lorsqu'il se détourna d'elle momentanément, elle vit qu'il avait trouvé son Glock et le portait à la ceinture de son pantalon.

Comme il ne la voyait pas, Jessica s'approcha de quelques centimètres de Sophie. L'effort sembla l'épuiser complètement. Elle devait se reposer.

Elle chercha à voir si Sophie respirait. Impossible à dire.

Andrew Chase se tourna de nouveau vers elles, tenant maintenant la perceuse.

— Le moment est venu de prier, dit-il.

Il mit la main dans sa poche, en tira un boulon.

— Préparez-lui les mains, ordonna-t-il à Jessica.

Il s'agenouilla, plaça la perceuse dans la main droite de Jessica. Elle sentit la bile lui refluer dans la gorge. Elle allait se trouver mal.

— *Quoi ?*

— Elle est juste endormie. Je lui ai injecté une faible dose de Midazolam. Percez-lui les mains et je lui laisserai la vie sauve.

Il sortit un élastique de sa poche et l'enroula autour des poignets de Sophie. Il plaça un rosaire entre ses doigts. Un rosaire sans perles.

— Si vous ne le faites pas, c'est moi qui le ferai. Et alors je la renverrai à Dieu sous vos yeux.

— Je... Je ne peux pas.

— Vous avez trente secondes.

Il se pencha en avant, appuya l'index droit de Jessica sur la détente pour tester la batterie. Elle était bien chargée. Le son de la mèche d'acier tournoyant était abominable.

— Faites-le maintenant et elle vivra.

Jessica regarda Sophie.

— C'est ma fille, parvint-elle à dire.

Le visage de Chase demeurait implacable, impénétrable. La lueur dansante de la bougie dessinait de longues ombres sur ses traits. Il prit le Glock à sa ceinture, l'arma et pointa le canon contre la tête de Sophie.

— Il vous reste dix secondes.
— Attendez !

Jessica sentit sa force la quitter, puis revenir. Ses doigts tremblaient.

— Pensez à Abraham, déclara Chase. Pensez à la détermination qu'il lui a fallu pour aller jusqu'à l'autel. Vous pouvez le faire.
— Je… Je ne peux pas.
— Nous devons tous faire des sacrifices.

Jessica devait gagner du temps.

Elle le devait.

— OK, dit-elle. OK.

Elle serra la poignée de la perceuse. Elle était lourde et froide. Elle testa la détente à plusieurs reprises. La perceuse répondait correctement, la mèche de carbone vrombissait.

— Approchez-la, dit Jessica faiblement. Je ne peux pas l'atteindre.

Chase s'approcha de Sophie, la souleva. Il la reposa à quelques centimètres de Jessica. Avec ses poignets liés, Sophie semblait prier.

Jessica leva la perceuse, lentement, la posa un instant sur ses cuisses.

Elle repensa à son premier entraînement avec un médecine-ball à la salle de sport. Après deux ou trois séries, elle avait voulu laisser tomber. Étendue sur le dos, sur un tapis, elle tenait la lourde balle entre ses mains et n'en pouvait plus. Elle n'y arriverait pas. Pas une série de plus. Elle ne serait jamais boxeuse. Mais avant qu'elle ait pu abandonner, un vieux poids lourd ratatiné qui était resté assis là à la regarder – un vieux de la vieille de la Frazier's Gym, un homme qui avait un jour tenu tout un match contre

Sonny Liston – lui expliqua que la plupart des gens qui échouaient ne manquaient pas de force, mais de volonté.

Elle ne l'avait jamais oublié.

Tandis qu'Andy Chase se retournait pour s'éloigner, Jessica rassembla toute sa volonté, toute sa détermination, toute sa force. Elle n'aurait qu'une chance de sauver sa fille, et le moment était venu. Elle appuya sur la détente, la bloqua sur la position MARCHE, et, en un éclair, projeta la perceuse de toutes ses forces vers le haut. La longue mèche s'enfonça dans le côté gauche de l'aine de Chase, pénétrant profondément dans la chair, déchirant la peau et les muscles, et, dans un rugissement, rencontra l'artère fémorale et la déchiqueta. Un jet de sang chaud aspergea le visage de Jessica, l'aveuglant momentanément, la faisant suffoquer. Chase hurla de douleur, fit un bond en arrière, puis se mit à tournoyer sur lui-même tandis que ses jambes commençaient à se défiler sous son corps. Sa main gauche collée à la déchirure de son pantalon tentait de contenir l'hémorragie, mais le sang jaillissait entre ses doigts, soyeux et noir dans la lumière faible. Par réflexe, il tira avec le Glock en direction du plafond. Le son de la détonation résonna telle une énorme explosion dans l'espace confiné.

Jessica se mit péniblement à genoux, ses oreilles sifflaient, elle ne fonctionnait plus maintenant qu'à l'adrénaline. Elle devait s'interposer entre Chase et Sophie. Faire quelque chose. Se lever d'une manière ou d'une autre et lui plonger la mèche dans le cœur.

À travers le film écarlate qui lui recouvrait les yeux, elle vit Chase tomber violemment et lâcher le pistolet. Il était au milieu de la cave, hurlant de douleur. Il ôta sa ceinture, l'enroula autour du haut de sa cuisse gauche. Il avait maintenant les jambes couvertes de sang, une mare se formait sur le sol. En serrant le garrot, il poussa un cri strident d'animal.

Pouvait-elle se traîner jusqu'à l'arme ?

Jessica essaya de ramper, ses mains glissant dans le

sang, luttant pour gagner le moindre centimètre. Mais avant qu'elle ait pu parcourir la distance, Chase ramassa le Glock poisseux et se releva lentement. Il avança en titubant, fou de rage, telle une bête mortellement blessée. Plus que quelques pas. Il agitait l'arme devant lui, son visage torturé n'était plus qu'un masque de souffrance.

Jessica tenta de se lever, mais n'y parvint pas. Elle n'avait plus qu'à espérer que Chase s'approche un peu plus. Elle leva la perceuse à deux mains.

Chase trébucha.

S'arrêta.

Il n'était pas assez près.

Elle ne pouvait pas l'atteindre. Il allait les tuer toutes les deux.

Chase regarda alors vers les cieux et hurla. Son cri inhumain emplit la pièce, la maison, le monde, qui en cet instant reprit soudain vie tel un ressort se détendant bruyamment.

L'électricité était revenue.

À l'étage, le vacarme de la télévision retentit. Près d'eux, la chaudière s'alluma. Au-dessus de leur tête, les plafonniers se mirent à flamboyer.

Le temps s'arrêta.

Jessica essuya le sang de ses yeux, distingua son assaillant qui pataugeait dans une flaque écarlate. Puis, sous l'effet de la drogue, ses yeux se mirent à lui jouer des tours, divisant Andrew Chase en deux images floues.

Jessica ferma les yeux, les rouvrit, tentant de s'habituer à la soudaine clarté.

Ce n'étaient pas deux images. C'étaient deux hommes. Kevin Byrne se tenait derrière Chase.

Jessica cligna des yeux à deux reprises pour s'assurer qu'il ne s'agissait pas d'une hallucination.

Ce n'était pas une hallucination.

80

Vendredi, 22 h 15

Après tant d'années dans la police, Byrne était toujours surpris de découvrir enfin la taille, l'apparence, l'allure des gens qu'il recherchait. Ils étaient rarement aussi imposants ou grotesques que leurs actes. Il avait une théorie selon laquelle le degré de monstruosité des criminels était souvent inversement proportionnel à leur taille.

Chase était sans conteste le type le plus sinistre, le plus infâme qu'il lui eût été donné de rencontrer.

Et maintenant qu'il était là devant lui, à un mètre cinquante à peine, il semblait minuscule, négligeable. Mais Byrne ne se laisserait pas berner par les apparences. Andy Chase n'était certainement pas négligeable pour les familles qu'il avait détruites.

Byrne savait que, bien que Chase fût sérieusement blessé, il n'avait pas l'avantage sur lui. Il n'avait pas le dessus. Sa vue était brouillée ; il pataugeait dans un bourbier d'indécision et de rage. À cause de sa vie. À cause de Morris Blanchard. À cause de la manière dont s'était achevée l'affaire Diablo, faisant de lui tout ce contre quoi il luttait. À cause du fait que, s'il avait un peu mieux fait son boulot, il aurait peut-être sauvé la vie d'un certain nombre de jeunes filles innocentes.

Tel un cobra blessé, Andrew Chase sentit sa présence.

Byrne pensa soudain à *Collector Man Blues*, la vieille chanson de Sonny Boy Williamson qui disait que le moment était venu d'ouvrir la porte parce que le collecteur de loyer était là.

La porte s'ouvrit en grand. Byrne forma avec la main gauche le premier signe qu'il avait appris quand il avait commencé à étudier la langue de sa fille.

Je t'aime.

Andrew Chase se retourna vivement, ses yeux lançant des éclairs. Il tenait le Glock en hauteur.

Kevin Byrne les vit toutes dans les yeux du monstre. Toutes ses victimes innocentes. Il leva son arme.

Les deux hommes firent feu.

Et, comme cela s'était déjà produit une fois auparavant, le monde devint blanc et silencieux.

Les deux détonations avaient été assourdissantes, Jessica n'entendait plus rien. Elle se recroquevilla sur le sol froid de la cave. Il y avait du sang partout. Elle n'arrivait pas à lever la tête. Comme elle s'enfonçait dans un monde cotonneux, elle chercha à apercevoir Sophie dans ce charnier de chair humaine déchiquetée. Les battements de son cœur ralentirent, sa vue commença à baisser.

Sophie, pensa-t-elle, sombrant de plus en plus.

Mon cœur.

Ma vie.

81

Dimanche de Pâques, 11 h 05

Sa mère était assise sur la balançoire, sa robe jaune préférée faisant ressortir les mouchetures violettes de ses yeux. Ses lèvres étaient écarlates, ses cheveux, acajou, éblouissants dans le soleil d'été.

L'odeur des briquettes de charbon de bois tout juste allumées flottait dans l'air empli du son d'un match des Phillies. En dessous : les rires de ses cousins, le parfum de cigares Parodi, l'arôme du *vino de tavola*.

La voix éraillée de Dean Martin fredonnant *Come Back to Sorrento* provenait d'un disque vinyle. Toujours des disques vinyles. Les CD n'avaient pas encore investi la maison de ses souvenirs.

— Maman ? dit Jessica.
— Non, chérie, répondit Peter Giovanni.

La voix de son père était différente. Elle semblait plus vieille.

— Papa ?
— Je suis là, ma puce.

Une vague de soulagement la submergea. Son père était là et tout irait bien. Pas vrai ? Il est officier de police, vous savez. Elle ouvrit les yeux. Elle se sentait faible, à bout de forces. Elle était dans une chambre d'hôpital, mais, pour autant qu'elle sache, elle n'était reliée à aucune machine, ni à aucune perfusion intraveineuse. Les souvenirs l'envahirent de nouveau. Elle se rappela le rugissement des coups de feu dans la cave confinée. Elle ne semblait pas avoir été touchée.

Son père était debout au chevet de son lit. Derrière lui se tenait sa cousine Angela. Elle tourna la tête vers la droite et vit John Shepherd et Nick Palladino.

— Sophie, dit-elle.

Le silence qui suivit lui fit exploser le cœur en un million de morceaux qui lui transpercèrent la poitrine telles autant de flèches brûlantes. Hébétée, elle regarda chaque visage l'un après l'autre, lentement. Leurs yeux. Elle devait voir leurs yeux. À l'hôpital, les gens mentent tout le temps, ils disent en général ce que l'on veut entendre.

Il y a de bonnes chances pour que...
Avec un traitement et les médicaments adaptés...
Il est le meilleur de sa spécialité...

Si seulement elle pouvait voir les yeux de son père, elle saurait.

— Sophie va bien, déclara son père.

Ses yeux ne mentaient pas.

— Vincent est en bas avec elle, à la cafétéria.

Elle ferma les yeux, laissa couler librement ses larmes. Ils pouvaient maintenant lui annoncer n'importe quelle nouvelle, elle survivrait. Qu'ils vident leur sac.

Elle avait la gorge sèche et irritée.

— Chase, parvint-elle à prononcer.

Les deux inspecteurs la regardèrent, puis se tournèrent l'un vers l'autre.

— Qu'est-il arrivé... à Chase ? répéta-t-elle.

— Il est ici. En soins intensifs. Sous bonne garde, dit Shepherd. Il a passé quatre heures sur le billard. La mauvaise nouvelle, c'est qu'il va survivre. La bonne c'est qu'il va être jugé, et nous avons toutes les pièces à conviction qu'il faut. Sa maison était truffée de preuves.

Jessica ferma les yeux un moment, le temps d'assimiler la nouvelle. Les yeux d'Andrew Chase étaient-ils vraiment grenat ? Elle eut le sentiment qu'ils le seraient toujours dans ses cauchemars.

— Mais votre ami Patrick n'a pas survécu, reprit Shepherd. Je suis désolé.

La folie de la nuit où elle avait affronté Chase lui revint lentement à l'esprit. Elle avait réellement soupçonné Patrick d'être l'auteur de ces crimes. Si elle l'avait cru, il ne serait peut-être pas venu chez elle cette nuit-là. Ce qui voulait dire qu'il serait toujours en vie.

Elle se sentit consumée par un chagrin insurmontable.

Angela saisit le gobelet en plastique rempli d'eau fraîche, approcha la paille des lèvres de Jessica. Elle lui lissa les cheveux, l'embrassa sur le front.

— Comment suis-je arrivée ici ? demanda Jessica.

— Ton amie Paula, expliqua Angela. Elle est venue voir si l'électricité était revenue chez toi. Et elle... elle a tout vu.

Les yeux d'Angela s'embuèrent de larmes.

C'est alors que Jessica se souvint. Elle était presque incapable de prononcer son nom. Le fait qu'il avait peut-être donné sa vie pour sauver la sienne lui déchirait les entrailles, comme si une bête cherchait à sortir de son ventre. Aucune pilule, aucun traitement dispensé dans cet énorme bâtiment aseptisé ne pourrait jamais soigner cette blessure.

— Et Kevin ? demanda-t-elle.

Shepherd baissa les yeux vers le sol puis se tourna vers Nick Palladino.

Lorsqu'ils portèrent de nouveau leur regard sur Jessica, ils avaient une expression sinistre.

82

Chase plaide coupable condamné à perpétuité
par Eleanor Marcus-DeChant
chroniqueuse au Report

Andrew Todd Chase, aussi connu sous le nom de tueur au rosaire, a plaidé coupable hier de huit accusations de meurtre avec préméditation, mettant ainsi un terme à l'un des pires bains de sang qu'ait connus Philadelphie. Il a été immédiatement placé en détention dans la prison d'État de Greene County, en Pennsylvanie.

Après un accord passé avec le bureau du procureur général de Philadelphie, Chase, 32 ans, a reconnu les meurtres de Nicole T. Taylor, 17 ans; Tessa A. Wells, 17 ans; Bethany R. Price, 15 ans; Kristi A. Hamilton, 16 ans; Patrick M. Farrell, 36 ans; Brian A. Parkhurst, 35 ans; Wilhelm Kreuz, 42 ans; et Simon Close, 33 ans, tous résidents de Philadelphie. M. Close était journaliste au *Report*.

En échange de ses aveux, de nombreux chefs d'accusation (parmi lesquels enlèvement, coups et blessures et tentative de meurtre) ont été abandonnés. Chase a été condamné à perpétuité par le juge Liam McManus, sans possibilité de libération conditionnelle.

L'accusé, qui était représenté par maître Benjamin W.

Priest, un avocat de l'assistance judiciaire, est demeuré silencieux et impassible tout au long de l'audience.

Selon maître Priest, étant donné la nature de ces crimes et les preuves accablantes contre son client, l'accord avec le procureur était la meilleure solution pour Chase, un ambulancier de la société Glenwood.

« M. Chase va maintenant être en mesure de recevoir le traitement dont il a si désespérément besoin », a-t-il déclaré.

Les enquêteurs ont révélé que son épouse Katherine, 30 ans, avait récemment été internée à l'hôpital psychiatrique Ranch House de Norristown. Ils estiment que cet événement peut avoir été à l'origine du massacre.

Chase, en guise de signature, abandonnait un rosaire sur le lieu de ses crimes et mutilait les mains de ses victimes.

83

16 mai, 7 h 55

Il existe un principe de marketing nommé la « règle des 250 ». On estime que, au cours de sa vie, chaque individu fait la connaissance de 250 personnes. Faites plaisir à un client et cela vous rapportera peut-être 250 ventes.

On peut dire la même chose de la haine.

Faites-vous un ennemi…

C'est pour cette raison, et peut-être de nombreuses autres, que l'on me tient à l'écart des autres.

Je les entends venir juste avant huit heures. On me mène à la promenade – elle dure trente minutes – toujours vers la même heure.

Le gardien arrive à ma cellule. Il passe les mains à travers les barreaux et m'enchaîne les poignets. Ce n'est pas mon gardien habituel. Je ne l'ai jamais vu.

Il n'est pas très grand, mais il semble être en excellente condition physique. Il fait à peu près la même taille que moi. J'aurais dû me douter qu'il n'aurait absolument rien de remarquable, si ce n'est sa détermination. En cela, nous nous ressemblons sans doute.

Il demande l'ouverture de ma cellule. La porte coulisse, je sors.

Je vous salue, Marie pleine de grâces...

Nous marchons dans le couloir. Le son de mes chaînes se répercute contre les murs morts, l'acier converse avec l'acier.

Vous êtes bénie entre toutes les femmes...

À chaque pas résonne un prénom. Nicole. Tessa. Bethany. Kristi.

Et Jésus, le fruit de vos entrailles, est béni...

Les pilules que je prends contre la douleur masquent mon agonie. Ils me les apportent une à une dans ma cellule, trois fois par jour. Aujourd'hui, je les aurais toutes avalées d'un coup si j'avais pu.

Sainte Marie, mère de Dieu...

Le jour tremblant s'est levé il y a quelques heures à peine, un jour que je devais affronter depuis bien longtemps.

Priez pour nous, pauvres pécheurs...

Je me tiens en haut de l'abrupt escalier d'acier comme le Christ sur le Calvaire. Mon Golgotha froid, gris, solitaire.

Maintenant...

Je sens la main au milieu de mon dos.

Et à l'heure de notre mort...

Je ferme les yeux.

On me pousse.

Amen.

84

18 mai, 13 h 55

Jessica et John Shepherd roulaient vers l'ouest de Philly. Ils faisaient équipe depuis deux semaines et étaient en route pour interroger un témoin dans une affaire de double meurtre : deux propriétaires d'une supérette qui s'étaient fait descendre sommairement avant d'être abandonnés dans la cave sous le magasin.

Le soleil brillait, il faisait chaud. La ville se débarrassait enfin des chaînes du début du printemps et reprenait vie – les fenêtres étaient ouvertes, les capotes des voitures baissées, les marchands de fruits avaient ressorti leurs étals.

Le rapport final du docteur Summers sur Andrew Chase comportait certaines découvertes intéressantes, notamment le fait que des ouvriers du cimetière Saint-Dominic avaient rapporté qu'une tombe située sur un emplacement appartenant à Andrew Chase avait été ouverte le mercredi saint. Rien n'avait été déterré – le petit cercueil était demeuré intact – mais, selon le docteur Summers, Andrew Chase s'attendait véritablement à une résurrection de sa fille mort-née le dimanche de Pâques. D'après elle, toute la folie de Chase avait été motivée par la certitude que, s'il sacrifiait cinq jeunes filles, sa propre fille reviendrait de chez les morts. Son raisonnement tordu l'avait poussé à choisir cinq filles qui avaient déjà tenté de se suicider, cinq filles qui avaient déjà accepté la mort.

Environ un an avant les faits, Chase était allé chercher, dans le cadre de son travail, un corps dans la maison de la Huitième Rue Nord qui jouxtait celle où il avait tué Tessa Wells. C'était sans doute à ce moment qu'il avait repéré le pilier dans la cave.

Tandis que Shepherd se garait dans Bainbridge Street, le téléphone de Jessica sonna. C'était Nick Palladino.

— Qu'est-ce qui se passe, Nick ? demanda-t-elle.

— Tu connais la nouvelle ?

Bon sang, elle avait une sainte horreur des conversations qui commençaient par cette question. Et elle était à peu près certaine de ne rien avoir entendu qui justifiait un coup de téléphone.

— Non, dit-elle. Mais vas-y mollo, Nick. Je n'ai pas encore déjeuné.

— Andrew Chase est mort.

Les mots se bousculèrent un temps dans sa tête, comme à chaque fois qu'on apprend une nouvelle inattendue, bonne ou mauvaise. Quand le juge McManus avait condamné Chase à perpétuité, Jessica s'était dit qu'il passerait quarante ou cinquante ans derrière les barreaux, le temps de réfléchir à la souffrance qu'il avait infligée.

Pas quelques semaines.

D'après Nick, les détails entourant les circonstances du décès étaient assez flous, mais il avait entendu dire qu'il était tombé dans un long escalier d'acier et s'était brisé le cou.

— Brisé le cou ? demanda Jessica, tentant de ne laisser paraître aucune nuance d'ironie dans sa voix.

Nick l'entendit néanmoins.

— Je sais, dit-il. Le karma est une putain armée d'un bazooka, parfois, hein ?

Et comment, pensa Jessica.

Et comment.

Frank Wells attendait sur le seuil de sa maison. Il semblait petit, fragile, terriblement pâle. Il portait les mêmes vêtements que la dernière fois qu'elle l'avait vu, mais paraissait flotter dedans encore plus qu'avant.

Le pendentif en forme d'ange de Tessa avait été retrouvé dans une commode de la chambre d'Andrew Chase et, après les tonnes de paperasseries inhérentes à ce genre d'affaire, il pouvait enfin être restitué. Avant de descendre de voiture, Jessica le sortit de son sachet et le mit dans sa poche. Elle se regarda dans le rétroviseur, pas tant pour s'assurer qu'elle était présentable, mais plutôt pour vérifier qu'elle n'avait pas pleuré.

Il lui fallait être forte une dernière fois.

— Est-ce que je peux faire quelque chose pour vous ? demanda Wells.

Jessica aurait voulu dire : « Ce que vous pourriez faire pour moi, c'est guérir. » Mais elle savait que ça n'arriverait pas.

— Non, monsieur, répondit-elle.

Il lui avait proposé d'entrer, mais elle avait décliné sa proposition. Ils se tenaient sur les marches. Au-dessus d'eux, le soleil réchauffait l'auvent en tôle ondulée. Elle remarqua que, depuis sa dernière visite, Wells avait placé une petite jardinière sous la fenêtre du premier étage. Des pensées jaune vif poussaient vers la chambre de Tessa.

Frank Wells avait appris la nouvelle du décès d'Andrew Chase de la même façon qu'il avait encaissé celle de la mort de Tessa : stoïque, impénétrable. Il avait juste hoché la tête.

Lorsqu'elle lui avait rendu le pendentif, Jessica s'était

dit qu'il manifesterait peut-être une brève émotion. Elle s'était donc retournée et avait regardé la rue, comme si elle attendait qu'une voiture vînt la chercher, histoire de laisser à cet homme un instant d'intimité.

Wells baissa les yeux vers ses mains. Puis il tendit le pendentif.

— Je veux que vous le gardiez, dit-il.

— Je... je ne peux pas accepter, monsieur. Je sais qu'il signifie beaucoup pour vous.

— Je vous en prie, dit-il.

Il lui plaça le pendentif dans la paume et lui ferma la main en l'enveloppant de la sienne. Sa peau était comme du vieux papier-calque.

— C'est ce qu'aurait voulu Tessa. Elle vous ressemblait à bien des égards.

Jessica ouvrit la main. Elle lut l'inscription gravée au dos.

Voici que je vais envoyer un ange devant toi,
Pour qu'il veille sur toi.

Jessica se pencha en avant et embrassa Frank Wells sur la joue.

Elle essaya de contrôler ses émotions tandis qu'elle regagnait sa voiture. Lorsqu'elle approcha du bord du trottoir, elle vit un homme descendre d'une Saturn noire garée quelques voitures derrière la sienne. Il avait dans les vingt-cinq ans, était de taille moyenne, mince, mais vigoureux. Ses cheveux étaient bruns et clairsemés et il arborait une moustache bien taillée. Il portait des lunettes d'aviateur et un uniforme marron clair. Il se dirigea vers la maison de Wells.

Jessica le reconnut : Jason Wells, le frère de Tessa. Elle l'avait vu sur la photo accrochée au mur du salon.

— Monsieur Wells, dit Jessica. Je suis Jessica Balzano.

— Oui, bien sûr, fit Jason.

Ils échangèrent une poignée de main.

— Toutes mes condoléances, dit Tessa.

— Merci, répondit Jason. Elle me manque chaque jour. Tessa était ma lumière.

Jessica ne voyait pas ses yeux, mais elle n'en eut pas besoin. Le jeune Jason Wells souffrait.

— Mon père a beaucoup de respect pour vous et votre équipier, continua Jason. Nous vous sommes tous deux reconnaissants pour tout ce que vous avez fait.

Ne sachant que répondre, Jessica hocha la tête.

— J'espère que vous et votre père parviendrez à trouver du réconfort.

— Merci. Comment va votre équipier ?

— Il s'accroche, répondit Jessica, essayant de se convaincre elle-même.

— J'aimerais passer le voir un jour, si vous pensez que c'est possible.

— Bien sûr, répondit Jessica, tout en sachant que Byrne ne s'en rendrait même pas compte.

Elle regarda sa montre avec un sentiment de maladresse qu'elle tenta de dissimuler.

— Bon, j'ai quelques courses à faire. J'ai été ravie de vous rencontrer.

— Moi aussi, dit Jason. Soyez prudente.

Jessica regagna sa voiture et y monta. Elle songea à tout le travail que Frank et Jason Wells allaient devoir entreprendre pour reconstruire leur vie, de même que toutes les autres familles des victimes d'Andrew Chase.

Au moment où elle fit démarrer la voiture, elle comprit soudain. Elle se rappela avoir remarqué un écusson sur la photo de Frank et Jason Wells qui était accrochée au mur du salon, un blason cousu sur l'anorak noir que portait le jeune homme. Elle venait de voir exactement le même écusson sur la manche de son uniforme.

Tessa avait-elle des frères et sœurs ?

Oui. Un frère beaucoup plus âgé, Jason. Il habite à Waynesburg.

La prison d'État de Greene County se trouvait à Waynesburg.

Jason était gardien à la prison.

Jessica jeta un coup d'œil en direction de la maison. Jason et son père se tenaient sur le seuil, dans les bras l'un de l'autre.

Elle sortit son téléphone portable, le garda dans la main. Elle savait que le shérif de Greene County serait très intéressé d'apprendre que le frère aîné de l'une des victimes d'Andrew Chase travaillait dans la prison où ce dernier avait été retrouvé mort.

Très intéressé, à coup sûr.

Elle se tourna une dernière fois vers la maison, le doigt sur le clavier du téléphone. Frank Wells la regarda de ses vieux yeux humides. Il leva une main maigre pour la saluer. Jessica lui rendit son geste.

Pour la première fois depuis qu'elle le connaissait, le visage du vieil homme n'exprimait ni douleur, ni appréhension, ni tristesse. Au lieu de cela, il arborait une expression de tranquillité, pensa-t-elle, de résolution, de sérénité presque surnaturelle.

Jessica comprit.

Tout en s'éloignant, elle laissa tomber le téléphone dans son sac à main, jeta un coup d'œil dans le rétroviseur et vit Frank Wells debout dans l'embrasure de la porte. C'était ainsi qu'elle se le rappellerait toujours. L'espace d'un bref instant, Jessica se dit que Frank Wells avait enfin trouvé la paix.

Et Tessa aussi, pour peu qu'on fût enclin à croire en de telles choses.

Jessica y croyait.

ÉPILOGUE

31 mai, 11 h 05

Le jour du Souvenir, un soleil implacable cognait sur la Delaware Valley. Le ciel dégagé était bleu azur ; les voitures qui bordaient les rues des environs du cimetière de Holy Cross avaient été lavées et vérifiées en prévision des vacances d'été. Les rayons de soleil scintillaient sur les pare-brise tel de l'or brut.

Les hommes arboraient des polos aux couleurs vives et des pantalons de treillis ; les grands-pères étaient en costume. Les femmes portaient des robes d'été aux bretelles fines et des espadrilles JCPenney dans les tons pastel de l'arc-en-ciel.

Jessica s'agenouilla pour fleurir la tombe de son frère Michael et planter un petit drapeau près de la pierre tombale. Elle parcourut du regard le vaste cimetière, vit d'autres familles planter leur drapeau. Certains hommes âgés effectuaient le salut militaire. Des personnes en chaises roulantes étincelantes étaient plongées dans leurs souvenirs. Comme toujours à cette date, les familles de soldats tombés au front se retrouvaient sur l'herbe chatoyante, échangeant des regards pleins de compréhension, unies par un chagrin commun.

Dans quelques minutes, Jessica irait rejoindre son père devant la tombe de sa mère, puis ils regagneraient en silence la voiture. Les choses se passaient ainsi dans sa famille. Chacun se recueillait de son côté.

Elle se retourna et regarda la route.

Vincent était appuyé contre sa Cherokee. Il n'était pas fan des cimetières, et personne ne lui en tenait rigueur. Ils n'avaient pas encore réglé tous leurs problèmes, peut-être ne le feraient-ils jamais, mais depuis quelques semaines, il semblait être devenu un autre homme.

Jessica récita une prière en silence puis se fraya un chemin parmi les tombes.

— Comment va-t-il ? demanda Vincent.

Ils jetèrent tous deux un coup d'œil à Peter, dont les épaules larges semblaient encore puissantes malgré ses soixante-deux ans.

— Solide comme un roc, répondit Jessica.

Vincent tendit le bras, prit doucement la main de Jessica dans la sienne.

— Et nous, comment allons-nous ?

Jessica regarda son mari. Elle vit un homme qui éprouvait du chagrin, un homme taraudé par son sentiment d'échec – il avait manqué aux serments prononcés lors de son mariage, n'avait pas su protéger sa femme et sa fille. Un cinglé était entré chez lui, avait menacé sa famille, et il n'avait pas été là. Un vrai cauchemar pour un officier de police.

— Je ne sais pas, répondit-elle. Mais je suis heureuse que tu sois venu.

Vincent sourit tout en continuant de lui tenir la main. Jessica ne la retira pas.

Ils avaient convenu de consulter un conseiller conjugal. Leur première séance devait avoir lieu quelques jours plus tard. Jessica n'était pas encore prête à partager son lit, ni sa vie, avec Vincent, mais c'était un premier pas. S'il était dit qu'ils devaient surmonter ces difficultés, alors ils étaient prêts.

Sophie avait cueilli quelques fleurs dans le jardin, qu'elle distribuait méthodiquement sur les tombes. Comme elle n'avait pas pu porter à Pâques la robe jaune citron qu'elles avaient spécialement achetée chez Lord & Taylor, elle semblait déterminée à la porter chaque dimanche et chaque jour de fête jusqu'à ce qu'elle soit trop petite. Avec un peu de chance, elle la garderait un bon bout de temps.

Tandis que Peter prenait le chemin de sa voiture, un écureuil surgit de derrière une pierre tombale. Sophie gloussa et se lança à sa poursuite, sa robe jaune et ses boucles noisette rayonnant dans le soleil printanier.

Elle semblait de nouveau heureuse.

Peut-être cela suffisait-il.

Cela faisait cinq jours que Kevin Byrne avait quitté l'unité de soins intensifs de l'hôpital de l'université de Pennsylvanie. La balle tirée par Andrew Chase s'était logée dans le lobe occipital, à un peu plus d'un centimètre du tronc cérébral. Il avait dû subir plus de douze heures de chirurgie crânienne et était resté depuis dans le coma. Les médecins avaient déclaré que ses signes vitaux étaient forts, tout en avouant que chaque semaine qui passait réduisait de manière significative ses chances de réveil.

Jessica avait rencontré Donna et Colleen Byrne quelques jours après qu'il avait été blessé chez elle. Elles entretenaient désormais une relation dont Jessica commençait à penser qu'elle durerait longtemps. Dans le chagrin, comme dans la joie. Il était encore trop tôt pour le savoir. Elle avait même appris quelques mots en langage des signes.

Ce jour-là, au moment de rendre sa visite quotidienne à Byrne, Jessica avait beaucoup à faire. Elle se sentait coupable de ne pouvoir s'attarder, mais elle savait aussi que la vie continuait, qu'elle devait continuer. Elle ne pourrait rester qu'un petit quart d'heure. Elle s'assit sur la chaise dans la chambre remplie de fleurs, feuilleta un magazine. Pour autant qu'elle sache, ç'aurait tout aussi bien pu être *Chasse & Pêche* que *Cosmopolitan*.

De temps à autre, elle levait les yeux vers Byrne. Il était très amaigri ; sa peau pâle avait une teinte grisâtre. Ses cheveux commençaient juste à repousser.

Il portait autour du cou le crucifix que lui avait donné Althea Pettigrew. Jessica portait le pendentif qu'elle avait reçu de Frank Wells. Comme s'ils avaient tous deux leur talisman contre les Andrew Chase du monde.

Elle avait tant de choses à lui dire, à propos de Colleen qui avait fini première à l'école, à propos de la mort d'Andrew Chase. Elle aurait voulu lui dire que, une semaine plus tôt, le FBI avait envoyé un fax à la brigade pour les informer que Miguel Duarte, l'homme qui avait avoué les meurtres de Robert et Helen Blanchard, possédait un compte sous un faux nom dans une banque du New Jersey. Ils avaient établi que l'argent provenait d'un virement effectué à partir d'un compte off-shore appartenant à Morris Blanchard. Morris Blanchard avait payé Duarte dix mille dollars pour qu'il tue ses parents.

Kevin Byrne avait eu raison sur toute la ligne.

Jessica retourna à son article sur la reproduction des sandres d'Amérique. Elle se dit que ça devait être *Chasse & Pêche* après tout.

— Hé, fit Byrne.

Jessica faillit sauter au plafond en entendant le son de sa voix. Elle était basse, râpeuse, terriblement faible, mais c'était bien sa voix.

Elle se leva, flageolante, et se pencha au-dessus du lit.

— Je suis là, dit-elle. Je... je suis là.

Kevin Byrne ouvrit les yeux puis les referma. Pendant un moment affreux, Jessica fut certaine qu'il ne les rouvrirait jamais. Mais au bout de quelques secondes, il la détrompa.

— J'ai une question à vous poser, dit-il.
— OK, fit Jessica, son cœur battant à tout rompre. Pas de problème.
— Est-ce que je vous ai déjà expliqué pourquoi ils m'appellent Racaille ? demanda-t-il.
— Non, répondit-elle doucement.

Elle ne pleurerait pas. Pas question. Une esquisse de sourire se dessina sur les lèvres desséchées de Byrne.

— C'est une sacrée histoire, partenaire, dit-il.

Jessica lui prit la main.

Elle la serra doucement.

Partenaire.

TABLE DES MATIÈRES

Dimanche des Rameaux, 23 h 55 9

PREMIÈRE PARTIE

1. – Lundi, 3 h 05 15
2. – Lundi, 5 h 15 32
3. – Lundi, 5 h 20 34
4. – Lundi, 6 h 50 37
5. – Lundi, 7 h 55 53
6. – Lundi, 10 h 55 77

DEUXIÈME PARTIE

7. – Lundi, 12 h 20 97
8. – Lundi, 12 h 50 107
9. – Lundi, 13 h 00 115
10. – Lundi, 13 h 10 122
11. – Lundi, 15 h 00 125
12. – Lundi, 18 h 00 136
13. – Lundi, 19 h 20 140
14. – Lundi, 20 h 00 147
15. – Lundi, 20 h 30 149
16. – Lundi, 23 h 00 162
17. – Lundi, 23 h 00 165
18. – Lundi, 23 h 08 170
19. – Mardi, 5 h 40 173
20. – Mardi, 6 h 00 177
21. – Mardi, 8 h 25 194

TROISIÈME PARTIE

22. – Mardi, 12 h 15 201
23. – Mardi, 14 h 00 214
24. – Mardi, 15 h 20 225
25. – Mardi, 15 h 30 227
26. – Mardi, 16 h 00 230
27. – Mardi, 18 h 30 239
28. – Mardi, 19 h 00 243
29. – Mardi, 20 h 15 247
30. – Mardi, 20 h 55 255
31. – Mardi, 21 h 00 257
32. – Mardi, 21 h 10 262
33. – Mardi, 21 h 15 266
34. – Mardi, 21 h 20 271
35. – Mardi, 21 h 45 274
36. – Mardi, 21 h 50 276
37. – Mardi, 21 h 50 277
38. – Mardi, 22 h 20 281
39. – Mardi, 22 h 25 285
40. – Mardi, 22 h 30 287
41. – Mercredi, 1 h 40 291
42. – Mercredi, 2 h 00 295
43. – Mercredi, 9 h 00 297
44. – Mercredi, 9 h 15 300
45. – Mercredi, 10 h 45 307
46. – Mercredi, 11 h 15 314
47. – Mercredi, 11 h 25 318
48. – Mercredi, 11 h 45 320
49. – Mercredi, 12 h 10 322
50. – Mercredi, 13 h 22 327
51. – Mercredi, 16 h 15 336
52. – Mercredi, 16 h 15 345
53. – Mercredi, 16 h 20 349
54. – Mercredi, 19 h 15 357
55. – Mercredi, 19 h 35 360
56. – Mercredi, 23 h 15 365
57. – Jeudi, 8 h 05 367
58. – Jeudi, 11 h 25 382

QUATRIÈME PARTIE

59. – Vendredi saint, 10 h 00	399
60. – Vendredi, 10 h 15	406
61. – Vendredi, 13 h 25	414
62. – Vendredi, 14 h 45	415
63. – Vendredi, 16 h 15	417
64. – Vendredi, 18 h 15	429
65. – Vendredi, 20 h 00	437
66. – Vendredi, 20 h 25	441
67. – Vendredi, 20 h 55	443
68. – Vendredi, 20 h 55	445
69. – Vendredi, 20 h 55	447
70. – Vendredi, 21 h 00	448
71. – Vendredi, 21 h 25	458
72. – Vendredi, 21 h 35	461
73. – Vendredi, 21 h 45	467
74. – Vendredi, 21 h 55	469
75. – Vendredi, 21 h 55	470
76. – Vendredi, 22 h 00	472
77. – Vendredi, 22 h 00	474
78. – Vendredi, 22 h 05	476
79. – Vendredi, 22 h 10	478
80. – Vendredi, 22 h 15	487
81. – Dimanche de Pâques, 11 h 05	489
82. – Un article de Eleanor Marcus-DeChant, chroniqueuse au *Report*	492
83. – 16 mai, 7 h 55	494
84. – 18 mai, 13 h 55	496
ÉPILOGUE. – 31 mai, 11 h 05	502

Impression réalisée sur Presse Offset par

Brodard & Taupin

40077 – La Flèche (Sarthe), le 21-02-2007
Dépôt légal : mars 2007

POCKET – 12, avenue d'Italie - 75627 Paris cedex 13

Imprimé en France